MANESSE BIBLIOTHEK DER WELTLITERATUR

WILKIE COLLINS

Die Gelbe Maske
und andere Erzählungen

Aus dem Englischen übersetzt
von Irma Wehrli
Nachwort von Werner Morlang

MANESSE VERLAG
ZÜRICH

«GEH HOCH MIT DER BRIGG!»

Ich muß ein beunruhigendes Geständnis machen: Ich werde von einem Gespenst heimgesucht.

Ihr könnt hundert Jahre lang raten und werdet doch nie darauf kommen, was das für ein Gespenst ist. Lacht nur erst einmal, ihr bekommt schon noch Gänsehaut: Mein Gespenst ist der Geist einer Schlafzimmerkerze.

Ihr habt richtig gehört, ein Schlafzimmerleuchter samt Kerze – nennt es meinetwegen auch einen Halter mit Kerze – verfolgt mich. Ich wünschte, es wäre etwas Angenehmeres und nichts so Gewöhnliches: eine schöne Dame zum Beispiel, ein Haufen Gold oder Silber, ein Keller voll Wein oder eine Pferdekutsche. Aber ich muß es nehmen, wie es ist, und das Beste daraus machen, und ich bin euch zu Dank verpflichtet, wenn ihr dasselbe tut.

Ich bin zwar kein Gelehrter, und doch behaupte ich, daß jede Heimsuchung auf diesem Erdenball mit der Einschüchterung des Opfers beginnt. Meine Heimsuchung durch einen Kerzenleuchter begann jedenfalls damit, daß man mich mit einem Kerzenleuchter erschreckte –

halb zu Tode erschreckte –, mich so sehr erschreckte, daß ich für eine Weile ganz und gar den Verstand verlor. Dieses Geständnis fällt schwer, noch bevor man zur Sache kommt; aber vielleicht haltet ihr mich nicht für ganz so feige, wenn ihr seht, daß ich von Anfang an reinen Tisch mache, auch wenn das vorerst nur zu meinem Nachteil sein kann.

Die Sache, so gut ich sie eben erzählen kann, war die: Ich kam zur See, als ich etwa so groß wie mein Spazierstock war, und hatte es mit fünfundzwanzig bis zum Maat gebracht.

Fünfundzwanzig wurde ich anno 1818 oder 1819, ich weiß es nicht mehr genau. Entschuldigt meine Gedächtnislücken, wenn es um Jahres- und andere Zahlen, Namen und Orte geht. Aber keine Bange wegen meiner Geschichte: Die weiß ich noch ganz genau und sehe alle Einzelheiten sonnenklar vor mir. Aber über vielem davor liegt ein Nebel – übrigens auch über vielem danach –, und der wird sich in meinem Alter wohl nicht mehr lichten, was?

Anno achtzehn oder neunzehn also, während in unserem Teil der Welt Friede herrschte – und das nicht zu früh, werdet ihr sagen –, kam es auf dem alten Schlachtfeld, das wir Matrosen die Karibische See nennen, zu vielen kleinen Gefechten und Scharmützeln.

Die Kolonien der Spanier in Südamerika hatten schon vor Jahren offen gemeutert und ihre Unabhängigkeit erklärt. Es gab ein Gemetzel zwischen der neuen und der alten Regierung, aber die neue schwang meistens obenauf, dank eines gewissen Generals Bolivar – der war damals ein berühmter Mann, auch wenn man ihn heute anscheinend vergessen hat. Streitlustige Engländer und Iren, die zu Hause nichts Besonderes zu tun hatten, schlossen sich dem General als Freiwillige an, und manche unserer Kaufleute hier fanden es günstig, ihn über den Ozean mit Nachschub zu beliefern. Natürlich bestand ein beträchtliches Risiko, aber ein erfolgreiches Geschäft machte mindestens zwei fehlgeschlagene wett. Und das ist überall auf der Welt, wo ich ihm begegnet bin, das wahre Gesetz des Handels.

Zu den Engländern, die bei dieser südamerikanischen Angelegenheit mitmischten, gehörte am Rande auch meine Wenigkeit.

Ich war damals Maat auf einer Brigg, die einer gewissen Handelskompanie in der City gehörte, die vorwiegend an den entlegensten und seltsamsten Orten, möglichst weit von zu Hause, Handel trieb und die Brigg in besagtem Jahr mit Schießpulver für General Bolivar und seine Freiwilligen beladen hatte. Nur der Kapitän kannte unsere Bestimmung, als wir in See stachen, und sie schien ihm nicht eben zu gefallen. Ich kann nicht sagen, wie viele Fässer wir geladen hatten oder wieviel Pulver jedes Faß enthielt – ich weiß nur, daß wir keine andere Fracht mitführten. Die Brigg hieß «Gute Absicht» – ein seltsamer Name, werdet ihr sagen, für ein Schiff voll Schießpulver, das einer Revolution zu Hilfe kam. Aber auf dieser Fahrt war er besonders passend. Das soll ein Witz sein, und ihr tut mir hoffentlich den Gefallen, darüber zu lachen!

Die «Gute Absicht» war der verrückteste alte Kahn, auf dem ich je zur See gefahren bin, und der allerärgste dazu. Sie faßte zweihundertdreißig oder zweihundertachtzig Tonnen, ich weiß nicht mehr genau, und hatte insgesamt acht Mann Besatzung – längst nicht soviel, wie wir für das Manövrieren der Brigg eigentlich gebraucht hätten. Aber wir wurden gut und ehrlich bezahlt, und das mußten wir gegen das Risiko unterzugehen – oder diesmal auch hochzugehen – abwägen.

In Anbetracht unserer Ladung wurden wir mit neuen Bestimmungen zum Pfeifenrauchen und Laternenanzünden gegängelt, die uns gar nicht paßten; und wie üblich in solchen Fällen predigte der Kapitän, der sie erließ, was er selber nicht einhielt. Keiner von uns durfte mit einer brennenden Kerze unter Deck – nur der Skipper, und der brauchte sein Licht, wenn er schlafen ging oder die Karten auf dem Kajütentisch studierte, genauso wie sonst.

Es war ein gewöhnliches Küchenlicht, eine

Talgkerze, die in einem alten und zerbeulten flachen Halter steckte, an dem der ganze Lack abgesprungen und geschmolzen war und das Blech durchschimmerte. Eine Lampe oder Laterne wäre in jeder Beziehung viel seemännischer und zweckmäßiger gewesen, aber der Kapitän hing an seinem alten Kerzenleuchter, und genau dieser Leuchter hing seither an *mir*. Das ist bitte sehr noch ein Witz, und ich finde ihn besser als den vorher.

Also – ein praktisches Wort, auch wenn ich es nicht zum ersten Mal brauche –, wir segelten mit der Brigg und steuerten erst die Virgin Islands in Westindien an, und als wir diese sichteten, nahmen wir Kurs auf die Leeward Islands und hielten uns dann immer südlich, bis es vom Masttopp «Land in Sicht!» hieß. Dieses Land war die Küste Südamerikas. Wir hatten bis dahin eine prächtige Fahrt gehabt. Weder Spieren noch Segel hatten wir eingebüßt, und niemand hatte sich an den Pumpen zu Tode gerackert. Solch eine Fahrt mit der «Guten Absicht» war selten, das dürft ihr mir glauben.

Ich wurde auf den Ausguck geschickt, um die Sichtung zu bestätigen, und das konnte ich auch.

Als ich den Skipper benachrichtigte, ging er nach unten, um seine Anweisungen und die Karte zu studieren. Und als er wieder an Deck kam, korrigierte er unseren Kurs leicht nach Osten –

den genauen Punkt auf dem Kompaß habe ich vergessen, doch das spielt auch keine Rolle. Ich weiß aber wohl noch, daß es schon dunkel war, als wir uns der Küste näherten. Wir warfen ständig das Lot und drehten in vier oder fünf, vielleicht auch sechs Faden Tiefe bei – genau kann ich es nicht mehr sagen. Ich beobachtete scharf, wie der Kahn abdriftete, denn keiner von uns wußte, wie die Strömung an dieser Küste verlief. Wir wunderten uns alle, warum der Skipper nicht ankerte, aber er sagte, er müsse erst von der Vormarsstenge ein Lichtsignal geben und auf ein Zeichen vom Ufer warten. Wir warteten, aber es kam keine Antwort. Die Nacht war sternklar und ruhig. Nur vom Land kamen leichte Windstöße. Wir warteten wohl gegen eine Stunde und trieben dabei, soweit ich es ausmachen konnte, leicht nach Westen, bis sich etwas tat – und da sahen wir anstatt des Lichts am Ufer ein Boot mit nur zwei Mann Besatzung, das auf uns zu ruderte.

Wir riefen sie an, sie antworteten «Freunde!» und grüßten uns mit Namen. Dann kamen sie an Bord. Der eine war ein Ire, der andere ein kaffeebrauner einheimischer Lotse, der etwas Englisch radebrechen konnte.

Der Ire gab unserem Skipper einen Zettel, den er mir zeigte. Wir lasen, daß dieser Teil der Küste zum Ausladen nicht sehr sicher sei, weil am Vortag Spione des Feindes (also der alten Regierung) in dieser Gegend aufgegriffen und erschossen worden seien. Wir sollten die Brigg dem einheimischen Lotsen anvertrauen; er habe Anweisung, uns zu einem anderen Küstenstrich zu bringen. Die Mitteilung war von den richtigen Parteien unterzeichnet, und so ließen wir den Iren allein in seinem Boot ziehen und übergaben dem Lotsen das Steuer der Brigg. Er ließ uns bis gegen Mittag des folgenden Tages aufs offene Meer segeln, weil er offenbar Befehl hatte, uns außer Sichtweite des Ufers zu halten. Erst im Laufe des Nachmittags änderten wir unseren Kurs und waren kurz vor Mitternacht wieder in Küstennähe.

Dieser Lotse war so ziemlich der widerlichste Kerl, den ich je gesehen hatte: ein magerer, feiger, streitsüchtiger Hund, der in übelstem gebrochenem Englisch über die Männer fluchte, bis sie ihn alle am liebsten über Bord geworfen hätten. Aber der Skipper hielt sie zurück, und ich tat dasselbe, denn man hatte uns diesen Lotsen zusammen mit den Anweisungen geschickt, und jetzt mußten wir das Beste daraus machen. Kurz vor Einbruch der Dunkelheit hatte ich aber trotz aller guten Vorsätze das Pech, mich mit ihm anzulegen.

Er wollte mit seiner Pfeife unter Deck, und ich hielt ihn natürlich auf, weil es gegen die Order war. Daraufhin wollte er sich an mir vorbeidrängen, aber ich stieß ihn mit der Hand weg.

Ich hatte ihn nicht umstoßen wollen, doch es geschah einfach. Er stand blitzschnell wieder auf den Füßen und zog sein Messer. Ich schnappte es ihm weg, schlug ihn in seine Mörderfratze und schleuderte die Waffe über Bord. Er warf mir einen bösen Blick zu und ging nach achtern. Ich machte mir in diesem Moment nicht viel aus dem Blick, aber später sollte ich mich nur zu gut daran erinnern.

Wir waren wieder dicht an Land, als der Wind zwischen elf Uhr und Mitternacht abflaute und wir auf Geheiß unseres Lotsen den Anker setzten.

Es war pechschwarze Nacht und eine bleierne Flaute. Der Skipper wachte mit zwei unserer besten Männer an Deck. Die anderen waren unten bis auf den Lotsen, der sich mehr wie eine Schlange als wie ein Mensch auf dem Vorderdeck zusammenrollte. Meine Wache begann erst morgens um vier. Aber diese Nacht, der Lotse und unsere Lage gefielen mir grundsätzlich nicht, und ich richtete mich auf Deck zum Schlafen ein, damit ich gleich einsatzbereit wäre. Dann weiß ich nur noch, daß der Skipper mir zuflüsterte, auch er traue dem Frieden nicht und er wolle seine Anweisungen unten nochmals überprüfen. Nur dies weiß ich noch, dann wiegte mich das träge, regelmäßige Dümpeln der Brigg in den Schlaf.

Ein Handgemenge auf dem Vorderdeck und

ein Knebel im Mund weckten mich. Ein Mann kniete auf meiner Brust, ein anderer auf meinen Beinen, und in einer halben Minute war ich an Händen und Füßen gefesselt.

Die Brigg war im Besitz der Spanier, und sie schwärmten überall herum. Ich hörte es schwer aufklatschen im Wasser – sechsmal hintereinander. Ich sah, wie der Kapitän erstochen wurde, als er über den Niedergang an Deck lief, und hörte es zum siebten Mal klatschen. Außer mir war die ganze Besatzung ermordet und ins Meer geworfen worden. Warum ich verschont wurde, ahnte ich nicht, bis ich sah, wie sich der Lotse mit einer Laterne prüfend über mich beugte. Ein teuflisches Grinsen lag auf seinem Gesicht, und er nickte mir zu, wie um zu sagen: «*Du* hast mich gestoßen und geohrfeigt, und jetzt spiele ich dafür Katz und Maus mit dir!»

Ich konnte mich nicht rühren, und ich konnte nicht sprechen, aber ich sah, wie die Spanier die Hauptluke öffneten und den Flaschenzug in Betrieb setzten, um die Fracht hochzuhieven. Eine Viertelstunde später hörte ich einen Schoner oder ein anderes kleines Schiff herbeirauschen. Das seltsame Gefährt legte neben uns an, und die Spanier machten sich daran, unsere Fracht umzuladen. Alle arbeiteten hart außer dem Lotsen, der von Zeit zu Zeit mit seiner Laterne kam, um noch einen Blick auf mich zu werfen. Dabei grinste und nickte er immer auf dieselbe teuflische Art. Ich bin alt genug, ein wahres Wort nicht mehr zu scheuen, und gebe unumwunden zu, daß der Lotse mir angst machte.

Der Schreck, Fesseln und Knebel und die Unfähigkeit, Hand oder Fuß zu rühren, hatten mich fast ganz zermürbt, als die Spanier im Morgengrauen ihre Arbeit abbrachen. Sie hatten zwar längst nicht alles, aber einen ansehnlichen Teil unserer Fracht auf ihr Schiff gebracht und brannten darauf, mit ihrer Beute vor Tagesanbruch zu entkommen.

Ich brauche kaum zu betonen, daß ich inzwischen auf das Schlimmste gefaßt war. Der Lotse war offensichtlich ein Spitzel des Feindes, der sich das Vertrauen unserer Abnehmer erschlichen hatte, ohne verdächtig zu werden. Er oder wohl eher seine Auftraggeber hatten von unserer Ladung Wind bekommen, und wir waren für die Nacht an einen Ankerplatz gelotst worden, wo sie uns am besten überfallen konnten. So bezahlten wir den Preis für unsere kleine Besatzung und somit ungenügende Wache. Dies war alles ganz klar – aber was hatte der Lotse mit *mir* vor?

Bei meiner Ehre, mir stehen jetzt noch die Haare zu Berge, wenn ich euch erzähle, was er mir antat.

Als alle bis auf den Lotsen und zwei spanische Matrosen die Brigg verlassen hatten, hoben mich diese, gefesselt und geknebelt, wie ich war, hoch, senkten mich in den Laderaum hinunter und legten mich auf den Boden. Dort banden sie mich mit Tauenden so fest, daß ich mich nur von einer Seite zur anderen, aber nicht ganz umdrehen und wegrutschen konnte. Danach gingen sie. Sie waren beide angetrunken, aber der teuflische Lotse war nüchtern – merkt euch das! –, so nüchtern, wie ich jetzt bin.

Ich lag einen Moment im Dunkeln, und mein Herz hämmerte, als ob es zerspringen wollte. Etwa fünf Minuten lag ich so da, als der Lotse allein in den Frachtraum herabstieg.

Er hielt den verfluchten flachen Kerzenhalter des Kapitäns und ein Splißeisen in der einen Hand und ein langes Stück ölgetränkte, dünne Baumwollschnur in der anderen. Er stellte den Halter samt frisch angezündeter Kerze etwa zwei Fuß von meinem Gesicht entfernt hin, dicht an die Schiffswand. Das Licht war zwar schwach, aber es reichte, um das Dutzend oder mehr Pulverfässer zu beleuchten, die im Frachtraum der Brigg zurückgeblieben waren und mich umgaben. Als ich die Fässer sah, begann ich, seine Absicht zu erahnen. Das Grauen packte mich von Kopf bis Fuß, und der Schweiß rann mir wie Wasser vom Gesicht.

Dann sah ich den Lotsen zu einem Pulverfaß gehen, das in einer Linie mit der Kerze und gut drei Fuß davon entfernt an der Schiffswand stand. Mit seinem Splißeisen bohrte er ein Loch in das Faß, und das gräßliche Pulver, so schwarz wie die Hölle, rieselte in die Hand, die er darunter hielt. Als sie gut gefüllt war, verstopfte er das Loch mit dem einen Ende der geölten Schnur und rieb sie auf der ganzen Länge mit Pulver ein, bis sie rundherum schwarz war.

Dann kam er – so wahr ich hier sitze und so gewiß der Himmel über uns ist – mit dem freien Ende seiner langen, dünnen Lunte – diesem garstigen schwarzen Ding – zu der brennenden Kerze neben meinem Gesicht. Etwa bei einem Drittel des Abstands zwischen Flamme und Halterrand wickelte der blutrünstige Kerl sie mehrmals um das Talglicht. Dann überprüfte er meine Fesseln, legte sein Gesicht nah an meines und flüsterte mir ins Ohr: «Geh hoch mit der Brigg!»

Gleich darauf war er wieder an Deck und schob mit den beiden anderen Männern die Luke über mir zu. Am von mir entferntesten Ende war sie nicht ganz geschlossen, und ich sah einen Schimmer Tageslicht hindurch. Ich hörte das Eintauchen der Ruder – klatsch! klatsch! – immer schwächer, als sie den Schoner aus der Flaute trieben, um auf offener See auf Wind zu warten. Schwächer und schwächer hörte ich das Klatschen noch eine Viertelstunde lang.

Während dieses Geräusch in meinen Ohren war, blieben meine Augen auf die Kerze geheftet.

Sie war frisch angezündet worden und hatte eine Brenndauer von sechs bis sieben Stunden. Die Lunte war am Ende des oberen Drittels der Kerze befestigt, demnach würde die Flamme sie in etwa zwei Stunden erreichen. Da lag ich nun, gefesselt, geknebelt und am Boden festgebunden, und sah mein eigenes Leben mit der Kerze neben mir abbrennen. Da lag ich allein auf dem Meer, dazu verurteilt, in der Luft zerfetzt zu werden und dieses Unheil während fast zwei Stunden mit jeder Sekunde näherrücken zu sehen. Machtlos und sprachlos, konnte ich weder mir selber helfen, noch andere zu Hilfe rufen. Und ich muß staunen, daß ich nicht Flamme, Lunte und Pulver betrog und vor Entsetzen über meine Lage starb, bevor meine erste halbe Stunde im Frachtraum der Brigg um war.

Ich weiß nicht genau, wie lange ich bei vollem Bewußtsein war, nachdem ich die Ruder des Schoners ins Wasser klatschen gehört hatte. Bis zu einem gewissen Punkt kann ich noch genau sagen, was ich dachte und tat, aber jenseits davon schweife ich ab und verliere mich in meinen Erinnerungen, wie ich damals von meinen Gefühlen überwältigt wurde.

Sobald die Luke über mir zu war, tat ich, was jeder an meiner Stelle getan hätte, und versuchte verzweifelt, meine Hände freizubekommen. In meiner panischen Angst schnitt ich mir die Haut mit den Seilen wie mit Messern auf, aber ich konnte sie nicht lockern. Noch aussichtsloser war es, meine Beine zu befreien oder mich von den Fesseln, die mich am Boden hielten, zu lösen. Als ich vor Atemnot fast erstickte, gab ich auf. Denn bitte bedenkt, daß mir der Knebel ein ungeheures Hindernis war; ich konnte nur durch die Nase frei atmen, und diese Luft reicht nicht weit, wenn man seine Kräfte bis zum äußersten spannt.

Ich gab also auf, lag ruhig und kam wieder zu Atem, während meine Augen die ganze Zeit angestrengt auf die Kerze starrten.

Als ich sie so fixierte, fiel mir ein, ich könnte versuchen, sie durch heftiges Ausatmen durch die Nasenlöcher auszublasen. Aber dazu war sie zu hoch über mir und zu weit weg. Ich versuchte es einmal, ein zweites und ein drittes Mal, dann gab ich auf und lag wieder ruhig, starrte die Kerze an, und die Kerze starrte *mich* an. Das Ruderklatschen drang nur noch ganz schwach herüber. Es war in der Morgenstille eben noch zu hören, ein leiser und leiser werdendes Plätschern.

Ich fürchtete zwar noch nicht gerade den Verstand zu verlieren, aber daß er sich verwirrte, merkte ich jetzt schon. Der Kerzendocht wurde länger und länger und die Spanne zwischen Flamme und Zündschnur – meine Lebensspanne – kürzer und kürzer. Ich rechnete mir aus, daß ich noch weniger als eineinhalb Stunden zu leben hatte.

Eine Stunde und eine halbe! Bestand überhaupt Hoffnung, daß ein Boot die Brigg vom Ufer her in dieser Zeit erreichen konnte? Ich nahm immerhin an, daß man früher oder später zur Brigg hinausfahren würde, ob die Küste, vor der sie ankerte, nun Freund oder Feind gehörte, denn sie war dort unbekannt. Die entscheidende Frage für *mich* lautete bloß, wie bald dies geschehen würde. Die Sonne war noch nicht aufgegangen, was ich durch den Spalt in der Luke erkennen konnte. Und daß kein Dorf in der Nähe lag, wußten wir vor der Enterung der Brigg alle, da wir keine Lichter am Strand gesehen hatten. Ich hörte auch keinen Wind, der ein fremdes Schiff hätte herbringen können. Hätte ich noch sechs Stunden zu leben gehabt, hätte zwischen Sonnenaufgang und Mittag wohl noch eine Aussicht auf Rettung bestanden. Aber bei eineinhalb Stunden, die mittlerweile auf fünf Viertel geschrumpft waren, gab es zu dieser frühen Morgenstunde vor unbewohnter Küste und in einer bleiernen Flaute nicht den Hauch einer Chance. Als mir dies aufging, kämpfte ich noch einmal – das letzte Mal – mit meinen Fesseln und schnitt mir zum Dank für meine Mühe nur noch tiefer ins Fleisch. Einmal mehr gab ich auf, lag ruhig und horchte auf das Klatschen der Ruder.

Es war weg! Ich hörte keinen Laut als das gelegentliche Blasen eines Fisches an der Wasseroberfläche und das Ächzen der abenteuerlichen alten Spieren, während die Brigg in der leichten Dünung sanft hin und her schaukelte.

Fünf Viertelstunden. Der Docht wuchs fürchterlich, während das Viertel zerrann, und die verkohlte Spitze wurde dicker und trieb zu einem Pilz auf. Bald würde sie abfallen. Und wenn sie glühend abfiel und vom Schaukeln der Brigg seitlich auf die Zündschnur an der Kerze traf? Dann hätte ich statt einer Stunde noch etwa zehn Minuten zu leben.

Diese Entdeckung führte meine Gedanken für kurze Zeit in eine neue Richtung. Ich begann darüber zu brüten, was für ein Sterben das Explodieren sei. Schmerzhaft! Na, aber dafür war es doch sicher zu plötzlich. Vielleicht nur ein Knall in mir oder einer außen oder beides zusammen – und Schluß! Vielleicht nicht einmal das. Vielleicht kam das Knallen und Sterben und Splittern meines Körpers in einem Funkenregen – alles im selben Augenblick! Ich konnte es mir nicht vorstellen, und ich konnte mich nicht festlegen. Die Minute der Sammlung war vorbei, bevor ich nur halbwegs genug nachgedacht hatte, und meine Gedanken wanderten wieder.

Als ich sie wiederfand oder sie mich (ich weiß nicht, was stimmt), war der Docht entsetzlich lang; über der Flamme rauchte es, das verkohlte Ende war breit und rot und hing schwer herab.

Verzweiflung und Grauen über den Anblick wiesen mir einen neuen Weg, der mindestens für mein Seelenheil gut und richtig war: Ich versuchte zu beten – im Herzen natürlich, denn laut konnte ich es wegen des Knebels nicht tun. Ich gab mir Mühe, doch die Kerze schien mein Beten zu versengen. Ich kämpfte heftig, um meine Augen von der langsamen, mörderischen Flamme abzuwenden und durch die Ritze in der Luke zum gesegneten Tageslicht emporzurichten. Ich versuchte es einmal, ein zweites und ein drittes Mal, dann gab ich auf. Jetzt bemühte ich mich nur noch, meine Augen zu schließen und sie geschlossen zu halten; versuchte es einmal, ein zweites Mal – und es gelang. «Gott segne meine alte Mutter und meine Schwester Lizzie. Gott schütze sie beide, und *mir* sei der Herr gnädig.» Die Zeit reichte gerade für dieses stille Gebet, bevor meine Augen gegen meinen Willen wieder aufsprangen und die Kerzenflamme in sie hineinschoß, durch mich hindurchschoß und alles, was da noch an Gedanken war, augenblicklich verbrannte.

Ich hörte keinen Fisch mehr blasen und keine Spieren mehr ächzen. Ich konnte nicht mehr denken und den Schweiß der eigenen Todesangst auf dem Gesicht nicht mehr spüren. Ich sah nur die schwere, verkohlte Spitze des Dochts. Sie schwoll an, wankte, neigte sich auf eine Seite, fiel rotglühend – und schon wieder schwarz und harmlos, noch bevor das Schaukeln der Brigg sie in die Schale des Kerzenhalters befördert hatte.

Ich ertappte mich beim Lachen.

Ja, ich lachte über das harmlose Abfallen dieses Stücks Docht. Und wäre der Knebel nicht gewesen, hätte ich geschrien vor Lachen. Aber er war da, und so bebte ich nur, bis mir das Blut in den Kopf lief und ich vor Atemnot fast erstickt wäre. Mit meinem letzten Rest an Verstand begriff ich, daß mein gräßliches Lachen in diesem grauenvollen Moment ein Zeichen beginnenden Wahnsinns war. Mit meinem Rest an Verstand nahm ich mich nochmals zusammen, bevor er durchging wie ein erschrockenes Pferd und mit mir davongaloppierte.

Noch einmal versuchte ich, einen tröstenden Blick auf das Tageslicht zu erhaschen, das durch die Luke sickerte. Und ich kämpfte wie nie zuvor, um meine Augen von der Kerze loszureißen und ihnen diesen einen Blick abzutrotzen. Aber ich unterlag: Die Flamme fesselte meinen Blick ebenso wie die Seile meine Hände. Ich konnte nicht wegsehen. Nicht einmal meine Augen brachte ich zu, als ich es noch einmal versuchte. Wieder wuchs der Docht. Und das Stück Kerze zwischen Flamme und Zündschnur war noch knapp einen Zoll breit.

Wieviel Leben ließ mir dieser Zoll? Eine Dreiviertelstunde? Oder nur eine halbe? Fünfzig Minuten? Zwanzig Minuten? Halt! Ein Zoll Talgkerze brennt gewiß länger als zwanzig Minuten. Ein Zoll Talgkerze! Die Vorstellung, daß ein Zoll

Talgkerze Leib und Seele eines Menschen zusammenhält! Ein Wunder! Da sitzt der mächtigste König auf seinem Thron und kann Leib und Seele eines Menschen nicht zusammenhalten, aber ein Stück Talg schafft das, was der König nicht kann! Meine Mutter wird staunen, wenn sie das hört, mehr als über alle meine übrigen Fahrten zusammen. Darüber mußte ich innerlich wieder lachen, und ich bebte, schwoll an und rang nach Atem, bis das Kerzenlicht in meine Augen sprang, nach dem Lachen züngelte und mich ausbrannte, bis ich wieder ganz leer, kalt und reglos war.

Mutter und Lizzie. Ich weiß nicht genau, wann sie zurückkamen, aber sie kamen wieder – nicht in meiner Erinnerung diesmal, meinte ich, sondern in Fleisch und Blut vor mir im Frachtraum der Brigg.

Ja, das war doch Lizzie; so übermütig wie immer lachte sie mich an. Sie lachte? Warum nicht? Wer kann es Lizzie verdenken, daß sie glaubt, ich liege betrunken im Keller, umgeben von Bierfässern? Aber halt! Jetzt weint sie ... wirbelt händeringend in einem Feuernebel und kreischt nach Hilfe ... schwächer und schwächer wie die Ruderschläge des Schoners. Weg ist sie ... im Feuernebel verbrannt! Nebel? Feuer? Nein, weder noch. Es ist Mutter, die Licht macht ... Mutter strickt, auf ihren Fingerspitzen tanzen zehn Feuerzungen, und statt des grauen Haars hängen Feuerschnüre rund um ihr Gesicht. Mutter in ihrem alten Lehnstuhl, die knochigen, langen Hände des Lotsen liegen über der Rückenlehne, und Schießpulver rieselt heraus. Nein, kein Pulver, kein Stuhl, keine Mutter ... nur das Gesicht des Lotsen, ein rotglühender Ball wie eine Sonne im Feuernebel; es kreiselt im Feuernebel, hüpft hin und her auf der Lunte, überschlägt sich im Dunst ... spult jede Minute Millionen Meilen ab, wirbelt sich kleiner und kleiner auf einen winzigen Punkt ... bis dieser Punkt mir in den Kopf springt, und alles ist Feuer und Nebel ... kein Hören, kein Sehen, kein Denken, kein Fühlen ... die Brigg und das Meer, ich und die ganze Welt, alles verschwunden!

Danach weiß ich nichts mehr und habe keine Erinnerung, bis ich in einem bequemen Bett, fand ich, aufwachte und zwei rauhe, einfache Burschen wie mich auf beiden Seiten neben meinem Kissen sitzen sah, während ein Herr am Fußende stand und mich beobachtete. Es war etwa sieben Uhr morgens. Mein Schlaf (oder was ich dafür hielt) hatte länger als acht Monate gedauert ... ich war unter meinen Landsleuten auf der Insel Trinidad ... die Männer neben meinem Kissen hielten abwechselnd Wache bei mir ... und der Herr am Fußende des Betts war der Arzt. Was ich in diesen acht Monaten tat oder sagte, erfuhr ich nie und werde es wohl auch nie wissen. Ich erwachte wie aus einem langen Schlaf – mehr kann ich dazu nicht sagen.

Es dauerte aber nochmals gut zwei Monate, bevor der Arzt es für unbedenklich hielt, auf meine Fragen zu antworten.

Wie ich vermutet hatte, ließ man die Brigg vor einem Küstenstrich ankern, der einsam genug war, daß die Spanier keine Störung befürchten mußten, solange sie ihrem mörderischen Tun im Schutz der Dunkelheit nachgingen.

Man hatte mir nicht von der Küste, sondern vom Meer her das Leben gerettet. Ein amerikanisches Schiff, das auf offener See in der Flaute lag, hatte die Brigg bei Sonnenaufgang gesichtet. Und weil der Kapitän bei der ruhigen See nichts zu tun hatte und ein Schiff sah, wo keines sein sollte, bemannte er eines der Boote und schickte seinen Schiffsoffizier mit, um die Sache zu inspizieren und ihm Bericht zu erstatten.

Als der Offizier mit seinen Männern die Brigg verlassen vorfand und an Bord ging, sah er den schwachen Kerzenschein durch den Spalt in der Luke. Die Flamme war noch um Haaresbreite von der Lunte entfernt, als er sich in den Frachtraum herunterließ, und hätte er nicht soviel Verstand und Kaltblütigkeit besessen, die Zündschnur mit seinem Messer durchzuhauen, bevor er die Kerze anfaßte, wären wohl er und seine Männer zusammen mit mir und der Brigg in die

Luft geflogen. Als die Kerze schon gelöscht wurde, erreichte die Flamme noch die Zündschnur, die glühende Funken spuckte, und wäre die Verbindung zum Pulverfaß nicht schon unterbrochen gewesen, wäre Gott weiß was passiert.

Was aus dem spanischen Schoner und aus dem Lotsen wurde, habe ich nie erfahren.

Die Brigg wurde von den Yankees in Besitz genommen. Sie brachten das Schiff und mich nach Trinidad und beanspruchten ihren Bergelohn, den sie hoffentlich auch erhielten. Mich brachten sie im selben Zustand an Land, in dem sie mich aus der Brigg gerettet hatten, nämlich ganz von Sinnen. Aber bitte denkt daran, das ist lange her, und ihr habt mein Wort darauf, daß man mich geheilt entließ, wie ich schon sagte. Macht euch nur keine Sorgen, es geht mir ja gut, wie ihr seht. Ich bin bloß etwas mitgenommen vom Erzählen dieser Geschichte, das ist doch verständlich – ein wenig mitgenommen, liebe Freunde, das ist alles.

DIE TRAUMFRAU

I

Ich hatte mich erst gut sechs Wochen in meiner Landpraxis niedergelassen, als ich in die Nachbarstadt gerufen wurde, um mit dem dortigen Arzt einen sehr ernsten Krankheitsfall zu besprechen.

Mein Pferd war nach einem langen Ritt am Abend zuvor mit mir gestürzt und war dabei weit schwerer verletzt worden als zum Glück sein Herr. Ohne das Tier war ich, da es damals noch keine Eisenbahn gab, auf die Kutsche angewiesen und hoffte, gegen Nachmittag damit auch wieder nach Hause zu kommen.

Nach der Besprechung wartete ich im ersten Gasthof der Stadt auf die Kutsche. Als sie kam, waren alle Plätze innen und außen besetzt, und es blieb mir nichts anderes übrig, als möglichst günstig einen Einspänner für den Rückweg zu mieten. Doch der dafür verlangte Preis schien mir so überhöht, daß ich nach einem bescheideneren Gasthof Ausschau halten wollte, um dort vielleicht mit einem weniger verwöhnten Wirt einen besseren Handel zu machen.

Ich fand auch bald das Gewünschte, ein schäbiges, ruhiges Gasthaus mit einem altmodischen Schild, das man offensichtlich seit vielen Jahren nicht mehr frisch gestrichen hatte. Dort war sich der Wirt nicht zu gut für ein kleines Geschäft und schellte, sobald wir handelseinig waren, im Hof nach dem Wagen.

«Ist Robert noch nicht von dieser Fahrt zurück?» fragte der Wirt den Kellner, der auf das Läuten herbeieilte.

«Nein, Sir.»

«Na, dann mußt du Isaac wecken.»

«Isaac wecken?» staunte ich. «Legen sich Ihre Stallknechte tagsüber ins Bett?»

«Der schon», sagte der Wirt und lächelte ziemlich seltsam vor sich hin.

«Und er träumt auch», fügte der Kellner hinzu; «ich weiß noch gut, wie ich erschrak, als ich ihn das erste Mal hörte.»

«Halt jetzt den Mund», unterbrach ihn der Besitzer, «geh und weck Isaac auf. Der Herr wartet auf seinen Wagen.»

Das Verhalten von Kellner und Wirt war wesentlich aufschlußreicher als ihre Äußerungen, und ich begann zu vermuten, ich sei hier einer Sache auf der Spur, die mich als Arzt interessieren könnte, und hätte gern einen Blick auf den Knecht geworfen, bevor der Kellner ihn weckte.

«Einen Augenblick», mischte ich mich ein, «ich möchte mir diesen Mann gerne ansehen, bevor Sie ihn wecken. Ich bin Arzt, und falls er so seltsam schläft und träumt, weil mit seinem Gehirn etwas nicht stimmt, weiß ich vielleicht Rat.»

«Dem kann wohl kein Doktor mehr helfen, Sir», sagte der Wirt, «aber wenn Sie ihn sich trotzdem ansehen wollen, bitte sehr.»

Er führte mich über einen Hof und einen Gang hinunter zum Stall, öffnete eine Tür, wies mich hinein und wartete draußen.

Ich befand mich in einem Stall mit zwei Boxen; in der einen mampfte ein Pferd seine Körner, in der anderen schlief ein alter Mann auf der Streu.

Ich bückte mich und betrachtete ihn aufmerksam. Er hatte ein verwelktes, kummervolles Gesicht. Die Stirn lag in Sorgenfalten, die Lippen waren verkniffen, und die Mundwinkel hingen herab. Auch die runzligen, hohlen Wangen und das schüttere graue Haar zeugten von erlittener Sorge oder Qual. Er atmete keuchend, als ich zu ihm trat, und begann gleich im Schlaf zu sprechen.

«Aufwachen!» hörte ich ihn durch die zusammengepreßten Zähne hervorstoßen. «Aufwachen! Mord!»

Er bewegte langsam einen dünnen Arm, bis dieser über seiner Kehle lag, erschauerte und wälzte sich auf dem Stroh. Dann entfernte sich der Arm wieder vom Hals, und die Hand fuhr auf die Seite, nach der er sich gekehrt hatte, als ob sie etwas packen wollte. Ich sah, wie sich seine Lippen bewegten, und bückte mich tiefer. Er redete noch immer im Schlaf.

«Hellgraue Augen», murmelte er, «und ein hängendes linkes Augenlid; strohblondes Haar mit goldgelbem Schimmer ... ja, Mutter ... schöne weiße Arme mit einem Flaum darauf ... eine kleine Damenhand, leicht rötlich unter den Fingernägeln. Das Messer ... immer das verfluchte Messer ... erst auf der einen Seite, dann auf der anderen. Ha, du Teufelin, wo ist das Messer?»

Dieses letzte Wort sagte er lauter und wurde plötzlich unruhig. Ich sah, wie er schauderte auf dem Stroh, wie sein welkes Gesicht sich verzerrte und er beide Hände mit einem hysterischen Keuchen in die Luft warf. Sie schlugen gegen die Futterkrippe, unter der er lag, und der Schlag weckte ihn auf. Ich hatte gerade noch Zeit, durch die Tür zu schlüpfen und sie zuzuziehen, bevor seine Augen ganz offenstanden und er wieder bei sich war.

«Wissen Sie etwas von der Vergangenheit dieses Mannes?» fragte ich den Wirt.

«Ja, Sir, so ziemlich alles», war die Antwort, «eine ganz seltsame Geschichte. Die meisten Leute wollen sie gar nicht glauben. Aber sie stimmt. Man braucht ihn ja nur anzusehen», fügte der Wirt hinzu und öffnete die Stalltür wieder. «Der arme Teufel! Die unruhigen Nächte haben ihn so erschöpft, daß er schon wieder eingeschlafen ist.»

«Sie müssen ihn nicht wecken», sagte ich, «es eilt mir nicht mit dem Wagen. Warten wir, bis der andere Stallknecht zurückkommt. Inzwischen könnte ich ja etwas essen und eine Flasche Sherry trinken; wie wär's, wenn Sie mir dabei Gesellschaft leisten?»

Wie erwartet taute mein Gastgeber über seinem eigenen Wein auf. Er wurde bald mitteilsam, was den schlafenden Mann im Stall betraf, und nach und nach entlockte ich ihm die ganze Geschichte. Jedermann wird sie für verstiegen und unglaubwürdig halten, aber ich erzähle alles genau so, wie ich es gehört habe und wie es sich zugetragen hat.

II

Vor einigen Jahren lebte in einem Vorort einer großen Hafenstadt an der Westküste Englands ein gewisser Isaac Scatchard in bescheidenen Verhältnissen. Er schlug sich als Fuhrknecht durch und war in guten Zeiten auch etwa als Stallbursche auf einem Landsitz beschäftigt. Obwohl er ein zuverlässiger, solider und ehrlicher Mann war, erging es ihm schlecht in seiner Stellung. Sein Pech war bei seinen Nachbarn sprichwörtlich. Er verpaßte ständig unverschuldet gute Gelegenheiten und arbeitete immer am längsten bei netten Leuten, die ihn nicht pünktlich bezahlten.

«Isaac den Pechvogel» nannten sie ihn in seiner Gegend, und niemand konnte behaupten, daß er den Spottnamen nicht mehr als verdiente.

Bei all dem Pech, das für viele Menschen gereicht hätte, blieb Isaac nur ein sehr schäbiger und unerfreulicher Trost: Er hatte keine Frau und keine Kinder, um die er sich auch noch hätte sorgen müssen und die ihm sein Scheitern im Leben noch bitterer gemacht hätten. Vielleicht war es bloße Gleichgültigkeit, vielleicht wollte er aber auch aus Großmut niemanden in sein Unglück hineinziehen; jedenfalls war er schon in mittleren Jahren und immer noch Junggeselle, ja, man konnte ihm nicht einmal andichten, er habe zwischen achtzehn und achtunddreißig je eine Liebste gehabt.

Wenn er gerade ohne Arbeit war, lebte er allein bei seiner verwitweten Mutter. Mrs. Scatchard hatte mehr Fähigkeiten und Stil, als ihren bescheidenen Lebensumständen entsprach. Sie hatte bessere Tage gesehen, wie man so sagt, ließ sich aber von neugierigen Besuchern nie darüber aushorchen und war zwar mit jedermann tadellos höflich, suchte aber keinen vertrauten Umgang mit ihren Nachbarn. Sie hielt sich mühselig genug mit groben Näharbeiten über Wasser und konnte ihrem Sohn immer ein ordentliches Zuhause bieten, wenn er in seinem Pech wieder einmal hilflos gestrandet war.

In einem rauhen Herbst, als Isaac demnächst

vierzig werden sollte und wie üblich schuldlos ohne Stelle war, brach er von zu Hause zu einem langen Fußmarsch landeinwärts zu einem Herrensitz auf, wo man dem Vernehmen nach einen Stallburschen brauchte.

In zwei Tagen hatte er Geburtstag, und Mrs. Scatchard nahm ihm, bevor er ging, in ihrer üblichen Fürsorglichkeit das Versprechen ab, rechtzeitig zu diesem Jahrestag zurück zu sein, den sie so festlich, wie es ihre spärlichen Mittel erlaubten, gemeinsam begehen wollten. Diesem Wunsch konnte er ohne weiteres nachkommen, selbst wenn er unterwegs zweimal übernachten müßte.

Er sollte an einem Montagmorgen aufbrechen und mittwochs um zwei zum Festessen zurück sein, ob er die neue Stelle nun bekam oder nicht.

Am Montagabend traf er zu spät an seinem Bestimmungsort ein, um sich als Stallbursche zu bewerben, deshalb übernachtete er im Dorfgasthof und sprach am Dienstagmorgen früh auf dem Gut vor. Doch das Pech blieb ihm auch diesmal unerbittlich treu, und seine vorzüglichen Empfehlungsschreiben nützten ihm nichts. Er hatte den langen Weg umsonst gemacht, denn man hatte die Stelle des Stallburschen erst am Vortag einem anderen gegeben.

Isaac nahm diese neuerliche Enttäuschung gefaßt und wie selbstverständlich auf. Er war von

Natur aus ein schwerfälliger Mensch und hatte jene dicke Haut und Bedächtigkeit, die bei langsamen Denkern häufig ist. Also dankte er dem Gutsverwalter mit seiner gewohnt ruhigen Höflichkeit dafür, ihn angehört zu haben, und verabschiedete sich, ohne in Gesicht oder Haltung besondere Niedergeschlagenheit zu verraten.

Bevor er sich auf den Heimweg machte, erfuhr er im Gasthof, daß er seinen Weg um ein paar Meilen abkürzen könne, wenn er der neuen Straße folge. Man gab ihm wiederholt und erschöpfend Auskunft über die verschiedenen Abzweigungen, und er brach auf und marschierte den ganzen Tag mit einer einzigen Rast bei Brot und Käse. Als es schon dämmerig wurde, kamen Wind und Regen auf, und überdies war er in einer Gegend, die er nicht kannte; er wußte nur, daß er etwa fünfzehn Meilen von zu Hause entfernt sein mußte. Das erste Haus, wo er fragen konnte, war ein einsamer Gasthof, der am Rand eines dichten Waldes lag. Doch sowenig einladend das Haus auch wirkte, so willkommen war es einem verirrten Wanderer mit schmerzenden Füßen, der dazu noch hungrig, durstig und naß war. Der Wirt war höflich und sah vertrauenerweckend aus, und er verlangte einen vernünftigen Preis für ein Bett. Also beschloß Isaac, bequem im Gasthof zu übernachten.

Er war kein unmäßiger Mann und begnügte sich mit zwei Scheiben Speck, einem Stück Hausbrot und einem Krug Bier. Nach diesem kargen Mahl ging er nicht gleich zu Bett, sondern saß noch mit dem Wirt zusammen und redete von seinen schlechten Aussichten und seiner langen Pechsträhne, bis sie schließlich auf Pferde und Pferderennen zu sprechen kamen. Weder er selbst noch der Wirt, noch die wenigen Knechte, die sich in diese Schenke verirrten, sagten irgend etwas, das im mindesten die sehr geringe und bescheidene Phantasie eines Isaac Scatchard hätte anregen können.

Kurz nach elf wurde das Haus geschlossen. Isaac machte mit dem Wirt die Runde und hielt die Kerze, während die Türen und unteren Fenster gesichert wurden. Er stellte überrascht fest, wie stark die Schlösser, die Riegel und die eisenbeschlagenen Läden waren.

«Wir wohnen eben ziemlich einsam hier», sagte der Wirt. «Man hat zwar noch nie einzubrechen versucht, aber wir sehen uns besser vor. Wenn kein Gast hier übernachtet, bin ich der einzige Mann im Haus. Meine Frau und meine Tochter sind ängstlich, und das Dienstmädchen schlägt ihnen darin nach. Noch ein Glas Bier, bevor Sie zu Bett gehen? Nein! Na, wie ein so nüchterner Mensch wie Sie ohne Stellung sein kann, ist mir unverständlich. Hier können Sie schlafen. Sie sind unser einziger Gast heute nacht, und ich denke, Sie werden zugeben, daß die Hausfrau ihr möglichstes für Ihr Wohlbehagen getan hat. Sind Sie ganz sicher, daß Sie nicht noch ein Glas Bier wollen? Also dann, gute Nacht!»

Die Uhr im Flur zeigte halb zwölf, als sie zum Schlafzimmer hinaufstiegen, dessen Fenster auf den Wald hinter dem Haus hinausging.

Isaac schloß die Tür ab, stellte seine Kerze auf den Wäschetisch und zog sich müde aus. Der rauhe Herbstwind blies immer noch, und die düster klagende, eintönige Weise, die aus dem Wald aufstieg, klang trostlos und schrecklich in der Stille der Nacht. Isaac fühlte sich plötzlich seltsam wach. Er legte sich ins Bett und beschloß, die Kerze brennen zu lassen, bis er den Schlaf kommen spürte, denn nur schon der Gedanke, wach im Dunkeln zu liegen und dem furchtbaren, endlosen Stöhnen des Winds in den Bäumen zuzuhören, hatte etwas unerträglich Bedrückendes.

Der Schlaf kam über ihn, bevor er es merkte. Seine Augen fielen zu, und er nickte ein, ehe er noch daran gedacht hatte, die Kerze zu löschen.

Ein seltsames Erschauern von Kopf bis Fuß störte zunächst seinen Schlummer, dann spürte er einen gräßlichen, bleischweren Schmerz im Herzen wie noch nie zuvor. Der Schauder trübte bloß seinen Schlaf, der Schmerz weckte ihn jäh. Sofort war er hellwach, die Augen weit geöffnet und wie durch ein Wunder völlig scharfsichtig.

Die Kerze war fast ganz abgebrannt, aber eben war die Spitze des ungekürzten Dochts abgefallen, und der kleine Raum war für kurze Zeit hell erleuchtet.

Zwischen dem Fußende seines Betts und der verschlossenen Tür stand eine Frau mit einem Messer in der Hand und schaute ihn an.

Er war stumm vor Entsetzen, büßte jedoch seine übernatürliche Hellsichtigkeit nicht ein und wandte keinen Blick von der Frau. Sie sagte kein Wort, während sie einander anstarrten, näherte sich aber langsam der linken Seite des Betts.

Seine Augen folgten ihr. Sie war eine weißhäutige, schöne Frau mit strohblondem Haar und hellgrauen Augen, ihr linkes Lid hing herab. Dies alles bemerkte er und prägte es sich ein, noch bevor sie um das Bett herum war. Stumm, mit unbewegtem Gesicht und geräuschlosem Schritt kam sie näher und näher – blieb stehen – und hob langsam das Messer. Er legte den rechten Arm schützend über seine Kehle, doch als er das Messer niederfahren sah, warf er die Hand nach rechts und seinen Körper hinterher, eben als das Messer einen Zollbreit neben seiner Schulter in die Matratze fuhr.

Er starrte auf ihren Arm und die Hand, als sie das Messer langsam herauszog: Es war ein weißer, wohlgeformter Arm mit einem hübschen Flaum auf der hellen Haut, und die Hand war eine zarte Damenhand mit einem Hauch Rot um die Nägel und darunter, der ihre Schönheit vollendete.

Sie zog das Messer heraus und wich langsam zum Fußende zurück. Dort blieb sie kurz stehen, sah ihn an und kam dann – immer noch stumm und ohne Ausdruck auf dem leeren, schönen Gesicht, immer noch ohne Widerhall ihrer verstohlenen Schritte – auf die rechte Seite des Betts, wo er jetzt lag.

Als sie sich näherte, hob sie wieder das Messer, und er warf sich nach links. Sie stach wie zuvor mit einer entschlossenen, senkrechten Armbewegung tief in die Matratze. Diesmal schweifte sein Blick von ihr zu dem Messer. Es glich den großen Klappmessern, mit denen er oft die Knechte Brot und Speck schneiden gesehen hatte. Ihre zarten, kleinen Finger verdeckten nicht mehr als zwei Drittel des Griffs; er sah, daß er aus Hirschhorn war und so sauber und neu glänzte wie die Klinge.

Wieder zog sie das Messer heraus und verbarg es im weiten Ärmel ihres Kleids. Dann blieb sie neben dem Bett stehen und beobachtete ihn. Einen Augenblick sah er sie noch so stehen, dann fiel der Docht der abgebrannten Kerze in die Schale, die Flamme schwand zu einem kleinen blauen Punkt, und der Raum wurde dunkel.

Vielleicht nicht einmal eine Sekunde später flackerte der Docht noch einmal rauchend auf. Isaacs Blick war noch unverwandt nach rechts gerichtet, als die Flamme ein letztes Mal aufloderte, aber er sah nichts mehr. Die schöne Frau mit dem Messer war verschwunden.

Die Überzeugung, wieder allein zu sein, löste den Bann des Schreckens, der ihm bisher die Sprache verschlagen hatte. Und die übernatürliche Hellsichtigkeit, die ihm in seiner Panik die Sinne geschärft hatte, wich plötzlich von ihm. Sein Verstand verwirrte sich, sein Herz schlug wild, seine Ohren vernahmen zum ersten Mal, seit die Frau erschienen war, wieder das unablässig klagende Stöhnen des Winds in den Bäumen. Noch war er von der schaurigen Wirklichkeit des Gesehenen überzeugt, sprang aus dem Bett und rief: «Mord! Aufwachen! Aufwachen!» und stürzte durch die Dunkelheit zur Tür.

Diese war ebensofest verschlossen wie vor dem Schlafengehen.

Seine Schreie hatten die Hausbewohner geweckt. Er hörte das verstörte Kreischen der Frauen und sah den Hausherrn mit einem brennenden Binsenlicht in der einen und seinem Gewehr in der anderen Hand den Flur heraufeilen.

«Was ist los?» fragte der Wirt außer Atem.

Isaac brachte nur ein Flüstern hervor. «Eine Frau mit einem Messer in der Hand», keuchte er. «In meinem Zimmer … eine schöne blonde Frau; sie hat zweimal auf mich eingestochen.»

Die Wangen des Wirts wurden noch bleicher. Er sah Isaac im flackernden Kerzenlicht forschend an, worauf sein Gesicht wieder röter wurde und sich mit der Farbe auch seine Stimme änderte.

«Sie hat Sie anscheinend zweimal verfehlt», sagte er.

«Ich bin dem Messer ausgewichen», fuhr Isaac im selben erschrockenen Flüsterton fort. «Es traf jedesmal das Bett.»

Der Wirt ging sofort mit seinem Licht ins Schlafzimmer und kam nach kaum einer Minute heftig erzürnt wieder heraus.

«Zum Teufel mit Ihnen samt Ihrer Messerfrau! Auf den Laken ist nichts zu sehen. Was fällt Ihnen ein, daherzukommen und eine Familie zu Tode zu erschrecken, nur weil Sie schlecht geträumt haben?»

«Ich verlasse Ihr Haus», brachte Isaac hervor. «Lieber draußen auf der Straße bei Regen und Dunkelheit auf meinem Heimweg als wieder in diesem Zimmer, nach allem, was ich dort gesehen habe. Geben Sie mir zum Anziehen ein Licht, und sagen Sie, was ich Ihnen schuldig bin.»

«Was Sie mir schuldig sind!» empörte sich der Wirt und wies mit seinem Licht mürrisch den Weg ins Schlafzimmer. «Sie sehen es angeschrieben, wenn Sie nach unten kommen. Aber ich hätte Sie um kein Geld der Welt genommen, wenn ich geahnt hätte, daß Sie derart träumen und herumschreien. Schauen Sie sich doch das Bett an. Wo ist da ein Einstich? Oder das Fenster – ist der Riegel geborsten? Und die Tür, die ich Sie selbst zusperren hörte, wurde die aufgebrochen? Eine Mörderin mit einem Messer in meinem Haus! Sie sollten sich schämen!»

Isaac erwiderte kein Wort. Er fuhr in seine Kleider, dann gingen sie zusammen die Treppe hinunter.

«Knapp zwanzig Minuten nach zwei!» sagte der Wirt, als sie an der Uhr vorbeikamen. «Eine schöne Zeit am Morgen früh, um anständigen Leuten einen solchen Schreck einzujagen!»

Isaac zahlte, und der Wirt fragte mit einem verächtlichen Grinsen, ob «die Mörderin» wohl da hereingekommen sei, als er die starken Riegel vor der Haustür zurückschob.

Wortlos trennten sie sich. Der Regen hatte aufgehört, aber es war dunkle Nacht, und der Wind heulte stärker denn je. Doch Isaac achtete weder auf Dunkelheit, Kälte noch den unsicheren Weg. Selbst in eine sturmgepeitschte Wildnis entlassen zu werden wäre ihm nach den Qualen im Gastzimmer ein Trost gewesen.

Was war diese schöne Frau mit dem Messer? Eine Traumgestalt oder jenes Wesen aus einer unbekannten Welt, das die Menschen ein Gespenst nennen? Er konnte sich das Geheimnis nicht erklären – und es blieb ihm noch immer ein Rätsel, als er am Mittwoch zur Mittagszeit nach vielen Irrwegen endlich wieder vor seinem Zuhause stand.

III

Seine Mutter kam ihm freudig entgegen und las gleich in seinem Gesicht, daß etwas nicht stimmte.

«Ich habe die Stelle nicht bekommen, aber das ist es nicht. Ich hatte letzte Nacht einen Alptraum, Mutter – oder vielleicht habe ich auch ein Gespenst gesehen. Jedenfalls hat es mich an den Rand des Wahnsinns getrieben, und ich bin noch nicht darüber hinweg.»

«Isaac, dein Gesicht macht mir angst. Komm herein an den Herd – komm herein und erzähl Mutter alles.»

Er wollte so gerne erzählen, wie sie unbedingt hören wollte, denn er hatte schon auf dem Heimweg gehofft, seine Mutter mit ihrer schnelleren Auffassungsgabe und dem größeren Verstand würde Licht in das Dunkel bringen, das er nicht erhellen konnte. Er erinnerte sich zwar lebhaft und wie von selbst an alle Einzelheiten, doch seine Gedanken hatte der Traum völlig verwirrt.

Das Gesicht seiner Mutter wurde bleicher und bleicher, während er erzählte. Sie unterbrach ihn mit keinem einzigen Wort, aber als er fertig war, rückte sie seinen Stuhl zu ihm, legte ihm den Arm um den Hals und sagte: «Isaac, du hattest deinen Alptraum an diesem Mittwochmorgen. Wie spät war es, als du die schöne Frau mit dem Messer in der Hand gesehen hast?»

Isaac fiel ein, was der Wirt gesagt hatte, als sie auf dem Weg hinaus an der Uhr vorbeigekommen waren. Er überlegte, wieviel Zeit zwischen dem Entriegeln der Schlafzimmertür und dem Bezahlen der Rechnung vor seinem Aufbruch verstrichen sein mußte, und antwortete: «Ungefähr zwei Uhr morgens.»

Seine Mutter löste jäh ihre Umarmung und schlug verzweifelt die Hände zusammen. «An einem Mittwoch wie heute bist du auf die Welt gekommen, Isaac, und zwei Uhr morgens war die Stunde deiner Geburt.»

Isaac war zu schwer von Begriff, um das abergläubische Entsetzen seiner Mutter sofort zu verstehen. Er war verblüfft und auch etwas beunruhigt, als sie plötzlich aufstand, Feder, Tinte und Papier aus ihrem alten Schreibpult holte und zu ihm sagte: «Du hast kein gutes Gedächtnis, Isaac, und ich als alte Frau habe auch kein viel besseres. Ich will, daß wir uns beide nach Jahren noch so gut an deinen Traum erinnern wie jetzt. Sag mir noch einmal genau, wie die Frau mit dem Messer aussah.»

Isaac gehorchte und staunte sehr, als er sah, wie seine Mutter seine Worte getreulich niederschrieb.

«Hellgraue Augen», hielt sie fest, als sie zu der Beschreibung kamen, «und das linke Lid hing herunter; strohblondes Haar mit goldgelbem Schimmer; weiße Arme, mit Flaum bedeckt; eine zarte Damenhand mit einem Hauch Rot um die Fingernägel; ein Klappmesser mit Hirschhorngriff, das wie neu wirkte.» Neben diese Einzelheiten setzte Mrs. Scatchard Jahr, Monat, Tag und Stunde, da die Traumfrau ihrem Sohn frühmorgens erschienen war, und schloß das Dokument sorgsam in ihr Pult.

Darauf konnte ihr Sohn sie weder an diesem noch an irgendeinem folgenden Tag dazu bewegen, auf die Sache mit dem Traum zurückzukommen. Sie behielt ihre Gedanken eigensinnig für sich und mochte das Papier im Pult nicht einmal mehr erwähnen. Bald gab Isaac alle Versuche auf, sie dazu zu bewegen, ihr hartnäckiges Schweigen zu brechen; und die Zeit, die früher oder später alles mildert, dämpfte allmählich auch die Wirkung des Traums. Er dachte erst nur noch beiläufig und schließlich gar nicht mehr daran.

Dies fiel ihm um so leichter, als sich seine Aussichten bald nach dem schrecklichen nächtlichen Abenteuer im Wirtshaus entscheidend verbesserten. Endlich erntete er den Lohn für sein langes, geduldiges Ausharren im Unglück und fand eine ausgezeichnete Stelle, die er sieben Jahre behielt und nach dem Tod seines Herrn nicht nur mit einem vorzüglichen Zeugnis verließ, sondern auch mit einer großzügigen Rente, die ihm dafür ausgesetzt worden war, daß er seiner Herrin bei einem Kutschenunglück das Leben gerettet hatte.

So kam es, daß Isaac Scatchard, sieben Jahre nach dem Traum im Wirtshaus, mit ausreichenden Einkünften zu seiner alten Mutter zurückkehrte und ihnen bis an ihrer beider Lebensende ein sorgloses und unabhängiges Auskommen sicherte.

Der Mutter, die in den vergangenen Jahren gekränkelt hatte, taten Isaacs Zuwendung und die Befreiung von Geldsorgen so gut, daß sie behaglich am Tisch sitzen und mit ihrem Sohn speisen konnte, als sein Geburtstag kam.

Im Laufe des Abends stellte Mrs. Scatchard fest, daß ihr gewohntes Stärkungsmittel, von dem sie noch einen Rest in der Flasche vermutet hatte, leer war. Isaac bot sogleich an, zur Apotheke zu gehen und es wieder auffüllen zu lassen. Es war eine regnerische, rauhe Herbstnacht wie an jenem denkwürdigen Abend, als er sich verirrt und im Wirtshaus am Weg geschlafen hatte.

Als er die Apotheke betrat, eilte eine ärmlich gekleidete Frau an ihm vorbei zur Tür hinaus. Ihr Gesicht, auf das er einen Blick erhaschte, verblüffte ihn, und er sah ihr nach, als sie die Stufen hinunterlief.

«Fällt Ihnen diese Frau auch auf?» fragte der Lehrling hinter der Theke. «Ich glaube, mit ihr stimmt etwas nicht. Sie hat nach Laudanum gegen Zahnschmerzen gefragt. Der Meister ist für eine halbe Stunde weg, und ich hab' ihr gesagt, ich darf in seiner Abwesenheit kein Gift an

Fremde verkaufen. Sie hat so seltsam gelacht und gesagt, sie werde in einer halben Stunde wiederkommen. Aber wenn sie glaubt, der Meister gibt ihr, was sie will, täuscht sie sich wohl. Das ist eine Selbstmörderin, Sir, todsicher.»

Diese Worte trugen gewaltig zur plötzlichen Anziehungskraft dieser Frau bei, die Isaac beim ersten Blick auf ihr Gesicht empfunden hatte. Und nachdem die Arzneiflasche gefüllt war, sah er sich gespannt nach der Frau um, sobald er wieder auf der Straße stand. Sie ging auf der anderen Seite langsam auf und ab. Isaac überquerte mit Herzklopfen, was ihn selbst erstaunte, die Straße und sprach sie an.

Er fragte sie, ob sie Kummer habe. Sie wies auf ihren zerrissenen Schal, den fadenscheinigen Rock und den zerdrückten, schmutzigen Hut und stellte sich unter eine Lampe, damit das Licht auf ihr strenges, blasses und trotzdem wunderschönes Gesicht fiel.

«Ich sehe doch aus wie eine zufriedene, glückliche Frau, was?» lachte sie bitter.

Ihre Stimme hatte einen reinen Klang, den Isaac bisher nur bei Damen gehört hatte, und die kleinsten Gesten schienen die natürliche, achtlose Eleganz einer Lady zu verraten. Ihre Haut war trotz jener Blässe, welche Armut verriet, so zart, als hätte sie ihr Leben mit all jenen Annehmlichkeiten umgeben, die man mit Geld kaufen kann. Selbst ihre kleinen, zartgliedrigen

Hände waren weiß geblieben, obwohl sie keine Handschuhe trug.

Nach und nach kam auf seine Fragen die traurige Geschichte der Frau ans Licht. Sie braucht hier nicht erzählt zu werden, denn man liest sie immer wieder in Polizeiberichten und Zeitungsmeldungen über versuchten Selbstmord.

«Ich heiße Rebecca Murdoch», sagte die Frau zum Schluß. «Und ich habe noch ganze neun Pence, mit denen ich mir in der Apotheke drüben eine Reise ins Jenseits kaufen wollte. Es kann jedenfalls nicht schlimmer als hier sein, was sollte mich also noch halten?»

Isaac spürte nicht nur ein natürliches Mitleid und Traurigkeit, als er der Frau zuhörte, sondern auch eine rätselhafte Aura, die seine Gedanken ganz durcheinanderbrachte und ihn fast sprachlos werden ließ. So wußte er auf ihre letzten verzweifelten Worte nur zu entgegnen, daß er sie an diesem Selbstmord hindern würde, und wenn er ihr dazu die ganze Nacht folgen müsse. Seine rauhe, aufgewühlte Ernsthaftigkeit schien sie zu beeindrucken.

«Ich will Ihnen nicht soviel Mühe machen», antwortete sie, als er seine Absicht drohend wiederholte. «Ihre freundlichen Worte haben mir wieder Lebensmut gegeben. Wir brauchen das ganze Theater der Versprechen und Schwüre nicht. Sie können mir auch so glauben. Kommen Sie morgen um zwölf zu Fuller's Meadow, und Sie werden den lebendigen Beweis sehen. Nein, kein Geld! Meine neun Pence werden für eine Unterkunft nach meinen Wünschen ausreichen.»

Sie nickte und ging. Er unternahm keinen Versuch, ihr zu folgen, und fürchtete keine Täuschung.

«Es ist seltsam, aber ich muß ihr einfach glauben», sagte er sich und machte sich verwirrt auf den Heimweg.

Als er das Haus betrat, zog diese Begegnung seine Gedanken noch so in Bann, daß er nicht darauf achtete, womit seine Mutter beschäftigt war, als er mit der Arzneiflasche hereinkam. Sie hatte in seiner Abwesenheit ihr altes Pult geöffnet und studierte gerade aufmerksam ein Dokument, das darin lag. Noch an jedem Geburtstag von Isaac, seit sie die Einzelheiten des Traums nach seinen Worten notiert hatte, las sie dieses Papier durch und brütete still darüber.

Am darauffolgenden Tag ging Isaac zu Fuller's Meadow.

Sie hatte sein unbedingtes Vertrauen nicht enttäuscht und gab den angekündigten lebendigen Beweis pünktlich auf die Minute. Und in Isaacs Herz schwanden an diesem denkwürdigen Morgen die letzten schwachen Widerstände gegen den unergründlichen Zauber, den ein Wort oder ein Blick von ihr auf ihn auszuüben begann, für immer.

Wenn ein Mann, dem Frauen zuvor gleichgültig waren, sich in mittleren Jahren verliebt, was selten genug vorkommt, kann er sich trotz aller schlechten Omen nur selten von der Tyrannei seiner neuen Leidenschaft befreien. Selbst einem Zwanzigjährigen in Isaacs Lebensumständen hätte der Reiz guter, zärtlicher und dankbarer Worte einer Frau, in deren Sprache und Benehmen noch genug an ihre einstige Vornehmheit erinnerte, gefährlich werden können. Aber für ihn, der sich in der Lebensmitte einer Unwürdigen öffnete – in den Jahren, da alle starken Gefühle im Gemüt jener, die sie noch zulassen, feste Wurzeln schlagen –, bedeuteten sie das sichere Verderben. Nach einigen weiteren heimlichen Zwiegesprächen nach jenem ersten Morgen auf Fuller's Meadow war es um ihn geschehen. Keinen Monat nach ihrer ersten Begegnung hatte Isaac Scatchard Rebecca Murdoch großherzig neuen Lebensmut und die Chance gegeben, ihren guten Ruf zurückzugewinnen, indem er ihr die Ehe versprach.

Sie hatte nicht nur seine Sinne, sondern auch seinen Verstand betört, und soviel er davon hatte, unterwarf er ihr. Sie leitete ihn in allem an – selbst wenn es darum ging, seiner Mutter die bevorstehende Heirat möglichst schonend beizubringen.

«Wenn du ihr gleich sagst, wie du mir begegnet bist und wer ich bin», sagte die schlaue Person, «wird sie Himmel und Erde in Bewegung setzen, um unsere Hochzeit zu verhindern. Sag ihr, ich sei die Schwester eines Knechts, den du kennst, und bitte sie, mich zu empfangen, bevor du mehr erzählst – dann kannst du den Rest getrost mir überlassen. Ich lege es darauf an, ihr der liebste Mensch auf der Welt nach dir zu werden, Isaac, und zwar noch bevor sie ahnt, wer ich wirklich bin.»

Dieser Zweck heiligte in Isaacs Augen die Mittel. Besagter Plan nahm ihm seine eine große Sorge ab und erleichterte sein schlechtes Gewissen gegenüber seiner Mutter. Trotzdem fehlte ihm etwas zum vollkommenen Glück. Er hätte es nicht nennen können, es entzog sich ihm rätselhaft immer wieder und war doch ständig da – nicht in Rebecca Murdochs Abwesenheit, seltsamerweise, sondern gerade in ihrer Gegenwart! Dabei war sie die Freundlichkeit in Person. Sie ließ ihn seine unterlegene Intelligenz und die schlechteren Manieren nie spüren, sondern war überaus darauf bedacht, es ihm bis ins kleinste recht zu machen. Doch trotz all dieser Vorzüge fühlte er sich nie ganz ungezwungen, wenn sie bei ihm war. Schon bei der ersten Begegnung hatte ihn beim ersten bewundernden Blick ein leiser, unwillkürlicher Zweifel beschlichen, ob dieses Gesicht ihm völlig fremd sei. Und an diesem unerklärlichen, lästigen Verdacht konnte keine spätere Vertrautheit etwas ändern.

Er verschwieg wie befohlen die Wahrheit und platzte noch an dem Tag, als er das Verlöbnis eingegangen war, verlegen damit heraus. Die arme Mrs. Scatchard bewies vollstes Vertrauen in ihren Sohn, indem sie ihm die Arme um den Hals warf und ihn dazu beglückwünschte, endlich in der Schwester eines befreundeten Knechts eine Frau gefunden zu haben, die ihm Trost und Stütze sein konnte, wenn seine Mutter einmal nicht mehr war. Sie freute sich sehr darauf, die Braut ihres Sohns kennenzulernen, und gleich am nächsten Tag sollte sie ihr vorgestellt werden.

Es war ein heller, sonniger Morgen, und die kleine Stube war lichterfüllt, als Mrs. Scatchard in ihrem Sonntagskleid froh und hoffnungsvoll auf ihren Sohn und ihre künftige Schwiegertochter wartete.

Pünktlich zur festgesetzten Zeit führte Isaac seine Verlobte hastig und nervös in den Raum. Seine Mutter stand auf, trat Rebecca lächelnd ein paar Schritte entgegen, sah ihr voll in die Augen – und blieb stehen. Ihr eben noch gerötetes Gesicht wurde plötzlich weiß; der sanfte, freundliche Blick in ihren Augen machte blankem Entsetzen Platz, ihre ausgestreckten Hände fielen herunter, und sie wich ein paar Schritte zurück und rief leise den Namen ihres Sohns.

«Isaac», flüsterte sie und packte ihn fest am Arm, als er besorgt fragte, ob es ihr nicht gut gehe. «Isaac, erinnert dich das Gesicht dieser Frau nicht an etwas?»

Und bevor er antworten oder sich nach Rebecca umdrehen konnte, die erstaunt und verärgert über diesen Empfang am anderen Ende der Stube stand, deutete seine Mutter ungeduldig auf ihr Pult und gab ihm den Schlüssel.

«Mach es auf», stieß sie atemlos flüsternd hervor.

«Was soll das bedeuten? Warum behandelt man mich, als ob ich hier nichts zu suchen hätte? Will deine Mutter mich beleidigen?» fragte Rebecca erbost.

«Mach auf und gib mir das Blatt aus der linken Schublade. Schnell! Um Himmels willen, mach schnell!» sagte Mrs. Scatchard und wich in panischer Angst noch weiter zurück.

Isaac gab ihr das Blatt. Sie warf einen begierigen Blick darauf, dann folgte sie Rebecca, die sich hochmütig abwandte und das Zimmer verlassen wollte. Mrs. Scatchard packte sie an der Schulter, schlug ihr den langen, weiten Ärmel zurück und betrachtete Hand und Arm.

Etwas wie Furcht mischte sich in den Ärger auf Rebeccas Gesicht, als sie sich aus dem Griff der alten Frau befreite. «Verrückt!» murmelte sie vor sich hin, «und Isaac hat mir kein Wort gesagt.» Damit verließ sie den Raum.

Isaac wollte ihr nachlaufen, als seine Mutter sich umdrehte und ihn zurückhielt. Es zerriß ihm das Herz, den Jammer und das Grauen in ihrem Blick zu sehen.

«Hellgraue Augen», wisperte sie traurig und wies schaudernd auf die offene Tür. «Hängendes linkes Augenlid; strohblondes Haar mit einem goldenen Schimmer; weiße Arme, mit Flaum bedeckt; eine zarte Damenhand, leicht rötlich unter den Fingernägeln – *die Traumfrau,* Isaac, das ist die Traumfrau!»

Damit war der nagende Zweifel, den er in Rebecca Murdochs Gegenwart nie hatte abschütteln können, auf unheilvolle Weise für immer ausgeräumt. Er *hatte* ihr Gesicht tatsächlich schon gesehen – vor sieben Jahren, an seinem Geburtstag, im Schlafzimmer des einsamen Gasthauses.

«Laß dich warnen, mein Sohn, ach, sei doch gewarnt! Ach, Isaac, Isaac, laß sie gehen und bleib bei mir!»

Etwas verdunkelte bei diesen Worten das Stubenfenster. Ein plötzlicher Schauder durchfuhr ihn, und er warf einen seitlichen Blick auf den Schatten. Rebecca Murdoch war zurückgekommen und spähte neugierig über die niedrige Jalousie zu ihnen herein.

«Ich habe ihr die Heirat versprochen, Mutter», sagte er, «und diese Heirat muß sein.»

Tränen traten ihm bei diesen Worten in die Augen und trübten seinen Blick; trotzdem nahm er wahr, daß das unheilvolle Gesicht draußen wieder vom Fenster wegglitt.

Seine Mutter ließ den Kopf tiefer sinken.

«Was hast du?» flüsterte er.

«Ein gebrochenes Herz, Isaac.»

Er beugte sich zu ihr herab und küßte sie. Der Schatten schwebte ans Fenster zurück, und wieder spähte das unheilvolle Gesicht neugierig ins Zimmer.

IV

Drei Wochen später waren Isaac und Rebecca Mann und Frau. Die ganze Widerborstigkeit in der Veranlagung des Mannes schien sich auf seine fatale Leidenschaft konzentriert und sie unangreifbar in seinem Herzen verankert zu haben.

Nach dem ersten Zusammentreffen in ihrer Stube war Mrs. Scatchard unter keinen Umständen dazu zu bewegen, die Frau ihres Sohnes wiederzusehen oder sie auch nur zu erwähnen, sosehr Isaac sich nach der Hochzeit auch für sie einsetzte.

Dieses Betragen hatte nichts damit zu tun, daß Rebeccas ehrloses Leben entdeckt worden wäre. Davon war zwischen Mutter und Sohn nie die Rede. Es ging einzig um die furchterregende Ähnlichkeit zwischen dem Mädchen aus Fleisch und Blut und der Geisterfrau aus Isaacs Traum.

Rebecca selbst zeigte und empfand nicht den geringsten Kummer über den Bruch zwischen ihrer Schwiegermutter und ihr. Um des lieben Friedens willen hatte Isaac ihrer ersten Ansicht, das Alter und eine lange Krankheit hätten Mrs. Scatchards Verstand angegriffen, nie widersprochen. Er ließ sich sogar lieber von seiner Frau Vorwürfe machen, ihr das bei der Verlobung nicht gestanden zu haben, als durch Andeutungen des wahren Sachverhalts etwas zu riskieren. Daß er dabei in seinem alles beherrschenden Wahn seine Ehrlichkeit preisgab, schien eine Kleinigkeit und kostete ihn nach den Opfern, die er schon gebracht hatte, keine großen Gewissensbisse.

Doch das grausame, reuevolle Erwachen aus der Verblendung ließ nicht lange auf sich warten. Nach ruhigen ersten Ehemonaten spürte Isaac, als der Sommer zu Ende ging und sein Geburtsmonat näher kam, eine Veränderung im Verhalten seiner Frau ihm gegenüber. Sie wurde mürrisch und unverschämt, schloß trotz seiner Einwände, Bitten und Befehle sehr gewagte Bekanntschaften und, was am schlimmsten war, ertränkte bald einmal jeden Streit mit ihrem Mann in Alkohol. Der betrüblichen Feststellung, daß seine Frau sich mit Säufern abgab, folgte für Isaac nach und nach die entsetzliche Gewißheit, daß sie selbst zur Trinkerin geworden war.

Schon vor dieser häuslichen Katastrophe war Isaac seit einiger Zeit niedergeschlagen. Bei jedem Besuch bei seiner Mutter spürte er nämlich deutlich, wie rasch ihre Kräfte schwanden, und er beschuldigte sich insgeheim selbst, die Ursache für ihr körperliches und seelisches Leiden zu sein. Als zu dieser Reue noch Scham und Elend wegen der Haltlosigkeit seiner Frau kamen, wurde ihm die zweifache Prüfung zuviel – sein Gesicht verfiel rasch, und er war innerlich und äußerlich ein gebrochener Mann.

Seine Mutter, die tapfer gegen die Krankheit kämpfte, die sie ins Grab bringen wollte, bemerkte Isaacs traurige Wandlung als erste und vernahm auch zuerst von dieser letzten und ärgsten Sorge mit seiner Frau. An dem Tag, als er ihr dieses demütigende Eingeständnis machte, konnte sie nur bittere Tränen vergießen; aber bei seinem nächsten Besuch berichtete sie von einem Entschluß betreffend seine häusliche Not, der ihn erstaunte und sogar erschreckte.

Er traf sie zum Ausgehen bereit an, und als er sie nach dem Grund fragte, bekam er zur Antwort: «Ich habe nicht mehr lange zu leben, Isaac, und wenn ich nicht bis zuletzt alles versuche, um meinen Sohn glücklich zu machen, werde ich auf meinem Totenbett keine Ruhe finden. Ich will meine eigenen Ängste und Gefühle abschütteln, mit dir zu deiner Frau gehen und zu ihrer Rettung mein möglichstes tun. Gib mir deinen Arm, Isaac, und laß mich meinem Sohn diesen letzten Liebesdienst erweisen, bevor es zu spät ist.»

Er konnte es ihr nicht abschlagen, und sie gingen langsam zu seinem freudlosen Heim.

Es war erst ein Uhr nachmittags, als sie zu dem Haus kamen, wo er wohnte. Sie aßen um diese Zeit, und Rebecca war in der Küche. So konnte er seine Mutter unbemerkt in die Stube führen und seine Frau auf die Begegnung vorbereiten. Sie hatte zu dieser frühen Stunde zum Glück erst wenig getrunken und war nicht so mürrisch und launenhaft wie sonst.

Er kehrte einigermaßen beruhigt zu seiner Mutter zurück. Seine Frau folgte ihm bald in die Stube, und die Begegnung zwischen ihr und Mrs. Scatchard verlief besser, als er zu hoffen gewagt hatte, obwohl er mit heimlicher Unruhe feststellte, daß seine Mutter seiner Frau beim Gespräch nicht ins Gesicht sehen konnte, sosehr sie sich auch sonst zusammennahm. Darum war er erleichtert, als Rebecca den Tisch zu decken begann.

Sie breitete das Tischtuch aus, brachte das Brotbrett und schnitt vom Laib eine Scheibe für ihren Mann ab; dann ging sie wieder in die Küche. Im selben Augenblick stutzte Isaac, der seine Mutter weiterhin ängstlich beobachtete, von derselben grauenvollen Verwandlung erschreckt, die ihr Gesicht an jenem Morgen so entstellte, als sie Rebecca zum ersten Mal sah.

Bevor er ein Wort sagen konnte, flüsterte sie mit entsetztem Blick: «Bring mich nach Hause ... wieder nach Hause, Isaac. Komm mit mir und geh nie wieder zurück.»

Er fürchtete sich vor einer Erklärung, konnte ihr nur bedeuten zu schweigen und sie rasch zur Tür bringen. Als sie am Brotbrett auf dem Tisch vorbeigingen, blieb sie stehen und zeigte darauf.

«Hast du gesehen, womit deine Frau das Brot geschnitten hat?» wisperte sie.

«Nein, Mutter, ich hab's nicht gesehen... womit denn?»

«Sieh hin!»

Er gehorchte. Ein neues Klappmesser mit Hirschhorngriff lag neben dem Brot auf dem Brett. Er streckte schaudernd die Hand danach aus, da hörte man es in der Küche klappern, und seine Mutter packte ihn am Arm.

«Das Messer aus dem Traum! Isaac, ich sterbe vor Angst. Bring mich hinaus, bevor sie zurückkommt.»

Er war selbst kaum in der Lage, sie zu stützen. Die sicht- und greifbare Wirklichkeit des Messers erfüllte ihn mit Panik und wischte alle leisen Zweifel weg, die er bisher an der Echtheit des rätselhaft warnenden Traums vor fast acht Jahren gehabt haben mochte. Mit einer letzten verzweifelten Anstrengung fand er die Kraft, seine Mutter aus dem Haus zu führen, und zwar so leise, daß die «Traumfrau» (denn so nannte er sie jetzt in Gedanken) es aus der Küche nicht hörte.

«Geh nicht zurück, Isaac, bitte nicht!» flehte Mrs. Scatchard, als er sie sicher in ihre Stube gebracht hatte und sich zum Gehen wandte.

«Ich muß das Messer haben», murmelte er halblaut. Noch einmal wollte seine Mutter ihn aufhalten, doch er ging rasch ohne ein weiteres Wort hinaus.

Seine Frau hatte inzwischen ihr heimliches Verschwinden bemerkt. Sie hatte getrunken und war außer sich. Das Essen hatte sie weggekippt, und auf dem Tisch lag kein Tuch mehr. Wo war das Messer?

Dummerweise fragte er danach, und sie ergriff nur zu gern die Gelegenheit, ihn damit zu erzürnen: «Das Messer wollte er also? Aus welchem Grund denn? – Keinem besonderen! Dann soll er es auch nicht haben – und wenn er auf Knien darum bittet.» Der folgende hitzige Wortwechsel verriet, daß sie es günstig erstanden hatte und als ihr ausschließliches Eigentum betrachtete. Isaac sah ein, daß es zwecklos war, auf ehrliche Weise an das Messer zu kommen, und wollte später heimlich danach suchen. Die Suche blieb erfolglos. Es wurde Nacht, und er ging hinaus und irrte durch die Straßen. Er hatte inzwischen Angst, mit ihr im selben Zimmer zu schlafen.

So vergingen drei Wochen. Sie trotzte immer noch und wollte das Messer nicht hergeben, und er fürchtete sich weiterhin davor, mit ihr im selben Raum zu schlafen. Er wanderte nachts umher, döste in der Stube oder wachte am Bett seiner Mutter. Bevor eine Woche im neuen Monat um war, starb sie, nur zehn Tage vor dem

Geburtstag ihres Sohnes. Sie hatte diesen Tag unbedingt erleben wollen.

Isaac war bei ihr, als sie starb, und ihre letzten Worte auf dieser Welt galten ihm: «Geh nicht zurück, mein Sohn, geh nicht zurück!»

Aber er mußte zurück, und sei es nur, um seine Frau zu bewachen. Dieses Mißtrauen machte sie rasend, und sie rächte sich, indem sie Salz in seine Wunden streute und in den letzten Krankheitstagen der Mutter ankündigte, auch zur Beerdigung zu gehen – das sei ihr gutes Recht. Daran hielt sie mit boshafter Hartnäckigkeit fest – er konnte tun und sagen, was er wollte –, und am Tag des Begräbnisses platzte sie hitzig und schamlos betrunken herein und lallte, sie werde im Leichenzug seiner Mutter mitgehen.

Diese letzte und schlimmste Beleidigung, die von den aufreizendsten Worten und Blicken begleitet war, brachte ihn so in Rage, daß er sie schlug.

Kaum war das geschehen, bereute er es. Sie kauerte sich stumm in einer Ecke zusammen und starrte ihn an mit einem Blick, der sein erhitztes Blut kühlte und ihn erschauern ließ. Aber jetzt blieb keine Zeit, an Abbitte zu denken, und er mußte aufs Ganze gehen, bis das Begräbnis vorbei war. Ihm blieb nur ein Ausweg: Er sperrte sie ins Schlafzimmer ein.

Als er nach ein paar Stunden zurückkam, saß sie mit völlig veränderter Miene und Haltung mit einem Bündel auf dem Schoß neben dem Bett. Sie stand auf und trat ihm ruhig entgegen. Ihre Stimme war seltsam gedämpft, der Blick seltsam ruhig und ihr Betragen merkwürdig gefaßt.

«Kein Mann hat mich je ein zweites Mal geschlagen», sagte sie, «und auch mein Ehemann soll keine zweite Gelegenheit haben. Mach die Tür auf und laß mich gehen. Von heute an sehen wir einander nie wieder.»

Bevor er antworten konnte, eilte sie an ihm vorbei aus dem Zimmer. Er sah sie die Straße hinaufgehen.

Würde sie wiederkommen?

Die ganze Nacht wachte und wartete er, doch keine Schritte näherten sich dem Haus. In der folgenden Nacht gab er seiner Müdigkeit nach und legte sich in den Kleidern zu Bett; die Tür war versperrt, der Schlüssel lag auf dem Tisch, und die Kerze brannte. Sein Schlaf blieb ungestört. So gingen auch die dritte, die vierte, die fünfte und sechste Nacht vorüber, und nichts geschah. Als er sich in der siebten Nacht schlafen legte, trug er immer noch seine Kleider, noch war die Tür versperrt, der Schlüssel lag auf dem Tisch, und die Kerze brannte; aber er war etwas ruhiger.

Etwas gelassener und körperlich ganz gesund schlief er ein. Doch sein Schlaf wurde gestört. Zweimal wachte er auf und spürte nichts Bedrohliches. Aber das dritte Mal war es das unvergeßliche Schaudern der Nacht im einsamen Wirtshaus, und wieder ließ ihn der gräßliche, bleischwere Schmerz augenblicklich hellwach werden.

Er blickte zur linken Seite des Betts, und da stand …

Wieder die Traumfrau? Nein, seine Frau. Seine Frau in Fleisch und Blut mit dem Gesicht der Geisterfrau und in ihrer Pose: den schönen Arm erhoben und in der zarten weißen Hand das Messer.

Er warf sich auf sie, kaum hatte er sie gesehen, und war doch nicht schnell genug, um sie am Verstecken des Messers zu hindern. Er sagte nichts, und sie schrie nicht, als er sie in einen Stuhl niederzwang. Er griff mit einer Hand in ihren Ärmel, und da, wo die Traumfrau das Messer hatte, hielt es auch seine Frau versteckt – dieses Messer mit Hirschhorngriff, das wie neu aussah.

Er verlor nicht den Kopf in diesem fürchterlichen Moment, und sein Herz blieb ruhig. Er blickte ihr mit dem Messer in der Hand fest in die Augen und sagte zum Abschied: «Du hast gesagt, wir würden uns nie wiedersehen, aber du bist zurückgekommen. Jetzt gehe ich, und zwar für immer. Ich sage auch, wir werden uns nie wiedersehen, aber *mein* Wort soll gelten.»

Er verließ sie und ging in die Nacht hinaus.

Draußen wehte ein rauher Wind, und die Luft roch nach Regen. Von einem fernen Kirchturm hörte er den Viertelstundenschlag, als er rasch die letzten Häuser der Vorstadt hinter sich ließ. Als er dann einen Polizisten traf, fragte er ihn nach der Stunde.

Der Mann blickte schläfrig auf seine Uhr und antwortete: «Zwei.» Es war also zwei Uhr morgens – und an welchem eben beginnenden Tag des Monats? Er zählte die Tage seit der Beerdigung seiner Mutter. Die schicksalhafte Übereinstimmung war da: Heute war sein Geburtstag!

War er also der Todesgefahr entronnen, die sein Traum ihm vorhergesagt hatte? Oder war dies bloß die zweite Warnung?

Bei diesem unheilvollen Verdacht blieb er nachdenklich stehen und wandte sich wieder zur Stadt. Er wollte zwar immer noch Wort halten und sich nicht mehr blicken lassen, aber sie sollte beschattet und beobachtet werden. Zwar hatte er jetzt das Messer, und die Welt lag vor ihm, doch ein neues Mißtrauen – eine unbestimmte, namenlose, abergläubische Angst hatte von ihm Besitz ergriffen.

«Ich muß wissen, wohin sie jetzt geht, wenn sie glaubt, ich sei weg», sagte er sich, als er müde wieder auf sein Haus zuging.

Es war immer noch dunkel. Er hatte die Kerze im Schlafzimmer brennen lassen, aber als er jetzt zum Fenster hinaufsah, war da kein Licht. Vorsichtig schlich er zur Haustür. Er hatte sie geschlossen, als er wegging, das wußte er noch, jetzt fand er sie offen.

Er wartete draußen und ließ das Haus nicht aus den Augen, bis der Morgen graute. Dann wagte er sich hinein – horchte, ohne etwas zu hören, schaute in der Küche, der Spülkammer und der Stube nach, ohne etwas zu finden, und stieg zuletzt zum Schlafzimmer hinauf – es war leer. Ein Dietrich am Boden verriet, wie sie sich in der Nacht Zutritt verschafft hatte – dies war die einzige Spur von ihr.

Wohin war sie gegangen? Das konnte ihm niemand sagen. Im Schutz der Dunkelheit war sie geflohen, und wo der Tag für sie anbrach, wußte keine Menschenseele.

Bevor er sein Haus und die Stadt für immer verließ, beauftragte er einen befreundeten Nachbarn, das Mobiliar zu veräußern und den Ertrag für polizeiliche Nachforschungen zu verwenden. Der Auftrag wurde getreulich ausgeführt und das Geld ausgegeben, aber die Ermittlungen verliefen im Sand. Die Traumfrau blieb verschwunden und der Dietrich auf dem Schlafzimmerboden ihr wertloses letztes Lebenszeichen.

*

Als der Wirt mit seiner Geschichte so weit gekommen war, hielt er inne und schaute aus dem Fenster unseres Zimmers zum Stall.

«All das hat man mir erzählt», fuhr er fort; «den Rest habe ich selbst erlebt: Etwa zwei, drei Monate nach diesen Ereignissen kam nämlich Isaac Scatchard zu mir, so eingefallen und vorzeitig gealtert, wie Sie ihn heute gesehen haben. Er hatte seine Zeugnisse dabei und fragte nach Arbeit. Er ist ein entfernter Verwandter meiner Frau, und darum gab ich ihm eine Chance und fand trotz seiner seltsamen Gewohnheiten an ihm Gefallen. Er trinkt nicht und ist so ehrlich und willig, wie man nur wünschen kann. Und wen wundert es, daß er nachts keine Ruhe findet und am Tag seine freien Stunden verschläft, wenn man seine Geschichte kennt? Außerdem schimpft er nie, wenn man ihn weckt, weil man ihn braucht, darum gibt es eigentlich keinen Grund zum Klagen.»

«Er fürchtet wohl, daß sich dieser gräßliche Traum wiederholt und er daraus im Dunkeln erwacht?» vermutete ich.

«Nein, der Traum kommt so oft, daß er sich inzwischen damit abgefunden hat», entgegnete der Wirt. «Er kann wegen seiner Frau nicht schlafen, das hat er mir oft gesagt.»

«Was? Man hat also nie wieder etwas von ihr gehört?»

«Nie wieder. Und Isaac ist vom Gedanken besessen, daß sie noch lebt und ihn sucht. Um nichts auf der Welt würde er wohl um zwei Uhr nachts ein Auge zutun. Um zwei Uhr nachts werde sie ihn dieser Tage einmal finden, sagt er. Zwei Uhr nachts ist das ganze Jahr die Stunde, in der er sein Klappmesser nicht missen mag. Das Alleinsein macht ihm nichts aus, nur wach muß er sein, außer in der Nacht vor seinem Geburtstag, da fürchtet er echt um sein Leben. Er hat erst einmal Geburtstag gehabt, seit er hier ist, und da ist er die ganze Zeit mit dem Nachtwächter aufgeblieben. ‹Sie ist auf der Suche nach mir›, sagt er nur, wenn ihn jemand auf seine einzige große Angst im Leben anspricht. ‹Sie sucht nach mir.› Und er hat vielleicht recht. Sie sucht vielleicht wirklich nach ihm. Wer weiß das schon?»

«Ja, wer weiß?» sagte ich.

DIE GELBE MASKE

Erster Teil

I

Vor vielleicht hundert Jahren lebte in der alten Stadt Pisa eine berühmte italienische Damenschneiderin, die sich die französische Anrede Demoiselle Grifoni zulegte, um bei der gesamten Kundschaft ihre Vertrautheit mit der Pariser Mode herauszustreichen. Sie war ein Hutzelweiblein mit boshafter Miene, spitzer Zunge und flinkem Schritt, eine begabte Geschäftsfrau mit zweifelhaftem Charakter. Es hieß, sie sei unermeßlich reich, und man munkelte auch, für Geld sei sie zu allem fähig.

Die eine unleugbar gute Eigenschaft, die Demoiselle Grifoni all ihren Konkurrentinnen voraus hatte, war ihre Unerschütterlichkeit. Widrige Umstände hatten ihr, soweit man wußte, nie auch nur das Geringste anhaben können.

So erwies sich jene denkwürdige Krise, da ihr der Ruin drohte, zugleich als der Moment, in dem ihre Tatkraft und Entschlossenheit Triumphe feierte.

Demoiselle stand auf dem Höhepunkt ihrer Karriere, als ihre beste Kraft und Zuschneiderin schamlos heiratete und ein eigenes Geschäft eröffnete. Eine solche Katastrophe hätte eine gewöhnliche Kleidermacherin ruiniert, aber die unbeugsame Grifoni bewältigte dies fast spielend und bewies ein für allemal, daß sie vor keinem Schicksalsschlag verzagte. Während die zweitrangigen Schneider schon ihre Geschäftsaufgabe prophezeiten, tauschte sie diskret mit einem Agenten in Paris eine Reihe von Briefen aus. Niemand wußte, worum es dabei ging, bis alle Damen in Pisa nach ein paar Wochen ein Schreiben erhielten, das verkündete, man habe die beste französische Schneiderin, die für Geld zu haben sei, engagiert, um dem großen Haus Grifoni vorzustehen. Dieses Meisterstück besiegelte den Triumph. Demoiselles Kundinnen wollten keine Aufträge andernorts vergeben, bis die Schneidermeisterin aus Paris den Pisanerinnen den neusten Chic aus der Hauptstadt der Mode vorgeführt hatte.

Die Französin erschien pünktlich am vereinbarten Tag – gewandt und schroff, lächelnd und keck, mit adrettem Gesicht und biegsamer Figur. Sie hieß Mademoiselle Virginie und war von ihrer Familie unmenschlich im Stich gelassen worden. Kaum hatte sie das Haus Grifoni betreten, schickte man sie ans Werk. Man stellte ihr einen eigenen Arbeitsraum und herrliche Samt-, Seiden- und Satinstoffe mit dem nötigen Zubehör an Musselin, Spitze und Bändern zur Verfügung und beauftragte sie, keine Kosten zu scheuen und so rasch wie möglich die elegantesten und neuesten Kleider für die Ausstellung zu entwerfen.

Mademoiselle Virginie erklärte sich mit allem einverstanden, nahm ihre Stoffmappen und farbigen Musterzeichnungen hervor und bat um eine Gehilfin, die genügend Französisch sprach, um den italienischen Näherinnen ihre Anweisungen verständlich zu machen.

«Ich habe genau die Richtige», schrie Demoiselle Grifoni. «Eine Näherin namens Brigida ... die faulste Schlampe in ganz Pisa, aber mit nadelscharfem Verstand ... sie war in Frankreich und spricht wie eine Einheimische. Ich schicke sie gleich zu Ihnen.»

Mademoiselle Virginie blieb mit ihren Mustern und Stoffen nicht lang allein. Eine große Frau mit feurigen schwarzen Augen, forschem Auftreten und festem Männerschritt rauschte ins Zimmer wie eine Tragödienkönigin über die Bühne. Als ihr Blick auf die französische Schneiderin fiel, blieb sie stehen, hob erstaunt die Hände und rief: «Finette!»

«Teresa!» schrie die Französin, warf ihre Schere auf den Tisch und trat ein paar Schritte vor.

«Pst! Nenn mich Brigida.»

«Pst! Nenn mich Virginie.»

Dies riefen sie beide im selben Augenblick, danach verstummten sie und sahen einander prüfend an. Die dunklen Wangen der Italienerin färbten sich mattgelb, und die Stimme der Französin zitterte leise, als sie wieder zu sprechen begann: «Wie um Himmels willen bist du so tief gesunken?» fragte sie. «Ich dachte, du seist versorgt, als ...»

«Schweig!» unterbrach Brigida. «Wie du siehst, bin ich nicht versorgt. Ich hatte Pech, und du bist von allen Frauen die letzte, die dazu etwas sagen sollte.»

«Meinst du denn, ich hätte nicht auch Pech gehabt seit unserem letzten Zusammentreffen?» Brigidas Gesicht leuchtete bei diesen Worten schadenfroh auf. «Du hast deine Rache bekommen», fügte Mademoiselle Virginie kühl hinzu, wandte sich ab zum Tisch und nahm die Schere wieder zur Hand.

Brigida folgte ihr, warf ihr unsanft einen Arm um den Hals und küßte sie auf die Wange. «Laß uns wieder Freundinnen sein», sagte sie.

Die Französin lachte.

«Sag mir, wie ich zu meiner Rache gekommen sein soll», fuhr die andere fort und packte fester zu.

Mademoiselle Virginie winkte Brigida zu sich und flüsterte ihr schnell etwas ins Ohr. Die Italienerin hörte gespannt zu und starrte dabei finster und mißtrauisch zur Tür. Als das Flüstern aufhörte, löste sie ihren Griff und strich sich mit einem Seufzer der Erleichterung das schwarze Haar aus der Stirn. «Jetzt sind wir Freundinnen», sagte sie und ließ sich auf einen Stuhl neben dem Arbeitstisch fallen.

«Freundinnen», wiederholte Mademoiselle Virginie und lachte wieder. «Und jetzt zur Sache», fuhr sie fort und steckte sich vorsorglich eine Reihe Nadeln zwischen die Zähne. «Ich bin doch hier, um die ehemalige erste Näherin zu ruinieren, die uns Konkurrenz machen will? Gut, dann werde ich das tun. Breite den gelben Seidenbrokat aus, meine Liebe, und steck das Muster an deinem Ende aus und ich tu's an meinem. Und was hast du für Pläne, Brigida? Denk übrigens daran, daß Finette tot ist und Virginie aus ihrer Asche stieg. Du kannst ja wohl nicht vorhaben, dein ganzes Leben hier zu bleiben? Laß um das Papier herum überall einen Zollbreit vorstehen. Du hast doch Pläne? Wie sehen die aus?»

«Schau dir meine Figur an», sagte Brigida und posierte in der Mitte des Zimmers.

«Ach!» versetzte die andere, «sie ist nicht mehr, was sie einmal war. Da ist zuviel dran. Du brauchst Diät, Bewegung und eine französische Korsettmacherin», murmelte Mademoiselle Virginie durch ihre Nadelhindernisse.

«Brauchte die Göttin Minerva Bewegung und eine französische Korsettmacherin? Ich dachte, die schwebte auf Wolken und lebte zu einer Zeit, bevor man das Mieder erfand.»

«Was meinst du damit?»

«Daß ich versuche, mein Glück zu machen,

indem ich im Atelier des besten Bildhauers von Pisa für eine Minerva Modell stehe.»

«Und wer ist er? Roll mir ein, zwei Meter von der schwarzen Spitze da ab.»

«Meister Luca Lomi – aus einer alten Familie, die einst dem Adel angehörte, aber verarmte. Der Meister ist auf die Bildhauerei angewiesen, um sich und seine Tochter durchzubringen.»

«Mehr Spitze – leg sie doppelt über der Brustpartie. Und wie willst du als Modell für diesen armen Schlucker dein Glück machen?»

«Nicht so schnell: Es gibt außer ihm noch mehr Bildhauer im Atelier. Erst einmal sein Bruder, der Priester – Pater Rocco –, der verbringt seine ganze Freizeit bei Meister Lomi. Er ist selbst ein ordentlicher Bildhauer auf seine Art … hat Statuen gegossen und einen Taufstein für seine Kirche gemacht … ein heiliger Mann, der seine ganze Arbeit im Atelier der Frömmigkeit widmet.»

«Ah bah! Der würde in Frankreich als merkwürdiger Pfaffe gelten. Mehr Nadeln! Du glaubst doch nicht etwa, daß *er* dir Geld in die Tasche steckt?»

«Nicht so schnell, hab' ich gesagt. Es gibt noch einen dritten Bildhauer im Atelier – einen echten Adligen! Er heißt Fabio d'Ascoli. Er ist reich, jung, stattlich, einziger Sohn und so gut wie ein Narr. Bildhauert, wie wenn er davon leben müßte, und das bloß zum Spaß, denk doch nur!

Einer, der zu den besten Familien von Pisa gehört und so verrückt ist, sich als Künstler auszeichnen zu wollen! Jetzt warte doch, das Beste kommt noch! Seine Eltern sind tot, er hat keine nahen Verwandten, die ihren Einfluß geltend machen könnten, und verfügt ganz allein über sein Vermögen, das sich einer klugen Frau, die ihre Hand danach ausstreckt und es ihm abnimmt, anbietet, meine Liebe – geradezu anbietet.»

«Ja, gut, jetzt versteh' ich. Die Göttin Minerva ist schlau, sie wird ihre Hand ausstrecken und ihm sein Vermögen mit größter Bereitwilligkeit abnehmen.»

«Aber erst muß sie ihn dazu bringen. Ich muß dir nämlich sagen, daß ich nicht ihm, sondern seinem Meister, Luca Lomi, Modell sitzen werde, er macht die Minerva. Das Gesicht ist nach seiner Tochter geschaffen, und jetzt sucht er ein Vorbild für Büste und Arme. Maddalena Lomi und ich sind offenbar ziemlich genau gleich groß – nur habe ich eine gute Figur und sie eine schlechte. Ich habe mich über eine Bekanntschaft im Atelier als Modell angeboten. Wenn mich der Meister nimmt, werde ich bestimmt mit unserem reichen jungen Herrn bekannt gemacht, und dann sollen meine äußeren Reize, meine diversen Talente und meine flinke Zunge das Ihrige tun.»

«Halt! Ich will die Spitze doch nicht doppelt. Sie soll einfach sein und in Falten rund um das

Kleid laufen – so. Und wer ist denn diese Bekanntschaft im Atelier? Ein vierter Bildhauer?»

«Nein, nein! Eine ganz eigenartige, naive Kleine ...»

Im selben Moment war ein schwaches Klopfen an der Zimmertür zu hören.

Brigida legte den Finger auf die Lippen und rief die Person draußen ungeduldig herein.

Die Tür ging behutsam auf, und ein armselig, aber sehr sauber gekleidetes Mädchen trat ein. Sie war ziemlich schmal und eher klein, doch die Harmonie zwischen Kopf und Gestalt war vollkommen. Ihr Haar hatte dieses prachtvolle Kastanienbraun und ihre Augen das tiefe Veilchenblau, das ein Giorgione oder ein Tizian als Inbegriff der venezianischen Schönheit verherrlichten. Ihre Züge besaßen Klarheit und Ebenmaß – Modellhaftigkeit, wie es die Künstler nennen –, die nicht nur in Italien als die seltensten fraulichen Reize gelten. Der einzige Makel an ihrem Gesicht war die Blässe. Ihren formvollendeten Wangen fehlte jegliche Farbe. Das gesunde Aussehen, das jede Schönheit krönen muß, war der eine Vorzug, den ihr Gesicht nicht aufwies.

Sie kam mit einem traurigen, müden Ausdruck in den Augen herein, der sich jedoch in Staunen und fast in Ehrfurcht verwandelte, als sie die prachtvoll gekleidete französische Schneiderin sah. Scheu und verlegen zog sie sich nach kurzem Zögern zur Tür zurück.

«Halt, Nanina, bleib doch», sagte Brigida auf italienisch. «Hab keine Angst vor der Dame. Sie ist unsere neue Schneidermeisterin und hat es in der Hand, allerlei Gutes für dich zu tun. Heb deinen Kopf und sag uns, was du willst. Jetzt bist du schon sechzehn, Nanina, und benimmst dich wie ein zweijähriges Wurm!»

«Ich wollte nur wissen, ob es heute Arbeit für mich gibt», sagte das Mädchen mit sehr klangvoller Stimme, die etwas bebte, als sie den Blick der eleganten Französin auszuhalten versuchte.

«Nein, Kind, keine, die einfach genug ist für *dich»*, sagte Brigida. «Gehst du heute ins Atelier?»

Ein Hauch der vermißten Farbe überzog Naninas Wangen, als sie antwortete: «Ja.»

«Dann vergiß meine Nachricht nicht, Liebes. Und wenn Meister Luca Lomi fragt, wo ich wohne, sagst du, daß du einen Brief an mich weiterleiten kannst, aber vorerst nichts weiter zu meiner Person oder meinem Aufenthaltsort sagen darfst.»

«Warum darf ich das nicht?» fragte Nanina unschuldig.

«Stell keine Fragen, Kleine! Tu, was man dir sagt. Und morgen bringst du mir eine gute Nachricht aus dem Atelier mit, und ich verwende mich bei dieser Dame für dich. Du bist zwar selbst schuld, daß du kein Geld hast, wo du doch als Modell für die Maler und Bildhauer hier und in Florenz leicht mehr verdienen könntest...

obwohl ich ja nie begriffen habe, was sie an dir abmalen oder abbilden wollen.»

«Ich arbeite lieber zu Hause, als an fremden Orten Modell zu sitzen», stotterte Nanina sehr verschüchtert und floh mit einer ängstlichen Verabschiedung, die nach einem ausgefallenen Mitteldingzwischen Erschrecken, Verbeugung und Knicks aussah, aus dem Zimmer.

«Dieses linkische Kind wäre hübsch», sagte Mademoiselle Virginie und kam mit dem Zuschneiden ihres Kleides rasch voran, «wenn sie ihrem Teint nachzuhelfen wüßte und ein anständiges Kleid anhätte. Wer ist sie?»

«Die Bekannte, die mir zu Meister Luca Lomis Atelier Zugang verschaffen soll», antwortete Brigida lachend. «Eine ziemlich seltsame Verbündete für meine Verhältnisse, was?»

«Wo hast du sie denn kennengelernt?»

«Hier natürlich; sie lauert ständig auf einfache Arbeiten und nimmt sie zu einem ganz kuriosen Verschlag an einer Straße beim Campo Santo mit. Einmal stach mich die Neugier, ihr nachzugehen, und kurz nachdem sie im Haus verschwunden war, klopfte ich an die Tür wie eine Fremde. Sie machte sehr aufgeregt und verängstigt auf, wie du dir denken kannst. Ich habe ihr geschmeichelt und behauptet, sehr um sie besorgt zu sein, und kam so in ihr Zimmer. Was für ein Ort! Ein Winkel hinter dem Vorhang war das Schlafzimmer. Dazu ein Stuhl, ein Schemel und eine

Pfanne auf dem Feuer. Vor dem Herd der abscheulichste ungeschorene Pudel, den du dir vorstellen kannst, und auf dem Schemel ein kleiner Blondschopf beim Flechten von Bastmatten. Das war der Haushalt – sämtlicher Hausrat inbegriffen. ‹Wo ist dein Vater?› fragte ich. ‹Er ist uns vor Jahren davongelaufen›, antwortete meine linkische kleine Freundin von eben in ihrer schlichten Art seelenruhig. ‹Und eure Mutter?› – ‹Tot.› Sie ging zu der kleinen Flechterin, als sie diese Antwort gab, und begann mit ihrem langen blonden Haar zu spielen. ‹Das ist wohl deine Schwester›, sagte ich. ‹Wie heißt sie?› – ‹Man nennt mich La Biondella›, Blondchen heißt das, Virginie, sagte das Kind und sah von seiner Flechtarbeit auf. – ‹Und was hat dieses böse blickende, zottige Riesenbiest vor eurem Herd zu suchen?› fragte ich. – ‹Oh!› rief die kleine Flechterin, ‹das ist unser lieber alter Hund Scarammuccia*. Er hütet das Haus, wenn Nanina nicht da ist. Er tanzt auf den Hinterbeinen, springt durch einen Reif und stellt sich tot, wenn ich peng! sage. Vor ein paar Jahren ist uns Scarammuccia eines Abends nach Hause nachgelaufen und wohnt seither bei uns. Er geht jeden Tag allein fort, wohin, wissen wir nicht, und wenn er zurückkommt, leckt er sich meistens das Maul, und wir haben Angst, er sei ein Dieb, aber das findet niemand heraus, weil

* Gestalt der Commedia dell'arte

er der schlauste Hund ist, den es je gab!› So schwärmte das Kind immer weiter von dem großen Biest neben dem Feuer, bis ich sie unterbrechen mußte, und dieser Einfaltspinsel Nanina stand lachend daneben und ermutigte sie noch. Ich stellte ihnen ein paar weitere Fragen und bekam seltsame Antworten darauf. Sie schienen von keinen Verwandten irgendwo auf der Welt zu wissen. Als ihr Vater weggelaufen war, halfen ihnen Nachbarn, bis sie alt genug waren, um für sich selbst zu sorgen; und sie schienen an ihrem Leben überhaupt nichts Elendes oder Bedauernswertes zu finden. Das letzte, was ich an dem Tag vor dem Weggehen hörte, war, daß La Biondella ‹peng!› rief – daraufhin ein Bellen, ein Gepolter am Boden und Gelächter. Wenn dieser Hund nicht wäre, würde ich sie öfter besuchen. Aber das Untier mag mich nicht und knurrt und bleckt die Zähne, wenn ich in seine Nähe komme.»

«Die Kleine sah kränklich aus, als sie hier auftauchte. Ist sie immer so?»

«Nein, sie hat sich in diesem Monat verändert. Ich habe den Verdacht, unser interessanter junger Graf hat ihr Eindruck gemacht. Mit jeder Sitzung in letzter Zeit ist sie blasser und bedrückter geworden.»

«Ach, sie hat ihm Modell gesessen?»

«Sie tut es noch. Er hat die Büste irgendeiner heidnischen Nymphe in Arbeit und schaffte es, daß Nanina ihm dafür ihren Kopf und ihr Gesicht hinhält. Die kleine Närrin sagt selbst, sie hätte zuerst Angst gehabt, und es kostete ihn viel Mühe, sie so weit zu bringen.»

«Und du meinst nicht, daß sie sich unterdessen als ziemlich gefährliche Rivalin entpuppen könnte? Männer sind solche Schwachköpfe und können sich so vergaffen ...»

«Dummheiten! Ein dünner Faden wie die ohne Auftreten, Redetalent und Grips, mit nur etwas naivem Kindchencharme! Die soll mir gefährlich werden? Bestimmt nicht! Wenn mir überhaupt Gefahr droht, dann von der Tochter des Bildhauers. Ich gebe gern zu, daß ich auf Maddalena Lomi gespannt bin. Aber Nanina kann mir nur von Nutzen sein. Alles, was ich schon über das Atelier und die Künstler dort weiß, habe ich von ihr. Sie wird meine Nachricht überbringen und mir Zutritt verschaffen, und wenn es soweit ist, bekommt sie von mir ein altes Kleid und einen Händedruck, und dann kleine Unschuld ade!»

«Na, ich hoffe ja nur für dich, daß du in dieser Sache nicht den kürzeren ziehst. Ich jedenfalls mißtraue immer der Unschuld. Warte einen Moment, dann habe ich den Brustteil und die Ärmel für die Näherinnen bereit. So, du kannst sie heraufkommen lassen, ich muß meine Anweisungen geben, und du sollst sie für mich übersetzen.»

Als Brigida zur Glocke ging, maß die energische Französin den Rock des neuen Kleids aus.

Sie lachte, als sie die Seide Meter um Meter abwickelte.

«Worüber lachst du?» fragte Brigida, machte die Tür auf und schellte im Flur mit einer Handglocke.

«Ich habe einfach das Gefühl, daß deine kleine Freundin trotz ihres Unschuldsgesichts und ihrer scheinbaren Arglosigkeit eine Heuchlerin ist, meine Liebe.»

«Und ich, meine Liebe, bin ganz sicher, sie ist bloß ein einfältiges Ding.»

II

Die Werkstatt des großen Bildhauers Luca Lomi bestand aus zwei geräumigen Ateliers, die mit einer hölzernen Trennwand, durch die ein Türbogen führte, ungleich unterteilt waren.

Während die Modeschneiderinnen bei Grifoni fleißig Kleider entwarfen, waren die Bildhauer in Luca Lomis Werkstatt auf ihre Weise mit Marmor und Ton genauso hart an der Arbeit. Im kleineren Raum befaßte sich der junge Graf, den man im Atelier nur bei seinem Vornamen Fabio nannte, eifrig mit seiner Büste, und Nanina saß ihm Modell. Er hatte kein typisch italienisches Gesicht, hinter dem man im allgemeinen Gerissenheit und eine skeptische Weltsicht vermutet. Nein, in seinem Gesicht und Ausdruck konnte jeder, der ihn ansah, wie in einem offenen Buch lesen. Ein heller Verstand blitzte aus seinen

Augen, und entspannte Gutmütigkeit lachte angenehm von seinen einnehmend geschwungenen Lippen. Auch sonst enthüllte sein Gesicht die Stärken wie die Schwächen seines Charakters und verriet ebenso deutlich, daß es ihm an Tatkraft und Ausdauer mangelte, wie es seine Liebenswürdigkeit und Intelligenz offenlegte.

Am Ende des großen Raums, gleich bei der Tür, stand Luca Lomi neben seiner lebensgroßen Minervastatue und leitete von Zeit zu Zeit seine Gesellen an, die in groben Umrissen den Faltenwurf einer anderen Figur meißelten. Auf der gegenüberliegenden Seite, neben der Trennwand, nahm sein Bruder, Pater Rocco, einen Abguß von einer Madonna, während Maddalena Lomi, die Tochter des Bildhauers, vom Posieren für das Gesicht der Minerva erlöst, zwischen den beiden Räumen hin und her wanderte und die Vorgänge darin beobachtete.

Vater, Bruder und Tochter verband in gewisser Weise eine starke Familienähnlichkeit. Alle drei waren groß, stattlich, dunkelhaarig und dunkeläugig; doch sosehr sie einander im Aussehen glichen, so verschieden war ihr Ausdruck. Maddalena Lomis Gesicht verriet starke Leidenschaften, aber einen durchaus noblen Charakter. Bei ihrem Vater ließ sich auf dieselbe Heftigkeit schließen, doch die finsteren Falten um Mund und Stirn deuteten keineswegs auf ein offenes Naturell. Dagegen wirkte Pater Roccos Gesicht wie die

Verkörperung vollkommener Ruhe und unangreifbarer Selbstbeherrschung, und seine ausgesprochen entschiedene und besonnene Art verstärkte den Eindruck, den seine Züge erweckten. Die Tochter sah aus, als ob sie plötzlich aufbrausen und ebenso plötzlich wieder vergeben konnte. Der Vater schien genauso reizbar, aber etwas in seinem Gesicht sagte so deutlich wie Worte: «Erzürnt mich, und ich verzeihe nie.» Der Priester dagegen mußte wohl weder um Vergebung bitten noch sie gewähren, weil er außerstande schien, jemanden zu ärgern oder sich von jemandem ärgern zu lassen.

«Rocco», sagte Luca und betrachtete das vollendete Gesicht seiner Minerva, «diese Statue wird Furore machen.»

«Das höre ich gern», antwortete der Priester trocken.

«Sie bringt etwas Neues in die Kunst», begeisterte sich Luca. «Andere Bildhauer mit einem klassischen Thema beschränken sich auf das ideale klassische Gesicht und lassen die Individualität außer acht. Aber ich halte mich genau an das Gegenteil. Ich lasse meine schöne Tochter Maddalena für die Minerva Modell sitzen und schaffe ein genaues Abbild von ihr. Was ich vielleicht an idealer Schönheit verliere, gewinne ich an individueller Aussagekraft. Man mag mir vorwerfen, ich achte nicht auf herkömmliche Regeln – doch meine Antwort lautet, daß ich mir meine Regeln selbst erschaffe. Meine Tochter sieht wie eine Minerva aus, und diese Minerva ist ihr Ebenbild.»

«Die Ähnlichkeit ist tatsächlich verblüffend», sagte Pater Rocco und trat zu der Statue.

«Es ist das Mädchen selbst», rief sein Bruder. «Derselbe Ausdruck, dieselben Züge. Prüfe Maddalena und prüfe Minerva, und du wirst von der Stirne bis zum Kinn nicht den kleinsten Unterschied finden.»

«Aber was machst du mit Büste und Armen, jetzt, wo das Gesicht fertig ist?» fragte der Priester und kehrte unterdessen an seine Arbeit zurück.

«Morgen habe ich vielleicht genau das richtige Modell dafür. Ich habe nämlich eben von Nanina eine sehr seltsame Nachricht bekommen. Was hältst du von einer geheimnisvollen Bewunderin, die für die Büste und Arme meiner Minerva Modell sitzen will?»

«Nimmst du das Angebot an?» fragte der Priester zurück.

«Ich empfange sie morgen, und wenn ich sehe, daß sie tatsächlich so groß wie Maddalena ist und Büste und Arme hat, die es wert sind, in Stein gehauen zu werden, nehme ich natürlich an, denn so ein Modell suche ich schon seit Wochen. Wer kann sie sein? Dieses Geheimnis würde ich gern lüften. Was meinst du, Rocco – eine Schwärmerin oder eine Abenteuerin?»

«Ich meine nichts, denn ich kann es nicht wissen.»

«Ach, du wieder mit deiner nüchternen Art. Also ich meine wohl, sie muß entweder das eine oder das andere sein, sonst hätte sie Nanina nicht verboten, all meine ersten selbstverständlichen Fragen zu beantworten. Wo ist Maddalena? Sie war doch eben noch hier.»

«In Fabios Raum», antwortete Pater Rocco mit gedämpfter Stimme. «Soll ich sie rufen?»

«Nein, nein!» antwortete Luca. Er hielt inne, sah sich nach den Gesellen um, die mechanisch an ihrem Faltenwurf herummeißelten, und flüsterte dem Priester mit einem listigen Lächeln ins Ohr: «Wenn Maddalena es nur von Fabios Werkstatt hier in Fabios Palast drüben am Arno schafft – ach komm, Rocco! Schüttle doch nicht den Kopf. Wenn ich sie dir dieser Tage als Fabio d'Ascolis Braut vor deine Kirche brächte, wärst du ganz froh, mir die restliche Arbeit abzunehmen und sie zu Fabio d'Ascolis Frau zu machen. Du bist ein sehr heiliger Mann, Rocco, aber du weißt, daß ein Geldbeutel anders klingt als ein Meißel!»

«Ich stelle mit Bedauern fest, Luca», fertigte der Priester ihn ab, «daß du von den delikatesten Angelegenheiten mehr als nur grob sprichst. Diese läßliche Sünde der Zunge beobachte ich zunehmend an dir. Und wenn wir allein in der Werkstatt sind, will ich dich lehren, von dem jungen Mann da drüben und deiner Tochter in Worten zu sprechen, die sich für dich und mich wie auch für sie besser schicken. Und jetzt laß mich weitermachen.»

Luca zuckte mit den Schultern und ging zu seiner Skulptur zurück. Pater Rocco, der die letzten zehn Minuten damit zugebracht hatte, nassen Gips zur richtigen Beschaffenheit für einen Abguß anzurühren, hielt inne, ging zu einer Ecke bei der Trennwand hinüber und nahm einen Drehspiegel, der dort stand. Er hob ihn sacht, während ihm sein Bruder den Rücken zukehrte, ging damit an seinen Arbeitstisch zurück und rührte weiter in seinem Gips. Sobald die Mischung gebrauchsfertig war, trug er sie so sauber und geschickt auf die freigelegte Hälfte der Figur auf, daß man eine geübte Hand am Werk erkennen konnte. Eben hatte er die notwendige Fläche bedeckt, als sich Luca von seiner Statue abwandte.

«Wie kommst du mit dem Abguß voran?» fragte er. «Soll ich helfen?»

«Nein danke, Bruder», antwortete der Priester. «Du und deine Gesellen, ihr braucht euch nicht meinetwegen von eurer Arbeit abhalten zu lassen.»

Luca wandte sich wieder seiner Statue zu, und gleichzeitig rückte Pater Rocco den Drehspiegel verstohlen zum Durchgang zwischen den beiden Räumen und richtete ihn so, daß die Personen im kleineren Atelier darauf erschienen. Er tat dies auffällig rasch und präzise: Offensichtlich benutzte er den Spiegel nicht zum ersten Mal zu heimlichen Beobachtungszwecken.

Während er mechanisch die andere Hälfte der Figur rundum mit dem nassen Gips bestrich, schaute der Priester in den Spiegel und sah alle Vorgänge im anderen Raum wie auf einem Bild. Maddalena Lomi stand hinter dem jungen Grafen und begutachtete seine Fortschritte mit der Büste. Manchmal nahm sie ihm den Meißel aus der Hand und zeigte ihm mit ihrem gewinnendsten Lächeln, daß sie als Bildhauerstochter auch etwas von dieser Kunst verstand. Und wenn sie sich besonders vertieft in Fabios Arbeit zeigte, ließ sie in den Gesprächspausen gelegentlich ihre Hand wie abwesend auf seine Schulter fallen oder beugte sich so nahe zu ihm vor, daß ihr Haar für Augenblicke das seine berührte. Als Pater Rocco den Spiegel um ein paar Zoll verschob, um Nanina deutlich im Blickfeld zu haben, stellte er fest, daß er jede neue Vertraulichkeit an der sofortigen Wirkung auf Gesicht und Haltung des Mädchens ablesen konnte. Sobald nämlich Maddalena den jungen Mann zufällig oder absichtlich berührte, zuckte es in Naninas Gesicht, ihre blassen Wangen wurden noch blasser, sie rutschte auf ihrem Stuhl herum und wickelte die losen Enden des Bandes um ihre Taille nervös auf und wieder ab.

«Eifersüchtig», dachte Pater Rocco, «das habe ich schon vor Wochen vermutet.»

Er wandte sich ab und konzentrierte sich minutenlang auf das Anrühren des Gipses. Als er wieder in den Spiegel sah, wurde er eben noch Zeuge eines kleinen Zwischenfalls, der die Anordnung der drei Menschen im anderen Raum plötzlich veränderte.

Er sah, wie Maddalena nach einem Werkzeug auf einem Tisch in der Nähe griff und Fabio dabei half, das Haar der Statue neu zu arrangieren. Der junge Mann schaute ihr einen Moment lang aufmerksam zu, dann schweifte sein Blick zu Nanina hinüber. Sie sah ihn vorwurfsvoll an, und er gab ihr ein Zeichen, das sofort ein Lächeln auf ihr Gesicht zauberte. Maddalena überraschte sie bei dieser Wandlung und erriet aus ihrer Blickrichtung sogleich, wem das Lächeln galt. Sie funkelte Nanina verächtlich an, warf das Werkzeug nieder und wandte sich empört an den jungen Bildhauer, der vorgab, erneut in seine Arbeit vertieft zu sein.

«Signor Fabio», sagte sie, «warnt mich bitte das nächste Mal, wenn Ihr wieder vergeßt, was Ihr Eurem Rang und Euch selbst schuldig seid, dann kann ich rechtzeitig gehen.» Und sie stürmte aus der Tür. Pater Rocco, der sich hinter seiner Arbeit verschanzte, hörte sie im Vorbeigehen flüstern: «Wenn ich bei meinem Vater auch nur das Geringste bewirken kann, wird diese unverschämte Bettlerin aus dem Atelier gewiesen.»

«Eifersucht auch auf dieser Seite», dachte der Priester. «Es muß etwas geschehen, sonst nimmt das ein böses Ende.»

Bei einem erneuten Blick in den Spiegel sah er, wie Fabio Nanina nach kurzem Zögern zu sich winkte. Sie verließ ihren Platz, kam ihm halbwegs entgegen und blieb stehen. Darauf trat er zu ihr, nahm ihre Hand und flüsterte ihr eindringliche Worte ins Ohr. Und bevor er ihre Hand losließ und ihr in den kleinen weißen Umhang half, mit dem sie im Freien Kopf und Schultern bedeckte, drückte er seine Lippen auf ihre Wange. Das Mädchen zitterte heftig und barg ihr Gesicht im Stoff, während Fabio in den größeren Raum herüberkam und zu Pater Rocco sagte: «Ich bin heute leider fauler oder ungeschickter denn je. Ich komme gar nicht wunschgemäß mit meiner Büste voran, darum habe ich die Sitzung aufgehoben und Nanina einen halben Tag freigegeben.»

Sobald Maddalena, die mit ihrem Vater sprach, seine Stimme hörte, verstummte sie und verließ mit einem zweiten verächtlichen Blick auf Nanina, die zitternd unter der Tür stand, den Raum. Luca Lomi rief Fabio zu sich, als Nanina sich zum Gehen wandte, und Pater Rocco prüfte an seiner Statuette, wie gut der Gips darauf trocknete. Als sie alle so beschäftigt sah, hoffte sie unbemerkt aus dem Atelier zu entwischen, doch der Priester hielt sie auf, als sie an ihm vorbeieilen wollte.

«Gehst du nach Hause, Kind?» fragte er in seiner sanften, ruhigen Art.

Naninas Herz klopfte noch zu stark für Worte – sie konnte nur mit einem Kopfnicken antworten.

«Nimm das für deine kleine Schwester mit», fuhr Pater Rocco fort und drückte ihr ein paar Silbermünzen in die Hand; «ich habe Kundschaft für die Matten, die sie so hübsch flicht. Du brauchst sie mir nicht zu bringen – ich komme heute abend zu euch, wenn ich in meiner Pfarrei die Runde mache, und nehme sie dann mit. Du bist ein gutes Mädchen, Nanina – bist es immer gewesen –, und es soll dir, solange ich lebe, nie an einem Freund und Ratgeber mangeln, Kind.»

Naninas Augen füllten sich mit Tränen, und sie schlang ihr Tuch noch enger um ihr Gesicht, als sie dem Priester zu danken versuchte. Pater Rocco nickte ihr freundlich zu, legte ihr die Hand einen Augenblick leicht auf den Kopf und wandte sich wieder seinem Abguß zu.

«Vergiß meine Nachricht an die Dame nicht, die mir morgen Modell sitzen soll», ermahnte Luca Nanina, als sie an ihm vorbei die Werkstatt verließ.

Nachdem sie gegangen war, kehrte Fabio zum

Priester zurück, der immer noch mit seinem Gipsabdruck beschäftigt war.

«Hoffentlich kommt Ihr morgen mit der Büste besser voran», sagte Pater Rocco höflich; «Ihr werdet Euch doch über Euer Modell nicht beklagen können.»

«Mich über sie beklagen!» ereiferte sich der junge Mann; «sie hat den schönsten Kopf, den ich je gesehen habe. Wäre ich zwanzigmal so begabt als Bildhauer, könnte ich ihr doch keine Gerechtigkeit widerfahren lassen.»

Er kehrte in den anderen Raum zurück, um seine Büste nochmals zu betrachten, verweilte einen Augenblick davor und drehte sich wieder zum größeren Atelier um. Zwischen ihm und der Tür standen drei Stühle. Er ging an ihnen vorbei, berührte abwesend die Lehnen der ersten beiden und ließ den dritten aus; doch kaum wollte er den größeren Raum betreten, schien er sich plötzlich zu besinnen, kehrte rasch um und berührte auch den dritten Stuhl. Als er danach wieder auf das große Atelier zuging und den Blick hob, sah er die Augen des Priesters in unverhohlenem Erstaunen auf sich gerichtet.

«Signor Fabio!» rief Pater Rocco boshaft lächelnd, «wer hätte gedacht, daß Ihr abergläubisch seid?»

«Meine Amme war es», gab der junge Mann mit rotem Kopf und einem ziemlich gezwungenen Lachen zurück. «Von ihr habe ich ein paar schlechte Gewohnheiten, die ich noch nicht überwinden konnte.» Dann nickte er zum Abschied und entfernte sich rasch.

«Abergläubisch!» sagte Pater Rocco leise vor sich hin, lächelte, dachte kurz nach und trat ans Fenster, um die Straße zu überblicken. Nach links führte der Weg zu Fabios Palast und nach rechts zum Campo Santo, in das Viertel, wo Nanina wohnte. Der Priester sah eben noch, daß der junge Bildhauer nach rechts abbog.

Nach einer weiteren halben Stunde gingen die beiden Gesellen essen, und Luca blieb mit seinem Bruder allein zurück.

«Wir könnten jetzt unser aufgeschobenes Gespräch weiterführen», schlug Pater Rocco vor.

«Ich habe nichts weiter zu sagen», schmollte Luca.

«Dann kannst du mir um so aufmerksamer zuhören, Bruder», fuhr der Priester fort. «Ich hatte etwas gegen den groben Ton, mit dem du von deinem jungen Schüler und deiner Tochter sprachst – und noch mehr gegen deine Unterstellung, ich wolle sie aus Habgier verheiratet sehen, falls sie einander überhaupt zugetan sind.»

«Du willst mich mit schönen Worten einwickeln, Rocco, doch ich lasse mich nicht erwischen. Ich weiß, warum ich hoffe, daß Maddalena von diesem reichen jungen Herrn einen Antrag bekommt: Weil sie dann sein Geld hat und wir alle einen Nutzen daraus ziehen können. Das ist meinetwegen unfein und habgierig, aber es ist der wahre Grund, warum ich Maddalena als Fabios Frau sehen möchte. Das willst du doch auch, und aus welchem Grund denn, bitte sehr, wenn nicht aus meinem?»

«Was würden mir reiche Verwandte nützen? Was sind schon Leute mit Geld – was ist Geld überhaupt? – für einen Mann in meinem Stand?»

«Geld bedeutet allen etwas.»

«Wirklich? Hast du je festgestellt, daß ich darauf achte? Wenn ich bloß genug Geld für mein tägliches Brot, für meine Unterkunft und meine grobe Kutte habe, begehre ich für mich selbst nichts weiter – soviel ich auch für die Armen haben will. Wann hast du mich je habgierig gesehen? Helfe ich dir in dieser Werkstatt nicht aus reiner Zuneigung zu dir und zur Kunst und verlange dafür nicht einmal einen Gesellenlohn? Habe ich dich je um mehr als ein paar Münzen gebeten, die ich an Feiertagen meinen Pfarrkindern geben kann? Geld! Was ist Geld für einen Mann, den man vielleicht schon morgen nach Rom ruft, um ihn eine halbe Stunde später auf eine Mission ans Ende der Welt zu schicken, und der sofort gehen würde, wenn man es von ihm verlangte! Was nützt Geld einem Mann ohne Frau, ohne Kinder und ohne Wünsche außerhalb der heiligen Ordnung der Kirche? Bruder, siehst du den Schmutz und Staub und die groben Marmorsplitter dort neben deiner Statue am Boden? Und wenn dieser Boden mit Gold bedeckt wäre und der Unrat in neue Farben und Formen verwandelt, wäre es in meinen Augen doch immer noch Unrat.»

«Ein sehr edles Gefühl, muß ich schon sagen, Rocco, aber ich kann es nicht nachvollziehen. Angenommen also, du gibst nichts auf Geld, erklärst du mir dann, warum dir soviel daran liegt, daß Maddalena Fabio heiratet? Sie hatte auch schon Anträge von ärmeren Männern – das weißt du –, ohne daß es dich im geringsten gekümmert hätte, ob sie ja oder nein sagen würde.»

«Ich deutete dir den Grund schon vor Monaten an, als Fabio hier anfing.»

«Das war eine ziemlich vage Anspielung, Bruder – kannst du heute nicht deutlicher werden?»

«Ich glaube schon. Zunächst einmal will ich dir versichern, daß ich nichts gegen den jungen Mann persönlich habe. Er ist vielleicht etwas launisch und unentschlossen, aber ich habe keine schwerwiegenden Mängel entdeckt.»

«Das ist ein recht kühles Lob, Rocco.»

«Ich würde mit mehr Wärme von ihm sprechen, wenn sein Name nicht für eine unerträglich verruchte Tat und ein himmelschreiendes Unrecht stehen würde. Jeder Gedanke an ihn ist mit dem Gedanken an eine Kränkung verknüpft, die durch ihn fortbesteht, und wenn ich kühl von ihm rede, dann einzig aus diesem Grund.»

Luca wandte rasch den Blick von seinem Bruder ab und begann wie abwesend nach den Marmorscherben zu treten, die um ihn herum auf dem Boden lagen.

«Mir fällt wieder ein, worauf du damals angespielt hast», sagte er. «Ich weiß, was du meinst.»

«Dann weißt du auch», antwortete der Priester, «daß ein Teil von Fabio d'Ascolis Vermögen ehrlich und unleugbar ihm gehört, während ihm ein anderer Teil von Kirchenräubern und -plünderern vermacht wurde ...»

«Gib seinen Vorfahren die Schuld dafür, aber doch nicht ihm.»

«Ich lege es ihm so lange zur Last, bis das Raubgut zurückgegeben wird.»

«Wie kannst du überhaupt wissen, daß es Raubgut war?»

«Ich habe die Zeugnisse von den italienischen Bürgerkriegen genauer studiert als die meisten und weiß, daß Fabio d'Ascolis Ahnen die damalige Schwäche der Kirche ausnutzten, um ihr Besitz zu entreißen, den sie zu beanspruchen wagten. Ich weiß, daß man in jenen stürmischen Zeiten infolge Einschüchterung oder Vorspiegelung falscher Tatsachen, die sich der Kenntnis der Rechtsprechung entziehen, Land verschrieb, und das dadurch gewonnene Geld nenne ich Raubgut und sage, es soll und wird an die Kirche, der man es nahm, zurückfallen!»

«Und was sagt Fabio dazu, Bruder?»

«Ich habe noch nicht mit ihm darüber gesprochen.»

«Warum nicht?»

«Weil ich noch keinen Einfluß auf ihn habe. Wenn er verheiratet ist, wird seine Frau diesen Einfluß haben, und sie soll für meine Sache sprechen.»

«Also Maddalena? Wie willst du wissen, daß sie mit ihm reden wird?»

«Habe nicht ich sie erzogen? Kennt sie etwa ihre Pflichten gegenüber der Kirche nicht, in deren Schoß sie aufgewachsen ist?»

Luca zögerte betreten und machte ein paar Schritte, bevor er wieder sprach: «Beläuft sich dieses sogenannte Raubgut auf eine große Summe?» flüsterte er ängstlich.

«Das kann ich vielleicht später einmal sagen, Luca», antwortete der Priester. «Laß es dir fürs erste genügen, daß du, wie ich zu Beginn unserer Unterhaltung versprochen habe, über alles im Bild bist. Du weißt jetzt, daß ich diese Heirat aus völlig uneigennützigen Gründen wünsche. Wenn der ganze Besitz, den Fabios Vorfahren widerrechtlich von der Kirche erwarben, morgen schon an sie zurückginge, würde kein Paolo* davon in meiner Tasche verschwinden. Ich bin ein armer Priester und werde es bis an mein

* päpstlicher Groschen Pauls III. (1534–1550), meist mit Wappenstehendem Apostel Paul

Lebensende bleiben. Ihr Krieger der Welt, Bruder, kämpft um euren Sold – ich bin ein Krieger der Kirche und kämpfe für meine Sache.»

Mit diesen Worten wandte er sich jäh wieder seiner Statuette zu und wollte nichts mehr sagen oder seine Arbeit ruhen lassen, bis er die Form abgenommen und ihre Einzelteile sorgfältig weggeräumt hatte. Danach zog er einen Schreibaufsatz aus der Schublade seines Arbeitstisches, entnahm ihm ein Blatt Papier und schrieb darauf: «Komm morgen ins Atelier. Fabio wird bei uns sein, aber Nanina nie wieder.» Ohne zu unterschreiben, versiegelte er den Brief und adressierte ihn an «Donna Maddalena». Dann nahm er seinen Hut und gab die Notiz seinem Bruder.

«Sei so gut und gib das meiner Nichte», sagte er.

«Was meinst du, Rocco», fragte Luca und drehte den Brief ratlos zwischen Daumen und Zeigefinger, «wird Maddalena es schaffen, sich Fabio zu angeln?»

«Das sind immer noch grobe Worte, Bruder!»

«Achte nicht auf meine Worte. Ist es wahrscheinlich?»

«Ja, Luca, ich halte es für wahrscheinlich.» Damit winkte er seinem Bruder freundlich zu und verließ das Atelier.

III

Von der Werkstatt ging Pater Rocco geradewegs in seine Wohnung gleich neben der Kirche, der er eng verbunden war. In seinem Studierzimmer öffnete er einen Schrank, nahm eine Handvoll Silbermünzen aus einer Schublade, brütete vielleicht eine Minute lang über einer Tafel mit mehreren Namen und Anschriften, steckte ein tragbares Tintenfaß und ein paar Zettel ein und ging wieder aus.

Er lenkte seine Schritte zum ärmlichsten Teil des Viertels, betrat elende Hütten und wurde von den Bewohnern mit großem Respekt und viel Zuneigung willkommen geheißen. Besonders die Frauen küßten ihm die Hände mit größerer Verehrung, als sie dem höchsten gekrönten Haupt Europas erwiesen hätten. Er wiederum plauderte mit ihnen so selbstverständlich und ungezwungen wie mit seinesgleichen, setzte sich frohgemut auf schmutzige Bettkanten und wacklige Bänke und verteilte seine kleinen Geldgaben mit der Miene eines Mannes, der viel eher Schulden bezahlt als Almosen austeilt. Wo er Kranke antraf, nahm er Tintenfaß und Zettel hervor und schrieb einfache Rezepte, die das benachbarte Kloster aus seinem Medizinschrank herstellen konnte und damit auf dieselbe barmherzige Art Linderung brachte wie heute die Armenapotheken. Als sein Geld aufgebraucht und seine Besuche gemacht waren, gab ihm eine ganze Schar begeisterter Anhänger das Geleit aus dem Elendsviertel. Die Frauen küßten ihm wieder die Hand, die Männer lüfteten ihre Mützen, als er sich umdrehte und mit freundlichem Winken von ihnen allen verabschiedete.

Sobald er wieder allein war, ging er zum Campo Santo, am Haus, wo Nanina wohnte, vorbei und schlenderte die Straße minutenlang nachdenklich auf und ab. Als er schließlich die steile Treppe zum Zimmer der Schwestern hinaufstieg, fand er die Tür angelehnt. Er stieß sie sanft auf und sah La Biondella, die ihm ihren hübschen Blondschopf zuwandte, Brot und Trauben zum Abendbrot essen. In der gegenüberliegenden Ecke saß Scarammuccia auf seinen Hinterläufen und riß das Maul weit auf, um das Stück Brot im Sprung zu schnappen, das er offensichtlich von dem Kind erwartete. Was die ältere Schwester tat, sah der Priester nicht mehr, denn der Hund bellte sogleich, als er ihn entdeckte, und Nanina eilte zur Tür, um festzustellen, wer der Eindringling sein mochte. So bemerkte er bloß, daß sein Anblick sie zu sehr verwirrte, um ein Wort sagen zu können.

La Biondella sprach als erste: «Danke, Pater Rocco», sagte das Kind und tanzte mit dem Brot in der einen und den Trauben in der anderen Hand auf und ab, «danke für das viele Geld für meine Tischmatten. Dort in der Ecke sind sie, in dem kleinen Paket. Nanina ist es nicht recht, daß Ihr sie tragen müßt, und da hab' ich gesagt, ich weiß, wo Ihr wohnt, und ich möcht' Euch gern bitten, daß ich sie Euch bringen darf.»

«Kannst du sie denn den ganzen Weg tragen, Kind?» fragte der Priester.

«Da seht Ihr, Pater Rocco, ob ich sie tragen kann!» rief La Biondella, stopfte ihr Brot in die eine Tasche ihrer kleinen Schürze, hielt die Traube am Stiel mit dem Mund fest und schwang sich das Bündel im Nu auf den Kopf. «Ich bin so stark, daß ich doppelt soviel tragen könnte», sagte das Kind und blickte stolz zum Gesicht des Priesters auf.

«Kannst du ihr zumuten, sie für mich nach Hause zu bringen?» wandte sich Pater Rocco an Nanina. «Ich möchte mit dir allein reden und könnte dies in ihrer Abwesenheit tun. Bist du sicher, daß sie draußen zurechtkommt?»

«Ja, Pater Rocco, sie geht oft allein hinaus.» Nanina gab die Antwort mit leiser, zitternder Stimme und blickte verlegen zu Boden.

«Dann geh, mein Kind», sagte Pater Rocco und klopfte der Kleinen auf die Schulter. «Und komm zu deiner Schwester zurück, sobald du die Matten abgegeben hast.»

La Biondella marschierte sogleich triumphierend los, begleitet von Scarammuccia, der seine Schnauze verdächtig nahe an der Tasche hielt, in die sie ihr Brot gesteckt hatte.

Pater Rocco schloß hinter ihnen die Tür, nahm den einen Stuhl, den es im Zimmer gab, und hieß Nanina sich neben ihn auf den Schemel setzen.

«Glaubst du, daß ich dein Freund bin, Kind, und es immer gut mit dir gemeint habe?» fing er an.

«Ein überaus guter, wohlmeinender Freund», antwortete Nanina.

«Dann wirst du mich geduldig anhören und mir glauben, daß ich zu deinem Wohl spreche, selbst wenn meine Worte dich bekümmern sollten?» Nanina wandte den Kopf ab. «Jetzt sage mir erst einmal: Habe ich unrecht mit der Annahme, daß der Schüler meines Bruders, der junge Adlige, den wir ‹Signor Fabio› nennen, heute bei dir gewesen ist?» Nanina fuhr erschrocken von ihrem Schemel hoch. «Setz dich wieder, Kind, ich mache dir keinen Vorwurf. Ich sage dir bloß, wie du dich in Zukunft verhalten sollst.»

Er nahm ihre Hand; sie war kalt und zitterte heftig in der seinen.

«Ich will nicht fragen, was er zu dir gesagt hat», fuhr der Priester fort, «denn es könnte dir weh tun zu antworten, und ich hatte selbst Gelegenheit zu bemerken, daß deine Jugend und Schönheit großen Eindruck auf ihn gemacht hat. Ich lasse darum alle Mutmaßungen über seine Worte zu dir und komme gleich zu dem, was ich dir zu sagen habe. Nanina, Kind, nimm all deinen Mut zusammen und versprich mir, noch bevor wir heute abend auseinandergehen, daß du Signor Fabio nie mehr treffen wirst.»

Nanina fuhr herum und starrte ihn mit ungläubigem Entsetzen an. «Nie mehr?»

«Du bist sehr jung und sehr unschuldig», sagte Pater Rocco, «doch sicher hast du dir auch schon über den Unterschied zwischen Signor Fabio und dir Gedanken gemacht. Bestimmt hast du oft daran gedacht, daß du weit unten zu den Ärmsten gehörst und er hoch oben bei den Reichen und Adligen thront?»

Naninas Hände sanken auf die Knie des Priesters. Sie legte ihren Kopf darauf und begann haltlos zu weinen.

«Sicher hast du daran gedacht?» ließ Pater Rocco nicht locker.

«Ach, ich hab' oft daran gedacht, oft!» murmelte das Mädchen. «Ich hab' es nächtelang heimlich beklagt und beweint. Er sagte, ich sehe heute blaß, kränklich und niedergeschlagen aus, und ich hab' ihm gesagt, es sei deswegen!»

«Und was hat er erwidert?»

Es kam keine Antwort. Pater Rocco senkte den Blick. Nanina hob den Kopf von seinen Knien und versuchte, ihn wieder abzuwenden, aber er nahm ihre Hand und ließ es nicht zu.

«Komm!» sagte er, «rede offen mit mir. Sag, was du deinem Beichtvater und Freund anvertrauen solltest. Also was hat er geantwortet, als du ihn an den Unterschied zwischen euch erinnert hast?»

«Er sagte, ich sei zur Dame geboren», stammelte das Mädchen und versuchte immer noch, ihr Gesicht abzuwenden, «und ich könnte eine werden, wenn ich es lernen würde und Geduld hätte. Er sagte, wenn er zwischen allen Edelfrauen von Pisa und der kleinen Nanina wählen müßte, würde er mir die Hand reichen und zu ihnen sagen: ‹Sie soll meine Frau sein.› Er sagte, die Liebe kenne keine Standesunterschiede, und daß er ein reicher Adeliger sei, ermögliche ihm erst recht zu tun, was er wolle. Er war so freundlich, daß mir fast das Herz überging von seinen Worten, und meine kleine Schwester mochte ihn so sehr, daß sie auf sein Knie kletterte und ihm einen Kuß gab. Sogar unser Hund, der andere Fremde anknurrt, schlich sich neben ihn und leckte seine Hand. Ach, Pater Rocco! Pater Rocco!» Wieder flossen Tränen, und einmal mehr sank der liebliche Kopf müde auf sein Knie nieder.

Pater Rocco lächelte vor sich hin und wartete, bis sie sich etwas beruhigt hatte.

«Angenommen», begann er nach langem Schweigen wieder, «angenommen, Signor Fabio hat alles, was er zu dir gesagt hat, auch wirklich gemeint ...»

Nanina fuhr hoch und widersprach dem Priester erstmals seit seinem Eintreffen kühn: «Angenommen!» ereiferte sie sich; ihre Wangen färbten sich röter, und die dunkelblauen Augen blitzten durch ihre Tränen auf. «Angenommen! Pater Rocco, Fabio würde mich niemals täuschen. Lieber wollte ich hier zu Euren Füßen sterben als im geringsten an dem, was er mir sagte, zweifeln!»

Der Priester wies sie ruhig auf ihren Schemel zurück. «Ich hätte nie vermutet, daß dieses Kind so viel Temperament hat», dachte er.

«Ich würde lieber sterben», wiederholte Nanina mit langsam versagender Stimme, «lieber sterben als ihm mißtrauen.»

«Ich verlange auch nicht von dir, ihm zu mißtrauen», sagte Pater Rocco sanft, «und ich will selbst so fest an ihn glauben wie du. Nehmen wir also an, mein Kind, daß du die vielen Dinge, von denen du jetzt nichts ahnst, die eine Dame aber wissen muß, geduldig gelernt hast. Nehmen wir weiter an, Signor Fabio hat tatsächlich mit sämtlichen Regeln, von denen sich Leute seines hohen Standes leiten lassen, gebrochen und dich vor aller Welt zur Frau genommen. Dann wärst du glücklich, Nanina; aber wäre er es auch? Er hat zwar keine Eltern, die ihn maßregeln könnten, das stimmt; doch er hat Freunde – viele Freunde und Vertraute aus seinen eigenen Kreisen –, stolze, herzlose Leute, die nichts von deiner Liebenswürdigkeit und Güte ahnen, die dich, mein Kind, und auch deinen Mann mit Verachtung strafen würden, wenn sie von deiner niedrigen Herkunft erführen. Er ist nicht so geduldig und so stark wie du. Denk daran, wie bitter es für ihn wäre, diese Verachtung hinzunehmen und mit anzusehen, wie hochmütige Frauen dich ächten und unverschämte Männer dich kaltherzig belächeln oder bevormunden. Doch all dies, und vieles mehr, müßte er ertragen oder die Welt seiner Herkunft, die ihm zum Leben bestimmt ist, verlassen. Du liebst ihn, ich weiß …»

Wieder brach Nanina in Tränen aus: «Ach, wie sehr! So sehr!» murmelte sie.

«Ja, du liebst ihn sehr», fuhr der Priester fort; «aber könnte ihn deine ganze Liebe für alles andere entschädigen, was er verlieren muß? Zuerst vielleicht ja, doch die Zeit würde kommen, wo die Welt wieder Einfluß auf ihn hätte und er ein Bedürfnis empfinden würde, dem du nicht entsprechen könntest, und eine Melancholie, für die du keinen Trost wüßtest. Denk an sein Leben, dann, und auch an deines. Denk an den Tag, an dem ihn der erste heimliche Zweifel beschleichen würde, ob die Heirat mit dir richtig gewesen sei. Wir beherrschen nicht all unsere Regungen. Die frohesten Gemüter kennen Momente tiefer Niedergeschlagenheit, und auch die tapfersten Herzen sind nicht immer gegen Zweifel gefeit. Kind, ach Kind, die Welt ist stark, Standesdünkel gehen tief, und der menschliche Wille ist auch im besten Fall schwach. Sei gewarnt! Um deiner selbst und um Fabios willen: Sei gewarnt, solange noch Zeit dazu ist.»

Nanina streckte ihre Hände verzweifelt dem Priester entgegen. «Oh, Pater Rocco, Pater Rocco!» rief sie, «warum habt Ihr mir das nicht früher gesagt?»

«Weil ich erst heute die Notwendigkeit dazu sah. Aber es ist nicht zu spät, es ist nie zu spät für eine gute Tat. Du liebst Fabio, Nanina? Willst du diese Liebe durch ein großes Opfer für ihn beweisen?»

«Ich würde für ihn sterben!»

«Und ihn von einer Leidenschaft heilen, die sein Verderben sein wird, und wohl auch deines, indem du Pisa morgen verläßt?»

«Pisa verlassen!» schrie Nanina auf. Totenbleich erhob sie sich und wich vor dem Priester einige Schritte zurück.

«Hör mir zu», fuhr Pater Rocco fort. «Ich habe dich klagen hören, daß du keine feste Anstellung als Näherin bekommst. Dies sollst du haben, wenn du morgen mit mir – und natürlich mit deiner kleinen Schwester – nach Florenz gehst.»

«Ich habe Fabio versprochen, im Atelier zu sein», begann Nanina entsetzt. «Um zehn Uhr soll ich dort sein. Wie kann ich ...» Sie stockte plötzlich, so als versage ihr der Atem.

«Ich bringe dich und deine Schwester selbst nach Florenz», sagte Pater Rocco, ohne auf die

Unterbrechung zu achten. «Dort vertraue ich euch einer Dame an, die zu euch so gut wie eine Mutter sein wird. Du kannst dich darauf verlassen, daß du eine Arbeit bekommst, mit der du euch redlich und selbständig durchbringen kannst, und daß ich euch schon nach drei Monaten nach Pisa zurückhole, wenn euch das Leben in Florenz nicht gefällt. Drei Monate, Nanina: Das ist keine lange Verbannung.»

«Fabio, Fabio!» weinte das Mädchen, sank wieder auf den Schemel zurück und verbarg ihr Gesicht.

«Es ist zu seinem Besten», sagte Pater Rocco ruhig, «zu Fabios Bestem, denk daran.»

«Was würde er von mir denken, wenn ich wegginge? Ach, hätte ich doch nur schreiben gelernt. Wenn ich Fabio bloß einen Brief schreiben könnte!»

«Kannst du dich nicht darauf verlassen, daß ich ihm alles Nötige erkläre?»

«Wie kann ich von ihm weg? Oh, Pater Rocco, wie könnt Ihr mich bitten, von ihm wegzugehen?»

«Du sollst dich nicht vorschnell entscheiden. Ich lasse dir Zeit bis morgen früh. Um neun werde ich auf der Straße stehen und dieses Haus nicht ein einziges Mal betreten, bis ich weiß, daß du beschlossen hast, meinen Rat zu befolgen. Gib mir aus dem Fenster ein Zeichen. Wenn ich deinen weißen Umhang wehen sehe, werde ich daran erkennen, daß dein tapferer Entschluß, Fabio und dich selbst zu retten, feststeht. Mehr sage ich nicht dazu, Kind, denn sollte ich mich nicht arg in dir getäuscht haben, war das schon genug.»

Sie schluchzte immer noch heftig, als er ging.

Unweit des Hauses traf er La Biondella und den Hund auf ihrem Heimweg. Die Kleine blieb stehen, um ihm die geglückte Übergabe der Tischmatten zu melden, aber er ging mit einem Kopfnicken und einem Lächeln rasch weiter. Das Gespräch mit Nanina hatte Nachwirkungen, und er fühlte sich in diesem Augenblick außerstande, mit einem Kind zu reden.

Kaum war es am nächsten Morgen halb neun, brach Pater Rocco zu der Straße auf, an der Nanina wohnte. Unterwegs überholte er einen Hund, der vor ihm her trottete, und sah gleichzeitig eine elegant gekleidete Dame entgegenkommen. Der Hund blieb argwöhnisch stehen, knurrte und fletschte die Zähne, als sie vorüberging. Die Dame schimpfte verächtlich, schien aber über die Drohgebärde des Tiers weder erstaunt noch davon beeindruckt. Pater Rocco blickte ihr neugierig nach. Sie war eine stattliche Person, und er bewunderte ihren Mut. «Das knurrende Untier kenne ich», dachte er, «aber wer mag die Dame wohl sein?»

Der Hund war Scarammuccia, auf der Rückkehr von einem Beutezug, und die Dame war Brigida, unterwegs zu Luca Lomis Werkstatt.

Einige Minuten vor neun bezog der Priester gegenüber von Naninas Fenster seinen Posten. Es war offen, doch weder sie noch ihre kleine Schwester ließen sich blicken. Er sah gespannt hinauf, als die Turmuhr schlug, aber noch eine Minute nachdem alle Schläge verklungen waren, erschien kein Zeichen. «Zögert sie immer noch?» fragte sich Pater Rocco.

Doch kaum kamen ihm diese Worte über die Lippen, flatterte der weiße Umhang aus dem Fenster.

Zweiter Teil

I

Selbst nach dem Meisterstreich der Ersetzung einer verräterischen italienischen Schneiderin durch eine französische Couturière direkt aus Paris blieb das große Haus Grifoni von kleineren Übeln nicht verschont. Mademoiselle Virginie hatte ihre neue Position in Pisa noch keine Woche inne, als sie erkrankte. Zu den Ursachen dieser Krankheit gingen die wildesten Gerüchte um, und Mademoiselle Grifoni deutete sogar an, die Gesundheit der Neuen sei durch schändliche Giftmischereien ihrer Geschäftsrivalin untergraben worden. Doch welche Gründe das Unglück auch haben mochte, Mademoiselle Virginie war ernstlich krank, und ebenso ernsthaft bestand der Arzt darauf, daß sie noch zur Badekur nach Lucca mußte, sobald sie nicht mehr bettlägerig war.

Zu Demoiselle Grifonis Glück war es der Französin gelungen, drei Beispiele ihrer Kunst auszuführen, bevor sie krank wurde, nämlich das Abendkleid aus gelbem Seidenbrokat, das sie an ihrem ersten Arbeitsmorgen in Pisa in Angriff genommen hatte; einen schwarzen Kapuzenmantel in ganz neuem Schnitt und ein unwiderstehliches Negligé, der anscheinend von den königlichen Prinzessinnen Frankreichs eingeführte letzte Modeschrei. Die Damen von Pisa waren von diesen Ausstellungsstücken hingerissen, und Grifoni wurde sogleich von allen Seiten mit Aufträgen überschwemmt, welche die Näherinnen nach den Entwürfen der französischen Damenschneiderin natürlich leicht ausführen konnten. So kam Mademoiselle Virginies Krankheit ihrer Meisterin zwar ungelegen, fügte ihr aber keinen echten Schaden zu.

Nach zwei Monaten in den Bädern von Lucca war die neue Schneiderin wieder gesund. Sie kehrte nach Pisa zurück, bezog wiederum ihr privates Atelier und stellte fest, daß in ihrer Abwesenheit eine wichtige Veränderung stattgefunden hatte: Ihre Freundin und Gehilfin Brigida hatte gekündigt. Alle Nachforschungen bei Demoiselle Grifoni ergaben nur die eine Antwort: Die unauffindbare Näherin hatte unvermittelt ihren Platz verlassen und war fünf Minuten später schon weg, ohne jemandem anzuvertrauen, was sie tun oder wohin sie gehen wollte.

Monate verstrichen. Ein neues Jahr begann, ohne daß eine Erklärung von Brigida kam. Der Frühling ging vorbei, Kleider wurden genäht und verkauft, und noch immer gab es kein Lebenszeichen. Schon war Mademoiselle Virginie ein Jahr bei Grifoni, als schließlich doch eine Nachricht von Brigida eintraf, worin es hieß, sie sei nach Pisa zurückgekehrt und wolle ihre alte Freundin nach Geschäftsschluß besuchen, wenn diese ihr die Anschrift überbringen lasse. Das tat die Französin bereitwillig, und Brigida traf pünktlich in Mademoiselle Virginies kleinem Salon ein.

Der Auftritt der Italienerin war wie gewohnt würdevoll, sie warf sich so unbekümmert in den nächstbesten Sessel und erkundigte sich so beiläufig nach dem Wohlergehen ihrer Freundin, als hätten sie sich erst vor wenigen Tagen gesehen. Mademoiselle Virginie lachte ihr munterstes Lachen und zog in lebhaftem Erstaunen ihre ausdrucksvollen französischen Brauen hoch.

«Na, Brigida!» rief sie aus, «sie haben dich bei der alten Grifoni wirklich nicht zu Unrecht ‹das Biest› genannt. Wo bist du gewesen? Warum hast du mir nie geschrieben?»

«Ich hatte nichts Besonderes zu schreiben, und außerdem wollte ich immer nach Pisa zurück und dich besuchen», antwortete Brigida und rekelte sich in ihrem Sessel.

«Aber wo bist du fast ein Jahr lang gewesen? Hier in Italien?»

«Nein, in Paris. Weißt du, daß ich singen kann? Nicht sehr gut, aber ich habe eine Stimme, und die meisten Französinnen, du entschuldigst die Frechheit, haben keine. Ich kam über eine Freundin an einen Intendanten heran und sang im Theater – keine großen Partien, nur Nebenrollen. Auf der Bühne konnten mich deine lieben Landsmänninnen nicht niederschreien, aber hinter den Kulissen intrigierten sie erfolgreich gegen mich. Kurzum, ich stritt mit unserer Primadonna, mit dem Intendanten und mit meiner Freundin, und da bin ich wieder in Pisa mit einem bißchen Geld in der Tasche und nicht viel Ahnung, was ich als nächstes tun soll.»

«Wieder in Pisa! Und warum bist du überhaupt erst gegangen?»

Brigidas Augen verloren allmählich ihren unbeteiligten Ausdruck. Sie richtete sich plötzlich in ihrem Sessel auf und ließ eine Hand schwer auf ein Tischchen neben ihr fallen.

«Warum?» wiederholte sie. «Weil ich ein Spiel lieber aufgebe, wenn es gegen mich läuft, als auf meine Niederlage zu warten.»

«Ach, du redest von deinem letztjährigen Plan, bei den Bildhauern dein Glück zu machen. Ich wüßte gern, warum es mit dem reichen jungen

Dilettanten nicht geklappt hat. Du weißt ja, daß ich krank wurde, bevor du Neuigkeiten für mich hattest. Natürlich schloß ich nach meiner Rückkehr aus Lucca aus deiner Abwesenheit und der Heirat deiner erhofften Eroberung mit der Bildhauerstochter kurz darauf auf deinen Mißerfolg. Aber ich erfuhr nie Einzelheiten. Selbst jetzt weiß ich nichts als die dürre Tatsache, daß Maddalena Lomi das Rennen gemacht hat.»

«Sag mir erst: Sind sie und ihr Mann glücklich miteinander?»

«Man hört nichts von Streitigkeiten. Sie hat Kleider, Pferde, Kutschen, einen Mohrenpagen, das kleinste Schoßhündchen Italiens – kurz, jeden Luxus, den eine Frau sich wünschen kann, und übrigens auch noch ein Kind.»

«Ein Kind!»

«Ja, vor gut einer Woche kam es auf die Welt.»

«Kein Junge, hoffentlich?»

«Nein, es ist ein Mädchen.»

«Da bin ich froh. Diese Reichen wollen immer einen Erben als Erstgeborenen. Sie werden beide enttäuscht sein. Das freut mich!»

«Großer Gott, Brigida, du siehst zornig aus!»

«Ja? Das kann schon sein. Ich hasse Fabio d'Ascoli und Maddalena Lomi – den Mann und die Frau je einzeln, und das Ehepaar doppelt. Schon gut! Ich sage dir gleich, was du wissen willst. Beantworte mir nur erst ein, zwei Fragen: Hast du gehört, wie es ihr geht?»

«Wie sollte ich? Kleidermacherinnen können nicht bei Adligen vorsprechen.»

«Stimmt. Eine letzte Frage also: Was ist mit der kleinen Einfalt Nanina?»

«Ich hab' sie weder gesehen noch von ihr gehört. Sie kann nicht in Pisa sein, sonst hätte sie hier nach Arbeit gefragt.»

«Ach, ich hätte es mir ja denken können: Pater Rocco hält sie bestimmt um seiner Nichte willen von Fabio fern.»

«Was? Dann hat er dieses ‹Fädchen›, wie du sie nanntest, tatsächlich geliebt?»

«Mehr als fünfzig solcher Ehefrauen, wie er jetzt eine hat! Ich war an dem Morgen in der Werkstatt, als er von ihrer Abreise aus Pisa erfuhr. Man steckte ihm einen Brief zu, in dem stand, das Mädchen sei aus Ehrgefühl gegangen und habe sich an einem sicheren Ort versteckt, um ihn davon abzuhalten, sich durch die Heirat mit ihr bei all seinen Freunden zu kompromittieren. Verständlicherweise wollte er nicht glauben, daß sie dies aus eigenem Antrieb getan hatte, und ebenso selbstredend verdächtigte er Pater Rocco, die Fäden in der Hand zu halten, als man nach dem Priester schickte und ihn nicht fand. Ich habe noch nie einen Mann so verzweifelt und wütend gesehen. Er schwor, ganz Italien nach dem Mädchen durchkämmen zu lassen, den Priester umzubringen und keinen Fuß mehr in Luca Lomis Werkstatt zu setzen ...»

«Und brach natürlich als Mann, der er ist, den Eid?»

«Natürlich. Und ich stellte bei meinem ersten Besuch in der Werkstatt zwei Dinge fest: Erstens, wie schon gesagt, daß Fabio das Mädchen wirklich liebte – und zweitens, daß Maddalena Lomi ihn liebte. Du kannst dir vorstellen, daß ihr meine ganze Aufmerksamkeit galt bei diesem Aufruhr, als niemand auf mich achtete. Alle Frauen sind eitel, ich weiß, aber die Eitelkeit hat mich nie blind gemacht. Ich sah also gleich, daß ich ihr nur in einem überlegen war – der Figur. Sie war so groß wie ich, aber nicht gut gebaut. Dafür hatte sie ebenso schwarz glänzendes Haar und dunkle, feurige Augen, und das übrige Gesicht war schöner als meines. Bei mir sind Nase und Mund zu breit, und meine Oberlippe hängt zu weit über die Unterlippe. Sie hatte keinen dieser Mängel und soviel Talent wie ich, mit dem tobsüchtigen jungen Dummkopf umzugehen.»

«Wie denn?»

«Sie blieb die ganze Zeit, als er in der Werkstatt wütete, mit niedergeschlagenen Augen und bekümmertem Blick stumm stehen. Sie mußte das Mädchen doch hassen und über ihr Verschwinden erfreut sein, aber sie ließ sich nichts anmerken. ‹Du wärst selbst einer schöneren Frau, als ich es bin, eine gefährliche Rivalin›, dachte ich. Doch ich beschloß, nicht zu früh aufzugeben und meinen Plan weiterzuverfolgen, als hätte es den Zwischenfall mit dem Mädchen nicht gegeben. Den Meister konnte ich leicht für mich gewinnen, indem ich ihm mit seinem Ruhm schmeichelte und ihm versicherte, Luca Lomis Werke von Kind auf verehrt zu haben. Ich hätte von seiner Mühe, ein Vorbild für die Vollendung seiner Minerva zu finden, gehört und wolle gern für ihn Modell sitzen, wenn er mich – und das betonte ich sehr – der Ehre für würdig erachte. Ich weiß nicht, ob er sich von meinen Worten ganz täuschen ließ; jedenfalls war er schlau genug, um zu merken, daß ich ihm tatsächlich nützlich sein konnte, und er nahm mein Angebot mit überschwenglichen Komplimenten an. Bevor ich ging, vereinbarten wir die erste Sitzung nach Ablauf einer Woche.

«Warum so spät?»

«Natürlich damit unser junger Herr Zeit hatte, sich zu beruhigen und ins Atelier zurückzukehren. Was sollte ich dort, wenn er weg war?»

«Klar, das hab' ich vergessen. Und wie lange dauerte es, bis er wiederkam?»

«Ich hatte ihm mehr als genug Zeit gegeben. Ich sah ihn bei meiner ersten Sitzung im Atelier und hörte, es sei sein zweiter Besuch seit dem Verschwinden des Mädchens. Diese aufbrausenden Männer sind immer wankelmütig und unentschlossen.»

«Hatte er denn gar nicht versucht, Nanina zu finden?»

«O doch! Er hatte sie selbst gesucht und auch andere ausgeschickt, aber ohne Erfolg. Vier Tage anhaltender Enttäuschung brachten ihn zur Vernunft. Luca Lomi hatte ihm einen versöhnlichen Brief geschrieben und gefragt, welche Schuld denn ihn oder seine Tochter treffe, selbst wenn Pater Rocco etwas vorzuwerfen sei. Maddalena Lomi war ihm auf der Straße begegnet und seinem Blick resigniert ausgewichen, als rechnete sie mit seiner Mißachtung. Kurzum, die beiden weckten seinen Gerechtigkeitssinn und seine Gutmütigkeit – wie du siehst, sehe ich seine Vorzüge durchaus – und gewannen ihn zurück. Zuerst blieb er zwar ruhig und blies Trübsal, und mit dem Priester war er schrecklich mürrisch und schroff…»

«Daß Pater Rocco sich überhaupt in seine Nähe traute…»

«Er ist kein Mann, der sich von jemandem einschüchtern oder unterkriegen läßt, das sage ich dir. Er kam am selben Tag wie Fabio in die Werkstatt zurück. Und außer daß er kühn erklärte, Nanina habe das Richtige getan und sei ein gutes und braves Mädchen, wollte er nichts weiter zu ihr oder zu ihrem Verschwinden sagen. Es war völlig zwecklos, ihm Fragen zu stellen – er sprach jedem das Recht darauf rundweg ab. Ob Drohen, Flehen oder Schmeicheln – alles Bitten war vergebens. Laß dir sagen, meine Liebe, der schlaueste und höflichste Mann von ganz Pisa, der gefährlichste für seine Feinde und der angenehmste für seine Freunde ist Pater Rocco. Die anderen waren grausam und grob zu mir, als ich meine Karten etwas zu sehr aufdeckte, aber Pater Rocco behandelte mich von Anfang bis Ende wie eine Dame. Es ist mir egal, ob er es aufrichtig meinte – er behandelte mich wie eine Dame, und für die anderen war ich eine …»

«Na, na, ereifere dich jetzt nicht deswegen. Erzähl mir lieber, wie du dich an den jungen Herrn herangemacht hast, diesen Fabio, wie du ihn so verächtlich nennst.»

«Auf die dümmste Art, wie sich herausstellen sollte. Zunächst sicherte ich mir seine Aufmerksamkeit, indem ich ihm sagte, ich hätte Nanina gekannt. Das war ein guter Anfang. Dann wollte ich ihn davon überzeugen, sie wäre nie weggegangen, wenn sie wirklich nur ihn geliebt hätte. Wahrscheinlich sei ihm ein Rivale unter ihresgleichen in die Quere gekommen, für den sie ihn aufgegeben habe, nachdem der Stolz, daß ihr ein Graf zu Füßen lag, befriedigt gewesen sei. Wie du dir vorstellen kannst, hatte ich meine liebe Not, ihn zu dieser Sichtweise von Naninas Flucht zu bewegen. Sowohl sein Stolz wie seine Liebe sperrten sich gegen die Einsicht, daß ich recht haben könnte. Aber schließlich gelang es mir, und ich hatte ihn in jenem Zustand gedemütigter Eitelkeit und trotzigen Aufbegehrens, in dem sich die Gefühle der Männer am leichtesten beeinflussen lassen und sie einem aus verletztem Stolz leicht in die Falle gehen. Ich hatte ihn also soweit – und dann trat *sie* dazwischen und erntete die Früchte meiner Anstrengungen. Erstaunt es dich da noch, daß ich über ihre Enttäuschungen juble und mich über jede schlechte Nachricht über sie freue?»

«Aber wie konnte sie es denn überhaupt schaffen?»

«Wenn ich das wüßte, hätte sie nicht triumphiert, wo ich scheiterte. Ich weiß nur, daß sie ihn öfter sehen konnte als ich und die Gelegenheiten so geschickt nutzte, daß selbst ich mich täuschen ließ. Ich glaubte noch, ich gewinne bei Fabio an Boden, als ich ihn tatsächlich bereits verlor. Erst eine Veränderung in Luca Lomis Verhalten zu mir machte mich mißtrauisch. Er wurde kühl, gleichgültig und zuletzt richtig grob. Ich war entschlossen, dies zu übergehen, aber der Zufall öffnete mir bald die Augen. Eines Morgens hörte ich Fabio und Maddalena von mir reden, als sie glaubten, ich hätte die Werkstatt verlassen. Ich kann ihre Worte nicht wiederholen, vor allem ihre nicht. Der bloße Gedanke daran treibt mir das Blut in den Kopf, und es wird mir kalt ums Herz. Es reicht, wenn ich dir sage, daß er über mich lachte und sie …»

«Pst! Nicht so laut! Es wohnen noch andere Leute im Haus. Du brauchst mir nicht zu sagen, was du gehört hast, es regt dich nur zwecklos auf. Ich vermute, daß sie herausfanden ...»

«Durch sie, denk daran – nur durch sie!»

«Ja, ja, ich verstehe. Sie fanden viel mehr heraus, als du je wolltest, und das nur ihretwegen.»

«Wäre der Priester nicht gewesen, Virginie, hätten sie mich öffentlich beleidigt und vor die Tür gesetzt. Aber er hatte darauf bestanden, daß man mich anständig behandelte. Sie sagten, er habe Angst vor mir, und lachten über die Vorstellung, er könnte sie mit seiner Angst anstecken. Das war das letzte, was ich hörte. Ich erstickte fast vor Wut, und daß ich sie unterdrücken mußte, machte es nur noch schlimmer. Ich wandte mich um und wollte für immer gehen, als ich ausgerechnet Pater Rocco dicht hinter mir stehen sah. Er mußte in meinem Gesicht gelesen haben, daß ich alles wußte, doch er nahm keine Notiz davon. Er fragte mich bloß in seiner gewohnt ruhigen und höflichen Art, ob ich etwas verloren habe und er mir behilflich sein könne. Es gelang mir noch, ihm zu danken und die Tür zu erreichen. Er hielt sie mir respektvoll auf und verbeugte sich – behandelte mich bis zum Schluß wie eine Dame! Es war Abend, als ich das Atelier auf diese Weise verließ. Am nächsten Morgen warf ich den Bettel hin und kehrte Pisa den Rücken. Jetzt weißt du alles.»

«Hast du von der Hochzeit gehört? Oder nahmst du bloß an, daß sie stattfinden würde?»

«Ich hörte vor etwa einem halben Jahr davon. Ein Mann schloß sich unserem Theaterchor an, der zuvor in dem großen Konzert, das aus Anlaß der Hochzeit gegeben wurde, mitgesungen hatte. Aber lassen wir die Angelegenheit auf sich beruhen, das bloße Reden davon treibt mich zur Weißglut. Du logierst schlecht hier, meine Liebe – man erstickt ja fast in diesem Raum.»

«Soll ich das andere Fenster öffnen?»

«Nein, gehen wir doch am Fluß frische Luft schnappen. Komm, nimm Kapuze und Fächer, es wird schon dunkel, niemand sieht uns, und wenn du willst, sind wir in einer halben Stunde zurück.»

Mademoiselle Virginie beugte sich dem Wunsch ihrer Freundin ziemlich widerwillig. Sie spazierten zum Fluß. Die Sonne war untergegangen, und wie in Italien üblich, brach die Dunkelheit schnell herein. Brigida sagte nichts mehr von Fabio und seiner Frau, doch sie schlug den Weg zum Ufer des Arno ein, wo der Palast des jungen Adligen stand.

Als sie sich eben dem großen Eingangsportal näherten, kam eine Sänfte aus der anderen Richtung und wurde davor abgesetzt. Ein Lakai unterhielt sich kurz mit der Dame darin und ging dann zur Pförtnerloge im Hof. Brigida ließ ihre Freundin ziehen, schlüpfte hinter dem Diener durch die offene Pforte und versteckte sich im Schatten der mächtigen, geschlossenen Torflügel.

«Die Marchesa Melani erkundigt sich nach dem Befinden der Contessa d'Ascoli und ihres Säuglings», sagte der Lakai.

«Das Befinden meiner Herrin ist noch ebenso schlecht wie am Morgen», antwortete der Pförtner. «Dem Kind geht es gut.»

Der Lakai ging zur Sänfte zurück und erschien darauf erneut bei der Pförtnerloge.

«Die Marchesa läßt fragen, ob weiterer ärztlicher Rat eingeholt wurde», sagte er.

«Heute ist noch ein Arzt aus Florenz gekommen», antwortete der Pförtner.

Virginie vermißte plötzlich ihre Freundin, ging zum Palast zurück, um sie zu suchen, und war sehr überrascht, sie plötzlich aus der Pforte schlüpfen zu sehen. Zwei Öllampen brannten vor dem Tor auf Säulen, und als Brigida unter ihnen durchging, verriet das Licht auf ihrem Gesicht ein Lächeln.

II

Während die Marchesa Melani vor dem Palasttor Erkundigungen einzog, saß Fabio allein in dem Raum, wo seine Frau sich in gesunden Tagen meistens aufgehalten hatte. Es war ihr Lieblingszimmer, das man nach ihren eigenen Wünschen mit gelben Satintapeten und Möbeln in derselben Farbe hübsch eingerichtet hatte. Hier wartete Fabio auf den Bericht der Ärzte nach ihrem abendlichen Besuch.

Maddalena Lomi war nicht seine erste Liebe gewesen, und er hatte sie unter Begleitumständen geheiratet, die nach allgemeinem und durchaus berechtigtem Urteil kaum Aussichten auf dauerhaftes Eheglück verheißen, doch hatten sie in diesem einen Jahr ihrer Verbindung heiter, wenn auch nicht innig zusammengelebt. Sie hatte sich weise seinen Eigenarten unterzogen, seine Gutmütigkeit geschickt genutzt und in den besonnenen Momenten nach einem ihrer Temperamentsausbrüche meistens zugegeben, im Unrecht zu sein. Verschwenderisch war sie gewesen und hatte ihn mit maßloser Eifersucht gereizt, doch an diese Fehler war jetzt nicht zu denken. Er wußte nur, daß sie die Mutter seines Kindes war und bloß zwei Zimmer weiter krank im Bett lag – ernstlich krank, wie ihm die Ärzte an diesem Tag widerwillig eingestanden hatten.

Es wurde dunkel um ihn, und er nahm die Tischglocke, um nach Licht zu läuten. Als der Diener eintrat, erbat er sich mit echter Sorge im Gesicht und in eindeutig beunruhigtem Ton Nachricht aus dem Krankenzimmer. Der Mann antwortete nur, die Contessa schlafe immer noch, legte einen versiegelten Brief neben seinem Herrn auf den Tisch und zog sich zurück. Fabio rief ihn noch einmal herein und fragte, wann der Brief gekommen sei. Er sei vor zwei Tagen im Palast abgegeben worden und ungeöffnet auf einem Schreibtisch im Studierzimmer des Herrn gelegen, war die Antwort.

Als Fabio wieder allein war, fiel ihm ein, daß der Brief zu dem Zeitpunkt eingetroffen war, als bei seiner Frau die ersten Anzeichen der gefährlichen Krankheit auftraten, und er ihn achtlos weglegte, weil er die Handschrift auf der Adresse nicht kannte. Doch in der gegenwärtigen Anspannung war jede Beschäftigung besser als Nichtstun. Also nahm er seufzend den Brief, brach das Siegel und sah prüfend auf die Unterschrift am Schluß.

«Nanina» lautete sie.

Er fuhr zusammen und wurde bleich. «Ein Brief von ihr», flüsterte er vor sich hin. «Warum kommt er in solch einem Moment?»

Sein Gesicht wurde noch blasser, und der Brief raschelte in seinen Fingern. Die abergläubische Furcht, die er den Ammenmärchen seiner Kindheit zugeschrieben hatte, als Pater Rocco sie ihm in der Werkstatt vorhielt, drohte ihn zu überwältigen. Er zögerte und horchte angestrengt nach Geräuschen aus dem Zimmer seiner Frau, bevor er zu lesen begann. Ob dieser Brief Gutes oder Böses verhieß? Mit diesem heimlichen Gedanken rückte er die Lampe zu sich und blickte auf die ersten Zeilen.

«Ist es unrecht von mir, Euch zu schreiben?» begann der Brief unvermittelt. «Wenn ja, werft dieses unscheinbare Blatt ruhig ins Feuer und denkt nicht mehr daran, wenn es verbrannt und verkohlt ist. Ich werde Euch nie Vorwürfe machen können, so mit meinem Brief verfahren zu sein, denn wir sehen uns wohl niemals wieder.

Warum ich gegangen bin? Bloß um Euch vor den Folgen der Heirat mit einem armen Mädchen zu bewahren, das nicht die passende Frau für Euch war. Es brach mir fast das Herz, Euch zu verlassen, und mein einziger Trost war der Gedanke, es für Euch zu tun. Daran mußte ich denken, Tag und Nacht, immerzu, sonst wäre ich schwach geworden und nach Pisa zurückgekehrt. Ich sehnte mich erst so sehr danach, Euch noch einmal zu sehen – nur um Euch zu sagen, Nanina sei nicht herzlos und undankbar, und um Euer Mitleid zu erbitten und Eure guten Gedanken, wenn auch vielleicht nicht mehr Eure Liebe.

Nur das wollte ich Euch sagen! Wäre ich eine Dame gewesen, hätte ich Euch wohl einen Brief geschickt, aber ich hatte nie schreiben gelernt und mochte nicht andere für mich zur Feder greifen lassen. So konnte ich nur heimlich selbst schreiben lernen. Es dauerte lange, sehr lange; doch ich wollte nichts sehnlicher, als mich vor Euch zu rechtfertigen, und das gab mir die Geduld und die Ausdauer. So lernte ich schließlich, so zu schreiben, daß ich mich nicht vor mir selbst schämen oder Euch Grund zur Scham geben muß. Ich begann also einen Brief – meinen ersten Brief an Euch –, doch bevor er geschrieben war, hörte ich von Eurer Heirat und mußte das Blatt zerreißen und die Feder wieder niederlegen.

Ich hatte kein Recht, zwischen Euch und Eure Frau zu treten, nicht einmal mit einem unbedeutenden Brief, ich durfte nur hoffen und beten, daß Ihr glücklich seid. Seid Ihr glücklich? Ihr müßtet es gewiß sein, denn wie könnte Eure Frau Euch nicht lieben?

Es fällt mir sehr schwer, zu erklären, warum ich Euch jetzt zu schreiben wage, dennoch mag ich darin kein Unrecht sehen. Vor ein paar Tagen hörte ich von einem Freund in Pisa, der mich auf meinen Wunsch von all den glücklichen Ereignissen in Eurem Leben unterrichtet, von der Geburt Eures Kindes, und dies schien es mir zu gestatten, Euch schließlich doch zu schreiben. Kein Brief von mir kann in dieser Zeit der Mutter Eures Kindes einen Gedanken stehlen, der eigentlich ihr gehört. So empfinde ich es wenigstens. Und ich wünsche Eurem Kind so von Herzen Gutes, daß es nicht unrecht von mir sein kann, diese Zeilen an Euch zu richten.

Schon habe ich gesagt, was ich sagen wollte – was ich Euch schon ein ganzes Jahr lang sagen wollte. Ihr wißt jetzt, warum ich Pisa verließ, und vielleicht auch, daß ich litt und mich quälte um Euretwegen. Gibt es mehr zu erzählen? Nur daß ich mein Brot, wie ich es immer wollte, zu

Hause – oder an dem Ort, den ich jetzt so nennen muß – verdienen kann. Ich wohne bei rechtschaffenen Leuten, und es fehlt mir an nichts. La Biondella ist sehr gewachsen; sie müßte Euch nicht mehr aufs Knie klettern, um Euch zu küssen, und sie flicht ihre Tischmatten schneller und geschickter denn je. Unseren alten Hund haben wir immer noch, und er hat zwei neue Kunststücke gelernt, aber ich kann nicht annehmen, daß Ihr Euch an ihn erinnert. Immerhin wart Ihr der einzige Fremde, den er von Anfang an mochte.

Ich muß langsam aufhören. Wenn Ihr diesen Brief bis ans Ende gelesen habt, werdet Ihr gewiß entschuldigen, daß er schlecht geschrieben ist. Ich setze keinen Absender hinzu, denn es ist wohl am sichersten und besten für uns beide, wenn Ihr nicht wißt, wo ich wohne. Gott sei mit Euch; ich bete für Euch und sage Euch ein inniges Lebewohl. Wenn Ihr an mich wie an eine Schwester denken könnt, so denkt noch manchmal an mich.»

Fabio seufzte bitter, während er diesen Brief las. «Warum», flüsterte er, «warum kommt er jetzt, wo ich nicht an sie denken kann, nicht an sie zu denken wage?» Als er das Blatt langsam faltete, traten ihm Tränen in die Augen, und er führte den Brief fast bis an die Lippen. Im selben Moment klopfte jemand an seine Tür. Er zuckte zusammen und spürte, wie er schuldhaft errötete, als einer seiner Dienstboten eintrat.

«Meine Herrin ist wach», sagte der Mann mit sehr ernster Miene und gezwungener Haltung, «und die Herren Ärzte lassen ausrichten ...»

Doch bevor er seine Nachricht überbringen konnte, wurde er von einem der Ärzte unterbrochen, der ihm ins Zimmer gefolgt war.

«Ich wünschte, ich hätte bessere Nachricht», begann er sanft.

«Dann geht es ihr schlechter?» fragte Fabio und sank auf den Stuhl zurück, von dem er sich eben erst erhoben hatte.

«Statt gestärkt ist sie schwächer aus ihrem Schlaf erwacht», gab der Mann ausweichend zur Antwort. «Ich gebe zwar nie die Hoffnung auf, bis zuletzt, aber ...»

«Es ist grausam, nicht ehrlich mit ihm zu sein», mischte sich eine andere Stimme ein – sie gehörte dem Arzt aus Florenz, der eben das Zimmer betreten hatte. «Macht Euch auf das Schlimmste gefaßt», fügte er an Fabio gerichtet hinzu. «Sie liegt im Sterben. Seid Ihr beherrscht genug, um an ihr Bett zu treten?»

Bleich und wortlos stand Fabio auf und nickte. Er zitterte so sehr, daß der Arzt, der als erster gesprochen hatte, ihn aus dem Zimmer führen mußte.

«Eure Herrin hat nahe Verwandte in Pisa, nicht

wahr?» wandte sich der Florentiner Arzt an den Diener, der neben ihm wartete.

«Ihren Vater, Signor Luca Lomi, und ihren Onkel, Pater Rocco», antwortete der Mann. «Sie waren den ganzen Tag hier, bis meine Herrin eingeschlafen ist.»

«Wißt Ihr, wo sie jetzt zu finden sind?»

«Signor Luca sagte zu mir, er sei im Atelier anzutreffen, und Pater Rocco hält sich in seiner Wohnung auf.»

«Dann schickt sofort nach beiden. Halt! Wer ist der Beichtvater Eurer Herrin? Man sollte ihn unverzüglich rufen.»

«Pater Rocco ist der Beichtvater meiner Herrin, Signore.»

«Gut, dann laßt ihn holen, oder macht Euch gleich selbst auf den Weg. Es kann sich jetzt sogar um Minuten handeln.» Mit diesen Worten wandte sich der Arzt ab und wartete auf dem Stuhl, aus dem Fabio sich eben erhoben hatte, ob man seine Dienste vielleicht noch ein letztes Mal brauchte.

III

Bevor der Diener die Wohnung des Priesters erreichte, hatte dort ein Besucher um Einlaß gebeten und war gleich von Pater Rocco persönlich empfangen worden. Dieser privilegierte Gast war ein geschniegeltes Männchen mit übertrieben höflichen Manieren. Er verbeugte sich, als er

Platz nahm, verbeugte sich nochmals bei den üblichen Nachfragen nach seiner Gesundheit, und ein drittes Mal, als Pater Rocco fragte, was ihn aus Florenz zu ihm führe.

«Eine ziemlich unangenehme Geschichte», antwortete das Männchen und kam nach seiner dritten Verbeugung nur mit Mühe zur Sache. «Die Näherin Nanina, die Ihr vor etwa einem Jahr in die Obhut meiner Frau gegeben habt ...»

«Was ist mit ihr?» fragte der Priester gespannt.

«Ich muß Ihnen leider sagen, daß sie gegangen ist und ihre kleine Schwester samt diesem lästigen Hund, der jeden anknurrt, dazu.»

«Wann sind sie gegangen?»

«Erst gestern. Ich komme damit gleich zu Euch, weil Ihr uns doch so eindrücklich ermahnt habt, auf sie achtzugeben. Wir können nichts dafür, daß sie gegangen ist. Meine Frau war zu ihr die Güte selbst, und ich habe sie immer wie eine Herzogin behandelt. Ich kaufte ihrer Schwester die Matten ab und ließ mir sogar die Diebereien und das Herumknurren dieses ekelhaften Hundes gefallen ...»

«Wohin sind sie gegangen? Habt Ihr das herausgefunden?»

«Ich habe beim Paßamt in Erfahrung gebracht, daß sie Florenz nicht verlassen haben – aber in welches Quartier sie gegangen sind, konnte ich noch nicht feststellen.»

«Und warum sind sie überhaupt weggegangen?

Nanina tut nichts ohne Grund. Es muß einen Anlaß dazu gegeben haben: welchen wohl?»

Das Männchen zögerte und verbeugte sich ein viertes Mal. «Ihr erinnert Euch an Eure vertraulichen Anweisungen an meine Frau und mich, als Ihr Nanina zu uns brachtet?» fragte er und hielt dabei das Gesicht verlegen abgewandt.

«Ja, Ihr solltet sie beobachten, aber so, daß sie keinen Verdacht schöpfte. Es war damals immerhin möglich, daß sie ohne mein Wissen versuchen könnte, nach Pisa zurückzukehren, und von ihrem Verbleib in Florenz hing alles ab. Ich halte inzwischen mein Mißtrauen für unbegründet, doch man mußte unbedingt auf alles gefaßt sein, und ich durfte mich nicht zu sehr auf meine gute Meinung von dem Mädchen verlassen. Darum gab ich Euch tatsächlich den Auftrag zur diskreten Beobachtung. Da habt Ihr ganz recht, und ich kann nicht klagen. Also weiter.»

«Dann wißt Ihr auch noch», fuhr der kleine Mann fort, «daß unsere erste und Ihnen sogleich gemeldete Entdeckung war, daß sie insgeheim schreiben lernte?»

«Ja, und auch, daß ich Anweisung gab, ihr nicht zu zeigen, daß Sie es wußten, sondern abzuwarten, ob sie die neu erworbenen Kenntnisse dazu nutzte, Briefe zur Post zu bringen oder bringen zu lassen. Ihr habt mir in Euren Monatsberichten mitgeteilt, daß sie nichts dergleichen tat.»

«Das war auch so, bis vor drei Tagen. Man folgte ihr auf der Straße und sah, wie sie bei der Post einen Brief einwarf.»

«Und Ihr konntet die Adresse feststellen, bevor sie ihn wegbrachte?»

«Leider nicht», antwortete das Männchen, wurde rot und sah den Priester schief an, als erwarte er einen scharfen Verweis.

Doch Pater Rocco sagte nichts. Er dachte nach. Wem konnte sie wohl geschrieben haben? Fabio? Aber warum hatte sie dann, als sie schreiben konnte, mit ihrem Brief noch monatelang gezögert? Und wenn Fabio nicht der Empfänger war, wer wohl sonst?

«Ich bedaure, daß ich die Adresse nicht feststellen konnte – bedaure es zutiefst», sagte der kleine Mann mit einem unterwürfigen Kratzfuß.

«Für Bedauern ist es zu spät», erwiderte Pater Rocco kalt. «Sagt mir, wie sie dazu kam, Euer Haus zu verlassen, das habe ich noch nicht gehört. Und macht keine Umschweife. Ich erwarte jeden Augenblick, ans Bett einer lieben nahen Verwandten gerufen zu werden, die schwer krank ist. Ihr habt meine ganze Aufmerksamkeit, aber nehmt sie so kurz wie möglich in Anspruch.»

«Ich werde die Kürze selbst sein. Zunächst müßt Ihr wissen, daß ich in meinem Geschäft einen Lehrling habe – oder vielmehr hatte –, einen faulen, gewissenlosen Tunichtgut.»

Der Priester schürzte verächtlich die Lippen.

«Und zweitens, daß dieser Nichtsnutz die Frechheit besaß, sich in Nanina zu verlieben.»

Pater Rocco zuckte zusammen und hörte gespannt zu.

«Doch ich muß es dem Mädchen lassen, daß sie ihn nie im geringsten ermutigte und ihn, wenn er sie anzusprechen wagte, immer ruhig, aber sehr entschieden zurückwies.»

«Gutes Kind!» sagte Pater Rocco. «Ich habe ja immer gesagt, sie sei ein gutes Kind. Es war ein Fehler von mir, ihr je mißtraut zu haben.»

«Zu den Vergehen, die dieser Schuft von Lehrling, wie ich nun weiß, auf dem Kerbholz hat, gehörte auch die Ungeheuerlichkeit, das Schloß meines Schreibtischs aufzubrechen und in meinen persönlichen Papieren herumzuschnüffeln.»

«Ihr hättet gar keine haben dürfen. Vertrauliches muß immer gleich verbrannt werden.»

«Das soll in Zukunft auch so sein; ich werde gut darauf achten.»

«Waren meine Briefe an Euch über Nanina dabei?»

«Ja, leider. Bitte, ach bitte sehr, entschuldigt meine mangelnde Vorsicht für dieses eine Mal. Es soll nie wieder vorkommen.»

«Macht vorwärts! Solcher Leichtsinn ist nicht zu entschuldigen; er läßt sich höchstens in Zukunft vermeiden. Ich nehme an, der Lehrling hat dem Mädchen meine Briefe gezeigt?»

«Das vermute ich; warum er das allerdings tat ...»

«Narr! Habt Ihr nicht gesagt, daß er in sie verliebt war, wie Ihr es nennt, und nicht ermutigt wurde?»

«Ja, das habe ich gesagt – und ich weiß auch, daß es stimmt.»

«Und wenn er die Gefühle des Mädchens nicht wecken konnte, lag es da nicht in seinem Interesse, daß sie ihm Dank schuldig war und sich vielleicht auf diesem Weg gewinnen ließ? Indem er ihr meine Briefe zeigte, verriet er ihr, daß sie bespitzelt wurde, und hoffte, sie dadurch an sich zu binden. Aber darum geht es jetzt nicht. Ihr sagt, vermutlich habe sie meine Briefe gesehen. Wie kommt Ihr zu dieser Annahme?»

«Aufgrund dieser Notiz», antwortete der kleine Mann und beförderte schuldbewußt einen Zettel aus seiner Tasche. «Man muß ihr Eure Briefe gezeigt haben, kurz nachdem sie ihren eigenen Brief zur Post gebracht hatte. Denn als ich am Abend desselben Tages auf ihr Zimmer ging, stellte ich fest, daß sie mitsamt ihrer Schwester und dem lästigen Hund verschwunden war, und entdeckte diese Nachricht auf dem Tisch.»

Pater Rocco nahm sie und las: «Ich habe eben entdeckt, daß man mir unter Eurem Dach von Anfang an nachspioniert und mißtraut hat. Ich kann keine Nacht länger im Haus eines Spitzels bleiben. Ich gehe und nehme meine Schwester mit. Wir schulden Euch nichts und können in Ehren leben, wo wir wollen. Wenn Ihr Pater Rocco seht, sagt ihm, ich könne ihm sein Mißtrauen vergeben, aber niemals vergessen. Ich habe ihm bedingungslos vertraut und durfte mit Recht erwarten, daß auch er mir sein ganzes Vertrauen schenkt. Es war immer ein Trost, an ihn als Vater und Freund zu denken. Diesen Trost habe ich auf ewig verloren – den letzten, der mir geblieben war! Nanina.»

Der Priester gab den Zettel zurück und stand auf, der Besucher folgte sofort seinem Beispiel.

«Wir müssen diese leidige Sache soweit wie möglich in Ordnung bringen», seufzte er. «Könnt Ihr morgen nach Florenz zurückfahren?»

Der kleine Mann verbeugte sich ein weiteres Mal.

«Findet heraus, wo sie ist, stellt fest, ob sie etwas braucht und ob sie an einem sicheren Ort wohnt. Erwähnt mich nicht, und versucht nicht, sie zur Rückkehr in Euer Haus zu bewegen. Laßt mich bloß wissen, was Ihr entdeckt. Das arme Kind hat einen Schneid, den ihr niemand zutrauen würde. Sie braucht Trost und liebevolle Behandlung, dann werden wir sie uns schon wieder gefügig machen. Aber diesmal bitte keine Fehler! Tut genau, was ich Euch sage, und weiter nichts. Habt Ihr mir noch etwas zu berichten?»

Das Männchen schüttelte den Kopf und zuckte mit den Achseln.

«Dann gute Nacht», sagte der Priester.

«Gute Nacht», erwiderte das Männchen und schlüpfte mit höflichster Beflissenheit durch die ihm aufgehaltene Tür.

«Eine betrübliche Angelegenheit», sagte Pater Rocco und ging ein paarmal in seinem Studierzimmer auf und ab, als sein Besucher gegangen war. «Schlimm, dem Kind Unrecht getan zu haben – und noch schlimmer, dabei erwischt worden zu sein. Jetzt kann ich nur abwarten, bis ich weiß, wo sie ist. Ich mag sie, und ich mag auch die Nachricht, die sie zurückließ. Sie ist tapfer, zartfühlend und aufrichtig im Ton – ein gutes Mädchen, selten gut!»

Er ging zum Fenster, atmete einige Züge frische Luft und verbannte die Angelegenheit aus seinem Kopf. Als er an seinen Tisch zurückkehrte, hatte er nur noch Gedanken für seine kranke Nichte.

«Merkwürdig, daß bisher noch keine Nachricht über ihr Befinden gekommen ist», sagte er sich. «Vielleicht hat Luca etwas gehört. Am besten gehe ich gleich einmal ins Atelier.»

Er nahm seinen Hut und ging zur Tür. Als er sie öffnete, sah er sich Fabios Diener gegenüber.

«Ich soll Euch zum Palast rufen», sagte der Mann. «Die Ärzte haben alle Hoffnung aufgegeben.»

Pater Rocco wurde totenblaß und wich einen

Schritt zurück. «Weiß mein Bruder schon Bescheid?» fragte er.

«Ich wollte gleich weiter zur Werkstatt», antwortete der Diener.

«Dann will ich an Eurer Stelle hingehen und ihm die schlechte Nachricht beibringen», sagte der Priester.

Sie gingen stumm die Treppe hinunter. Schon wollten sie sich vor der Haustür trennen, als Pater Rocco den Diener aufhielt.

«Wie geht es dem Kind?» fragte er mit solch drängender Ungeduld, daß man dem Mann sein Erstaunen ansah, als er antwortete, dem Kind gehe es ausgezeichnet.

«Das ist immerhin ein Trost», sagte Pater Rocco im Weggehen halb zu dem Diener und halb zu sich selbst. «Meine Vorsicht hat mich irregeleitet», fügte er hinzu und hielt nachdenklich inne, als er allein auf der Straße stand. «Ich hätte es früher wagen sollen, den Einfluß der Mutter geltend zu machen, um die rechtmäßige Rückerstattung zu erwirken. Jetzt hängen alle diesbezüglichen Hoffnungen vom Überleben des Kindes ab. So klein es ist, hat dieses Mädchen es in der Hand, ob der unredlich erworbene Reichtum seines Vaters doch noch an die Kirche zurückfällt.»

Rasch ging er auf seinem Weg ins Atelier weiter zum Fluß und zur Brücke, über die man zum Haus seines Bruders gelangte. Hier blieb er unvermittelt stehen, als sei ihm plötzlich etwas eingefallen. Der Mond war eben aufgegangen, und sein über den Fluß strömendes Licht schien voll auf sein Gesicht, als er neben dem Geländer stand, das zur Brücke hinaufführte. Er war so in seine Gedanken versunken, daß er das Gespräch zweier Damen, die dicht hinter ihm auf dem Weg spazierten, nicht hörte. Als sie ihn streiften, drehte sich die größere um und musterte sein Gesicht.

«Pater Rocco!» rief die Dame und blieb stehen.

«Donna Brigida!» grüßte der Priester zunächst mit erstaunter Miene, fing sich aber gleich wieder und verbeugte sich mit seiner üblichen ruhigen Höflichkeit. «Verzeiht mir, wenn ich Euch bloß für die Ehre unsrer erneuerten Bekanntschaft danke und gleich zur Werkstatt meines Bruders weitergehe. Uns steht ein großer Schmerz ins Haus, und ich bin unterwegs, ihn darauf vorzubereiten.»

«Ihr sprecht von der bedrohlichen Krankheit Eurer Nichte?» fragte Brigida. «Ich habe heute abend davon gehört. Mögen Eure Befürchtungen nicht wahr werden und wir uns bald unter weniger bedrückenden Umständen treffen! Ich habe gegenwärtig nicht vor, Pisa zu verlassen, und würde mich jederzeit freuen, Pater Rocco für die höfliche Rücksichtnahme zu danken, die er mir in einer heiklen Lage vor einem Jahr erwies.»

Sie knickste ehrerbietig und schloß sich wieder ihrer Freundin an. Dem Priester fiel auf, daß Mademoiselle Virginie sich ganz in der Nähe herumdrückte, so, als wolle sie etwas von der Unterhaltung zwischen Brigida und ihm aufschnappen. Darum spitzte auch er die Ohren, als sich die beiden Damen langsam gemeinsam entfernten, und hörte die Italienerin zu ihrer Begleiterin sagen: «Virginie, ich wette um den Preis eines neuen Kleids mit dir, daß Fabio d'Ascoli wieder heiraten wird.»

Als sie das sagte, zuckte Pater Rocco zusammen, als sei er auf glühende Kohlen getreten.

«Das habe ich auch gedacht!» wisperte er nervös vor sich hin. «Genau das habe ich gedacht, als sie mich ansprach. Wieder heiraten? Eine andere Frau, auf die ich keinen Einfluß hätte! Andere Kinder, deren Erziehung man nicht mir anvertrauen würde! Was wird dann aus der Rückerstattung, auf die ich gehofft, für die ich gekämpft und gebetet habe?»

Er blieb stehen und starrte zum Himmel empor. Die Brücke war verlassen. Seine schwarze Gestalt stand aufrecht, reglos und geisterhaft da, im feierlichen Glanz des stillen weißen Lichts. Erst nach Minuten regte er sich und ließ die Hand ärgerlich auf die Brüstung fallen. Dann drehte er sich langsam in die Richtung, welche die beiden Damen eingeschlagen hatten: «Donna Brigida», sagte er, «ich wette um den Preis von fünfzig neuen Kleidern mit Euch, daß Fabio d'Ascoli nie wieder heiraten wird!»

Dann hielt er erneut auf die Werkstatt zu und blieb nicht mehr stehen, bis er vor der Tür des großen Bildhauers stand.

«Wieder heiraten?» dachte er, als er läutete. «Donna Brigida, hat Euch ein Mißerfolg nicht gereicht? Wollt Ihr es ein zweites Mal versuchen?»

Luca Lomi selbst öffnete die Tür. Er zog Pater Rocco rasch ins Atelier, zu einer einsamen Lampe auf einem Ständer neben der Trennwand.

«Hast du etwas von unserem armen Kind gehört?» fragte er. «Sag mir die Wahrheit! Sag mir sofort die Wahrheit!»

«Bereite dich auf schlechte Nachrichten vor», flüsterte Pater Rocco mit gedämpfter Stimme.

Luca packte den Priester heftiger am Arm und sah ihm mit atemloser, stummer Anspannung ins Gesicht.

«Sei gefaßt», wiederholte Pater Rocco. «Sei auf das Schlimmste gefaßt. Mein armer Luca, die Ärzte haben keine Hoffnung mehr.»

Luca ließ den Arm seines Bruders mit einem verzweifelten Schluchzen los. «Oh, Maddalena, mein Kind! Mein einziges Kind!»

Immerzu wiederholte er diese Worte, lehnte den Kopf gegen die Trennwand und brach in Tränen aus. Er mochte ein abgefeimter, roher Kerl sein, aber seine Tochter liebte er aufrichtig.

Sein ganzes Herz gehörte seinen Skulpturen und ihr.

Nachdem sich der erste Schmerz erschöpft hatte, brachte ihn die veränderte Beleuchtung im Atelier wieder zu sich. Er blickte auf und sah den Priester undeutlich am anderen Ende des Raums bei der Tür stehen; er hielt die Lampe in der Hand und starrte auf etwas.

«Rocco!» rief er, «Rocco, warum hast du die Lampe weggenommen? Was tust du da?»

Nichts regte sich, keine Antwort kam. Luca machte ein, zwei Schritte und rief wieder: «Rocco, was tust du da?»

Diesmal hörte ihn der Priester und kam sogleich mit der Lampe in der Hand auf ihn zu – so plötzlich, daß Luca zusammenzuckte.

«Was ist?» fragte er erstaunt. «Herrgott, Rocco, wie blaß du bist!»

Noch immer sagte der Priester kein Wort und stellte die Lampe auf den nächstbesten Tisch. Luca bemerkte, daß seine Hand zitterte. So aufgewühlt hatte er seinen Bruder noch nie gesehen. Erst noch hatte Rocco mit zwar trauriger, aber ganz ruhiger Stimme verkündet, daß man Maddalena verloren gebe. Was bedeutete diese plötzliche Panik – dieses seltsame, stumme Grauen?

Der Priester sah, daß sein Bruder ihn forschend betrachtete. «Komm!» flüsterte er schwach, «komm an ihr Bett; wir haben keine Zeit zu verlieren. Nimm deinen Hut und laß mich die Lampe löschen.»

Er löschte hastig das Licht, und sie gingen nebeneinander durch die Werkstatt zur Tür. Der Mond schien durchs Fenster genau auf die Stelle, wo der Priester mit der Lampe in der Hand allein gestanden war. Als sie daran vorbeigingen, spürte Luca, wie sein Bruder zitterte, und sah, daß er den Kopf abwendete.

Zwei Stunden später waren Fabio d'Ascoli und seine Gattin auf dieser Welt für immer getrennt, und die Dienstboten des Palasts raunten einander schon die Aufstellung im Leichenzug ihrer Herrin zur Begräbnisstätte auf dem Campo Santo zu.

Dritter Teil

I

Etwa acht Monate nachdem die Contessa d'Ascoli im Campo Santo zu Grabe getragen worden war, zirkulierten in der lebenslustigen Gesellschaft von Pisa zwei Gerüchte, die überall Neugier und gespannte Erwartungen weckten.

Zum einen hieß es, im Palazzo Melani solle ein großer Maskenball stattfinden, um den Tag zu feiern, an dem der Erbe des Hauses das Mündigkeitsalter erreichte. Sämtliche Freunde der Familie waren von der Aussicht auf diese Festlichkeit entzückt, denn der alte Marchese Melani galt als einer der gastfreundlichsten und zugleich verschrobensten Männer von Pisa. Darum erwartete man, vorausgesetzt, er veranstaltete den Ball wirklich, daß er seinen Gästen das Ausgefallenste und noch nie Dagewesenes an Masken, Tänzen und anderen Belustigungen bieten würde.

Zum anderen munkelte man, der reiche Witwer Fabio d'Ascoli werde demnächst nach Pisa zurückkehren, nachdem er sich gesundheitlich und seelisch auf Auslandreisen erholt habe, und er werde wohl am Maskenball im Palazzo Melani zum ersten Mal seit dem Tod seiner Frau wieder in Gesellschaft erscheinen. Diese Nachricht erregte die besondere Aufmerksamkeit der jungen Pisanerinnen. Fabio war erst dreißig, und man glaubte, seine Rückkehr in die Gesellschaft seiner Heimatstadt verrate vor allem den Wunsch, eine Stiefmutter für seine kleine Tochter zu finden. Alle jungen Damen hätten nun so sicher wie Brigida schon acht Monate zuvor darauf gewettet, daß Fabio d'Ascoli wieder heiraten würde.

Für einmal erwiesen sich beide Gerüchte als zutreffend: Aus dem Palazzo Melani wurden tatsächlich Einladungen verschickt, und Fabio kehrte aus dem Ausland in sein Haus am Arno zurück.

Bei den Vorbereitungen für den Maskenball zeigte sich der Marchese Melani entschlossen, seinen Ruf als seltsamen Kauz nicht bloß zu festigen, sondern nachhaltig zu vergrößern. Er erfand die verrücktesten Verkleidungen für einige nähere Freunde und sah närrische Tänze vor, die am Abend zu bestimmten Zeiten von in Florenz angeworbenen professionellen Possenreißern dargeboten werden sollten. Er komponierte eine Spielzeugsinfonie mit solistischen Einlagen auf jedem lärmigen Ding, das man damals für Kinder herstellte. Doch er gab sich nicht damit zufrieden, bloß bei der Unterhaltung für den Ball die ausgetretenen Pfade zu verlassen, sondern wollte auch bei der Auswahl der Dienerschaft für das Fest beachtenswerte Originalität beweisen. Während seine Standesgenossen in der Regel ihre eigenen und auswärtige Lakaien aufboten, beschloß der Marchese, daß sämtliche Hilfen junge Frauen sein sollten. Dazu wollte er zwei seiner Säle als arkadische Gefilde ausstatten, wo die hübschesten Mädchen von Pisa, die nach zeitgenössischem pseudoklassischem Geschmack als Schäferinnen der Zeit Vergils gekleidet sein sollten, die Erfrischungen reichten.

Der einzige Makel dieser bestechend neuen Idee war die Schwierigkeit ihrer Ausführung. Der Marchese hatte ausdrücklich befohlen, daß mindestens dreißig Schäferinnen in Dienst genommen werden sollten, fünfzehn für jedes Gemach. Wäre von den jungen Helferinnen nur Schönheit verlangt gewesen, hätte man in Pisa leicht die doppelte Anzahl gefunden. Doch damit das Gold- und Silbergeschirr des Marchese sicher war, mußten die Schäferinnen nicht nur sämtliche Reize, sondern unbedingt auch so etwas Gewöhnliches wie einen lauteren Charakter haben, und dies war leider das kleine Etwas, das die meisten Damen, die sich zum Dienst im Palast bereit fanden, nicht besaßen. Tag um Tag ging vorüber, und der Haushofmeister hatte immer größere Schwierigkeiten, so viele vertrauenswürdige Schönheiten wie verlangt aufzutreiben. Schließlich wußte er sich gar nicht mehr zu helfen und suchte vielleicht eine Woche vor der Ballnacht seinen Herrn auf, um das demütigende Eingeständnis zu machen, am Ende seiner Weisheit zu sein. Er hatte es nur auf dreiundzwanzig liebliche Schäferinnen mit löblichem Charakter gebracht.

«Unsinn!» brauste der Marchese auf, kaum hatte er die Beichte des Haushofmeisters gehört. «Ich habe dir gesagt, besorge dreißig Mädchen, und diese dreißig will ich auch haben. Was nützt es, den Kopf zu schütteln, wo doch schon alle Kleider bestellt sind? Dreißig Tuniken, dreißig Blumenkränze, dreißig Paar Sandalen und Seidenstrümpfe und dreißig Hirtenstäbe, du Lump!, und du hast die Frechheit, mir mit bloß dreiundzwanzig Händen dafür zu kommen. Kein Wort! Ich mag kein Wort hören! Bring mir meine dreißig Mädchen, oder du bist entlassen.» Diesen letzten schrecklichen Satz brüllte der Marchese in voller Lautstärke heraus und wies gebieterisch auf die Tür.

Der Haushofmeister kannte seinen Herrn zu gut, um zu protestieren. Er nahm Stock und Hut und ging hinaus. Die abgewiesenen Freiwilligen zu überprüfen war zwecklos; da bestand nicht die leiseste Hoffnung. Er konnte sich nur noch an seine Freunde in Pisa wenden, die Töchter in Stellung hatten, und zusehen, wie weit er bei ihnen mit Bestechung und Überredungskünsten kam.

Nach einem ganzen Tag, den er mit Betteln, Versprechungen und geduldiger Beseitigung unzähliger Schwierigkeiten verbrachte, wurden seine Anstrengungen in dieser neuen Richtung mit einem Zuwachs an sechs weiteren Schäferinnen belohnt. So brachte er es tapfer von dreiundzwanzig auf neunundzwanzig und hatte nur noch eine Sorge – wo fand er die Schäferin Nummer dreißig?

Mit dieser wichtigen Frage im Kopf betrat er auf dem Rückweg zum Palazzo Melani ein dunkles Gäßchen beim Campo Santo. Er schlenderte langsam hindurch und fächelte sich nach dem mühseligen Tag Luft zu, als er vor einer Tür an einem Mädchen vorbeikam, das offenbar auf jemanden wartete, bevor es ins Haus ging.

«Beim Leib des Bacchus!» stieß der Haushofmeister hervor, einen dieser heidnischen Ausrufe, die man in Italien bis zum heutigen Tag hört, «da steht das hübscheste Mädchen, das ich je gesehen habe. Wenn sie Schäferin Nummer dreißig sein will, könnte ich beruhigt nach Hause zum Abendessen. Ich werde sie auf jeden Fall fragen. Fragen kostet nichts, und ich kann nur gewinnen. Halt, Kleine», fügte er hinzu, als er sah, daß sie bei seinem Näherkommen ins Haus flüchten wollte. «Hab keine Angst vor mir. Ich bin der Haushofmeister des Marchese Melani und gelte in Pisa als rechtschaffener Mann. Ich habe dir etwas zu sagen, was dir sehr nützlich sein kann. Schau nicht so ungläubig, ich erkläre es dir gleich. Willst du ein wenig Geld verdienen? – natürlich auf anständige Art. Du siehst nicht so aus, als ob du sehr reich wärst, Kind.»

«Ich bin sehr arm und brauche ganz dringend ehrbare Arbeit», antwortete das Mädchen traurig.

«Dann passen wir aufs Haar zusammen, denn ich habe sehr angenehme Arbeit für dich und kann viel Geld dafür zahlen. Aber bevor wir dazu kommen, sag mir erst etwas über dich – wer du bist und so weiter. Wer ich bin, weißt du ja schon.»

«Ich bin bloß eine arme Näherin und heiße Nanina. Mehr gibt es über mich nicht zu sagen, Signore.»

«Bist du aus Pisa?»

«Ja, Signore – wenigstens früher einmal. Aber ich bin einige Zeit weg gewesen. Ich war ein Jahr lang in Florenz als Näherin beschäftigt.»

«Ganz allein?»

«Nein, Signore, mit meiner kleinen Schwester. Ich habe eben auf sie gewartet, als Ihr gekommen seid.»

«Hast du immer nur genäht und nie als Dienstmädchen gearbeitet?»

«Doch, Signore. Die letzten acht Monate war ich bei einer Dame in Florenz in Stellung, und meine Schwester – sie ist elf, Signore, und kann sich sehr nützlich machen – durfte im Kinderzimmer helfen.»

«Warum hast du diese Stelle verlassen?»

«Die Dame und ihre Familie gingen nach Rom, Signore. Sie hätten mich mitgenommen, aber meine Schwester konnten sie nicht nehmen. Wir stehen allein auf der Welt, waren nie voneinander getrennt und sollen es auch nie sein – darum mußte ich die Stellung aufgeben.»

«Und jetzt bist du wieder in Pisa – und hast wohl keine Arbeit?»

«Noch nicht, Signore. Wir kamen erst gestern zurück.»

«Erst gestern! Da hast du aber Glück, Mädchen, daß du mir begegnet bist, das kann ich dir sagen. Du hast bestimmt jemanden in der Stadt, der deinen guten Ruf bestätigen kann?»

«Die Hauswirtin, Signore.»

«Und wie heißt sie, bitte?»

«Marta Angrisani, Signore.»

«Was! Die bekannte Krankenpflegerin? Du

könntest keine bessere Empfehlung haben, Kind. Ich weiß, daß sie beim letzten Gichtanfall des Marchese im Palazzo Melani beschäftigt war, aber daß sie Zimmer vermietet, wußte ich nicht.»

«Sie und ihre Tochter besitzen dieses Haus schon länger, als ich denken kann, Signore. Meine Schwester und ich haben hier gelebt, seit ich ein kleines Kind war, und ich hatte gehofft, wir könnten wieder hier wohnen. Aber das oberste Zimmer, das wir immer hatten, ist besetzt, und dasjenige weiter unten kostet leider viel mehr, als wir uns leisten können.»

«Wieviel?»

Nanina nannte ängstlich zitternd die Wochenmiete, worauf der Haushofmeister in Gelächter ausbrach.

«Nehmen wir an, ich gebe dir genug Geld, um das Zimmer ein ganzes Jahr zu mieten?»

Nanina starrte ihn sprachlos an.

«Angenommen, daß ich dir das geben würde», fuhr der Haushofmeister fort, «und weiter angenommen, du müßtest dafür nur ein schönes Kleid anziehen und der Festgesellschaft an Marchese Melanis herrschaftlichem Ball in einem prächtigen Salon Erfrischungen reichen? Was würdest du dazu sagen?»

Nanina sagte gar nichts. Sie wich ein paar Schritte zurück und wirkte verstörter denn je.

«Du mußt von dem Ball gehört haben», sprach

der Haushofmeister salbungsvoll. «Die ärmsten Leute in Pisa haben davon gehört. Er ist das Stadtgespräch.»

Nanina blieb noch immer stumm. Um wahrheitsgemäß zu antworten, hätte sie beichten müssen, daß «das Stadtgespräch» sie nicht kümmerte. Die letzten Neuigkeiten aus Pisa, die sie bewegt hatten, waren die Nachricht vom Tod der Contessa d'Ascoli und von Fabios Abreise in ferne Länder. Seitdem hatte sie nichts mehr von ihm gehört. Von seiner Rückkehr in seine Heimatstadt wußte sie ebensowenig wie von dem ganzen Gerede über den Ball des Marchese. Etwas in ihrem Herzen – ein Gefühl, dem sie weder auf den Grund gehen konnte noch wollte – hatte sie nach Pisa und zu dem alten Heim, das sich mit ihren zärtlichsten Erinnerungen verband, zurückgeführt. Im Glauben, Fabio sei noch fort, sah sie keinen Grund, daß man ihre Rückkehr böswillig auslegen konnte, und sie vermochte der Versuchung nicht zu widerstehen, den Ort aufzusuchen, der mit dem größten Glück und mit dem größten Leid in ihrem jungen Leben verbunden war. Von allen Armen in Pisa war sie vielleicht am wenigsten neugierig und hatte vermutlich das geringste Interesse an den Gerüchten über die Festlichkeiten im Palazzo Melani.

Aber sie konnte dies alles nicht gestehen und nur sehr respektvoll und mit etlichem Erstaunen zuhören, als der Haushofmeister aus Mitleid über ihr Unwissen und in der Hoffnung, sie zur Annahme seines Angebots zu bewegen, die Festvorbereitungen beschrieb und sich über die Pracht der arkadischen Gemächer und die Schönheit der Schäferinnengewänder ausließ. Als er schließlich schwieg, wagte Nanina einzuwenden, sie wäre recht nervös in einer großen Robe, die ihr nicht gehöre, und zweifle sehr daran, daß sie die erlauchte Ballgesellschaft ordentlich bedienen könne. Der Haushofmeister mochte aber keinen Widerspruch dulden und verlangte nachdrücklich nach Marta Angrisani, die das Nötige zu Naninas Charakter bezeugen sollte. Während diese Formsache zur vollständigen Zufriedenheit des Haushofmeisters erledigt wurde, kam La Biondella herein, für einmal nicht begleitet von ihrem Schatten auf all ihren Gängen, dem klugen Pudel Scarammuccia.

«Das ist Naninas Schwester, Signore», stellte die gutherzige Pflegerin La Biondella umgehend dem ersten Mann des großen Marchese vor. «Eine sehr brave, fleißige Kleine, die sehr geschickt Tischmatten flicht, falls Seine Gnaden je welche brauchen. Was hast du mit dem Hund gemacht, Liebes?»

«Ich brachte ihn nicht am Schweinemetzger drei Straßen weiter vorbei», antwortete La Biondella. «Er setzte sich einfach hin und schaute die Würste an. Ich hab' schon ziemlich Angst, daß er ein paar stehlen will.»

«Ein sehr hübsches Kind», sagte der Haushofmeister und tätschelte La Biondella die Wange. «Wir sollten sie auch am Ball haben. Falls Seine Gnaden einen Cupido, eine kindliche Nymphe oder sonst etwas nettes Kleines wünschen, komme ich wieder und sage es Euch. Und du, Nanina, betrachtest dich als Schäferin Nummer dreißig und kommst morgen ins Zimmer der Haushälterin im Palast zur Anprobe. Unsinn! Ich mag nichts von Angst und Ungeschick hören. Du brauchst bloß gut auszusehen, und daß du das kannst, muß dir dein Spiegel längst schon gesagt haben. Denk an die Zimmermiete, meine Hübsche, und steh dir selbst und deiner Schwester nicht im Weg. Mag die Kleine Süßes? Aber sicher doch! Na, ich verspreche dir eine ganze Schachtel Zuckermandeln für sie, wenn du einverstanden bist, am Ball zu bedienen.»

«Ach, geh doch zum Ball, Nanina, geh doch zum Ball!» rief La Biondella und klatschte in die Hände.

«Natürlich geht sie zum Ball», sagte die Pflegerin. «Sie wäre ja verrückt, eine solche Gelegenheit auszulassen.»

Nanina wirkte verstört. Sie zögerte kurz, dann zog sie Marta Angrisani in eine Ecke und fragte im Flüsterton: «Glaubt Ihr, es werden auch Priester im Palast des Marchese sein?»

«Um Himmels willen, Kind», antwortete die Frau, «welche Frage! Priester an einem Maskenball! Ebensogut könntest du Türken als Ministranten im Dom erwarten. Und selbst wenn Priester im Palast wären, was dann?»

«Ach nichts», sagte Nanina gequält. Sie wurde blaß bei dieser Antwort und entfernte sich. Ihre große Angst bei der Rückkehr nach Pisa war die Furcht vor einer Wiederbegegnung mit Pater Rocco. Sie hatte den Augenblick nicht vergessen, als sie in Florenz sein Mißtrauen entdeckt hatte, und der bloße Gedanke an ein Wiedersehen, nachdem ihr Glaube an ihn für immer erschüttert worden war, machte sie schwach und elend.

«Morgen im Zimmer der Haushälterin», mahnte der Haushofmeister und setzte sich seinen Hut auf. «Dein neues Kleid wird bereitliegen.»

Nanina knickste und wagte keinen Widerspruch mehr. Die Aussicht, für ein ganzes Jahr ihre Bleibe in vertrauter Umgebung zu sichern, bewog sie dazu, sich diesem Auftritt am Ball zu stellen; und auch Marta Angrisanis Rat und die Vorfreude ihrer Schwester auf das versprochene Geschenk verfehlten ihre Wirkung nicht.

«Welche Erleichterung, daß endlich alles geregelt ist», dachte der Haushofmeister, als er wieder draußen auf der Straße stand. «Wir wollen sehen, was der Marchese jetzt sagt. Wenn er sich beim Anblick von Nummer dreißig nicht gleich für seine Beleidigungen entschuldigt, ist er der undankbarste Edelmann, den es je gab.»

Vor dem Palast traf der Haushofmeister auf Arbeiter, die sich um den Fassadenschmuck und die Beleuchtung von außen für die Ballnacht kümmerten. Schon wurde das Aufrichten der Leitern und des Gerüsts von einer Schar Neugieriger verfolgt. Am Rand der Menge fielen ihm als glühendem Verehrer des schönen Geschlechts die harmonischen Proportionen einer stattlichen Frau auf. Er verweilte noch einen Moment und schaute sie an, als ein struppiger Pudel, der sich anscheinend gesättigt die Lefzen leckte, vorbeitrottete und plötzlich neben der Dame stehenblieb. Er schnüffelte mißtrauisch und begann sie daraufhin ohne ersichtlichen Grund anzuknurren.

Als der Haushofmeister beflissen mit seinem Stock näher kam, um den Hund wegzujagen, sah er die Dame zusammenzucken und hörte, wie sie erstaunt ausrief: «Du hier, du Biest! Ist Nanina etwa in Pisa zurück?»

Diese letzte Bemerkung gab dem Haushofmeister als Kavalier die Gelegenheit, die elegante Fremde anzusprechen.

«Verzeihung, Signora», begann er, «doch ich hörte Euch den Namen Nanina erwähnen. Darf ich fragen, ob Ihr eine hübsche kleine Näherin meint, die beim Campo Santo wohnt?»

«Die meine ich», erwiderte die Dame und wirkte sehr erstaunt und sofort interessiert.

«Dann hört Ihr vielleicht mit Genugtuung,

Signora, daß sie kürzlich nach Pisa zurückgekehrt ist», fuhr der Haushofmeister höflich fort, «und gute Aussichten auf eine bessere Zukunft hat. Ich habe sie soeben als Bedienung für den großen Ball des Marchese in Dienst genommen, und unter diesen Umständen brauche ich kaum zu betonen, daß sie ausgesorgt hat, wenn sie ihre Trümpfe richtig spielt.»

Die Dame knickste, musterte ihren Informanten einen Moment lang nachdenklich und schritt dann plötzlich wortlos davon.

«Merkwürdige Frau», dachte er, als er den Palast betrat. «Ich muß morgen Nummer dreißig nach ihr fragen.»

II

Maddalena d'Ascolis Tod veränderte das Leben ihres Vaters und ihres Onkels von Grund auf. Nach dem ersten Schock über den Verlust erklärte Luca Lomi, er könne nach dem Tod seiner geliebten Tochter – mindestens für einige Zeit – nicht mehr in der Werkstatt arbeiten, wo in jedem Winkel alles so schmerzlich und stark an sie erinnerte. Also nahm er das Angebot an, bei der Restauration eben entdeckter antiker Skulpturen in Neapel behilflich zu sein, und brach dorthin auf, nachdem er seine Werkstatt in Pisa ganz seinem Bruder anvertraut hatte.

Nach der Abreise des Meisters ließ Pater Rocco alle Statuen und Büsten sorgsam in Leinen einschlagen, sperrte die Türen des Ateliers zu und betrat es zum Erstaunen all jener, die seinen Eifer und sein Geschick als Bildhauer kannten, nicht mehr. Seinen geistlichen Pflichten ging er so gewissenhaft wie immer nach, aber seine Freunde besuchte er weniger oft. Am häufigsten erschien er im Palazzo Ascoli, wo er in der Pförtnerloge nach Maddalenas Kind fragte und immer zur Antwort bekam, daß es in der Obhut der besten Ammen von Pisa prächtig gedieh. Die Verbindungen zu dem höflichen Männlein aus Florenz bestanden schon seit Monaten nicht mehr. Man hatte ihm unverzüglich berichtet, daß Nanina in den Diensten einer der angesehensten Damen der Stadt stand, und dies hatte ihn anscheinend von allen Sorgen, die er sich sonst vielleicht um sie gemacht hätte, befreit. Er versuchte nicht, sich vor ihr zu rechtfertigen, und bat nur darum, daß sein allzu höflicher Besucher von einst ihn benachrichtigte, sollte das Mädchen je ihre neue Stellung verlassen.

Pater Roccos Bewunderer sagten angesichts seines veränderten Lebens und seiner gesetzteren Art, er stehe mit zunehmendem Alter immer mehr über den irdischen Dingen. Seine Feinde hingegen – denn selbst Pater Rocco hatte welche – behaupteten ohne Zögern, die Veränderung sei entschieden zu seinem Nachteil und er gehöre zu jenen Menschen, denen man am wenigsten trauen könne, wenn sie am stillsten seien. Der Priester selbst achtete weder auf die Lobredner noch auf die Verleumder. Nichts trübte seinen regelmäßigen, disziplinierten Alltag, und wer Skandal wittern wollte, wurde bei jedem Versuch enttäuscht.

Daran änderte sich zwischen Maddalenas Tod und Fabios Rückkehr nach Pisa nichts.

Nach der Heimkehr des jungen Adligen war der Priester natürlich einer der ersten, die ihn im Palast besuchten und willkommen hießen. Was sich bei dieser Gelegenheit zwischen ihnen abspielte, wußte man nie genau, aber man schloß gleich auf eine Meinungsverschiedenheit, denn Pater Rocco machte keinen Besuch mehr. Er beschwerte sich nicht über Fabio, sondern sprach von einer Bemerkung zum Besten des jungen Mannes, die nicht gut aufgenommen wurde, so daß er eine Weile auf Besuche verzichten wolle, um weitere schmerzliche Auseinandersetzungen zu verhindern. Man vernahm dies mit Erstaunen, und ein weiterer seltsamer Umstand betreffend den Priester hätte die Leute noch mehr aufhorchen lassen, wären sie in Gedanken nicht ausschließlich mit dem Ball beschäftigt gewesen: Pater Rocco kehrte nämlich ein paar Wochen nach seinem Bruch mit Fabio eines Morgens zu seinem alten Bildhauerleben zurück und öffnete die lange verschlossenen Türen zum Atelier seines Bruders.

Als Luca Lomis einstige Gesellen dies feststellten, fragten sie gleich um Arbeit an, erfuhren jedoch, daß ihre Dienste nicht benötigt würden. Besucher tauchten im Atelier auf, wurden aber immer mit der enttäuschenden Mitteilung abgefertigt, man könne ihnen nichts Neues zeigen.

So verging die Zeit, bis Nanina ihre Stelle verließ und nach Pisa zurückkehrte. Dieser Umstand wurde Pater Rocco von seinem Korrespondenten in Florenz getreulich gemeldet; aber sei es, daß er zu sehr in seine Bildhauerei vertieft war, sei es, daß er aus üblicher Vorsicht selbst den Hauch eines Skandals vermeiden wollte, er machte jedenfalls keinen Versuch, Nanina zu treffen, und schrieb ihr auch keinen rechtfertigenden Brief. Er verbrachte weiterhin jeden Morgen allein im Atelier und jeden Nachmittag mit seinen geistlichen Pflichten bis zum Vortag des Maskenballs im Palazzo Melani.

Am frühen Morgen dieses Tages deckte er die Statuen wieder zu und versperrte die Ateliertüren erneut; dann kehrte er in seine Wohnung zurück und ging nicht mehr aus. Ein, zwei Freunden, die ihn sprechen wollten, wurde mitgeteilt, er fühle sich nicht wohl genug, um sie zu sehen. Und wären sie in sein kleines Studierzimmer eingedrungen, hätte sein Anblick sie leicht davon überzeugt, daß es kein Vorwand war. Sie hätten bemerkt, daß sein Gesicht erschreckend blaß und seine übliche Gemütsruhe auffällig angegriffen war.

Gegen Abend verstärkte sich seine Unruhe, und als seine alte Haushälterin ihn zum Essen drängen wollte, bekam sie zum ersten Mal, seit sie in seinen Diensten stand, eine scharfe, ärgerliche Antwort. Etwas später staunte sie noch mehr, als er sie mit einer Nachricht zum Palazzo Ascoli schickte und kurz darauf ein Dienstbote Fabios die Antwort feierlich überbrachte. «Er hat schon lange nicht mehr in diesem Haus verkehrt. Ob sie sich versöhnen wollen?» dachte die Haushälterin, als sie den Brief nach oben zu ihrem Herrn trug.

«Ich fühle mich heute abend besser», sagte er beim Lesen, «so gut, daß ich tatsächlich noch ausgehen mag. Wenn jemand nach mir fragt, sagt, ich sei zum Palazzo Ascoli gegangen.» Damit schritt er zur Tür – kam zurück, um das Schloß seines Schranks zu prüfen, und verließ beruhigt den Raum.

Er traf Fabio in einem der großen Salons des Palasts an, wo dieser gereizt auf und ab marschierte und zerknüllte Zettel in seinen Händen herumdrehte; auf einem Tisch lag ein schlichter schwarzer Domino für den Maskenball des folgenden Abends bereit.

«Ich wollte Euch eben schreiben», begann der junge Mann unvermittelt, «als ich Euren Brief erhielt. Ihr bietet mir die Erneuerung unserer Freundschaft an, und ich bin einverstanden. Ich zweifle nicht daran, daß Eure Anspielungen bezüglich Zweitehen bei unserer letzten Begegnung gut gemeint waren, aber sie ärgerten mich, und weil ich aufgebracht war, sagte ich Dinge, die ich besser nicht gesagt hätte. Es tut mir leid, wenn ich Euch verletzt haben sollte. Halt! Entschuldigt mich einen Moment. Ich bin noch nicht fertig. Anscheinend seid Ihr in Pisa keineswegs mit dem Gedanken allein, daß ich wieder heiraten könnte. Seit bekannt ist, daß ich morgen abend am Ball wieder in Gesellschaft erscheinen will, verfolgt man mich nämlich mit anonymen Briefen – schändlichen Briefen, die aus einem Grund geschrieben wurden, den ich nicht verstehen kann. Ich brauche Euren Rat, wie sich die Urheberschaft am besten feststellen läßt, und ich habe auch eine sehr wichtige Frage. Aber lest zuerst selbst einen der Briefe; sie gleichen sich alle.»

Er sah den Priester forschend an und gab ihm einen der Zettel. Immer noch etwas blasser als sonst setzte sich Pater Rocco unter die nächste Lampe, schirmte seine Augen ab und las: «Graf Fabio! Ganz Pisa glaubt, daß Ihr als junger Mann mit einem mutterlosen Kind wieder heiraten werdet. Ihr habt eine Einladung in den Palazzo Melani angenommen, was das Gerücht wahr erscheinen läßt. Witwer, die den Verstorbenen treu sind, mischen sich nicht auf einem Maskenball unter die schönsten Mädchen der Stadt. Überdenkt Euren Entschluß und bleibt zu Hause. Ich kenne Euch, ich kannte Eure Frau, und ich rate Euch ernstlich, widersteht der Versuchung, denn Ihr sollt nie mehr heiraten. Schlagt meinen Rat in den Wind, und Ihr werdet es bis an Euer Lebensende bereuen. Ich habe Gründe, so zu reden – schwerwiegende, unheilvolle Gründe, die ich nicht preisgeben kann. Wollt Ihr, daß Eure Frau ruhig in ihrem Grab liegen kann, wollt Ihr nicht auf fürchterliche Weise gewarnt werden – so geht nicht auf den Maskenball!»

«Ich frage Euch und die ganze Welt: Ist das nicht schändlich?» ereiferte sich Fabio, als ihm der Priester den Brief zurückgab. «Ein Versuch, mit dem Andenken an meine arme verstorbene Gattin meine Ängste zu wecken! Die unverschämte Unterstellung einer zweiten Heirat, wenn ich selbst noch keinen Gedanken daran verschwendet habe! Welche geheimnisvolle Absicht wird mit diesem Schreiben und all den anderen hier von derselben Art verfolgt? Wer hat ein Interesse daran, mich von dem Ball fernzuhalten? Was bedeutet ein Satz wie: ‹Wollt Ihr, daß Eure Frau ruhig in ihrem Grab liegen kann?› Wißt Ihr mir keinen Rat? Und keinen Plan, wie man der niederträchtigen Hand, die dies geschrieben hat, auf die Spur kommen könnte? Redet mit mir! Warum, um Himmels willen, sagt Ihr nichts?»

Der Priester stützte den Kopf auf die Hand, wandte sein Gesicht wie geblendet vom Licht ab und antwortete in seinem leisesten, ruhigsten Ton: «Ich kann nichts sagen, bevor ich Zeit zum Nachdenken hatte. Das Rätsel dieses Briefs läßt sich nicht in einem Augenblick lösen. Es stehen Dinge darin, die verwirren und in Staunen versetzen.»

«Was für Dinge?»

«Ich kann unmöglich deutlicher werden – wenigstens jetzt noch nicht.»

«Ihr sprecht seltsam geheimnisvoll. Könnt Ihr nichts Genaueres sagen? Wißt Ihr mir keinen Rat?»

«Ich würde Euch raten, nicht auf den Ball zu gehen.»

«Nicht zu gehen! Warum?»

«Erklärungen würden Euch nur zwecklos aufbringen, fürchte ich.»

«Pater Rocco! Ich bin weder mit Euren Worten noch mit Eurem Auftreten zufrieden. Ihr sprecht in Rätseln und sitzt dort im Dunkeln mit abgewandtem Gesicht …»

Der Priester schreckte sogleich hoch und drehte sein Gesicht ans Licht.

«Beherrscht Euch bitte und behandelt mich mit der angemessenen Höflichkeit», sagte er in seinem ruhigsten und entschiedensten Ton und ließ Fabio dabei nicht aus den Augen.

«Wir wollen dieses Gespräch nicht in die Länge ziehen», sagte der junge Mann und nahm sich mit sichtlicher Mühe zusammen. «Ich habe nur noch eine Frage an Euch, dann ist es genug.»

Der Priester neigte zustimmend den Kopf. Er stand immer noch ruhig und blaß im Kegel des Lampenscheins da und wankte nicht.

«Es wäre immerhin möglich», fuhr Fabio fort, «daß diese Briefe sich auf eine achtlose Bemerkung beziehen, die meine verstorbene Gattin vielleicht gemacht hat. Darum frage ich Euch als ihren geistlichen Vater und nahen Verwandten, der ihr Vertrauen besaß, ob Ihr sie je sagen hörtet, ich solle nicht wieder heiraten, falls ich sie überleben würde.»

«Hat sie Euch gegenüber denn nie einen solchen Wunsch geäußert?»

«Niemals. Aber warum weicht Ihr meiner Frage mit einer eigenen aus?»

«Ich kann Eure Frage unmöglich beantworten.»

«Aus welchem Grund?»

«Weil ich keine Antwort geben darf, weder ein Ja noch ein Nein, die mit Dingen zu tun hat, die ich während der Beichte gehört habe.»

«Genug geredet», sagte Fabio und wandte sich ärgerlich vom Priester ab. «Ich habe erwartet, daß Ihr mir bei der Klärung dieser Rätsel helft, statt dessen macht Ihr sie nur noch undurchsichtiger. Ich kenne Eure Gründe nicht und weiß nicht, warum Ihr Euch so verhaltet, aber eins sage ich Euch – und diesen niederträchtigen Briefeschreibern würde ich es noch ganz anders entgegenschleudern: Keine Drohungen, keine Geheimnistuerei und kein Komplott werden mich davon abhalten, den Ball morgen zu besuchen. Auf Argumente kann ich hören, aber Drohungen schenke ich keinerlei Beachtung. Da liegt mein Kleid für die Maskerade, und keine irdische Macht soll mich davon abhalten, es morgen abend zu tragen!» Und er deutete auf den schwarzen Domino und die Halbmaske auf dem Tisch.

«Keine *irdische* Macht!» wiederholte Pater Rocco lächelnd und betonte das Beiwort. «Immer noch abergläubisch, Graf Fabio! Habt Ihr etwa den Verdacht, daß jenseitige Mächte sich in die Maskenbälle der Sterblichen einmischen?»

Fabio zuckte zusammen, wandte sich vom Tisch ab und starrte den Priester an.

«Euer Vorschlag eben war, daß wir dieses Gespräch lieber nicht fortsetzen», sagte Pater Rocco immer noch lächelnd. «Ihr hattet recht, glaube ich, denn wenn wir sofort auseinandergehen, können wir es noch als Freunde tun. Ich habe Euch geraten, nicht auf den Ball zu gehen, und Ihr lehnt es ab, meinen Rat zu befolgen. Mehr habe ich dazu nicht zu sagen. Gute Nacht!»

Und bevor die ärgerliche Widerrede über Fabios Lippen kam, war die Salontür auf- und wieder zugegangen, und der Priester war fort.

III

Am folgenden Abend war Fabio zu der auf der Einladung zum Maskenball vermerkten Zeit noch in seinem Palast, und der schwarze Domino lag immer noch unberührt und unbeachtet auf seinem Ankleidetisch. Dabei hatte sich an seinem Entschluß, zum Palazzo Melani zu gehen, nichts geändert. Es war weiterhin sein fester Wille, am Ball teilzunehmen, und doch trödelte er im letzten Moment, ohne zu wissen warum. Eine seltsame Macht schien ihn in den Mauern seines einsamen Heims festzuhalten, und es war fast so, als hätte der große, leere, stille Palast in dieser Nacht den Zauber wiedererlangt, den er mit dem Tod seiner Herrin verloren hatte.

Er verließ seine eigenen Räume und ging in das Schlafzimmer, in dem seine kleine Tochter schlafend in ihrer Wiege lag. Er saß da, schaute sie an und dachte lange Zeit ruhig und innig an vieles, was in seinem Leben geschehen war, dann kehrte er in sein Zimmer zurück. Eine plötzliche Verlassenheit befiel ihn nach dem Besuch am Bett seines Kindes, aber selbst dann dachte er noch nicht daran, sich mit dem Ballbesuch aufzumuntern. Statt dessen ging er in sein Studierzimmer hinunter, zündete seine Leselampe an, öffnete einen Schreibtisch und entnahm einer Schublade den Brief, den Nanina ihm geschrieben hatte. Es war nicht das erste Mal, daß ein jähes Gefühl der Einsamkeit auf unerklärliche Weise die Erinnerung an den Brief der Näherin wachrief.

Er las ihn langsam durch und behielt ihn dann geöffnet in der Hand. «Ich habe Jugend, Titel und Reichtum», dachte er traurig, «alles, wonach man auf dieser Welt strebt. Aber wenn ich an einen Menschen denken soll, der mich wahrhaft und aufrichtig liebt, fällt mir nur einer ein – das arme, treue Mädchen, das diese Zeilen schrieb!»

Alte Erinnerungen an den Tag, als er Nanina zum ersten Mal gesehen hatte; an die erste Porträtsitzung in Luca Lomis Atelier, an seinen ersten Besuch im sauberen kleinen Zimmer an der abgelegenen Gasse stiegen immer lebhafter vor ihm auf. Völlig versunken saß er da und zeichnete mit Feder und Tinte auf die Briefbogen unter seiner Hand Linien, Kreise, bruchstückhafte Muster und vage Erinnerungen an alte Entwürfe für Skulpturen, bis ihn das flackernde Licht seiner Lampe plötzlich in die Gegenwart zurückrief.

Er schaute auf seine Uhr. Es war kurz vor Mitternacht, und er sah die Notwendigkeit ein, sofort aufzubrechen. In wenigen Minuten hatte er sich Domino und Maske übergestreift und war unterwegs zum Ball.

Noch bevor er den Palazzo Melani erreicht hatte, war der erste Teil der Festlichkeiten zu

Ende. Die «Spielzeugsinfonie» war vorüber, der groteske Tanz unter allgemeinem Gelächter aufgeführt, und nun stärkten sich die Gäste größtenteils in den arkadischen Gefilden für die neuen Tänze, an denen alle Anwesenden teilnehmen sollten. Der Marchese Melani hatte die beiden klassischen Erfrischungsräume mit seiner typischen Kauzigkeit nach leichter und schwerer Kost unterschieden. Früchte, Gebäck, Süßigkeiten, Salate und harmlose Getränke gehörten in die leichte Abteilung, und alle anregenden geistigen Getränke und herzhaften Eßwaren befanden sich in der schweren. Die dreißig Schäferinnen waren zu Beginn des Abends auf Geheiß des Marchese gleichmäßig auf die beiden Räume verteilt worden. Aber als die Gesellschaft immer entschiedener in die schwere Abteilung zu drängen begann, wurde zehn Schäferinnen aus der leichten befohlen, beim Bedienen der hungrigen und durstigen Mehrheit der Gäste zu helfen, die sich nicht mit Gebäck und Limonade abspeisen ließen. Unter den fünf Mädchen, die im Salon mit den leichten Erfrischungen zurückblieben, war auch Nanina. Der Haushofmeister sah nämlich bald, daß die ungewohnte Aufgabe sie belastete, und folgerte weise, wenn er sie dorthin schickte, wo das Gedränge am größten und der Lärm am lautesten war, wäre sie nicht nur völlig nutzlos, sondern ihren selbstsichereren und erfahreneren Gefährtinnen auch sehr im Weg.

Als Fabio im Palast ankam, war das heitere Getümmel in der schweren Abteilung auf seinem Höhepunkt angelangt, und etliche Herren, vom klassischen Kostüm der Schäferinnen angeregt, begannen mit schwerer Zunge und mutiger Mißachtung aller Einschränkungen nach Fall, Zahl und Geschlecht lateinisch mit ihnen zu sprechen. Sobald sich Fabio den Glückwünschen zu seiner Rückkehr in den vertrauten Kreis entziehen konnte, die von allen Seiten auf ihn niederprasselten, machte er sich auf die Suche nach einem stilleren Raum. Die Hitze, der Lärm und Tumult hatten ihm nach dem ruhigen Leben, das er seit vielen Monaten führte, so zugesetzt, daß es ihm eine Wohltat war, durch die halb verlassenen Tanzsäle zum anderen Ende der Zimmerfluchten zu gehen und sich dort in einem zweiten Arkadien wiederzufinden, das friedlich genug schien, diesen Namen zu verdienen.

Als er hereinkam, waren noch ein paar Gäste da, aber die ersten schwachen Klänge der Tanzmusik lockten alle fort. Nach einem achtlosen Blick auf die malerischen Kulissen setzte er sich allein auf einen Diwan bei der Tür, und weil ihm unter seiner Maske schon heiß und unbehaglich war, nahm er diese ab. Kaum hatte er sie abgestreift, hörte er hinter einer langen Anrichte, wo die fünf Mädchen standen, einen schwachen Schrei. Er fuhr hoch und traute seinen Augen kaum, als er sich plötzlich Nanina gegenüber sah.

Die Farbe war vollständig aus ihren Wangen gewichen. In ihr Erstaunen über den Anblick des jungen Grafen schien sich Entsetzen zu mischen. Die Bedienstete, die zufällig neben ihr stand, wollte sie unwillkürlich mit ihrem Arm stützen, als sie sah, daß sie sich am Tischrand festklammern mußte, während Fabio darum herumlief, um mit ihr zu reden. Als er bei ihr war, fiel ihr der Kopf auf die Brust, und sie hauchte: «Ich wußte nicht, daß Ihr in Pisa seid; ich hätte nie gedacht, daß Ihr hier sein könntet. Ach, ich bin dem, was ich geschrieben habe, treu, auch wenn es noch so sehr erlogen scheint!»

«Ich will mit dir über den Brief reden – dir sagen, wie sorgsam ich ihn hüte und wie oft ich ihn gelesen habe», erwiderte Fabio.

Sie wandte den Kopf und kämpfte verzweifelt gegen die Tränen an, die in ihre Augen drängten. «Wir hätten uns nicht begegnen sollen», sagte sie, «nie, niemals wieder!»

Bevor Fabio antworten konnte, schritt die Frau neben Nanina ein. «Um Himmels willen, redet hier nicht länger mit ihr!» rief sie ungeduldig. «Wenn der Haushofmeister oder sonst einer der höheren Dienerschaft hereinkäme, brächtet Ihr sie in arge Schwierigkeiten. Wartet bis morgen und findet einen besseren Ort.»

Fabio spürte sogleich, daß diese Schelte berechtigt war. Er riß einen Zettel aus seinem

Notizbuch und schrieb darauf: «Ich muß dir sagen, wie sehr ich dich für diesen Brief achte und dir danke. Morgen um zehn bei der hinteren Pforte der Ascoli-Gärten. Glaube an meine Aufrichtigkeit und Ehrenhaftigkeit, Nanina, so wie ich vorbehaltlos an die deine glaube.» Als er diese Zeilen geschrieben hatte, nahm er einen kleinen Schlüssel aus seinem Bund, wickelte ihn in den Zettel ein und drückte ihn ihr in die Hand. Gegen seinen Willen verharrten seine Finger auf ihren, und er wollte schon wieder ein Wort an sie richten, als er sah, wie die Bedienstete ihre abwehrend erhobene Hand plötzlich fallen ließ. Gleichzeitig erbleichte sie und starrte über den Tisch hinweg.

Er drehte sich sofort um und sah eine maskierte Frau allein im Raum stehen, die von Kopf bis Fuß in Gelb gehüllt war. Sie trug eine gelbe Kapuze, eine gelbe Halbmaske mit langen Fransen, die ihr über den Mund hingen, und einen gelben Domino, der an den Ärmeln und Säumen in lange flammenförmige Spitzen auslief, die im leichten Durchzug hin und her flatterten. Die schwarzen Augen der Frau schienen mit boshaftem Feuer durch die Sehschlitze der Maske hindurch zu glühen, und die lohfarbenen Fransen vor ihrem Mund zitterten leise mit jedem Atemzug. Stumm und reglos stand sie vor dem Tisch, und sobald sich Fabio ihr zuwandte, saugten sich ihre funkelnden schwarzen Augen an ihm fest. Es lief ihm kalt über den Rücken, als er bemerkte, daß Domino und Maske der Fremden von demselben Gelb waren, das seine Frau nach ihrer Heirat für die Ausstattung ihres Lieblingssalons gewählt hatte.

«Die Gelbe Maske!» flüsterten die Mädchen aufgeregt und drängten sich hinter dem Tisch zusammen. «Wieder die Gelbe Maske!»

«Bringt sie zum Sprechen!»

«Bietet ihr etwas an!»

«Dieser Herr soll sie etwas fragen. Redet mit ihr, Signore. Bitte redet mit ihr! Sie schwebt in diesem schrecklichen gelben Kleid umher wie ein Geist.»

Fabio wandte sich zerstreut dem Mädchen zu, das ihm ins Ohr flüsterte. Dabei bemerkte er, daß Nanina immer noch wegsah und ihr Taschentuch an die Augen drückte. Sie kämpfte offensichtlich bis jetzt mit den von ihrer unerwarteten Begegnung geweckten Gefühlen und war sich höchstwahrscheinlich aus diesem Grund als einzige Person im Raum der Gegenwart der Gelben Maske nicht bewußt.

«Sprecht sie an, Signore. Bitte sprecht sie an!» flüsterten zwei der Mädchen gleichzeitig.

Fabio wandte sich wieder zum Tisch. Die schwarzen Augen hinter der lohgelben Maske funkelten ihn noch immer an. Er nickte den Mädchen zu, die eben auf ihn eingeredet hatten, warf einen letzten Blick auf Nanina und ging durch den Raum bis auf die Seite des Tischs, wo die Gelbe Maske stand. Die leuchtenden Augen verfolgten ihn bei jedem Schritt. Ihr böses Licht schien ihn mehr und mehr zu versengen, als er um die Tischkante herum und auf die stille, geisterhafte Gestalt zuging.

Er trat dicht an die Frau heran, doch sie bewegte sich nicht, und ihre Augen blinzelten keinen Moment. Er blieb stehen und versuchte zu sprechen, aber der Schauer durchfuhr ihn erneut. Ein überwältigendes Grausen, ein unaussprechlicher Ekel befiel ihn, jede Wahrnehmung der Außenwelt – das Flüstern der Mädchen hinter dem Tisch, der sanfte Rhythmus der Tanzmusik, das ferne Geplätscher munterer Reden – verschwand plötzlich. Er wandte sich schaudernd ab und verließ den Raum.

Er folgte dem Klang der Musik und wollte sich am liebsten in das dichteste Gedränge stürzen, als er in einem der kleineren Räume von einem Herrn aufgehalten wurde, der eben vom Kartentisch aufgestanden war und ihm mit der Herzlichkeit eines alten Freundes die Hand entgegenstreckte.

«Willkommen zurück auf Erden, Graf Fabio!» begann er munter, unterbrach sich aber jäh wieder. «Na, du siehst blaß aus, und deine Hand ist kalt. Du wirst doch nicht krank sein?»

«Nein, nein. Ich bin nur ziemlich erschrokken – ich weiß selbst nicht warum – über eine sehr seltsam gekleidete Frau, die mich angestarrt hat, bis ich die Fassung verloren habe.»

«Du meinst doch nicht die Gelbe Maske?»

«Die meine ich. Hast du sie gesehen?»

«Alle haben sie gesehen, aber niemand kann sie zum Lüften der Maske oder zum Sprechen bewegen. Unser Gastgeber hat keine Ahnung, wer sie ist, und die Gastgeberin hat schrecklich Angst vor ihr. Für meinen Geschmack haben wir jetzt genug von ihrer Geheimnistuerei und ihrem finsteren Aufzug, und wenn ich Marchese Melani statt schlicht Andrea d'Arbino hieße, würde ich zu ihr sagen: ‹Signora, wir sind hier, um zu lachen und lustig zu sein; öffnet doch Eure Lippen und bezaubert uns in einem hübscheren Kleid!›»

Während dieses Gesprächs hatten sie mit dem Rücken zur Tür neben einem der Kartentische Platz genommen. Während d'Arbino noch sprach, spürte Fabio plötzlich einen erneuten Schauder und nahm hinter sich leises Atmen wahr.

Er drehte sich sofort um, und da stand die Gelbe Maske zwischen ihnen und starrte auf sie herab!

Fabio fuhr hoch, und sein Freund tat dasselbe. Wieder blickten die pechschwarzen Augen den jungen Adligen unverwandt an, und wieder gefror ihm davon das Herz.

«Gelbe Signora, kennt Ihr meinen Freund?» rief d'Arbino in spöttischem Ernst.

Es kam keine Antwort, und die unheilvollen Augen ließen Fabios Gesicht nicht los.

«Gelbe Signora», redete der Freund weiter, «hört doch die Musik. Wollt Ihr mit mir tanzen?»

Die Augen wandten sich ab, und die Gestalt glitt langsam aus dem Raum.

«Mein lieber Graf», sagte d'Arbino, «diese Frau scheint dir gewaltig Eindruck zu machen. Ich schwöre, sie hat dich bleicher denn je werden lassen. Komm mit mir in den Speisesaal und trink ein Glas Wein; du siehst wirklich aus, als ob du ihn nötig hättest.»

Sie gingen sogleich in den großen Erfrischungsraum. Inzwischen hatten fast alle Gäste wieder zu tanzen begonnen, und so hatten sie den Saal fast ausschließlich für sich.

Zum Raumschmuck, der nicht ganz dem Gebot arkadischer Einfachheit entsprach, gehörte ein großer Spiegel, der über einer reichlich gedeckten Tafel hing. D'Arbino führte Fabio in diese Richtung und grüßte vor dem Spiegel einen Herrn, der hineinblickte und sich beiläufig mit seiner Maske Luft zufächelte.

«Mein lieber Freund!» rief d'Arbino, «du bist genau der Richtige, um uns auf schnellstem Weg zur besten Flasche Wein hier im Palast zu lotsen. Graf Fabio, darf ich dir meinen lieben, guten Freund Cavaliere Finello vorstellen, mit dessen Familie du meines Wissens gut bekannt bist.

Finello, der Graf ist etwas bedrückt, und ich habe ihm eine gehörige Dosis Wein verordnet. Ich sehe da neben dir eine ganze Reihe von Flaschen und überlasse es dir, das Heilmittel zu verabreichen. Gläser bitte! Drei Gläser, ihr lieblichen schwarzäugigen Schäferinnen – die drei größten, die ihr habt.»

Die Gläser wurden gebracht, Cavaliere Finello wählte eine spezielle Flasche aus und schenkte ein. Die drei Herren drehten sich zur Anrichte, um sie als Tisch zu benutzen, und blickten dabei zwangsläufig in den Spiegel.

«Bringen wir den schönsten aller Trinksprüche aus», sagte d'Arbino. «Finello, Graf Fabio – auf die Damen von Pisa!»

Fabio hob den Wein an seine Lippen und wollte trinken, als er die Gestalt der Gelben Maske im Spiegel erblickte. Die glitzernden Augen starrten ihn wieder an, und der gelb umhüllte Kopf neigte sich langsam wie zum Dank für den ausgebrachten Trinkspruch. Ein drittes Mal packte ihn das seltsame Grauen, und er setzte sein Weinglas unberührt ab.

«Was ist los?» fragte d'Arbino.

«Mögt Ihr diesen Wein nicht, Graf?» erkundigte sich der Cavaliere.

«Die Gelbe Maske!» flüsterte Fabio. «Wieder die Gelbe Maske!»

Alle drei drehten sich sofort zur Tür um. Aber zu spät – die Gestalt war verschwunden.

«Weiß jemand, wer diese Gelbe Maske ist?» fragte Finello. «Ihr Gang läßt auf eine Frau schließen. Vielleicht ist es die seltsame Farbe, die sie für ihr Kleid gewählt hat, vielleicht auch das Herumgeistern von Zimmer zu Zimmer; etwas geheimnisvoll Beunruhigendes ist an ihr.»

«Das kann dir der Graf bestätigen», meinte d'Arbino. «Die Gelbe Maske hat ihm die Laune verdorben, sein Aussehen ruiniert und ihn jetzt sogar davon abgehalten, seinen Wein zu trinken.»

«Ich kann es mir nicht erklären», sagte Fabio und sah sich unbehaglich um, «aber das ist das dritte Zimmer, in das sie mir gefolgt ist – und das dritte Mal, daß sie mich allein angestarrt hat. Meine Nerven sind anscheinend noch nicht stark genug für Maskenbälle und Abenteuer, ihr Anblick scheint mich zu lähmen. Wer mag sie sein?»

«Wenn sie mir ein viertes Mal folgte, gäbe ich keine Ruhe, bis sie die Maske hebt», sagte Finello.

«Und wenn sie sich weigert?» fragte sein Freund.

«Dann müßte ich ihr die Maske wegnehmen.»

«Das kann man einer Frau nicht antun», meinte Fabio. «Lieber versuche ich, sie in der Menge zu meiden. Entschuldigt, Freunde, daß ich euch den Wein allein austrinken lasse; wenn ihr wollt, sehen wir uns im großen Ballsaal wieder.»

Bei diesen Worten setzte er sich die Maske auf, schloß sich sogleich den Tanzenden an und achtete darauf, immer im größten Gewühl zu bleiben. Eine Weile war er damit erfolgreich und sah den rätselhaften gelben Domino nicht mehr. Bald formierte man sich jedoch zu neuen Tänzen, an denen die meisten Anwesenden teilnahmen. Die Aufstellung glich insofern alten ländlichen Tänzen aus England, als die Damen und Herren einander in langen Reihen gegenüberstanden. Diese Reihen setzten sich aus je etwa zwanzig Paaren zusammen, die manchmal längsseits, dann wieder quer durch den Raum tanzten, und die Zuschauer mußten überall aus dem Weg gehen und sich gegen die Wände drücken. Als sich Fabio und andere dieser Notwendigkeit beugten, blickte er an einer Reihe von Tänzern hinunter, die auf den Schluß des Orchestervorspiels warteten, und dort sah er am anderen Ende der Gasse aus Herren auf der einen und Damen auf der anderen Seite die Gelbe Maske, die ihn erneut anstarrte.

Er wechselte brüsk zu einer anderen Reihe, die rechtwinklig zur ersten stand, und dort am anderen Ende des bunten Trupps farbenfroh gekleideter Gestalten war wieder die Gelbe Maske. Er schlüpfte in die Mitte des Raums, aber bloß um sie an seinem früheren Platz an der Wand wieder zu entdecken, und so erspähte sie ihn trotz seiner Verkleidung durch Reihe um Reihe der Tanzenden aufs neue. Die Verfolgung wurde allmählich unerträglich, und er spürte neben der unbestimmten Furcht, die ihn bisher bedrückt hatte, zunehmend ärgerliche Neugier. Finellos Rat fiel ihm wieder ein, und er beschloß, die Dame unter allen Umständen zur Demaskierung zu zwingen. Mit dieser Absicht ging er in den Speisesaal, wo er seine Freunde zurückgelassen hatte.

Sie waren gegangen, vermutlich um im Ballsaal nach ihm zu suchen. Es stand noch viel Wein auf der Anrichte, und er goß sich ein Glas ein. Er stellte fest, daß seine Hand dabei zitterte, und kippte rasch noch ein paar Gläser, um sich für die bevorstehende Auseinandersetzung mit der Gelben Maske zu wappnen. Während er trank, erwartete er sie jeden Augenblick wieder im Spiegel, doch sie erschien nicht – obwohl er fast sicher war, daß er sie hinter sich herschweben sah, als er den Ballsaal verließ.

Es schien ihm möglich, daß sie ihm in einem der Nebenräume auflauerte, und er nahm seine Maske ab und durchschritt einige, ohne ihr zu begegnen, bis er zur Tür des Erfrischungsraums kam, wo Nanina und er einander erkannt hatten. Die Bedienstete hinter dem Tisch, die ihn zuerst angesprochen hatte, erblickte ihn und lief zur Tür.

«Kommt nicht wieder herein, um mit Nanina zu reden», sagte sie in Verkennung der Absicht, die ihn zu dieser Tür geführt hatte. «Weil Ihr sie so erschreckt und zum Weinen gebracht habt, ist sie gar nicht mehr für ihre Arbeit zu gebrauchen. Der Haushofmeister ist gerade drin, sehr freundlich, aber nicht mehr sehr nüchtern. Er sagt, sie sei rotäugig und blaß und tauge nicht mehr zur Schäferin, darum könne sie, wenn sie wolle, nach Hause, man werde sie jetzt nicht mehr vermissen. Wir haben ihr einen alten Mantel beschafft, und sie versucht, unbemerkt durch die Säle zu schlüpfen, um die Treppe hinunterzugelangen und sich umzuziehen. Bitte redet nicht mehr mit ihr, sonst bringt Ihr sie nur wieder zum Weinen, oder schlimmer noch, der Haushofmeister könnte glauben …» Beim letzten Wort verschlug es ihr die Sprache, und sie zeigte plötzlich über Fabios Schulter.

«Die Gelbe Maske!» rief sie aus. «Oh, Signore, lockt sie weg in den Ballsaal und gebt Nanina eine Chance zu entwischen!»

Fabio wandte sich sogleich um und trat auf die Maske zu, die sich langsam entfernte, als ihre Blicke sich gekreuzt hatten. Als die Bedienstete die gelbe Gestalt weichen sah, eilte sie hastig zu Nanina in den Erfrischungsraum.

Langsam zog sich die maskierte Frau von einem Raum zum anderen zurück, bis sie einen strahlend erleuchteten Korridor mit prachtvollem Blumenschmuck erreichte, der rechts zum Ballsaal und links zu einem Vorzimmer vor der Palasttreppe führte. Die Gelbe Maske ging ein paar Schritte nach links und blieb stehen. Die funkelnden Augen hefteten sich wie zuvor auf Fabios Gesicht, aber dieses Mal nur kurz. Er hörte einen leichten Schritt hinter sich, und jetzt sah er, wie ihre Augen wanderten. Er folgte ihrem Blick, drehte sich um und entdeckte Nanina. Sie trug den alten Mantel, der sie unbemerkt die Treppe hinunterbringen sollte.

«Oh, wie komm' ich hinaus! Wie komm' ich hinaus!» weinte das Mädchen und wich furchtsam zurück, als sie die Gelbe Maske sah.

«In diese Richtung», sagte Fabio und wies auf den Ballsaal. «Niemand wird dich in diesem Mantel beachten; man wird es bloß für eine neue Verkleidung halten.» Dabei nahm er sie beruhigend am Arm und flüsterte ihr zu: «Vergiß nicht: morgen!»

Im selben Moment spürte er eine Hand auf sich. Sie gehörte der maskierten Dame und zog ihn von Nanina weg.

Ihre Berührung ließ ihn unwillkürlich erschauern, aber er war noch kaltblütig genug, dem Mädchen zu bedeuten, sie solle fliehen. Mit einem fragenden Blick auf die Gelbe Maske und einem halb unterdrückten Angstschrei gehorchte sie und eilte zum Ballsaal.

«Wir sind allein», sagte Fabio, stellte sich den funkelnden schwarzen Augen und streckte der Gelben Maske entschlossen die Hand entgegen. «Sagt mir, wer Ihr seid und warum Ihr mir nachstellt, oder ich enthülle Euer Gesicht und löse das Rätsel selbst.»

Die Frau stieß seine Hand weg und trat etwas zurück, sagte aber kein Wort. Er folgte ihr. Es war keine Sekunde zu verlieren, denn soeben hörte man Schritte, die sich eilig dem Korridor näherten.

«Jetzt oder nie», flüsterte er vor sich hin und griff nach der Maske.

Wieder wurde sein Arm weggestoßen, aber diesmal hob die Dame im selben Moment ihre freie Hand und entfernte die gelbe Maske.

Die Lampen warfen ihr mildes Licht voll auf ihr Antlitz. Es war das Antlitz seiner verstorbenen Frau.

IV

Nachdem Signor Andrea d'Arbino die Räumlichkeiten im Palast erfolglos nach Conte Fabio d'Ascoli durchkämmt hatte, versuchte er es zuletzt noch im Korridor zwischen Ballsaal und Haupttreppe und fand dort seinen Freund ganz allein ohnmächtig auf dem Boden liegen. D'Arbino wollte die Gäste wenn möglich nicht beunruhigen und suchte darum zunächst Hilfe im Vorzimmer. Dort fand er den Kammerdiener des Marchese damit beschäftigt, Cavaliere Finello, der eben gehen wollte, in den Mantel zu helfen.

Während Fabio von Finello und seinem Freund an ein offenes Fenster im Vorraum getragen wurde, holte der Diener Eiswasser. Dieses einfache Mittel und die frische Luft ließen den Ohnmächtigen zwar wieder das Bewußtsein, aber – wie seine Freunde fanden – kaum sein altes Selbst wiedererlangen. Sie bemerkten das plötzlich ausdruckslose und verschlossene Gesicht und einen unfaßbar veränderten Ton in seiner Stimme.

«Ich fand dich im Korridor», sagte d'Arbino. «Wovon bist du ohnmächtig geworden? Weißt du es nicht mehr? Vielleicht von der Hitze?»

Fabio blieb einen Augenblick stumm und sammelte mühsam seine Gedanken. Er schaute auf den Diener, und Finello bedeutete dem Mann zu gehen.

«War es die Hitze?» wiederholte d'Arbino.

«Nein», antwortete Fabio seltsam gedämpft und mit tonloser Stimme. «Ich habe das Gesicht hinter der gelben Maske gesehen.»

«Und?»

«Es war das Gesicht meiner toten Frau.»

«Deiner toten Frau!»

«Als die Maske entfernt war, sah ich ihr Gesicht. Nicht das Gesicht in der Blüte ihrer Jugend und Schönheit – nicht einmal das Gesicht aus ihren Krankentagen –, sondern so, wie ich es sah, als sie im Sarg lag.»

«Fabio! Um Gottes willen, nimm dich zusammen! Komm zu dir und denk daran, wo du bist, und dann schüttle diese gräßliche Täuschung ab!»

«Erspare mir bitte die Vorwürfe – ich bin außerstande, sie zu ertragen. Mein Leben hat nur noch einen Sinn – diesem Rätsel bis auf den Grund zu gehen. Wollt ihr mir dabei helfen? Ich schaffe es kaum allein.»

Er sprach immer noch im selben unnatürlich gedämpften, bedächtigen Ton. D'Arbino und Finello warfen sich hinter seinem Rücken vielsagende Blicke zu, als er sich von dem Sofa erhob, auf dem er bisher gelegen hatte.

«Wir wollen dir bei allem helfen», beruhigte ihn d'Arbino. «Du kannst dich voll und ganz auf uns verlassen. Was sollen wir als erstes tun?»

«Es muß hier durchgegangen sein. Gehen wir die Treppe hinunter und fragen die Diener, ob sie es gesehen haben.»

Es fiel d'Arbino wie Finello auf, daß er nicht *sie* sagte.

Sie fragten sich bis zum Hof durch. Keiner der Diener hatte die Gelbe Maske gesehen.

Es blieb nur noch der Pförtner am äußeren Tor. An ihn wandten sie sich und erfuhren, gewiß habe er eine maskierte Dame im gelben Domino wegfahren sehen; sie habe vor etwa einer halben Stunde eine Kutsche genommen.

«Würdet Ihr den Kutscher wiedererkennen?» fragte d'Arbino.

«Natürlich, er ist ein alter Freund von mir.»

«Und Ihr wißt, wo er wohnt?»

«Ja, so gut ich es von mir selbst weiß.»

«Findet jemanden für Eure Pförtnerloge, und führt uns zu diesem Haus; Ihr könnt dafür haben, was Ihr wollt.»

Minuten später folgten sie dem Pförtner durch die dunklen, stillen Straßen. «Wir versuchen es am besten zunächst beim Stall», meinte der Mann. «Mein Freund, der Kutscher, hatte wohl erst Zeit, die Dame abzusetzen. Wahrscheinlich versorgt er noch seine Pferde.»

Es zeigte sich, daß der Pförtner recht hatte. Als sie auf den Stallplatz kamen, sahen sie, daß die leere Kutsche eben eingefahren war.

«Ihr habt eine Dame im gelben Domino vom Maskenball nach Hause gebracht?» fragte d'Arbino und drückte dem Kutscher ein Geldstück in die Hand.

«Ja, Signore, die Dame hat mich für den ganzen Abend aufgeboten – für die Fahrt zum Ball und wieder zurück.»

«Und wo habt Ihr sie abgeholt?»

«An einem sehr merkwürdigen Ort – am Tor zum Campo Santo.»

Während dieser Unterredung stand Fabio zwischen Finello und d'Arbino, und beide stützten ihn mit einem Arm. Nach dieser letzten Antwort taumelte er mit einem Entsetzensschrei zurück.

«Und wohin habt Ihr sie jetzt gebracht?» fragte d'Arbino. Bei dieser Frage sah er sich erregt um und flüsterte zum ersten Mal.

«Wieder zum Campo Santo», sagte der Kutscher.

Fabio riß sich plötzlich aus den Armen seiner Freunde los, sank auf die Knie und bedeckte sein Gesicht. Seinem Gestammel ließ sich entnehmen, daß er den Verstand zu verlieren fürchtete und zu Gott um Verschonung betete.

«Warum ist er derart außer sich?» wollte Finello von seinem Freund wissen.

«Still!» gab dieser zurück. «Du hast ihn doch sagen hören, er habe das Gesicht hinter der gelben Maske gesehen und es sei das Gesicht seiner verstorbenen Frau gewesen!»

«Ja, und?»

«Seine Frau liegt auf dem Campo Santo begraben.»

V

Von allen Menschen, die in irgendeiner Eigenschaft am Ball des Marchese Melani teilgenommen hatten, stand Nanina am nächsten Morgen als erste auf. Bei ihrer von den seltsamen Vorgängen verursachten Aufregung war an Schlaf gar nicht zu denken. In den Stunden der Dunkelheit konnte sie kein Auge schließen, und bei Tagesanbruch stand sie auf, um am Fenster die frische Morgenluft einzuatmen und in Ruhe über alles nachzudenken, was geschehen war, seitdem sie den Palazzo Melani betreten hatte, um die Gäste am Maskenball zu bewirten.

Als sie in der vergangenen Nacht nach Hause gekommen war, gingen alle anderen Gefühle in dem Gemisch aus Schrecken und Neugier unter, das der Anblick der unheimlichen Gestalt in der gelben Maske ausgelöst hatte, die sie allein mit Fabio im Palastkorridor stehengelassen hatte. Das Morgenlicht brachte sie aber auf andere Gedanken. Sie faltete jetzt den Zettel auf, den ihr der junge Graf in die Hand gedrückt hatte, und las die hastig gekritzelten Zeilen wieder und wieder durch. Konnte es böse und pflichtvergessen sein, den in den Zettel gewickelten Schlüssel zu benutzen und sich um zehn bei den Ascoli-Gärten einzufinden? Sicher nicht – sicher durfte sie sein letzter Satz: «Glaub an meine Aufrichtigkeit und Ehrenhaftigkeit, wie ich vorbehaltlos an deine glaube» davon überzeugen, daß sie kein Unrecht tat, wenn sie diesmal auf die Stimme ihres Herzens hörte. Außerdem lag der Schlüssel der Gartenpforte in ihrem Schoß, und den mußte sie unbedingt benutzen, und sei es nur, um ihn seinem Besitzer wieder unbeschadet zurückzugeben.

Während ihr dieser Gedanke durch den Kopf ging und die leisen Zweifel und Widerstände, die noch vorhanden sein konnten, ausräumte, wurde sie von einem plötzlichen Klopfen an der Haustür aufgeschreckt. Sie blickte gleich aus dem Fenster und sah einen Lakaien auf der Straße stehen, der gespannt zum Haus hinaufspähte, um festzustellen, ob sein Klopfen jemanden geweckt hatte.

«Wohnt Marta Angrisani, die Krankenpflegerin, hier?» fragte der Mann, sobald Nanina sich am Fenster zeigte.

«Ja», antwortete sie. «Muß ich sie wecken? Ist jemand krank?»

«Weckt sie sofort», sagte der Diener. «Sie wird im Palazzo Ascoli gebraucht. Mein Herr, Graf Fabio ...»

Mehr brauchte Nanina nicht zu hören. Sie flog in das Zimmer, in dem die Pflegerin schlief, und weckte sie nicht gerade behutsam im Nu.

«Er ist krank!» schrie sie atemlos. «Oh, bitte, beeilt Euch! Beeilt Euch doch! Er ist krank und hat nach Euch verlangt!»

Marta fragte, wer denn nach ihr verlangt habe, und versprach daraufhin, keine Zeit zu verlieren. Nanina rannte die Treppe hinunter, um dem Diener zu sagen, die Pflegerin mache sich bereit. Als sie vor ihm stand, erschrak sie über sein ernstes Gesicht. Ihre übliche Schüchternheit war wie weggeblasen; sie gab sich keine Mühe, ihre Unruhe zu verbergen, und bat ihn eindringlich, ihr zu sagen, woran genau sein Herr erkrankt sei und wie das so kurz nach dem Ball habe geschehen können.

«Ich weiß nur, daß Graf Fabio vor ein paar Stunden in einem bedenklichen Zustand – halb von Sinnen, schien es mir – von zwei befreundeten Herren nach Hause gebracht wurde», antwortete der Mann, einigermaßen von Naninas Heftigkeit überrascht. «Und ich entnahm ihren Worten, daß er einen fürchterlichen Schock erlitt, als eine Frau am Ball ihre Maske hob und ihm ihr Gesicht zeigte. Wie das möglich ist, begreife ich überhaupt nicht, ich weiß nur, daß der herbeigerufene Arzt ein sehr besorgtes Gesicht machte und die Befürchtung äußerte, es handle sich um eine Gehirnentzündung.»

Hier verstummte der Diener, denn zu seinem Erstaunen wandte Nanina sich plötzlich ab und eilte mit heftigem Schluchzen ins Haus.

Marta Angrisani hatte ihre Kleider übergeworfen und prüfte eben im Spiegel, ob sie ansehnlich genug war, um im Palast zu erscheinen, als zwei Arme um ihren Hals flogen und ihr eine weinende Nanina an der Brust lag, bevor sie ein Wort sagen konnte.

«Er ist krank ... er ist in Gefahr!» rief das Mädchen. «Ich muß mit Euch gehen, um ihm zu helfen. Ihr seid immer gut zu mir gewesen, Marta ... seid nun besonders gut und nehmt mich mit! Nehmt mich mit zum Palast!»

«Dich, Kind!» staunte die Pflegerin und löste sanft ihre Arme.

«Ja – ja! Und sei es nur für eine Stunde», flehte Nanina, «für eine einzige kurze Stunde jeden Tag. Ihr braucht nur zu sagen, ich helfe Euch, und sie würden mich einlassen. Marta! Es bricht mir das Herz, wenn ich ihn nicht sehen und ihm nicht helfen kann, wieder gesund zu werden.»

Die Pflegerin zögerte immer noch. Nanina umhalste sie erneut und preßte ihre schon wieder glühendheiße Wange, von der doch eben erst die Tränen heruntergelaufen waren, an das Gesicht der guten Frau.

«Ich liebe ihn, Marta – er ist ein großer Herr, aber ich liebe ihn von ganzem Herzen, mit all meiner Seele und meiner ganzen Kraft», sprudelte sie in eindringlichem Flüsterton hervor. «Und er liebt mich auch. Er hätte mich geheiratet, wäre ich nicht fortgegangen, um ihn davor zu bewahren. Ich konnte meine Liebe für ihn geheimhalten, als er gesund war – da konnte ich sie unterdrücken, zertrampeln und durch die Trennung verdorren lassen. Aber jetzt, wo er krank ist, wird es zuviel für mich, ich kann sie nicht niederkämpfen. Oh, Marta! Brich mir nicht das Herz und sag nein! Ich habe so viel um seinetwillen gelitten, daß ich es verdient habe, ihn pflegen zu dürfen!»

Diese letzte flehentliche Bitte verfehlte ihre Wirkung nicht, denn Marta besaß eine große Tugend, die bei einer Frau mittleren Alters selten ist: Sie hatte ihre eigene Jugend nicht vergessen.

«Komm, Kind», tröstete sie; «ich will gar nicht nein sagen. Trockne deine Augen, leg dein Tuch um dich, und wenn wir den Arzt treffen, versuche so alt und häßlich wie möglich auszusehen, damit man dich mit mir ins Krankenzimmer läßt.»

Das Verhör durch den Arzt lief glimpflicher ab, als Marta Angrisani befürchtet hatte. Seiner Ansicht nach war es sehr wichtig, daß der Kranke vertraute Gesichter an seinem Bett sah. Darum mußte Nanina nur sagen, daß er sie gut kannte und sie ihm Modell gesessen hatte, als er die Kunst der Bildhauerei erlernte, um sogleich als Martas erste Gehilfin eingelassen zu werden.

Bald bestätigten sich die schlimmsten Befürchtungen des Arztes für seinen Patienten: Das Fieber drang in sein Gehirn. Fast sechs Wochen lag er danieder und rang mit dem Tod; einmal raste er mit der tobsüchtigen Kraft eines Fieberwahns, dann wieder verharrte er in einem sprachlosen, reglosen, schlaflosen Zustand der Erschöpfung, die seine einzige Erholung war. Doch schließlich kam der gesegnete Tag, als er zum ersten Mal Schlaf fand und der Arzt wieder hoffnungsvoll von der Zukunft sprach. Aber noch geisterte dasselbe schreckliche Erlebnis durch seine leichten Träume, das zuvor schon seinen wilden Fieberwahn geprägt hatte. Aus den im Schlaf gemurmelten, bruchstückhaften Sätzen wie aus dem wilden Gestammel seiner Fieberphantasien ergab sich zwangsläufig die eine traurige Feststellung: daß er noch immer Tag und Nacht und Stunde um Stunde von der Gestalt in der gelben Maske besessen war.

In dem Maß, wie seine körperliche Gesundheit zurückkehrte, wurde sein Arzt immer besorgter um seinen Geisteszustand. Es gab zwar keinen Hinweis auf eine echte Geisteskrankheit, aber die vorhandene Schwermütigkeit – eine immerwährende, durch nichts aufzuhellende Niedergeschlagenheit, die von seinem unumstößlichen Glauben an die Echtheit seiner Schreckensvision am Maskenball herrührte – ließ dem Arzt diesen Fall als sehr bedenklich erscheinen. Er sah mit Entsetzen, daß der Patient an nichts Interesse zeigte, als er kräftiger wurde – mit einer Ausnahme: Er mußte Nanina unbedingt jeden Tag an seiner Seite wissen, doch sobald er sah, daß man ihm diesen Wunsch getreulich erfüllte, schien ihn nichts weiter zu kümmern. Selbst als sie ihm, in der Hoffnung, etwas wie Freude zu wecken, vorschlugen, das Mädchen könne ihm täglich eine Stunde aus seinen Lieblingsbüchern vorlesen, zeigte er bloß gedämpfte Zufriedenheit. Die Wochen vergingen, doch sie konnten tun, was sie wollten, sie entlockten ihm nicht einmal ein Lächeln.

Eines Tages begann ihm Nanina wie üblich vorzulesen, aber bevor sie weit gekommen war, bedeutete ihr Marta Angrisani, er sei eingenickt. Sie hörte seufzend auf und sah ihn traurig an, wie er da schwach, bleich und selbst noch im

Schlaf bedrückt neben ihr lag – so jämmerlich anders, als er in der ersten Zeit ihrer Bekanntschaft gewesen war. Es war eine harte Prüfung gewesen, in den schrecklichen Zeiten des Fieberwahns an seinem Bett zu wachen; aber noch härter war es, ihn jetzt so zu sehen und mit jedem Tag ein Stück Hoffnung aufzugeben.

Als ihr Blick und ihre Gedanken noch mitleidig auf ihn gerichtet waren, ging die Schlafzimmertür auf, und der Arzt erschien, gefolgt von Andrea d'Arbino, der wegen seiner Beteiligung an dem seltsamen Abenteuer mit der Gelben Maske besondere Anteilnahme an Fabios Genesungsfortschritten zeigte.

«Schläft, wie ich sehe, und stöhnt im Schlaf», sagte der Arzt, als er ans Bett trat. «Sein Hauptproblem ist noch immer genau dasselbe», fuhr er an d'Arbino gerichtet fort. «Ich habe kaum etwas unversucht gelassen, um ihn aus dieser verhängnisvollen Schwermütigkeit zu reißen, aber er ist in den letzten zwei Wochen keinen Schritt weitergekommen. Es ist unmöglich, seine Überzeugung zu erschüttern, daß das Gesicht, welches er unter der gelben Maske sah – oder zu sehen glaubte –, echt war, und solange er bei seiner eigenen schockierenden Betrachtungsweise bleibt, so lange wird er hier liegen und sich zwar körperlich wieder erholen, aber seine geistige Verfassung wird sich verschlechtern.»

«Ich nehme an, man kann mit dem armen Kerl in seinem Zustand nicht vernünftig reden?»

«O doch! Wie alle Menschen mit Wahnvorstellungen ist er Argumenten in jeder Hinsicht sehr zugänglich, soweit diese nicht seine Täuschung betreffen. Ich habe stundenlang vergeblich mit ihm gestritten. Er hat leider ein sehr sensibles Gemüt und eine lebhafte Phantasie und wurde zudem, befürchte ich, zum Aberglauben erzogen. Selbst wenn er völlig gesund wäre, könnte man mit ihm vermutlich nicht vernünftig über manche Erscheinungen der Geisteswelt reden. Er hat viel von einem Schwärmer und Träumer, und bei solchen Naturen hat man mit Logik und Wissenschaft einen schweren Stand.»

«Hört er Euch bloß zu, wenn Ihr ihm Eure Gründe darlegt, oder versucht er eine Entgegnung?»

«Er hat nur einen Widerspruch, und der ist leider am schwierigsten zu entkräften. Sobald ich ihn überzeugen will, daß er sich täuschen ließ, verlangt er von mir unweigerlich eine einleuchtende Erklärung für sein Erlebnis am Maskenball. Aber obwohl wir beide fest daran glauben, daß er das Opfer eines heimtückischen Komplotts wurde, ist es uns bisher nicht gelungen, das Geheimnis der Gelben Maske zu lüften. Der gesunde Menschenverstand sagt uns, daß er sich täuscht und wir recht haben müssen, aber wir haben keinen echten, greifbaren Beweis dafür.

Und wenn wir statt mit Beweisen nur mit Erklärungen antworten, ist es bei seinem gegenwärtigen Zustand nur zu offensichtlich, daß wir ihn mit jedem Überzeugungsversuch bloß um so mehr in seinem Wahn bestärken.»

«Mangelnder Hartnäckigkeit meinerseits ist es nicht vorzuwerfen», sagte d'Arbino nach einer Pause, «daß wir noch immer im dunkeln tappen. Ich habe seit dieser außergewöhnlichen Aussage des Kutschers, der die Frau nach Hause fuhr, nicht lockergelassen. Ich habe zweihundert Scudi für ihre Entdeckung ausgesetzt, selbst die Dienstboten im Palast und den Nachtwächter beim Campo Santo befragt, bin die Polizeiakten und die Listen der Gasthöfe und Fremdenzimmer durchgegangen, um auf eine Spur von dieser Frau zu treffen, und bin nirgends fündig geworden. Sollte die völlige Gesundung meines armen Freundes wirklich von der Widerlegung seiner Täuschung durch handfeste Tatsachen abhängen, so sehe ich leider nur wenig Aussichten, ihm zu helfen. Ich muß gestehen, daß ich nicht weiter weiß.»

«Ich hoffe doch, wir müssen uns noch nicht ganz geschlagen geben», erwiderte der Arzt. «Die erwünschten Beweise könnten noch auftauchen, wenn wir am wenigsten damit rechnen. Ein bedauerlicher Fall ist es ja», fuhr er fort und fühlte dem Schlafenden unwillkürlich den Puls. «Da liegt er und müßte nur die natürliche Spannkraft seines Geistes zurückgewinnen, und wir stehen an seinem Bett und können ihm die Last nicht abnehmen, die seine Kräfte lähmt. Ich wiederhole es, Signor Andrea, nichts wird ihn von seinem Wahn abbringen, das Opfer übernatürlicher Mächte geworden zu sein, als ein sichtbarer, schlagender Beweis für seinen Irrtum. Jetzt geht es ihm wie einem Menschen, den man von Geburt auf in ein dunkles Zimmer gesperrt hat und der nicht glauben mag, daß es draußen hell ist. Wenn wir nicht die Läden aufstoßen und ihm den Himmel zeigen können, werden wir ihn niemals zur Wahrheit bekehren.»

Mit diesen Worten schritt der Arzt voran zur Tür und erblickte Nanina, die sich bei seinem Eintreten von der Bettkante neben die Tür zurückgezogen hatte. Er blieb stehen, sah sie forschend an und schüttelte nachsichtig den Kopf, um dann nach Marta zu rufen, die gerade in einem Nebenzimmer beschäftigt war.

«Signora Marta», sagte der Arzt, «ich glaube, Ihr habt mir vor einiger Zeit gesagt, daß Eure hübsche, gewissenhafte kleine Gehilfin bei Euch wohnt. Sagt, kommt sie oft an die frische Luft?»

«Sehr wenig, Signor Dottore. Sie geht vom Palast immer gleich heim zu ihrer Schwester. Nein, an der frischen Luft ist sie nicht oft.»

«Das dachte ich mir, als ich ihre bleichen Wangen und dunklen Augenringe gesehen habe. Hör zu, Kleine», wandte sich der Arzt an Nanina, «du bist ein sehr braves Mädchen, und ich bin sicher, du wirst auf mich hören. Mache jeden Morgen einen Spaziergang an der frischen Luft, bevor du hierherkommst. Du bist so jung, daß es dir schaden wird, jeden Tag in geschlossenen Räumen herumzusitzen, wenn du nicht regelmäßig Bewegung hast. Mach am Morgen einen schönen langen Spaziergang, oder du fällst mir als Patientin in die Hände und kannst hier nicht länger pflegen. So, Signor Andrea, ich bin bereit. Also, Kind, täglich an die frische Luft vor der Stadt, oder du wirst krank, ich geb' dir mein Wort darauf!»

Nanina versprach es, doch sie wirkte dabei ziemlich abwesend und schien die freundlich joviale Art des Doktors kaum wahrzunehmen, weil ihre Gedanken ganz mit dem beschäftigt waren, was er an Fabios Bett gesagt hatte. Sie hatte sich kein Wort des Gesprächs entgehen lassen, das der Arzt über seinen Patienten und die Bedingungen von dessen Genesung führte. «Ach, wenn sich dieser eine Beweis, der ihn heilen kann, bloß finden würde!» dachte sie, als sie besorgt auf Zehenspitzen ans Bett zurückschlich, sobald niemand mehr da war.

Zu Hause wartete ein Brief auf sie, der zu ihrer Überraschung von keinem Geringeren als Meister Luca Lomi stammte. Der Brief war sehr kurz, und es stand bloß darin, er sei eben nach Pisa zurückgekehrt und warte auf ihren

Bescheid, ob sie ihm für eine neue Büste Modell sitzen könne – den Auftrag eines reichen Ausländers in Neapel.

Nanina kämpfte einen Augenblick mit sich, ob sie den Brief schriftlich – was ihr am schwersten fiel – oder, auf die einfachste Art, mündlich beantworten sollte, und beschloß, in die Werkstatt zu gehen und dem Meister zu sagen, sie könne ihm zumindest in nächster Zeit nicht Modell sitzen. Eine schriftliche Erklärung in angemessener Form hätte sie eine gute Stunde gekostet; mündlich war es in wenigen Minuten erledigt – also band sie wieder ihr Tuch um und ging zur Werkstatt.

Als sie am Tor läutete, kam ihr ein Gedanke, den sie zu ihrer Verwunderung vorher nicht gehabt hatte. War es nicht möglich, daß sie Pater Rocco im Atelier seines Bruders begegnete? Jetzt konnte sie nicht mehr zurück, aber immerhin fragen, ob der Priester da war, bevor sie die Werkstatt betrat. Deshalb erkundigte sie sich sehr verlegen und ängstlich zunächst nach Pater Rocco, als einer der Gesellen die Tür öffnete. Und als sie vernahm, er sei nicht bei seinem Bruder, ging sie einigermaßen gefaßt zu Meister Luca Lomi, um sich zu entschuldigen.

Sie wollte ihm bloß sagen, daß sie täglich in einem Krankenzimmer zu pflegen hätte und darum nicht ins Atelier kommen könne. Aber Luca Lomi sprach von seiner großen und anscheinend auch echten Enttäuschung, daß sie ihm nicht Modell stehen könne, und versuchte sie eifrig davon zu überzeugen, daß sie genug Zeit hätte, ihm Modell zu stehen und den Kranken zu pflegen, wenn sie nur wolle. Je mehr sie seinen Argumenten und Bitten widerstand, desto hartnäckiger wiederholte er sie. Er staubte gerade seine liebsten Büsten und Statuen mit einem Wedel ab, als sie hereinkam, und fuhr beim Reden immerzu damit fort, wobei er Nanina bei jeder Skulptur erneut bat, ihre Weigerung zu überdenken, und immer dieselbe entschlossene Absage erhielt, während sie ihm langsam durch die Werkstatt bis zur Tür folgte.

Im vorderen Teil des Raums blieb Luca mit einem neuen Angebot auf den Lippen vor seiner Minerva stehen. Sie hatte er schon vom Staub befreit, doch nahm er sich ihrer hingebungsvoll erneut an. Die Minerva war sein Lieblingsstück und, auch wenn sie als klassisches Motiv gelten sollte, das einzige gute Abbild seiner verstorbenen Tochter, das er besaß. Er hatte sich um Maddalenas willen nicht davon trennen können, und als er ein zweites Mal mit dem Wedel kam, verstummte er abwesend und stieg auf einen Schemel, um das Gesicht aus der Nähe zu begutachten und etwas Staub von der Stirn zu blasen. Nanina erschien dies als eine gute Gelegenheit, dem Drängen ein Ende zu setzen, und wollte sich eben mit einem gemurmelten «Lebt wohl» zur Tür schleichen, als ein plötzlicher Ausruf Luca Lomis sie aufhielt.

«Gips!» rief der Meister und fixierte das Haar der Statue, wo es am tiefsten in die Stirn hing. «Da ist Gips!» Er nahm sein Federmesser und kratzte eine weiße Masse aus dem Zwischenraum zweier Locken, wo sie das Gesicht berührten. «Es ist *tatsächlich* Gips!» rief er aufgeregt. «Jemand hat vom Gesicht meiner Statue einen Abdruck gemacht!»

Er sprang vom Schemel und warf mißtrauische Blicke durch die Werkstatt. «Das muß ich klären», sagte er. «Meine Statuen waren Rocco anvertraut, und er hat dafür geradezustehen, wenn heimlich Gipsabdrücke gemacht wurden. Ich muß ihn sofort befragen.»

Nanina sah, daß er nicht mehr auf sie achtete, und wollte die Gelegenheit nutzen. Sie öffnete die Ateliertür und wiederholte mindestens zum zwanzigsten Mal, es tue ihr leid, nicht für ihn Modell stehen zu können.

«Mir tut es auch leid, Kind», sagte er und blickte sich ärgerlich nach seinem Hut um. Offenbar fand er ihn im selben Moment, als Nanina ging, denn sie hörte ihn einem der Gesellen im hinteren Atelier zurufen, er solle ausrichten, daß er bei Pater Rocco sei, wenn jemand nach ihm frage.

VI

Als Nanina am anderen Morgen aufstand, riefen ihr stechende Kopfschmerzen und ein Gefühl der Mattheit und Niedergeschlagenheit die Notwendigkeit in Erinnerung, dem Rat des Arztes zu folgen und sich durch etwas frische Luft und Bewegung gesund zu halten. Sie hatte noch mehr als zwei Stunden zur Verfügung, bevor ihre tägliche Krankenwache im Palazzo Ascoli begann, und sie beschloß, diese Zeit der Muße zu einem Morgenspaziergang vor die Stadt zu nutzen. La Biondella wäre gern mitgegangen, aber sie hatte eine große Bestellung an Tischmatten auszuführen und mußte an dem Tag zu Hause bleiben und arbeiten. So kam es, daß Nanina mit dem klugen Pudel Scarammuccia als einzigem Begleiter aufbrach.

Sie schlug den nächstgelegenen Weg aus der Stadt ein, und der Hund trottete in seinem gewohnt gleichmäßigen Gang aufmerksam neben ihr her, stieß ihr von Zeit zu Zeit liebevoll die große, rauhe Schnauze in die Hand und versuchte mit gelegentlichem Gebell und Luftsprüngen ihre Aufmerksamkeit auf sich zu lenken. Seine Mühe wurde jedoch kaum belohnt. Nanina dachte erneut an alles, was der Arzt am Tag zuvor an Fabios Bett gesagt hatte, und diesen Gedanken folgten ebenso fesselnde andere, die auch mit dem rätselhaften Abenteuer des jungen

Grafen mit der Gelben Maske zu tun hatten. Auf diese Weise in ihre Gedanken versunken, schenkte sie den Kapriolen des Hundes wenig Beachtung, und selbst der schöne Morgen lockte umsonst. Sie spürte zwar die wohltuend kühle, würzige Luft, achtete aber kaum auf das zarte Himmelsblau oder den hellen Sonnenschein, der den gewöhnlichsten Dingen etwas Fröhliches und Besonderes gab.

Als sie etwa eine Stunde gegangen war, wurde sie müde und sah sich nach einem schattigen Plätzchen zum Ausruhen um.

Vor und hinter ihr waren nur die Straße und das flache Land, aber neben ihr stand ein kleines Holzgebäude, halb Gasthof, halb Kaffeehaus, und dahinter lag ein großer, schattiger Lustgarten, dessen Tore einladend offenstanden. Einige Arbeiter errichteten im Garten eine Feuerwerksbühne, sonst war der Ort eher ruhig und einsam. Er diente nur abends als eine Art ländliches Ranelagh*, wo die Pisaner nach den Anstrengungen des Tages frische Luft und Unterhaltung suchten. Als Nanina feststellte, daß keine Besucher auf dem Gelände waren, wagte sie sich hinein, um am kühlsten Plätzchen, das zu finden war, eine Viertelstunde auszuruhen, bevor sie nach Pisa zurückkehrte.

Sie war eben in einem abgeschiedenen Teil des

---

* beliebter Konzertgarten bei Chelsea

Parks hinter einer Gartenlaube aus Holz vorbeigegangen, als sie plötzlich den Hund neben sich vermißte. Sie blickte sich suchend um und sah ihn mit gespitzten Ohren und am Boden schnüffelnd hinter der Laube stehen, wo er offenbar etwas Verdächtiges gerochen hatte.

Sie schloß nicht aus, daß er eine Attacke auf eine bedauernswerte Katze plante, und machte kehrt, um zu sehen, was er beobachtete. Die Zimmerleute hämmerten gerade heftig auf die Bühne ein, und so konnte sie nicht hören, daß Scarammuccia knurrte, doch sobald sie die Hand auf seinen Rücken legte, spürte sie es. Ihre Neugier war geweckt, und sie bückte sich zu ihm herab, um durch eine Ritze in der Bretterwand vor ihm in die Gartenlaube zu spähen.

Verblüfft sah sie eine Dame und einen Herrn im Innern sitzen. Die Ritze lag nicht hoch genug, daß sie ihre Gesichter erkennen konnte, aber sie glaubte das Muster des Damenkleids schon einmal an einem Modell in Demoiselle Grifonis Ausstellungsraum gesehen zu haben. Sie erhob sich rasch und entdeckte etwa auf Augenhöhe ein Astloch. Sie spähte hindurch, um unbemerkt festzustellen, ob die Trägerin des bekannten Kleides die vermutete Dame war, und erkannte dabei nicht nur – wie erwartet – Brigida, sondern auch Pater Rocco. Im selben Moment hörten die Zimmerleute auf zu hämmern und begannen zu sägen. Dieses neue Geräusch von der Feuerwerksbühne war regelmäßig und nicht laut. Sie vernahm die Stimmen der beiden in der Laube trotz des Sägens und hörte Brigida Graf Fabios Namen aussprechen.

Sie bückte sich sofort wieder zum Hund hinunter und packte seine Schnauze fest mit beiden Händen. Nur so konnte sie Scarammuccia vom Knurren abhalten, das man jetzt, als die Hämmer nicht mehr lärmten, gehört hätte. Die beiden Wörter «Graf Fabio» aus dem Mund einer anderen Frau machten sie eifersüchtig und unruhig. Was konnte Brigida über ihn zu sagen haben? Sie hatte nichts mit dem Palazzo Ascoli zu tun – mit welchem Recht und aus welchem Grund sprach sie da von Fabio?

«Habt Ihr gehört, was ich gesagt habe?» hörte sie Brigida in ihrem kältesten, härtesten Ton fragen.

«Nein», antwortete der Priester. «Jedenfalls nicht alles.»

«Dann sag' ich's noch mal. Ich habe gefragt, was Euch so plötzlich dazu bewogen hat, auf jedes künftige Experiment mit Graf Fabios abergläubischen Ängsten zu verzichten?»

«Erstens war die Wirkung des schon durchgeführten Versuchs so viel nachhaltiger, als vorauszusehen war, daß er den beabsichtigten Zweck vielleicht schon erfüllt hat.»

«Aber dies kann nicht Euer einziger Grund sein.»

«Ein weiterer Schock könnte ihm zum Verhängnis werden. Ich kann eine, wie mir scheint, zu verantwortende List anwenden, um seine erneute Heirat zu verhindern, aber mit einem Verbrechen kann ich mich nicht belasten.»

«Das ist Euer zweiter Grund, doch ich glaube, Ihr habt noch einen dritten. Die Überstürzung, mit der Ihr mich gestern benachrichtigt habt, um ein Treffen an diesem einsamen Ort zu vereinbaren, der Nachdruck, mit dem Ihr verlangt – ja fast befohlen – habt, ich solle die Wachsmaske mitbringen, legen mir nahe, daß etwas vorgefallen sein muß. Was ist es? Ich bin eine Frau und will meine Neugier befriedigt sehen. Nach den Geheimnissen, die Ihr mir bereits anvertraut habt, braucht Ihr jetzt wohl nicht zu zögern, mich noch eines wissen zu lassen.»

«Vielleicht nicht. Das Geheimnis ist diesmal außerdem nicht sehr bedeutend. Ihr wißt, daß die Wachsmaske, die Ihr am Ball getragen habt, nach dem Gipsabdruck des Gesichts einer Statue von der Hand meines Bruders angefertigt wurde.»

«Ja. Das weiß ich.»

«Nun ist mein Bruder kürzlich in seine Werkstatt zurückgekehrt, sah ein Stück Gips, den ich für den Abdruck brauchte, im Haar der Statue kleben und verlangte von mir, dem für die Werkstatt Verantwortlichen, eine Erklärung. Jetzt mag er sich nicht mit meiner Begründung zufriedengeben und redet von weiteren Nachforschungen.

Da erschien es mir am sichersten, die Wachsmaske, die ja nun nicht mehr benötigt wird, zu zerstören, und Ihr solltet sie mitbringen, damit ich mit eigenen Augen sehen kann, wie sie verbrennt oder in Stücke geht. Jetzt wißt Ihr alles, was Ihr wissen wolltet, und ich darf Euch daran erinnern, daß ich noch keine offene Antwort auf meine erste Frage bei unserem Treffen hier bekommen habe: Habt Ihr nun die Wachsmaske mitgebracht oder nicht?»

«Nein.»

«Und warum nicht?»

Als diese Frage gestellt wurde, spürte Nanina, wie sich der Hund aus ihrem Griff um seine Schnauze befreien wollte. Sie hatte mit so schmerzlicher Aufmerksamkeit und Anspannung, mit solch ungläubigem Entsetzen und Erstaunen gelauscht, daß sie seine Fluchtversuche nicht bemerkt hatte und ihm weiterhin verkrampft die Schnauze zuhielt. Aber jetzt machte ihr sein wilder Kampf deutlich, daß sie sich unbedingt etwas einfallen lassen mußte, um ihn zu beruhigen, sonst bekäme er sein Maul frei und würde sie mit einem Knurren verraten.

Voll qualvoller Angst, ein Wort des folgenschweren Gesprächs zu versäumen, bat sie verzweifelt um die Zuneigung des Hundes, warf ihm plötzlich beide Arme um den Hals und küßte seine rauhe, haarige Backe. Der Plan hatte Erfolg. Seit vielen Jahren waren ein Tätscheln auf den Kopf oder ein Stück Zucker die innigsten Liebesbeweise gewesen, die Scarammuccia von seiner Herrin erhalten hatte. So war seine Hundenatur von der unerwartet heftigen Liebkosung überwältigt, und er zappelte ungestüm in ihren Armen, um ihren Kuß zu erwidern, indem er ihr das Gesicht lecken wollte. Daran konnte sie ihn leicht hindern und gewann so noch ein paar Minuten, in denen sie ihren Horchposten hinter der Gartenlaube ohne Gefahr der Entdeckung beibehalten konnte.

Brigidas Antwort auf Pater Roccos Frage war ihr entgangen, aber sie hörte ihre nächsten Worte: «Wir sind allein hier», sagte Brigida. «Ich bin eine Frau, und wer weiß, ob Ihr bewaffnet gekommen seid. Darum ist es die reinste Vorsicht meinerseits, Euch keine Gelegenheit zu bieten, die Wachsmaske in Euren Besitz zu bringen, bis ich Euch meine Bedingungen genannt habe.»

«Ihr habt bisher nie etwas von Bedingungen gesagt.»

«Das stimmt. Ich weiß noch, daß ich Euch sagte, ich suche nichts als den Kitzel, in der Rolle meiner toten Feindin an den Maskenball zu gehen, und den Genuß, den Mann, der mich einst im Atelier grausam verspottet hatte, zu Tode zu ängstigen. Das war die Wahrheit. Aber die Wahrheit ist auch, daß unser Experiment mit Graf Fabio mich viel länger in dieser Stadt aufhält, als ich je beabsichtigte, daß ich fast blank bin und daß ich einen Lohn verdiene. Also, wollt Ihr mir die Maske für zweihundert Scudi abkaufen?»

«Ich habe keine zwanzig Scudi, über die ich in dieser Welt frei verfügen kann.»

«Ihr müßt zweihundert auftreiben, wenn Ihr die Wachsmaske wollt. Ich mag nicht drohen – aber ich brauche Geld. Und zweihundert Scudi nenne ich, weil Graf Fabios Freunde auf den öffentlichen Handzetteln zur Auffindung der Frau, die auf dem Ball des Marchese Melani die gelbe Maske trug, genau diese Summe bieten. Was hindert mich daran, mir dieses Geld zu verdienen, mit der Maske zum Palast zu gehen und zu sagen, ich sei diese Frau? Nehmen wir an, ich gestehe. Dann können sie mir nichts anhaben, und ich wäre um zweihundert Scudi reicher. Nur Euch könnte es natürlich schaden, wenn sie unbedingt wissen wollen, wer den Wachsabdruck gemacht und die schauerliche Verkleidung vorgeschlagen hat ...»

«Du Ungeheuer! Glaubst du im Ernst, deine unbewiesenen Anschuldigungen könnten meinem Ruf schaden?»

«Aber Pater Rocco! Zum ersten Mal, seit ich das Vergnügen Eurer Bekanntschaft habe, ertappe ich Euch bei einem Verstoß gegen den Anstand. Ich gehe jetzt, bis Ihr Euch wieder in der Hand habt. Falls Ihr Euch für ‹das Ungeheuer› entschuldigen und Euch die Wachsmaske beschaffen wollt, beehrt mich doch bitte vor vier Uhr heute nachmittag mit einem Besuch und bringt die zweihundert Scudi mit. Wenn Ihr bis nach vier zögert, ist es zu spät.»

Es wurde still, und Nanina schloß daraus, daß Brigida ging, denn sie vernahm auf dem Rasen vor der Laube ein Kleiderrascheln. Leider hörte Scarammuccia es auch. Er wand sich aus ihren Armen und knurrte.

Das Geräusch machte Pater Rocco mißtrauisch. Nanina hörte, daß er aufstand und die Laube verließ. Vielleicht hätte sie genug Zeit gehabt, sich zwischen den Bäumen zu verstecken, wäre sie kaltblütiger gewesen; aber sie konnte sich nicht dazu aufraffen. Sie konnte weder denken noch ein Glied rühren – der Atem schien ihr auf den Lippen zu ersterben –, und sie sah den Schatten des Priesters langsam über das Gras von der Vorder- auf die Rückseite der Gartenlaube wandern. Eine Sekunde später blickten sie einander ins Gesicht.

Er blieb ein paar Schritte vor ihr stehen und starrte sie in Totenstille an. Sie duckte sich immer noch gegen das Holz und hielt weiterhin mechanisch mit einer Hand ihren Hund zurück – zum Glück für den Priester. Scarammuccia fletschte seine fürchterlichen Zähne, sträubte sein struppiges Fell, seine Augen quollen hervor, und sein Knurren klang nicht mehr grollend, sondern böse. Er war bereit, sich sofort nicht nur auf Pater Rocco, sondern auch auf die ganze Geistlichkeit Pisas zu stürzen.

«Du hast gelauscht», sagte der Priester ruhig. «Ich lese es in deinem Gesicht. Du hast alles gehört.»

Sie brachte kein Wort über die Lippen und konnte kein Auge von ihm lassen. In seinem Gesicht war eine unnatürliche Ruhe, in seinen Augen eine stille, reuelose, unfaßbare Verzweiflung, die ihr Entsetzen einjagten. Sie hätte alles darum gegeben, aufstehen zu können und ihm zu entfliehen.

«Ich habe dir einmal mißtraut und dich heimlich beobachtet», sagte er nach kurzem Schweigen nachdenklich und mit seltsam ruhiger Traurigkeit in der Stimme. «Und jetzt handelst du so an mir, wie ich an dir gehandelt habe. Du hast einmal deine Lebenshoffnung in meine Hände gegeben. Ist es, weil sie dieses Vertrauens nicht wert waren, daß mich nun Bloßstellung und Verderben heimsuchen und du das Werkzeug der Rache bist? Ist dies ein Gebot des Himmels oder nur ein blinder Richtspruch des Zufalls?»

Er schaute zweifelnd zum strahlenden Himmel empor und seufzte. Naninas Augen folgten unwillkürlich seinem Blick. Er schien dies zu bemerken, denn plötzlich sah er wieder auf sie herab. «Was verschlägt dir die Sprache? Warum hast du Angst?» fragte er. «Ich kann dir nichts tun, mit dem Hund da an deiner Seite und den

Arbeitern drüben in Rufweite. Ich kann dir nichts tun, und ich will es auch nicht. Geh nach Pisa zurück; erzähle, was du gehört hast, gib dem Mann, den du liebst, sein altes Selbst zurück und vernichte mich. Das ist dein Auftrag: erfülle ihn! Ich war niemals dein Feind, selbst als ich dir mißtraute. Ich bin auch jetzt nicht dein Feind. Du kannst nichts dafür, das Werkzeug des Schicksals zu sein – und es ist nicht deine Schuld, daß ich nicht ausersehen sein soll, der Kirche wieder zu ihrem rechtmäßigen Eigentum zu verhelfen. Steh auf, Kind, und geh deinen Weg, und ich gehe meinen und bereite mich auf das Künftige vor. Sollten wir uns nie wiedersehen, dann denk daran, daß ich ohne ein hartes Wort oder einen strengen Blick von dir ging und doch wußte, daß mit deinen ersten Worten in Pisa mein Ruf und mein großes Lebensziel zerstört sind.»

Bei alledem bewahrte er seine anfängliche Ruhe, betrachtete sie eine Weile eindringlich, seufzte wieder und wandte sich ab. Bevor er zwischen den Bäumen verschwand, sagte er noch «Lebe wohl», aber so leise, daß sie es kaum hörte. Eine seltsame Verwirrung trübte ihren Sinn, als sie ihn nicht mehr sah. Hatte sie nun ihm oder hatte er ihr Unrecht getan? Seine Worte verstörten und bedrückten ihr einfaches Gemüt. Unbestimmte Zweifel und Ängste und ein plötzlicher Widerwille, länger bei der Gartenlaube zu bleiben, überkamen sie. Sie sprang auf die Füße, hielt den Hund neben sich und eilte aus dem Park auf die Straße. Dort brachte sie der Anblick der Stadt im Sonnenglanz auf andere Gedanken und lenkte ihr ganzes Trachten auf Fabio und auf die Zukunft.

Sie brannte jetzt darauf, wieder zurück in Pisa zu sein, und lief, so schnell sie konnte, zur Stadt. Die im Hof herumstehenden Dienstboten sagten ihr, der Arzt sei im Palast. Ihr Anblick verriet ihm sogleich, daß etwas geschehen sein mußte, und er führte sie aus dem Raum des Kranken in Fabios leeres Studierzimmer. Dort erzählte sie ihm alles.

«Du hast ihn gerettet», frohlockte der Arzt. «Ich verbürge mich für seine Genesung. Die Frau soll nur herkommen wegen ihres Lohns, und ich werde ihr geben, was sie verdient. Inzwischen entfernst du dich unter keinen Umständen vom Palast, Kind, bis ich es dir gestatte. Ich benachrichtige gleich Signor Andrea d'Arbino und bitte ihn herzukommen und die erstaunliche Geschichte, die du mir erzählt hast, zu hören. Geh jetzt wie üblich zum Grafen und lies ihm vor, bis ich wieder nach dir rufe, aber denk daran, ihm noch kein Wort zu verraten. Er muß sorgfältig auf alles vorbereitet werden, was wir ihm zu sagen haben, und darf noch nichts ahnen, bis es soweit ist.»

D'Arbino entsprach dem Wunsch des Arztes sofort, und Nanina erzählte auch ihm ihre Geschichte. Als sie alles gesagt hatte und gegangen war, berieten sich die beiden Männer eine Weile. Kurz vor vier wurde Nanina wieder ins Studierzimmer gerufen. Der Arzt saß mit einem Geldbeutel vor sich am Tisch, und d'Arbino wies einen Dienstboten an, daß er, falls eine Dame beim Palast wegen der von ihm in Umlauf gesetzten Handzettel vorspreche, sie sogleich ins Studierzimmer führen solle.

Als es vier Uhr schlug, wurde Nanina gebeten, beim Fenster Platz zu nehmen und dort zu warten, bis man sie rief. Sie gehorchte, und der Arzt löste einen der Vorhänge, um sie vor den Blicken der Eintretenden zu verbergen.

Etwa eine Viertelstunde verstrich, dann wurde die Tür aufgestoßen, und Brigida höchstpersönlich wurde ins Zimmer gewiesen. Der Arzt verbeugte sich, und d'Arbino stellte einen Stuhl für sie bereit. Sie war völlig gefaßt und dankte mit ihrer ganzen Anmut für die Aufmerksamkeit.

«Ich nehme an, ich spreche mit Vertrauten des Conte Fabio d'Ascoli?» begann Brigida. «Darf ich fragen, ob er Sie bezüglich der im Flugblatt gebotenen Belohnung zur Auszahlung ermächtigt hat?»

Der Arzt prüfte den Zettel, versicherte es der Dame und wies vielsagend auf den Geldbeutel.

«Dann seid Ihr gewillt», fuhr Brigida lächelnd fort, «jeder Person zweihundert Scudi zu zahlen, die Euch sagen kann, wer die Frau ist, die auf dem Ball des Marchese Melani die gelbe Maske trug, und wie es ihr gelang, die verstorbene Contessa d'Ascoli nach Aussehen und Gestalt zu verkörpern?»

«Natürlich sind wir gewillt», antwortete d'Arbino gereizt. «Als Ehrenmänner versprechen wir nichts, was wir unter den gegebenen Umständen nicht auch halten.»

«Verzeiht, guter Freund», sagte der Arzt, «ich meine, Ihr sprecht etwas zu hitzig mit der Dame. Sie hat durchaus recht, Vorsicht walten zu lassen. Wir haben die zweihundert Scudi hier, Signora», fuhr er fort und streichelte den Geldbeutel. «Und wir gedenken die Summe für die gewünschte Auskunft zu zahlen. Aber», und an dieser Stelle zog der Arzt den Beutel mißtrauisch vom Tisch auf seinen Schoß, «das Anrecht auf die Belohnung muß natürlich bewiesen werden.»

Brigidas Blick folgte dem Geldbeutel gierig.

«Beweise!» rief sie, zog eine kleine flache Schachtel unter ihrem Mantel hervor und schob sie dem Arzt quer über den Tisch zu. «Ihr wollt Beweise! Dann werdet Ihr hier einen finden, der meinen Anspruch zweifelsfrei belegt.»

Der Arzt öffnete die Schachtel und betrachtete die Wachsmaske darin. Dann reichte er sie an d'Arbino weiter und legte den Geldbeutel wieder auf den Tisch.

«Der Inhalt dieser Schachtel scheint wirklich einiges zu erklären», sagte er und schob den

Beutel langsam in Brigidas Richtung, hielt aber immer noch seine Hand darauf. «Und die Dame im gelben Domino war wohl so groß wie die verstorbene Contessa?»

«Genau», sagte Brigida. «Ihre Augen hatten dieselbe Farbe wie ihre; das Gelb, das sie trug, war vom selben Ton wie die Tapeten im Zimmer der verstorbenen Gräfin, und unter der gelben Maske trug sie den farblosen Wachsabguß ihres Gesichts, den Ihr Freund da in der Hand hält. Soviel zu diesem Teil des Rätsels. Jetzt bleibt nur noch das Geheimnis, wer die Dame war. Seid so gütig, Signore, mir diesen Beutel etwas näher zu rücken, und ich lüfte es mit Vergnügen.»

«Das genügt, Signora», sagte der Arzt mit deutlicher Veränderung seines Tons. «Wir wissen schon, wer die Dame war.» Damit zog er den Geldbeutel wieder auf seine Seite des Tisches.

Brigidas Wangen erröteten, und sie fuhr hoch. «Soll das heißen, Signore», sagte sie kalt, «Ihr wollt meine Lage hier als schutzlose Frau ausnutzen, um mich um meine Belohnung zu bringen?»

«Keineswegs, Signora», erwiderte der Arzt. «Wir bürgen dafür, die Belohnung derjenigen Person zu bezahlen, die uns die benötigte Auskunft gibt.»

«Na gut, Signore! Habe ich sie Euch denn nicht schon zum Teil gegeben? Und will ich Euch nicht auch die ganze Wahrheit sagen?»

«Gewiß, nur ist Euch leider jemand anders zuvorgekommen. Wir erfuhren schon vor Stunden aus einer anderen Quelle, wer die Dame im gelben Domino war und wie es ihr gelang, das Gesicht der verstorbenen Contessa d'Ascoli zu tragen. Diese Person hat darum als erste Anspruch und muß folglich, nach allen Grundsätzen der Gerechtigkeit, auch den Lohn haben. Nanina, dieser Beutel gehört dir – komm und nimm ihn!»

Nanina trat aus der Fensterecke hervor. Brigida sah sie einen Augenblick wie vom Donner gerührt an, keuchte: «Dieses Mädchen!» und verstummte wieder atemlos.

«Dieses Mädchen war heute morgen hinter der Gartenlaube, als Ihr Euch mit Eurem Komplizen unterhalten habt», sagte der Arzt.

D'Arbino hatte Brigidas Gesicht seit Naninas Erscheinen nicht aus den Augen gelassen und war heimlich an ihre Seite getreten. Dies war weise Voraussicht, denn kaum hatte der Arzt zu Ende gesprochen, packte Brigida ein schweres Lineal, das neben anderem Schreibzubehör auf dem Tisch lag, und hätte es Nanina an den Kopf geschleudert, wäre d'Arbino ihr nicht in den Arm gefallen.

«Sie können loslassen, Signore», sagte sie, ließ das Lineal sinken und wandte sich mit einem Lächeln auf den weißen Lippen und tückischer Ruhe in ihrem festen Blick an d'Arbino: «Ich kann auf eine bessere Gelegenheit warten.»

Mit diesen Worten schritt sie zur Tür, drehte sich noch einmal um und fixierte Nanina.

«Ich wünschte, ich wäre nur etwas schneller gewesen mit dem Lineal», sagte sie und ging hinaus.

«So!» rief der Arzt. «Ich hab' Euch ja gesagt, ich wüßte mit ihr umzugehen, wie sie es verdient. Für eines bin ich ihr immerhin dankbar: daß sie uns die Mühe erspart hat, zu ihrer Wohnung zu gehen und ihr die Maske zu entreißen. Und jetzt, mein Kind», fuhr er an Nanina gerichtet fort, «kannst du nach Hause, und einer der Diener soll dich bis zu deiner Tür begleiten, falls dir diese Frau noch vor dem Palast auflauern sollte. Halt! Du hast den Geldbeutel vergessen.»

«Ich kann ihn nicht nehmen, Signore.»

«Warum nicht?»

«*Sie* hätte das Geld genommen!» Nanina errötete und blickte zur Tür.

Der Arzt warf d'Arbino einen anerkennenden Blick zu. «Na, wir wollen jetzt nicht darüber streiten», sagte er. «Für heute schließe ich Geld und Maske ein. Komm morgen früh wieder wie üblich, Kind. Bis dann habe ich mir überlegt, wie wir deine Entdeckung Graf Fabio am schonendsten beibringen. Wenn wir nur langsam und umsichtig vorgehen, verbürge ich mich für den Erfolg.»

VII

Am nächsten Morgen war Meister Luca Lomi einer der ersten Besucher im Palazzo Ascoli. Er wirkte aufgeregt, fanden die Dienstboten, und wollte unbedingt Graf Fabio sehen. Als man ihm sagte, dies sei unmöglich, überlegte er einen Augenblick und fragte dann, ob sich der ärztliche Betreuer des Grafen im Palast aufhalte und ob er zu sprechen sei. Beide Fragen wurden bejaht, und er wurde zum Doktor geführt.

«Ich weiß nicht, womit ich anfangen soll», begann Luca und blickte sich verlegen um. «Kann ich Euch zuerst fragen, ob die Näherin Nanina gestern hier war?»

«Ja», antwortete der Arzt.

«Hat sie vertraulich mit jemandem gesprochen?»

«Ja, mit mir.»

«Ihr wißt also alles?»

«Absolut alles.»

«Dann bin ich immerhin froh, daß ich mich mit meinem Anliegen an den Grafen ebensogut an Euch wenden kann. Mein Bruder hat leider...» Er stockte bestürzt und zog zusammengerollte Blätter aus seiner Tasche.

«Ihr könnt völlig offen von Eurem Bruder reden», sagte der Arzt. «Ich weiß, welchen Anteil er an der schändlichen Verschwörung der Gelben Maske hatte.»

«Mein Anliegen an Euch und durch Euch an den Grafen ist, daß Ihr Eure Kenntnis der Taten meines Bruders nicht weiterverwendet. Wenn ein öffentlicher Skandal daraus wird, bin ich beruflich ruiniert. Und ich verdiene so oder so schon wenig genug», sagte Luca, und ein schwacher Widerschein seines alten Geizkragenlächelns legte sich über sein Gesicht.

«Sprecht Ihr auch im Namen Eures Bruders?» fragte der Arzt.

«Nein, ich bin nur in eigener Sache hier. Meinem Bruder scheint alles gleichgültig zu sein. Er hat eine ausführliche Erklärung zu seiner Beteiligung an dieser Angelegenheit verfaßt und seinem Superior gesandt – der es wiederum dem Erzbischof zukommen lassen wird – und wartet jetzt auf sein Urteil. Ich habe eine Abschrift des Dokuments, um zu beweisen, daß er immerhin offen war und nicht vor den Folgen zurückschreckt, denen er sich durch Flucht hätte entziehen können. Das Gesetz kann ihm nichts anhaben, die Kirche wohl – und ihr hat er gebeichtet. Ich bitte nur darum, ihm die öffentliche Bloßstellung zu ersparen. Sie würde dem Grafen nicht nützen und mir ungemein schaden. Lest die Blätter selbst und zeigt sie dann dem Herrn des Hauses, wenn es Euch an der Zeit scheint. Ich habe volles Vertrauen in seine Ehrenhaftigkeit und Nachsicht wie auch in Eure.»

Er legte die Rolle offen auf den Tisch und zog

sich dann demütig zum Fenster zurück. Der Arzt überflog die Blätter mit einiger Neugier.

Die Erklärung, oder besser das Geständnis, begann mit der kühnen Behauptung, ein Teil des von Conte Fabio d'Ascoli geerbten Vermögens sei der Kirche von seinen Vorfahren durch Betrug oder falsche Angaben abgerungen worden. Die verschiedenen Quellen, auf denen diese Annahme beruhte, wurden anschließend sorgfältig zitiert, samt wunderlichen Belegstellen aus alten Manuskripten, deren Sammlung und Entzifferung viel Mühe gekostet haben mußte.

Im zweiten Teil ging der Verfasser ausführlich auf die Gründe ein, die ihn als liebenden Sohn und treuen Diener der Kirche dazu bewogen hatten, nicht zu ruhen, bis er dem Apostolischen Stuhl den Besitz, um den er in vergangenen Zeiten betrogen worden war, zurückerstattet hatte. Er rechtfertigte sich damit, daß dieser Zweck im äußersten Fall – und nur dann – alle Mittel heilige, außer einer Todsünde.

Der dritte Abschnitt enthielt die Schilderung der Beteiligung des Priesters am Zustandekommen von Maddalena Lomis Heirat mit Fabio und die anfängliche Hoffnung des Schreibers, die Rückgabe des Kircheneigentums durch seinen Einfluß auf seine Nichte – und nachdem sie gestorben war, auf ihr Kind – zu erwirken. Dann war vom unvermeidlichen Fehlschlag all dieser Pläne die Rede, sollte Fabio wieder heiraten, und der Zeitpunkt, als ihm die Möglichkeit einer solchen Katastrophe bewußt wurde, war peinlich genau vermerkt.

Im vierten Teil wurden die Ursprünge des Komplotts der Gelben Maske geschildert. In der Todesnacht seiner Nichte saß der Verfasser in der Werkstatt seines Bruders, von Vorahnungen einer zweiten Heirat Fabios gequält, entschlossen, eine folgenschwere zweite Verbindung unter allen Umständen zu verhindern. Er gab an, die Idee der Wachsmaske nach einer Statue seines Bruders sei ein Geistesblitz aus heiterem Himmel gewesen, es sei denn, sie wäre ihm deshalb gekommen, weil er eben noch über der abergläubischen Art des jungen Mannes gegrübelt hatte, die er selbst in der Werkstatt beobachtet hatte. Er erklärte weiter, ihm habe zunächst vor dem Einfall gegraut und er habe gegen ihn als teuflische Versuchung angekämpft. Darum habe er aus Furcht, ihr zu erliegen, während der Abwesenheit seines Bruders in Neapel keinen Fuß in das Atelier gesetzt und sei in seinem Entschluß erst schwach geworden, als Fabio nach Pisa zurückkehrte und man nicht nur vom bevorstehenden Ballbesuch, sondern auch von einer Wiederverheiratung des jungen Grafen sprach.

Darauf berichtete der Schreibende im fünften Teil, wie er lieber der Versuchung nachgab, als sein kostbares Lebensziel durch die Duldung einer allfälligen zweiten Heirat Fabios aufs Spiel zu setzen, und die Wachsmaske in einer Gipsform des Gesichts der Statue seines Bruders goß. Anschließend wurden zwei Gespräche mit einer Dame namens Brigida, einer flüchtigen Bekannten, erwähnt, die aus persönlicher Rachsucht darauf brannte, die verstorbene Gräfin am Maskenball zu verkörpern. Besagte Dame hatte vorgeschlagen, Fabio mit anonymen Briefen in die nötige Verfassung für den kommenden Auftritt zu versetzen, und hatte die Briefe selbst geschrieben. Doch als schließlich alles bereit war, schreckte Rocco, wie er schrieb, vor dem entscheidenden Schritt zurück und hätte den ganzen Plan aufgegeben, hätte ihm Brigida nicht eines Tages mitgeteilt, die Näherin Nanina werde am Ball bedienen. Er wußte, daß der Graf in dieses Mädchen verliebt gewesen war, so sehr, daß er sie sogar heiraten wollte. Dies legte ihm den Verdacht nahe, die Anstellung des Mädchens sei kein Zufall, und er erlaubte seiner Komplizin, ihre Rolle in der Verschwörung zu spielen.

Der sechste Teil umfaßte die Darstellung der Vorgänge am Maskenball und enthielt das Geständnis des Verfassers, dem Grafen am Vorabend nur deswegen nach einer Meinungsverschiedenheit die Versöhnung schriftlich angeboten zu haben, um keinen Verdacht auf sich zu lenken. Des weiteren bekannte er, sich den Schlüssel zum Tor des Campo Santo geliehen zu haben, ohne dem dafür Verantwortlichen zu erklären, wozu er ihn brauche. Er wollte nämlich den schauerlichen Betrug mit der Wachsmaske aufrechterhalten, falls man ihrer Trägerin, was sehr wahrscheinlich war, folgte und nach ihr fragen würde, und Brigida beim Tor zum Friedhof, wo Fabios Gattin lag, abholen und wieder absetzen lassen.

Der siebente Teil enthielt die feierliche Beteuerung, der einzige Zweck der Verschwörung sei die Verhinderung einer zweiten Heirat des jungen Adligen gewesen, indem man auf seinen Aberglauben setzte. Und Rocco betonte nach diesem Geständnis noch einmal, daß eine solche zweite Heirat zwangsläufig seine Absicht zunichte machen würde, der Kirche endlich wieder zu ihrem Besitz zu verhelfen, weil sie Graf Fabios Eigentum zu einem guten Teil dem Kind seiner ersten Frau, auf das der Priester immer Einfluß hätte, entziehen und auf eine zweite Frau und vermutlich weitere Kinder übertragen würde, von denen er nichts erhoffen konnte.

Der achte und abschließende Teil sprach von der Reue des Schreibenden, daß ihn sein Eifer für die Kirche zu Handlungen verleitet hatte, die Schande über den Priesterstand bringen mußten. Trotzdem wiederholte er unmißverständlich, daß sein Zweck bei aller Fragwürdigkeit der Mittel völlig lauter gewesen sei. Und er schloß mit der Bekräftigung seines Willens, in Demut jede noch so strenge Strafe anzunehmen, die seine kirchlichen Vorgesetzten über ihn verhängen mochten.

Als der Arzt dieses bemerkenswerte Dokument überflogen hatte, wandte er sich wieder an Luca Lomi.

«Ich pflichte Euch bei, daß nichts damit gewonnen ist, das Verhalten Eures Bruders publik zu machen», sagte er, «immer vorausgesetzt, seine kirchlichen Vorgesetzten tun ihre Pflicht. Ich werde diese Papiere dem Grafen zeigen, sobald er dazu in der Lage ist, sie zu studieren, und ich zweifle nicht daran, daß er derselben Meinung sein wird wie ich.»

Diese Versicherung befreite Luca Lomi von einer drückenden Sorge. Er verbeugte sich und ging.

Der Arzt schloß die Blätter in den Schrank, wo er die Wachsmaske verwahrt hielt. Bevor er wieder zusperrte, nahm er die flache Schachtel heraus, öffnete sie und betrachtete einige Zeit nachdenklich die Maske. Dann ließ er Nanina holen.

«So, Kind», sagte er, als sie erschien. «Jetzt machen wir unseren ersten Versuch mit Graf Fabio; ich halte es für sehr wichtig, daß du dabeibist, wenn ich mit ihm rede.»

Er nahm die Schachtel mit der Maske an sich, bedeutete Nanina, ihm zu folgen, und schritt auf Fabios Zimmer zu.

VIII

Etwa ein halbes Jahr nach dem bisher Erzählten hielten sich Signor Andrea d'Arbino und Cavaliere Finello am Strand von Castellammare, in der Bucht von Neapel, in der Villa eines Freundes am Meer auf. Die meiste Zeit verbrachten sie angenehm beim Fischen und Segeln auf einem ihnen eigens zur Verfügung gestellten Boot. Manchmal trieben sie den ganzen Tag am Ufer entlang, manchmal fuhren sie zu den hübschen Inseln in der Bucht.

Eines Abends segelten sie in einer leichten Brise nahe Sorrent. Die Schönheit der Küste lockte sie, das Boot dicht am Ufer zu halten. Kurz vor Sonnenuntergang umrundeten sie die malerischste Landzunge ihrer bisherigen Fahrten, und eine kleine Bucht mit weißem Sandstrand öffnete sich ihren Blicken. Sie sahen zuerst eine Villa, umgeben von Orangen- und Olivenbäumen auf dem felsigen Festland, dann einen Pfad von der Klippe zum Strand hinunter und dann eine kleine Familie, die am Strand den milden Duft des Abends genoß.

Die Ältesten waren eine Dame und ein Herr, die zusammen auf dem Sand saßen. Die Dame hielt eine Gitarre im Schoß und spielte eine einfache Tanzweise. Dicht neben ihr krabbelte ein kleines Kind vergnügt über den Strand, und vor ihr tanzte ein kleines Mädchen mit einem sehr seltsamen Partner, einem Hund, der auf den Hinterbeinen drollige Luftsprünge machte. Das frohe Lachen des Mädchens und die munteren Gitarrenklänge waren über dem stillen Wasser deutlich zu hören.

«Geh etwas näher an Land», sagte d'Arbino zu seinem Freund am Steuer, «und halte dich wie ich im Schatten des Segels. Ich will die Gesichter dieser Menschen am Strand sehen, ohne selbst gesehen zu werden.»

Finello gehorchte. Sie waren eben nahe genug, um die Gesichter der Gesellschaft am Strand zu erkennen und von dem Hund kräftig angebellt zu werden, dann drehten sie ihren Bug wieder zur offenen See.

«Gute Fahrt, Signori», rief die helle Stimme des Mädchens. Sie grüßten mit ihren Hüten zurück und sahen sie noch zu dem Hund laufen und ihn an den Vorderpfoten packen. «Spiel, Nanina», hörten sie sie sagen. «Wir haben noch lange nicht ausgetanzt.» Die Gitarre erklang erneut, und der absonderliche Hund sprang sofort wieder auf die Hinterbeine.

«Ich wußte, daß er wieder gesund ist, sie kürzlich geheiratet hat und mit ihr und ihrer Schwester sowie seinem Kind aus erster Ehe auf Reisen ist», sagte d'Arbino. «Aber ich ahnte nicht, daß ihr Refugium so nahe bei uns liegt. Es ist noch zu früh, um ihr Glück zu stören, sonst hätte ich gern angelegt.»

«Ich habe nie gehört, wie dieses seltsame Abenteuer mit der Gelben Maske ausging», bemerkte Finello. «War nicht auch ein Priester in die Geschichte verwickelt?»

«Ja, aber niemand scheint genau zu wissen, was aus ihm geworden ist. Er wurde nach Rom beordert, und man hat nie wieder von ihm gehört. Die einen sagen, seine geistlichen Vorgesetzten hätten ihn zur Buße in eine geheimnisvolle Klause verbannt; andere meinen, er habe sich freiwillig für einen verlorenen Missionsposten in den Kolonien gemeldet, unter rauhem Volk in einem schädlichen Klima. Vor kurzem habe ich seinen Bruder, den Bildhauer, nach ihm gefragt, aber er schüttelte bloß stumm den Kopf.»

«Und die Frau mit der gelben Maske?»

«Auch ihr Schicksal liegt im dunkeln. In Pisa mußte sie ihren ganzen Besitz verkaufen, um ihre Schulden zu bezahlen. Freunde von ihr in einem Modegeschäft, die sie um Hilfe anging, wollten nichts mehr mit ihr zu tun haben. Sie hat die Stadt allein und ohne Geld in der Tasche verlassen.»

Während sie redeten, hatte das Boot die nächste Landzunge an der Küste erreicht. Sie sahen zurück, um einen letzten Blick auf den Strand zu erhaschen. Immer noch schwebten leise Gitarrentöne über das stille Wasser, aber jetzt erklang eine Frauenstimme. Sie sang, das kleine Mädchen und den Hund zu ihren Füßen, den Mann noch immer an ihrer Seite.

In wenigen Minuten hatte das Boot die Landzunge umrundet, der Strand entschwand ihren Blicken, und die Musik erstarb sanft in der Ferne.

SCHWESTER ROSE

Erster Teil

I

«Nun, Monsieur Guillaume, was gibt es heute abend Neues?»

«Nichts weiter, Monsieur Justin, als daß Mademoiselle Rose morgen heiraten wird.»

«Ich bin Ihnen sehr verbunden, mein ehrenwerter alter Freund, für diese interessante, unerwartete Antwort auf meine Frage. Wenn man bedenkt, daß ich der Diener von Monsieur Danville bin, der in besagter kleiner Hochzeitskomödie den Bräutigam gibt, werden Sie es mir wohl nicht verdenken, daß Ihre Neuigkeit ein alter Hut für mich ist. Nehmen Sie eine Prise Schnupftabak, Monsieur Guillaume, und entschuldigen Sie die Berichtigung, daß sich meine Frage auf die Öffentlichkeit bezog und nicht auf die Privatangelegenheiten der zwei Häuser, deren Familieninteressen wir unterstützen dürfen.»

«Ich weiß nicht, was Sie mit der Unterstützung von Familieninteressen meinen, Monsieur Justin. Ich bin der Diener von Monsieur Louis Trudaine, der hier mit seiner Schwester, Mademoiselle Rose, wohnt. Und Sie sind der Diener von Monsieur Danville, dessen geschätzte Mutter seine Ehe mit meiner jungen Herrin angebahnt hat. Als Dienstboten sollte uns beiden am meisten an Neuigkeiten liegen, die das Glück unserer Herrschaften betreffen. Ich bin ein Mann der alten Schule und habe nichts mit Politik im Sinn, sondern kümmere mich aus Prinzip um meine eigenen Angelegenheiten. Wenn unsere bescheidene Hauspolitik Sie nicht interessiert, kann ich dies nur bedauern und Ihnen einen vorzüglichen Abend wünschen.»

«Verzeihung, verehrter Herr, ich habe nicht die geringste Hochachtung vor der alten Schule und auch nicht die leiseste Sympathie mit Leuten, die sich nur um ihre eigenen Angelegenheiten kümmern. Aber ich nehme Ihr Bedauern an, wünsche auch Ihnen einen guten Abend und hoffe auf bessere Laune, Kleidung, Manieren und Erscheinung Ihrerseits, wenn ich die Ehre habe, Sie wiederzusehen. Adieu, Monsieur Guillaume, und *vive la bagatelle!*»

Dieser unvollständige Dialog fand an einem schönen Sommerabend des Jahres 1789 vor der Hintertür eines Häuschens am Ufer der Seine, etwa drei Meilen westlich von Rouen, statt. Der eine Sprecher war hager, alt, mürrisch und ungepflegt, der andere rundlich, jung, aalglatt und nach der prächtigsten Lakaienmode der Zeit gekleidet. Das echte Dandytum ging damals überall in der zivilisierten Welt rasch zu Ende, und Monsieur Justin in seinem tadellosen Anzug verkörperte auf seine Art den verblassenden Glanz dieser Epoche.

Nachdem der alte Diener gegangen war, vertiefte sich Monsieur Justin minutenlang ziemlich hochmütig in die Rückansicht des Häuschens, vor dem er stand. Die Zahl der Fenster ließ auf nicht mehr als insgesamt sechs bis acht Räume schließen. Statt Stall- und Nebengebäuden war auf der einen Seite ein Gewächshaus, auf der anderen ein langer schmaler Raum aus buntbemaltem Holz angebaut. Eines der Fenster hatte keinen Vorhang, und man sah durch die Scheibe hindurch eine Art Anrichte, Flaschen mit seltsam gefärbten Flüssigkeiten, merkwürdig geformte Messing- und Kupfergegenstände, das eine Ende eines großen Ofens und andere Geräte, aus denen klar ersichtlich war, daß der Raum als Chemielaboratorium diente.

«Man stelle sich vor, daß der Bruder unserer Braut sich an einem solchen Ort mit Giftmischerei vergnügt», murrte Monsieur Justin und spähte in den Raum. «Ich bin ja keineswegs heikel, aber ich muß schon sagen, ich wünschte, wir würden nicht in die Familie eines Quacksalbers einheiraten. Pfui! Ich rieche den Gestank durchs Fenster hindurch!»

Mit diesen Worten kehrte Monsieur Justin dem Laboratorium angewidert den Rücken zu und schlenderte zu den überhängenden Felsen am Fluß.

Er verließ den Garten neben dem Haus und folgte einem verschlungenen Pfad auf eine sanfte Anhöhe. Zuoberst eröffnete sich ihm das ganze Panorama der Seine mit ihren reizenden grünen Inseln, den baumbestandenen Ufern, vorübergleitenden Booten und den verstreuten Häuschen am Fluß. Im Westen, wo hinter dem jenseitigen Ufer die Ebene begann, glühte die Landschaft im Karminrot der untergehenden Sonne. Gegen Osten führten die langen Schatten, aufgehellt von milden Lichtern, die zuckend rote Pracht auf dem gekräuselten Wasser und das beständig rubinrote Glühen der Fenster, die das flache Sonnenlicht spiegelten, das Auge immer weiter den Windungen der Seine entlang, bis es auf den Kirchen, Türmen und behäbigen Häusern von Rouen ruhte, vor der Kulisse der bewaldeten Hügel im Hintergrund. Der Blick war immer hübsch, doch im Glanz dieser prächtigen Abendsonne war er fast überirdisch schön. Und trotzdem rührten all diese Reize den Diener nicht. Er stand nur gähnend mit den Händen in den Taschen da und schaute weder nach rechts noch links, sondern stur geradeaus auf eine kleine Senke, hinter welcher der Hang sich sanft zum Abgrund neigte. Dort war eine Bank, und darauf saßen drei Personen – eine alte Dame, ein Herr und ein junges Mädchen – und betrachteten den Sonnenuntergang, drehten also Monsieur Justin den Rücken zu. In der Nähe standen zwei Herren, die ebenfalls zum Fluß und zum Horizont hinschauten. Diese fünf Menschen nahmen die Aufmerksamkeit des Dieners völlig gefangen, etwas anderes sah er nicht.

«Da sind sie immer noch», brummte er unzufrieden vor sich hin, «Madame Danville am selben Platz auf der Bank, mein Herr, der Bräutigam, pflichtschuldig neben ihr und die Braut, Mademoiselle Rose, schüchtern an seiner Seite. Monsieur Trudaine, der Freizeitapotheker, steht brüderlich-liebevoll neben ihr, und Monsieur Lomaque, unser kauziger Verwalter, wacht über die ganze Gesellschaft. Da sind sie alle und verschwenden ihre Zeit unbegreiflicherweise immer noch damit, ins Leere zu schauen! Jawohl», wiederholte Monsieur Justin, hob matt den Blick und starrte zunächst flußaufwärts nach Rouen, dann flußabwärts in den Sonnenuntergang; «ja, verflixt, die ganze Zeit schauen sie absolut und tatsächlich ins Leere.»

Monsieur Justin gähnte erneut, kehrte in den Garten zurück, setzte sich in eine Laube und gönnte sich gelassen ein Nickerchen.

Hätte sich der Diener in die Nähe der fünf Angesprochenen getraut, wäre ihm mit einem Funken Beobachtungsgabe wohl kaum entgangen, daß das Brautpaar des folgenden Tages und seine Begleitung auf beiden Seiten insgeheim mehr oder weniger angespannt waren, was sich bis in die Gespräche, Gesten und selbst auf den

Gesichtsausdruck auswirkte. Madame Danville – eine stattliche, elegant gekleidete alte Dame mit blitzenden Augen und aufbrausendem Temperament – wirkte recht froh und gefaßt, solange ihre Aufmerksamkeit ihrem Sohn galt. Aber wenn sie von ihm weg zu der Braut blickte, glitt ein kaum merkliches Unbehagen über ihr Gesicht – und dieses Unbehagen wurde zu eindeutigem Mißtrauen und Mißfallen, wenn ihr Blick auf Mademoiselle Trudaines Bruder fiel. Auch der Sohn, der sich strahlend und frohgemut mit seiner Braut unterhielt, wurde wie seine Mutter in Haltung und Aussehen sichtlich ein anderer, sobald ihm Monsieur Trudaines Gegenwart besonders bewußt wurde. Und Lomaque, der Gutsverwalter – der ruhige, scharfsinnige, dünne Lomaque mit seiner ehrerbietigen Art und den rot umrandeten Augen –, blickte nie zum künftigen Schwager seines Herrn auf, ohne ziemlich verlegen wieder wegzuschauen und mit dem spitzen Ende seines langen Spazierstocks nachdenklich Löcher ins Gras zu bohren.

Sogar die Braut, dieses hübsche, unschuldige Mädchen in seiner kindlich-schüchternen Art, schien so befangen wie die anderen auch. Zweifel, fast Kummer überschattete von Zeit zu Zeit ihr Gesicht, und ihre Hand zitterte und zuckte etwas in der ihres Liebsten, wenn sie einen Blick ihres Bruders auffing.

Dabei war nichts Abstoßendes, sondern im Gegenteil nur Gewinnendes in Aussehen und Haltung der Person, deren bloße Anwesenheit auf so seltsame Art die Stimmung der Hochzeitsgesellschaft zu trüben schien. Louis Trudaine war ein bemerkenswert gut aussehender Mann. Seine Miene war ausgesprochen herzlich und sanft, sein Benehmen in seiner Offenheit, männlichen Festigkeit und Gelassenheit unwiderstehlich. Und wenn er gelegentlich etwas sagte, konnte man sich eine Beleidigung durch seine Worte sowenig vorstellen wie aufgrund seiner Erscheinung, denn er gab nur höfliche Antworten auf Fragen, die ausdrücklich an ihn gerichtet waren. Nach der leisen Trauer in seiner Stimme zu urteilen und der besorgten Zärtlichkeit, die seinen freundlich-innigen Blick umwölkte, wenn dieser auf seine Schwester fiel, waren seine Gedanken gewiß nicht froh oder hoffnungsvoll. Aber er sprach sie nicht aus und belastete keinen der Anwesenden mit seiner heimlichen Traurigkeit, welchen Grund sie auch haben mochte. Und trotzdem verbreitete er bei aller Bescheidenheit und Zurückhaltung eine Stimmung der Mißbilligung und Melancholie, der sich niemand in seiner Umgebung entziehen konnte und die dem Brautpaar den Vorabend der Hochzeit verdüsterte.

Als die Sonne langsam am Himmel verschwand, stockte das Gespräch mehr und mehr. Nach langem Schweigen brach der Bräutigam als erster die Stille. «Dieser prächtige Sonnenuntergang ist ein gutes Omen für unsere Hochzeit, Rose, Liebling», sagte er, «er verspricht auch für morgen wieder einen herrlichen Tag.»

Die Braut lachte und errötete. «Glaubst du wirklich an Vorzeichen, Charles?» fragte sie.

«Meine Liebe», mischte sich die alte Dame ein, bevor ihr Sohn antworten konnte, «wenn Charles an Vorzeichen glaubt, ist das kein Grund zum Lachen. Wenn du erst seine Frau bist, wirst du ihm bald auch in Kleinigkeiten nicht mehr widersprechen wie irgendwelche gewöhnlichen Leute. Seine Ansichten sind allesamt gut begründet – so sehr, daß ich mich gewiß selbst dazu entschließen würde, an Omen zu glauben, wenn ich annehmen müßte, es sei ihm ernst damit.»

«Ich bitte um Verzeihung, Madame», stammelte Rose, «ich meinte ja bloß ...»

«Mein liebes Kind, weißt du denn so wenig von der Welt, daß du denken kannst, ich sei beleidigt ...»

«Laß Rose ausreden», sagte der junge Mann. Und er wandte sich dabei schmollend, fast wie ein verwöhntes Kind, seiner Mutter zu.

Sie hatte ihn eben erst noch liebevoll und stolz angeschaut. Jetzt löste sie ihren Blick verunsichert von ihm und zögerte einen Moment lang betroffen, was gar nicht zu ihrem Charakter zu passen schien, bevor sie ihm ins Ohr flüsterte: «Sie soll deiner würdig sein, Charles – kannst du diesen Wunsch nicht verstehen?»

Ihr Sohn beachtete die Frage nicht und wiederholte nur barsch: «Laß Rose ausreden!»

«Ich hatte wirklich nichts zu sagen», stammelte das junge Mädchen immer verwirrter.

«Natürlich hattest du das!»

Dabei war seine Stimme so schroff und seine Haltung so ungehemmt trotzig, daß ihn seine Mutter warnend am Arm berührte und flüsterte: «Still!»

Monsieur Lomaque, der Gutsverwalter, und Monsieur Trudaine, der Bruder, blickten beide forschend auf die Braut, als dem Bräutigam diese Worte entfuhren. Sie wirkte eher erstaunt und erschrocken als verstört oder verletzt. Ein merkwürdiges Lächeln legte Lomaques hageres Gesicht in Falten, als er höflich den Kopf senkte und mit der Stockspitze ein neues Loch ins Gras bohrte. Trudaine wandte sich hastig ab und entfernte sich seufzend ein paar Schritte. Dann kam er zurück und schien etwas sagen zu wollen, aber Danville kam ihm zuvor.

«Verzeih mir, Rose», sagte er. «Ich ertrage selbst den Anschein mangelnder Hochachtung vor dir so schlecht, daß ich beinahe ohne Grund die Fassung verlor.»

Er küßte ihre Hand sehr anmutig und zärtlich bei dieser Entschuldigung, aber ein Ausdruck in seinen Augen widersprach dem, was seine Geste beteuern sollte. Nur der aufmerksame, dienstfertige Lomaque beobachtete es, lächelte wieder leise in sich hinein und trieb noch eifriger sein Loch ins Gras.

«Ich glaube, Monsieur Trudaine wollte auch etwas sagen», bemerkte Madame Danville. «Vielleicht hat er nichts dagegen, daß wir es hören.»

«Gewiß nicht, Madame», antwortete Trudaine zuvorkommend. «Ich wollte die Schuld dafür auf mich nehmen, daß Rose nicht genug Respekt hat vor Menschen, die an Vorzeichen glauben. Ich habe sie nämlich immer ermutigt, über jeglichen Aberglauben zu lachen.»

«Sie verspotten den Aberglauben!» sagte Danville und drehte sich rasch zu ihm um. «Dabei haben Sie doch ein Labor gebaut, sind Laienprofessor der magischen Künste der Chemie und jagen dem Stein der Weisen nach. Ehrenwort, Sie erstaunen mich!»

Er sagte dies mit einer ironischen Höflichkeit in Ton, Mimik und Haltung, die von seiner Mutter und seinem Gutsverwalter, Monsieur Lomaque, offensichtlich durchschaut wurde. Die eine berührte erneut seinen Arm und flüsterte: «Nimm dich in acht!», der andere wurde plötzlich ernst und hörte auf, Löcher ins Gras zu bohren. Aber Rose hörte weder Madame Danvilles Warnung, noch beachtete sie die Veränderung in Lomaques Benehmen. Sie schaute zu ihrem Bruder hinüber und wartete mit einem strahlenden, liebevollen Lächeln auf seine Antwort. Er nickte ihr, wie um sie zu beruhigen, zu und wandte sich dann wieder an Danville.

«Sie machen sich ziemlich romantische Vorstellungen von chemischen Experimenten», sagte er ruhig. «Die meinen haben so wenig mit Magie, wie Sie es nennen, zu tun, daß alle Welt sie sehen dürfte, wenn ihr der Sinn danach stünde. Ich kenne nur einen Stein der Weisen: ein ruhiges Herz und ein zufriedenes Gemüt. Beides fand ich schon vor vielen Jahren, als Rose und ich zusammen in jenes Haus dort drüben einzogen.»

Er sprach mit gefaßter Traurigkeit, die seiner Schwester weit über seine einfachen Worte hinaus naheging. Ihre Augen füllten sich mit Tränen, sie wandte sich einen Moment von ihrem Liebsten ab und ergriff die Hand ihres Bruders. «Rede doch nicht so, Louis, als ob du glaubtest, du müßtest deine Schwester verlieren, weil ...» Ihre Lippen begannen zu zittern, und sie verstummte plötzlich.

«Er ist eifersüchtiger denn je, daß du sie ihm wegnimmst!» flüsterte Madame Danville ihrem Sohn ins Ohr. «Aber still, laß dir um Gottes willen nichts anmerken», fügte sie hastig hinzu, als er sich erhob und Trudaine mit unverhohlenem Ärger und Unwillen gegenübertrat. Doch bevor er etwas sagen konnte, erschien der alte Diener Guillaume und verkündete, der Kaffee sei fertig.

Madame Danville beschwichtigte ihren Sohn erneut und nahm rasch seinen Arm, während er den anderen Rose anbot. Das Mädchen erschrak: «Charles! Dein Gesicht ist ganz rot, und dein Arm zittert!»

Er faßte sich schnell und lächelte ihr zu. «Kannst du den Grund nicht erraten, Rose? Ich denke an morgen.» Er sagte es und ging auf seinem Weg ins Haus zurück mit den Damen dicht am Verwalter vorbei. Das Lächeln kehrte auf Monsieur Lomaques hagere Züge zurück, und ein seltsames Leuchten glomm in seinen rot umrandeten Augen, als er ein neues Loch ins Gras trieb.

«Wollen Sie nicht auch hineingehen und Kaffee trinken?» fragte Trudaine und berührte den Gutsverwalter am Arm.

Monsieur Lomaque zuckte leicht zusammen und ließ seinen Stock im Gras stecken. «Tausend Dank, Monsieur», sagte er, «darf ich Ihnen folgen?»

«Ich muß gestehen, der schöne Abend hält mich hier noch ein wenig zurück.»

«Ja, die Schönheiten der Natur! Ich spüre sie auch, Monsieur Trudaine, ich spüre sie hier.» Lomaque legte die Hand aufs Herz und zog mit der anderen seinen Stock aus dem Gras. Dabei hatte er Landschaft und Sonnenuntergang sowenig wie zuvor Monsieur Justin beachtet.

Seite an Seite setzten sie sich auf die verlassene

Bank, und eine verlegene Stille folgte. Der ehrerbietige Lomaque war zu diskret, um seinen Stand zu vergessen und ein neues Gesprächsthema anzuschneiden, und Trudaine war besorgt und mochte nicht reden. Trotzdem war Konversation geboten. Also begann er mit einer achtlosen Floskel: «Ich bedauere, Monsieur Lomaque, daß wir noch nicht Gelegenheit zu näherer Bekanntschaft hatten.»

«Ich bin der verehrten Madame Danville sehr dankbar», erwiderte der Verwalter, «daß sie sich vom Gut ihres Sohnes bei Lyon von mir hierherbegleiten ließ und mir dadurch die Ehre Ihrer Bekanntschaft ermöglichte.» Es zuckte plötzlich heftig in Monsieur Lomaques rot umrandeten Augen bei dieser höflichen kleinen Ansprache. Wie seine Feinde zu sagen pflegten, nahm er immer Zuflucht zu dieser Augenschwäche, wenn er besonders unehrlich oder hinterlistig war, um sich dadurch den peinigenden Anblick seines Gegenübers zu ersparen.

«Ich habe mit Freude gehört, wie Sie beim Essen den Namen meines verstorbenen Vaters mit großer Hochachtung erwähnten», führte Trudaine das Gespräch entschlossen fort. «Haben Sie ihn gekannt?»

«Ich verdanke Ihrem geschätzten Vater indirekt meine jetzige Position», antwortete der Gutsverwalter. «Ich brauchte damals die Fürsprache eines angesehenen und bedeutenden Mannes, um mich vor Armut und Verderben zu bewahren, und Ihr Vater hat diese guten Worte ausgesprochen. Seither habe ich es im Rahmen meiner bescheidenen Möglichkeiten im Leben zu etwas gebracht und bin zum ehrenvollen Amt des Gutsverwalters von Monsieur Danville aufgestiegen.»

«Verzeihen Sie, aber ich bin überrascht, wie Sie von Ihrer gegenwärtigen Stellung reden. Ihr Vater war doch auch Kaufmann, genau wie Danvilles Vater, und der Unterschied bestand einzig darin, daß der eine scheiterte, während der andere ein großes Vermögen erwarb. Warum sollten Sie da von Ehre sprechen?»

«Haben Sie denn nie gehört», rief Lomaque mit sehr erstaunter Miene, «oder haben Sie es zwar gehört, aber wieder vergessen, daß Madame Danville aus dem französischen Adel stammt? Hat sie Ihnen nicht – wie mir oft – gesagt, daß die Ehe mit ihrem verstorbenen Gatten ein gesellschaftlicher Abstieg war und sie das große Lebensziel verfolgt, den Titel der Familie, die seit Jahren in der männlichen Linie erloschen ist, für ihren Sohn zu sichern?»

«Ja», antwortete Trudaine, «ich erinnere mich an eine solche Bemerkung und daß ich damals nicht besonders darauf achtete, da ich mit derlei ehrgeizigen Wünschen nicht viel anfangen kann. Sie stehen seit vielen Jahren in Danvilles Diensten, Monsieur Lomaque, haben Sie …», er zögerte einen Augenblick und blickte dann beim

Weiterreden dem Gutsverwalter offen ins Gesicht, «haben Sie ihn als guten und freundlichen Herrn erlebt?»

Die Frage schien Lomaques dünne Lippen wie von selbst zu versiegeln, so als würden sie sich nie mehr öffnen. Er verbeugte sich – Trudaine wartete –, er verbeugte sich wieder. Trudaine wartete immer noch. Einen Augenblick blickte Lomaque seinem Gastgeber fest ins Gesicht, dann wurden seine Augen wieder schwach. «Sie haben vermutlich ein besonderes Interesse, mich dies zu fragen», sagte er ruhig, «wenn ich mir die Bemerkung gestatten darf.»

«Ich bin immer zu jedermann offen, ungeachtet der Folgen», antwortete Trudaine, «und ich will es ebenso mit Ihnen sein, auch wenn Sie ein Fremder sind. Ja, ich gebe zu, daß ich ein Interesse habe zu fragen – denn es geht mir um das Liebste und Nächste.» Seine Stimme zitterte kurz bei diesen Worten, aber er fuhr entschlossen fort: «Seit meine Schwester sich mit Danville verlobte, machte ich es mir zur Pflicht, meine eigenen Gefühle nicht zu verbergen. Mein Gewissen und meine Zuneigung zu Rose geboten es mir, bis ins Letzte aufrichtig zu sein, auch wenn ich mit dieser Offenheit andere betrübte oder verärgerte. Als wir Madame Danvilles Bekanntschaft machten und ich entdeckte, daß das Werben ihres Sohnes um Rose nicht unerhört blieb, war ich erstaunt, und ich verbarg mein Erstaunen vor meiner Schwester nicht, auch wenn es mich Überwindung kostete ...»

Bisher hatte Lomaque aufmerksam zugehört, doch jetzt warf er verblüfft die Hände in die Luft. «Erstaunt, sagten Sie, Monsieur Trudaine? Sie waren erstaunt, daß eine junge Dame einen charmanten Kavalier erhörte, der alle Vorzüge eines kultivierten Franzosen besitzt! Sie wundern sich, daß es einem Tänzer, Sänger, Causeur und notorischen Herzensbrecher wie Monsieur Danville gelang, mit seinem respektvollen Werben das Herz von Mademoiselle Rose zu rühren! Ach, Monsieur Trudaine, verehrter Monsieur Trudaine, das geht fast über meinen Verstand!» Lomaques Augen wurden schwächer als je zuvor und zuckten in einem fort bei diesem Ausruf. Am Ende hob er die Hände erneut in die Höhe und blinzelte in einem stummen Appell an die Natur insgesamt fragend um sich.

«Als die Dinge mit der Zeit weiter vorangeschritten waren», fuhr Trudaine fort, ohne sich um die Unterbrechung zu kümmern, «als der Heiratsantrag kam und ich wußte, daß Rose ihn in ihrem Innern angenommen hatte, machte ich Einwände, und ich verbarg meine Einwände nicht ...»

«Himmel!» unterbrach Lomaque wieder und rang diesmal mit einem ungläubigen Blick die Hände, «welche Einwände? Was kann denn gegen einen jungen, wohlerzogenen Mann mit immensem Vermögen und gutem Leumund einzuwenden sein? Ich habe von diesen Einwänden gehört, ich weiß, daß es böses Blut gab deswegen, und es ist mir ein Rätsel, wie Sie dazu kommen.»

«Ich habe weiß Gott oft genug versucht, sie als willkürlich und absurd abzutun», sagte Trudaine, «und es gelang mir nie. Ich kann unmöglich die Eindrücke, die ich von Anfang an von Ihrem Herrn hatte, in Ihrer Gegenwart ausbreiten. Begnügen Sie sich darum mit dem Geständnis, daß ich selbst jetzt nicht von der Aufrichtigkeit seiner Zuneigung zu meiner Schwester überzeugt bin und ich – gegen meinen Willen und meinen inständigen Wunsch, ganz auf die Wahl von Rose zu vertrauen – seinen Charakter und sein Naturell anzweifle ... so sehr, daß mich heute, am Vorabend der Hochzeit, das blanke Entsetzen packt. Zu dieser Beichte haben mich langes einsames Leiden, Mißtrauen und Anspannung fast ohne mein Zutun getrieben, Monsieur Lomaque, gegen alle Vorsicht und entgegen den gesellschaftlichen Rücksichten. Sie haben jahrelang mit diesem Mann unter einem Dach gelebt; Sie haben ihn in seinen offensten, persönlichsten Augenblicken gesehen. Sie sollen nichts Vertrauliches preisgeben – ich frage Sie nur, ob Sie mich glücklich machen können mit der Zusicherung, daß ich Ihrem Herrn mit meiner Meinung von ihm ein himmelschreiendes Unrecht tue? Ich bitte Sie, nehmen Sie meine Hand und sagen Sie mir, wenn Sie es können, freiheraus, daß meine Schwester nicht ihr ganzes Lebensglück verspielt, wenn sie morgen mit Danville die Ehe eingeht!»

Und er streckte, während er noch redete, Lomaque die Hand hin. Doch ein merkwürdiger Zufall wollte es, daß dieser im selben Moment seinen Kopf zu den Naturschönheiten wegdrehte, die er so sehr bewunderte. «In der Tat, Monsieur Trudaine, in der Tat, eine solche Bitte von Ihnen zu diesem Zeitpunkt befremdet mich.» Und nach diesen Worten verstummte er.

«Als wir uns zusammen auf diese Bank setzten, hatte ich keinen Gedanken an eine derartige Bitte und an solch ein Gespräch», fuhr Trudaine fort. «Es ist mir, wie ich schon sagte, fast gegen meinen Willen entschlüpft – Sie müssen es mir nachsehen. Ich kann ja nicht erwarten, Monsieur Lomaque, daß ein Fremder meine Gefühle für Rose richtig einschätzen und begreifen kann. Wir beide stehen allein auf der Welt: Unsere Eltern und Verwandten sind schon vor Jahren von uns gegangen. Und ich bin so viel älter als meine Schwester, daß ich mehr wie ein Vater als wie ein Bruder für sie empfinden lernte. Sie ist der Mittelpunkt meines ganzen Lebens, meiner liebsten Hoffnungen und meiner höchsten Erwartungen. Ich war schon kein Junge mehr, als meine Mutter die Hand meiner kleinen Schwester in die meine legte und auf ihrem Totenbett zu mir sagte: ‹Louis, sei ihr alles, was ich ihr gewesen bin, denn jetzt hat sie nur noch dich.› Seither habe ich nicht mehr dasselbe angestrebt oder begehrt wie andere Männer. Schwester Rose – wie wir sie damals nannten und wie ich sie immer noch gerne nenne – wurde mein Lebenszweck, mein ganzes Glück, die kostbare Aufgabe und der kostbare Lohn meiner Existenz. Ich lebte in diesem ärmlichen Haus, in monotoner Abgeschiedenheit wie im Paradies, weil Schwester Rose, meine unschuldige, glückstrahlende Eva, bei mir war. Selbst wenn sie einen Gatten gewählt hätte, den auch ich ihr gewünscht hätte, wäre die Trennung von ihr eine sehr bittere, schmerzliche Prüfung für mich gewesen. Nun muß ich mir aber auch noch Gedanken machen und Befürchtungen haben, und da können Sie sich meine Gefühle am Vorabend der Hochzeit vorstellen und begreifen, warum und wozu ich die Bitte vorbringen mußte, die Sie nun gewiß nicht mehr erstaunen wird. Sprechen Sie also, wenn Sie wollen – mehr kann ich nicht sagen.» Er seufzte schwer, der Kopf fiel ihm auf die Brust, und die Hand, die er Lomaque entgegengestreckt hatte, zitterte, als er sie zurückzog und hinabhängen ließ.

Der Gutsverwalter war kein Zauderer, doch jetzt zögerte er. Er war für gewöhnlich nicht um eine Antwort verlegen, aber jetzt stockte er schon zu Beginn. «Und wenn ich antworten würde», begann er langsam, «angenommen, ich sagte, Sie tun ihm unrecht, wäre mein Zeugnis wirklich stark genug, um Ihre Meinung zu erschüttern, oder besser: die Vorurteile umzustoßen, die von Monat zu Monat stärker von Ihnen Besitz ergriffen? Nehmen wir allerdings an, daß mein Herr seine kleinen ...», Lomaque zögerte vor dem nächsten Wort, «seine kleinen ... sagen wir ... Schwächen hätte, rein hypothetisch, versteht sich; und nehmen wir weiter an, ich hätte diese bemerkt und wollte sie Ihnen anvertrauen, was wäre mit einer solchen Beichte um fünf vor zwölf gewonnen, wenn das Herz von Mademoiselle Rose verschenkt und die Hochzeit auf morgen angesetzt ist? Rein gar nichts, glauben Sie mir ...»

Trudaine blickte plötzlich auf. «Danke, daß Sie mich daran erinnern, Monsieur Lomaque, daß es zu spät für Fragen ist und darum auch zu spät für Vertrauen. Meine Schwester hat gewählt, und von nun an sollen meine Lippen zu dieser Wahl versiegelt bleiben. Was die Zukunft bringen mag, liegt bei Gott, und ich hoffe nur, ich bin stark genug, meinen Anteil daran mit Geduld und Mut mannhaft zu tragen. Verzeihen Sie, Monsieur Lomaque, daß ich Sie rücksichtslos mit Fragen belästigte, die zu stellen ich kein Recht hatte. Gehen wir ins Haus zurück – ich zeige Ihnen den Weg.»

Lomaques Lippen öffneten und schlossen sich wieder. Er verbeugte sich beklommen, und sein fahles Gesicht wurde einen Moment lang weiß.

Trudaine ging schweigend zum Haus voran, und der Gutsverwalter folgte ihm mit einigen Schritten Abstand und flüsterte vor sich hin. «Sein Vater hat mich gerettet», brummte Lomaque, «das ist die unumstößliche Wahrheit; sein Vater hat mich gerettet, während ich ... nein! Es ist zu spät ... zu spät zum Reden ... zu spät zum Handeln ... für alles zu spät!»

Beim Haus kam ihnen der alte Diener entgegen. «Meine junge Herrin hat mich eben geschickt, Sie zum Kaffee zu bitten, Monsieur», sagte Guillaume. «Sie hat eine Tasse für Sie warm gestellt und eine zweite für Monsieur Lomaque.»

Der Verwalter fuhr zusammen, diesmal echt erstaunt. «Für mich!» rief er aus. «Mademoiselle Rose hat sich die Mühe gemacht, eine Tasse Kaffee für mich warm zu halten?»

Der alte Diener sah ihn verwundert an, und Trudaine blieb stehen und drehte den Kopf. «Was ist denn an dieser selbstverständlichen Höflichkeit meiner Schwester so erstaunlich?» fragte er.

«Verzeihung, Monsieur Trudaine», antwortete Lomaque. «Sie haben kein Leben wie ich geführt, Sie sind kein alter Mann ohne Freunde, sondern haben eine gefestigte Position in der Welt und sind sich Rücksichtnahme gewöhnt – ich nicht.

Für mich ist es das erste Mal in meinem Leben, daß eine junge Dame an mich denkt, und das kommt überraschend. Ich bitte nochmals um Entschuldigung – bitte gehen wir jetzt hinein.»

Trudaine erwiderte nichts auf diese merkwürdige Erklärung. Er wunderte sich bloß etwas darüber, um so mehr, als er Lomaque nach Betreten des Salons sogleich zu seiner Schwester gehen und ihr aufrichtig und aufgewühlt mit einer kleinen Ansprache für seinen heißen Kaffee danken sah, wobei er nicht zu bemerken schien, daß Danville gerade am Cembalo saß und sang.

Rose machte ein erstauntes Gesicht und schien beim Zuhören fast lachen zu wollen. Und Madame Danville neben ihr zog die Brauen hoch und tippte dem Verwalter verächtlich mit ihrem Fächer auf den Arm.

«Bitte seien Sie still, bis mein Sohn seinen Vortrag beendet hat», sagte sie. Lomaque verbeugte sich tief, zog sich an einen Ecktisch zurück und griff nach der Zeitung, die darauf lag. Madame Danville wäre vielleicht ein wenig aus ihrer aristokratischen Fassung geraten, hätte sie den Gesichtsausdruck gesehen, mit dem er sich von ihr abwandte.

Danville hatte sein Lied beendet, das Cembalo verlassen und unterhielt sich flüsternd mit seiner Braut, wobei Madame Danville ab und zu ein Wort einwarf. Trudaine saß am anderen Ende des Zimmers und grübelte über einem Brief, den er aus seiner Tasche gezogen hatte, als ein Ausruf von Lomaque, der noch immer die Zeitung studierte, alle anderen Anwesenden innehalten und aufblicken ließ.

«Was ist los?» fragte Danville ungeduldig.

«Stört es vielleicht, wenn ich es erkläre?» fragte Lomaque und blinzelte wieder stark mit den Augen, als er sich ehrerbietig an Madame Danville wandte.

«Sie haben uns schon gestört», schnappte die alte Dame, «also können Sie jetzt ebensogut alles sagen.»

«Es ist eine Nachricht aus der Wissenschaft, die mich sehr erfreut und die alle hier Versammelten gerne hören werden.» Dabei blickte Lomaque vielsagend auf Trudaine und las folgenden Abschnitt vor: «Akademie der Wissenschaften, Paris. Die freie außerordentliche Professur für Chemie wurde, wie wir mit Genugtuung vernehmen, einem Herrn angetragen, dessen wissenschaftliche Verdienste aufgrund seiner Bescheidenheit der Öffentlichkeit noch nicht genügend bekannt sind. Die Mitglieder der Akademie kennen ihn schon seit langem als Wegbereiter einiger der bedeutendsten Fortschritte in der Chemie, die in den letzten Jahren erzielt wurden, wobei er allerdings mit seltener, fast unverzeihlicher Zurückhaltung anderen erlaubte, ungestraft das Verdienst dafür zu beanspruchen. Kein Berufsmann verdient eine Vertrauensstellung und

Auszeichnung durch den Staat so sehr wie der bewußte Herr: Monsieur Louis Trudaine.»

Bevor Lomaque von der Zeitung aufblicken konnte, um die Wirkung seiner Nachricht zu beobachten, war Rose schon zu ihrem Bruder gestürzt und küßte ihn voll freudiger Aufregung.

«Lieber Louis», sie klatschte in die Hände, «ich will dir als erste gratulieren! Ich bin so stolz auf dich und froh! Du wirst die Professur doch annehmen?»

Trudaine, der seinen Brief hastig und verwirrt wieder einsteckte, als Lomaque zu lesen begann, schien um eine Antwort verlegen. Er tätschelte die Hand seiner Schwester ziemlich abwesend und sagte: «Ich habe mich noch nicht entschieden; frag mich nicht warum, Rose – jedenfalls nicht jetzt, nicht gerade jetzt.» Bestürzung und Sorge waren in seinem Gesicht zu lesen, als er sie sanft auf ihren Stuhl zurückwies.

«Sagen Sie, ist ein außerordentlicher Professor für Chemie ein Mann von Stand?» fragte Madame Danville, anscheinend ohne sich besonders für Lomaques Neuigkeit zu interessieren.

«Bestimmt nicht», antwortete ihr Sohn mit einem sarkastischen Lachen; «der soll arbeiten und sich nützlich machen. Welcher Edelmann tut das schon?»

«Charles!» rief die alte Dame rot vor Zorn.

«Bah!» Danville wandte ihr den Rücken zu. «Genug von der Chemie. Lomaque! Wenn Sie schon mit der Zeitungslektüre begonnen haben, lesen Sie uns doch etwas Interessantes vor. Was gibt es Neues aus Paris? Weitere Anzeichen eines Volksaufstands?»

Monsieur Lomaque blätterte um. «Schlechte, sehr schlechte Aussichten, daß wieder Ruhe einkehrt», sagte er. «Necker*, der Minister des Volkes, wurde entlassen. In ganz Paris hängen Anschläge, die Volksansammlungen verbieten. Die Schweizergarde wurde mit vier Geschützen in die Champs-Elysées beordert. Weiter ist nichts bekannt, doch wird das Schlimmste befürchtet. Die Kluft zwischen Adel und Volk verbreitert sich unheilvoll, fast von Stunde zu Stunde.»

Damit hörte er auf und legte die Zeitung hin. Trudaine nahm sie ihm ab und schüttelte besorgt den Kopf, als er den eben vorgelesenen Abschnitt überflog.

«Ach!» rief Madame Danville. «Dieses Volk, also wirklich! Man soll diese vier Geschütze nur richtig laden und die Schweizergarde ihre Pflicht tun lassen, und wir werden nichts mehr hören vom Volk!»

«Sei dir da nur nicht zu sicher», sagte ihr Sohn kühl, «es gibt viel mehr Leute in Paris, als die Schweizergarde bequem totschießen kann. Und

---

* Jacques Necker, der die Verdoppelung der Abgeordnetenzahl des Dritten Standes erreicht hatte, wurde am 11. Juli 1789 von König Louis XVI entlassen.

halte deinen Kopf nicht zu aristokratisch hoch, Mutter, bis wir ganz sicher sein können, woher der Wind wirklich weht. Wer weiß, ob ich mich nicht noch ebenso tief vor König Mob verneigen muß, wie du in deiner Jugend vor Louis XV geknickst hast!» Dabei lachte er selbstgefällig und öffnete seine Schnupftabakdose.

Madame Danville erhob sich mit hochrotem Gesicht vor Empörung aus ihrem Sessel. «Ich dulde es nicht, wenn du so redest – das schockiert mich, entsetzt mich!» rief sie wild gestikulierend. «Nein, nein, ich mag kein Wort mehr hören! Ich will nicht ruhig sitzen bleiben, während mein geliebter Sohn über das Heiligste spottet und das Andenken eines gesalbten Königs beschmutzt. Ist das der Lohn dafür, daß ich mich gegen alle Regeln der Etikette dazu überreden ließ, am Vorabend der Hochzeit hierherzukommen? Jetzt füge ich mich nicht mehr, sondern handle wieder nach meinem eigenen Willen und auf meine Weise. Ich befehle dir, Sohn, mich nach Rouen zurückzubegleiten. Wir zählen zur Gesellschaft des Bräutigams und haben über Nacht im Haus der Braut nichts verloren. Ihr werdet euch erst wieder in der Kirche sehen. Justin! Meine Kutsche! Lomaque, meinen Überwurf! Monsieur Trudaine! Habt Dank für die Gastfreundschaft; ich hoffe, sie angemessen zu erwidern, wenn Sie erstmals in unsere Gegend kommen. Mademoiselle! Setzen Sie morgen mit Ihrem Hochzeitsstaat auch Ihr schönstes Gesicht auf, und denken Sie daran, daß die Braut meines Sohnes für seinen Geschmack Ehre einlegen soll. Justin! Meine Kutsche – du Nichtsnutz, Herumtreiber, Schwachkopf, wo bleibt meine Kutsche?»

«Meine Mutter sieht prächtig aus, wenn sie in Rage gerät, nicht wahr, Rose?» sagte Danville und steckte ruhig seine Tabaksdose ein, als die alte Dame aus dem Raum segelte. «Aber du scheinst recht erschrocken, Liebling», fügte er hinzu und nahm in seiner unbekümmert-charmanten Art ihre Hand. «Laß dir sagen, es gibt nicht den geringsten Grund dazu. Meine Mutter hat nur dieses eine Vorurteil und diese eine Schwäche, Rose. Du wirst sehen, sie ist sonst eine sanfte Taube, solange du ihren Kastenstolz nicht verletzt. Komm, komm! Ausgerechnet in dieser Nacht darfst du mich nicht mit einem solchen Gesicht wegschicken.»

Er neigte sich herab und flüsterte ihr die Zärtlichkeiten eines Bräutigams ins Ohr, die ihr sogleich wieder das Blut in die Wangen trieben.

«Ach, wie sie ihn liebt ... wie sehr sie ihn liebt», dachte ihr Bruder, der sie aus seiner einsamen Zimmerecke beobachtete und das Lächeln sah, das ihr rosiges Gesicht aufleuchten ließ, als Danville ihr zum Abschied die Hand küßte.

Lomaque, der den Wutausbruch der alten Dame stoisch ertrug, er, dessen wachsame Augen die Wirkung des Streits zwischen Mutter und

Sohn auf Trudaine und seine Schwester mit bitterem Hohn beobachtet hatte, ging als letzter. Er verbeugte sich vor Rose mit einer gewissen Sanftheit, die sich seltsam von seinem zerfurchten, verhärmten Gesicht abhob, und reichte ihrem Bruder die Hand. «Ich habe Ihre Hand nicht ergriffen, als wir zusammen auf der Bank saßen», sagte er, «darf ich es jetzt tun?»

Trudaine ging höflich, aber stumm auf seine Bitte ein. «Es kann sein, daß Sie Ihre Meinung von mir eines Tages noch ändern.» Mit diesem geflüsterten Nachsatz verbeugte sich Monsieur Lomaque nochmals vor der Braut und ging.

Nachdem sich die Tür geschlossen hatte, schwiegen Bruder und Schwester für eine Weile. «Unsere letzte Nacht zusammen zu Hause!» war der Gedanke, der ihnen beiden das Herz schwer machte.

Rose sprach zuerst. Sie zögerte ein wenig, als sie sich an ihren Bruder wandte, und sagte ängstlich: «Es tut mir leid wegen der Szene mit Madame Danville, Louis. Denkst du deswegen noch schlechter von Charles?»

«Ich kann Madame Danvilles Zorn begreifen», antwortete Trudaine ausweichend, «weil sie aus ehrlicher Überzeugung sprach.»

«Ehrlich?» wiederholte Rose traurig, «ehrlich? Ach, Louis! Ich weiß, daß du von Charles' Überzeugungen nichts hältst, wenn du so von denjenigen seiner Mutter sprichst.»

Trudaine schüttelte lächelnd den Kopf, aber sie nahm von diesem Einspruch keine Notiz, sondern sah ihn nur forschend und melancholisch an. Ihre Augen wurden feucht, plötzlich warf sie ihm die Arme um den Hals und flüsterte: «Oh, Louis, Louis! Ich wünschte so, daß ich dich lehren könnte, Charles mit meinen Augen zu sehen!»

Er spürte ihre Tränen auf seiner Wange, während sie sprach, und versuchte sie zu beruhigen.

«Du wirst es mich lehren, Rose – das wirst du bestimmt. Komm, komm! Wir müssen uns zusammennehmen, wie solltest du sonst morgen die schönste Braut sein?»

Er löste ihre Arme und führte sie sanft zu einem Stuhl. Im selben Augenblick klopfte es an der Tür, es war die Zofe, die den Rat ihrer Herrin zu einigen Hochzeitsvorbereitungen brauchte. Diese Unterbrechung kam genau richtig. Sie zwang Rose, an die nötigen Kleinigkeiten zu denken, und gestattete es ihrem Bruder, sich in sein Studierzimmer zurückzuziehen.

Er setzte sich zweifelnd und schweren Herzens an seinen Schreibtisch und legte den Brief der Akademie der Wissenschaften geöffnet vor sich hin.

Er las über die zahlreichen Komplimente hinweg und blieb an den Schlußzeilen hängen: «Für die ersten drei Jahre Ihrer Professur werden Sie ersucht, während neun von zwölf Monaten in oder nahe Paris Wohnsitz zu nehmen, um Vorlesungen zu halten und gelegentlich Experimente in den Laboratorien zu überwachen.»

Der Brief, in dem diese Zeilen standen, bot ihm eine Position an, wie er sie sich mit seiner bescheidenen Selbsteinschätzung nie erträumt hätte, und dessen Inhalt versprach ihm so großzügige Bedingungen für seine bevorzugten Experimente, wie er sie sich in seinem eigenen kleinen Laboratorium mit seinen begrenzten Mitteln niemals schaffen konnte. Und trotzdem saß er zweifelnd da und schwankte, ob er die verlockenden Ehren und vorteilhaften Konditionen, die man ihm bot, annehmen sollte – und der Grund für seine Zweifel war seine Schwester!

«Neun Monate im Jahr in Paris», dachte er traurig, «und Rose wird nach ihrer Heirat in Lyon leben. Ach, hätte ich nur nicht diese Sorge um sie auf dem Herzen; könnte ich nur diese dunklen Vorahnungen über ihre Zukunft abschütteln, wie gerne würde ich antworten, daß ich mich dem Vertrauen stellen will, welches man mir entgegenbringt!»

Er hielt minutenlang inne und dachte nach. Die zunehmende Blässe seiner Wangen und der Schleier, der sich über seine Augen legte, verrieten den unheilvollen Weg dieser Gedanken. «Sollte dieses zermürbende Mißtrauen, das ich nicht ablegen kann, etwa in Wahrheit die stumme Prophezeiung künftigen Unheils sein – wann es kommen wird, weiß ich nicht –, wie rasch mag sie in diesem Fall, den Gott verhüten möge, einen Freund brauchen, einen nahen Beschützer und einen Zufluchtsort in der Not! Und wo soll sie dann Schutz und Zuflucht finden? Bei dieser aufbrausenden Frau? Bei den Verwandten und Freunden ihres Mannes?»

Dieser Gedanke machte ihn schaudern, und er nahm ein leeres Blatt Papier und tauchte seine Feder in die Tinte. «Sei ihr alles, Louis, was ich ihr gewesen bin», wiederholte er leise für sich die letzten Worte seiner Mutter und begann dabei den Brief.

Bald war er geschrieben. Trudaine drückte höchst respektvoll seine Dankbarkeit für den Antrag aus und sein Unvermögen, ihn anzunehmen, aus nicht weiter auszuführenden privaten Gründen. Dann wurde der Brief adressiert, versiegelt und mußte nur noch in den bereitliegenden Postsack geschoben werden. Vor dieser alles entscheidenden Handlung schreckte Trudaine zurück. Dabei hatte er Lomaque erzählt und es auch selbst fest geglaubt, daß er um seiner Schwester willen jeden Ehrgeiz überwunden habe. Aber jetzt wurde ihm erstmals bewußt, daß er ihn nur beschwichtigt und der Brief aus Paris ihn neu geweckt hatte. Die Antwort war geschrieben, seine Hand lag auf dem Postsack, und genau dann mußte der ganze Kampf wieder losgehen – in einem Moment, in dem er sehr schlecht dafür gewappnet war! Er war normalerweise kein Zauderer, aber jetzt zauderte er.

«Ich muß es überschlafen, ich warte bis morgen», sagte er sich, steckte die Absage ein und verließ hastig das Laboratorium.

II

Unerbittlich kam der bedeutende Morgen, und unumstößlich, auf Gedeih und Verderb, wurde das gewichtige Eheversprechen gegeben. Jetzt waren Charles Danville und Rose Trudaine Mann und Frau. Der prächtige Sonnenuntergang am Vorabend hatte nicht getrogen, und der Hochzeitsmorgen war wolkenlos. Die Feierlichkeiten waren reibungslos abgelaufen, und selbst Madame Danville war zufrieden. Sie kehrte mit der Hochzeitsgesellschaft zu Trudaines Haus zurück, von überströmender Herzlichkeit erfüllt. Zur Braut war sie die Liebenswürdigkeit in Person. «Gutes Kind», sagte die alte Dame, folgte Rose in eine Ecke und klopfte ihr mit dem Fächer beifällig auf die Wange. «Braves Mädchen! Du hast hübsch ausgesehen heute morgen und für den Geschmack meines Sohnes Ehre eingelegt. Du hast mir gefallen, Kind! Und jetzt geh nach oben, zieh deine Reisekleider an und sei dir meiner mütterlichen Zuneigung gewiß, solange du Charles glücklich machst.»

Es war vereinbart, daß das Brautpaar seine Flitterwochen in der Bretagne verbringen und dann auf Danvilles Gut bei Lyon zurückkehren sollte. Der Abschied war hastig, wie jeder solche Abschied sein sollte. Die Kutsche war davongefahren, Trudaine hatte ihr lange nachgeschaut und war dann rasch ins Haus gegangen. Der von den Rädern aufgewirbelte Staub hatte sich gelegt, es gab gar nichts mehr zu sehen, und doch stand Monsieur Lomaque noch untätig und still beim äußeren Tor, als wäre er ein ungebundener Mann und hätte keine Pflichten wie das Herbeirufen von Madame Danvilles Kutsche und ihre Begleitung zurück nach Lyon zu erledigen.

Untätig und still stand der wunderliche Gutsverwalter beim äußeren Tor, rieb sich langsam die Hände und nickte gemächlich in die Richtung, in die das Brautpaar entschwunden war. Dann schien ihn das Geräusch von Schritten vom Haus her aufzuschrecken. Ein letztes Mal schaute er auf die Straße hinaus, als ob er erwartete, die Kutsche des frisch verheirateten Paars noch zu sehen. «Armes Mädchen, ach, armes Mädchen!» murmelte Monsieur Lomaque vor sich hin und machte kehrt, um festzustellen, wer aus dem Haus kam.

Es war bloß der Postbote mit einem Brief in der Hand und dem zerknautschten Postsack unter dem Arm.

«Nachrichten aus Paris, mein Freund?» fragte Lomaque.

«Sehr schlechte Nachrichten, Monsieur», antwortete der Briefbote. «Camille Desmoulins* hat im Palais-Royal zum Volk gesprochen – es wird ein Aufstand befürchtet.»

«Ach, bloß ein Aufstand!» höhnte Lomaque. «Was für eine tapfere Regierung, die sich vor nichts Schlimmerem fürchtet! Und Briefe?» fügte er hinzu, rasch das Thema wechselnd.

«Keinen *für* das Haus, nur einen *aus* dem Haus, den mir Monsieur Trudaine gegeben hat. Kaum der Mühe wert, ihn in den Sack zu stecken, was?» meinte er noch und wedelte mit dem Brief.

Lomaque sah ihm beim Sprechen über die Schulter und stellte fest, daß der Brief an den Präsidenten der Akademie der Wissenschaften in Paris gerichtet war.

«Ich frage mich, ob er annimmt oder ablehnt», dachte der Verwalter, nickte dem Postboten zu und näherte sich dem Haus.

Vor der Tür traf er Trudaine, der ihn ziemlich brüsk fragte: «Sie gehen wohl mit Madame Danville nach Lyon zurück?»

«Heute noch», antwortete Lomaque.

«Dann wäre ich Ihnen verbunden, wenn Sie mir Bescheid geben, falls Sie von einer passenden Junggesellenwohnung in oder bei Lyon hören», fuhr sein Gegenüber leiser und hastiger als eben fort.

---

* Desmoulins rief am 12. Juli 1789 zum Sturm auf die Bastille auf.

Lomaque versprach es, aber noch bevor er die Frage stellen konnte, die ihm auf der Zunge lag, war Trudaine im Haus verschwunden.

«Eine Junggesellenwohnung!» wiederholte der Gutsverwalter und blieb allein auf der Schwelle stehen. «In oder bei Lyon! Aha, Monsieur Trudaine, ich reime mir diese Sache mit der Wohnung und Ihre Worte von gestern abend zusammen und irre mich wohl kaum im Ergebnis: Sie haben diese Berufung nach Paris abgelehnt, mein Freund, und ich kann mir denken, weshalb.» Er hielt kopfschüttelnd inne, runzelte düster die Stirn und biß sich auf die Lippen. «Der Himmel dort ist ganz klar», setzte er nach einer Weile hinzu und schaute zur strahlenden Mittagsbläue hinauf. «Dort ist alles ganz klar; aber an einem gewissen häuslichen Firmament meine ich schon ein Wölkchen auftauchen zu sehen – eine kleine Wolke, die viel verbirgt und die ich keinesfalls aus den Augen lassen werde.»

Zweiter Teil

I

Fünf Jahre sind vergangen, seit Monsieur Lomaque nachdenklich am Tor vor Trudaines Haus stand, der Kutsche des Brautpaars nachblickte und sich ernsthafte Gedanken über die Zukunft machte. Große Veränderungen haben sich am häuslichen Firmament ereignet, wo er prophetisch die kleine warnende Wolke sah. Und noch größere Veränderungen sind über den Himmel Frankreichs gezogen.

Was fünf Jahre zuvor ein Aufstand war, ist jetzt eine Revolution, die Throne, Fürstenhäuser und andere Mächte in ihren Strudel zieht, dafür ungekrönte, nichtadlige Könige und Ratgeber einsetzt und im Dutzend wieder blutig vernichtet. Und jetzt rast und tobt sie hemmungslos in eiferndem Ernst, bis nur noch ein König sie regieren und vorübergehend bändigen kann. Dieser König heißt Schrecken, und er herrscht im Jahr 1794.

Monsieur Lomaque ist nicht mehr Gutsverwalter und sitzt allein in einem amtlich wirkenden Raum in einem der Amtsgebäude von Paris. Es ist wieder ein Juliabend, so schön wie jener, als er und Trudaine auf der Bank über der Seine saßen und sich unterhielten. Das Fenster des Zimmers steht weit offen, und eine leichte, angenehme Brise strömt langsam herein. Aber Lomaque atmet unruhig, als ob ihm die schwüle Mittagshitze noch immer zu schaffen machte, und sein Blick, den er ab und zu auf die Straße richtet, wirkt ratlos und verstört.

Die Zeiten, in denen er lebt, sind an sich furchterregend genug, um das Gesicht eines jeden Menschen zu verdüstern. In dieser Schreckensherrschaft kann niemand in der Stadt Paris am Morgen aufstehen und sicher sein, bis am Abend vor Spionen, Denunziation, Verhaftung oder der Guillotine verschont zu bleiben. Solche argen Zeiten können jeden bedrücken, aber daran denkt Lomaque jetzt nicht, und sie kümmern ihn wenig. Er hat aus dem Papierberg, der vor ihm auf seinem alten Schreibtisch liegt, ein Dokument herausgegriffen, das seine Gedanken beim Lesen zurück in die Vergangenheit lenkt und zu den Veränderungen, seit er allein auf der Schwelle von Trudaines Haus stand und über die Zukunft nachsann.

Diese Veränderungen ereigneten sich schneller, als selbst er befürchtet hatte. In kürzerer Zeit als vorausgesehen trat der traurige Notfall, das Unglück, für das Trudaine sich gerüstet hatte, obwohl er es kaum in Betracht ziehen mochte, tatsächlich ein und verlangte ihm allen Mut, alle Geduld und Selbstaufopferung ab, die er seiner Schwester Rose geben konnte. Stetig um eine Stufe schlimmer, trat der wahre Charakter ihres Gatten fast von Tag zu Tag deutlicher zum Vorschein. Gelegentliche Mißachtung, die zu dauernder Vernachlässigung führte; achtlose Entfremdung, die zu kaltherziger Feindschaft wurde; kleine Sticheleien, die sich zu boshaften Quälereien auswuchsen – dies waren die erbarmungslosen Zeichen, die ihr deutlich machten, daß sie als noch junge Frau alles gewagt und alles verloren hatte. Das unverdiente Elend traf sie hilflos, und sie hätte es hilflos ertragen ohne den allgegenwärtigen Trost und die Hilfe der uneigennützigen Bruderliebe. Von Anfang an hatte Trudaine sich diesen Prüfungen gestellt, begegnete ihnen mit männlicher Unerschrockenheit und trotzte den Nachstellungen der Mutter und den Beleidigungen des Sohnes gleichermaßen.

Die schwere Aufgabe wurde erst leichter, als sich nach einiger Zeit der öffentliche Aufruhr mit dem privaten Kummer zu mischen begann und die aufreibenden politischen Notwendigkeiten das häusliche Elend abschwächten. Es wurde zu Danvilles einzigem Ziel und Bestreben, seinen Kurs so schlau zu setzen, daß er mit dem revolutionären Strom schwimmen konnte – wohin, war ihm gleich, solange er seinen Besitz und sein Leben retten konnte. Seine Mutter, die ihren altmodischen Überzeugungen durch alle Gefahren die Treue hielt, mochte bitten und tadeln, wie sie wollte, und von Ehre, Mut und Aufrichtigkeit reden, er achtete entweder nicht auf sie oder einzig zum Spott. So, wie er mit seiner Frau den falschen Weg gegangen war, wollte er ihn nun auch mit der Welt gehen.

Die Jahre verstrichen. Zerstörerische Umwälzungen rasten wie ein Sturm über den alten französischen Staat, und immer noch paßte sich der wankelmütige Danville erfolgreich den wankelmütigen Zeiten an. Es kamen die ersten Tage der Schreckensherrschaft, und ob daheim oder auf der Straße, ob Arm oder Reich, jeder verdächtigte seinen Nächsten. Schließlich schöpfte man im Pariser Hauptquartier auch gegen den wendigen Danville Verdacht, hauptsächlich seiner Mutter wegen. Dies war sein erster politischer Mißerfolg, und er wälzte das Ungemach in einem Augenblick unbesonnener Wut und Enttäuschung auf Lomaque ab. Selbst unter Verdacht, verdächtigte er seinerseits den Gutsverwalter. Seine Mutter schürte das Mißtrauen, und Lomaque wurde entlassen.

In den alten Zeiten wäre das Opfer erledigt gewesen, in den neuen war es bloß zu einer politischen Laufbahn ausersehen. Lomaque war arm, gescheit, diskret und unzimperlich. Er war ein guter Patriot, seine Freunde waren gute Patrioten, er war ehrgeizig und besaß eine listige, katzenhafte Unerschrockenheit, mußte nichts fürchten – und ging nach Paris. Dort gab es für Männer seines Kalibers viele kleine Gelegenheiten. Er wartete auf seine Chance. Sie kam, und er packte sie beim Schopf, fand das Wohlwollen des gefürchteten Fouquier-Tinville* und eroberte sich einen Platz bei der Geheimpolizei.

Inzwischen war Danvilles Zorn verraucht. Er fand wieder zu seiner alten Gerissenheit, mit der er bis dahin gut gefahren war, und wollte den entlassenen Diener zurückholen. Aber es war zu spät. Lomaque war schon in der Lage, ihm zu

* Antoine Quentin Fouquier-Tinville, öffentlicher Ankläger

trotzen – ja vielleicht seinen Kopf unter die tödliche Guillotine zu bringen. Noch bedrohlicher war, daß ihm anonyme Briefe zugingen, die ihn ermahnten, sofort mit einem unzweifelhaften Opfer seinen Patriotismus zu beweisen und seiner Mutter den Mund zu verbieten, die sich mit ihrer unvorsichtigen Offenheit wohl bald um Kopf und Kragen redete. Danville kannte sie gut genug, um zu wissen, daß es nur einen Weg zu ihrer und damit zu seiner eigenen Rettung gab. Sie hatte nie emigrieren wollen, aber jetzt drängte er darauf, daß sie Frankreich verließ, sobald er ihr die Flucht ermöglichen konnte, bis wieder ruhigere Zeiten einkehrten.

Sie hätte vermutlich zehnmal lieber ihr Leben riskiert als ihm gehorcht, aber sie wagte es nicht, dasjenige ihres Sohnes aufs Spiel zu setzen, und gab um seinetwillen nach. Teils dank geheimer Beziehungen, teils durch schamlosen Betrug beschaffte Danville ihr Papiere und Atteste, die es ihr erlauben würden, Frankreich über Marseille zu verlassen. Selbst dann weigerte sie sich zu gehen, bis sie die Zukunftspläne ihres Sohnes kannte. Er zeigte ihr einen Brief, den er an Robespierre persönlich schicken wollte und in dem er seinen angezweifelten Patriotismus verteidigte und entrüstet um eine Gelegenheit bat, ihn in einer noch so geringen Amtsfunktion unter dem furchterregenden Triumvirat unter Beweis zu stellen, das damals Frankreich regierte oder besser: terrorisierte. Dieses Schreiben beruhigte Madame Danville. Sie verabschiedete sich von ihrem Sohn und brach schließlich mit einem einzigen verläßlichen Diener nach Marseille auf.

Danville hatte mit seinem großmäulig patriotischen Brief nach Paris bloß seinen Kopf retten wollen. Er war darum fassungslos, als eine Antwort kam, die ihn beim Wort nahm und in die Hauptstadt rief, um dort eine Regierungsstelle anzutreten. Ihm blieb nur der Gehorsam. Also reiste er nach Paris und führte auch seine Frau in den Schlund des Vulkans. Er war inzwischen Trudaines erklärter Feind, und je besorgter und unruhiger der Bruder um seine Schwester sein mußte, desto mehr freute sich Danville. Seiner Liebe und Verantwortung in jeder Not und Gefahr treu, folgte Trudaine ihnen und wohnte in den bedrohlichen Tagen des Schreckens an derselben Pariser Straße wie sie.

War Danville schon verblüfft, daß man seine Dienste angenommen hatte, so staunte er noch mehr, als er feststellte, daß er Inspektor im selben Büro der Geheimpolizei werden sollte, in dem Lomaque als Agent beschäftigt war. Robespierre und seine Freunde hatten den Mann eingeschätzt – er hatte genug Geld und lokalen Einfluß, um die Mühe wert zu sein. Sie wußten, wo man ihm mißtrauen mußte und wie er Nutzen bringen konnte. Die Aufgaben der Geheimpolizei waren Angelegenheiten, welche ein skrupellos schlauer Mann vorantreiben konnte, und dafür, daß diese Schlauheit getreulich im Interesse des Staates eingesetzt wurde, sollte die Präsenz von Lomaque im selben Amt garantieren. Der entlassene Diener war der ideale Spitzel seines verdächtigen Herrn. So kam es, daß Lomaques ehemaliger Herr bei der Pariser Geheimpolizei während der Schreckensherrschaft offiziell noch immer sein Vorgesetzter war – der Inspektor, dem er protokollarisch Rechenschaft schuldete –, während er inoffiziell als Verdächtiger galt, dessen Tun und Reden er insgeheim minutiös überwachen sollte.

Lomaques Gesicht verdüsterte sich immer mehr, während er einsam über die unglücklichen Veränderungen der vergangenen fünf Jahre nachdachte. Der Siebenuhrschlag einer benachbarten Turmuhr riß ihn aus seinem Grübeln. Er ordnete den Dokumentenberg vor sich, schaute zur Tür, als erwarte er jemanden, und griff, als niemand kam, wieder zu der Notiz, die seine finsteren Gedankengänge ausgelöst hatte. Über der verschlüsselten Unterschrift stand: «Sie wissen, daß Inspektor Danville letzte Woche beurlaubt wurde, um in Lyon persönliche Angelegenheiten zu regeln, und man ihn nicht vor ein, zwei Tagen zurückerwartet. Treiben Sie in seiner Abwesenheit die Sache Trudaine voran. Sammeln Sie alle Beweismittel und seien Sie bereit, auf Anordnung hin sofort zu handeln. Verlassen Sie Ihr

Büro nicht, bis Sie wieder von mir hören. Wenn Sie eine Abschrift Ihrer für mich verfaßten persönlichen Erkenntnisse über Danville haben, senden Sie mir diese zu. Ich will mein Gedächtnis auffrischen. Ihr Original wurde verbrannt.»

Hier endete die Notiz abrupt. Lomaque faltete sie und steckte sie seufzend ein, was bei ihm eine sehr seltene Gefühlsäußerung war. Er lehnte sich in seinem Stuhl zurück und trommelte mit den Nägeln ungeduldig auf den Tisch. Plötzlich klopfte es leise an die Tür, und acht bis zehn Männer – offenbar Schergen der neuen französischen Inquisition – schlichen herein und stellten sich vor der Wand auf.

Lomaque nickte zwei Männern zu: «Picard und Magloire, setzen Sie sich an diesen Tisch. Ich brauche Sie noch, wenn die andern gegangen sind.» Daraufhin händigte Lomaque den übrigen Wartenden versiegelte und registrierte Schreiben aus; die Männer nahmen sie stumm, verbeugten sich und verließen den Raum. Ein argloser Betrachter hätte sie für Büroangestellte gehalten, die von einem Kaufmann Frachtbriefe entgegennahmen. Wer hätte sich auch vorstellen können, daß der Aus- und Eingang von Denunziationen, Haftbefehlen und Todesurteilen – die Beschaffung von Menschenopfern für die gefräßige Guillotine – so unbeteiligt, kühl und mit geschäftsmäßiger Routine vor sich gehen würde!

«Gut denn», wandte sich Lomaque an die beiden Männer am Schreibtisch, als die Tür geschlossen war, «haben Sie Ihre Aufzeichnungen dabei?» Sie bestätigten es. «Picard, Sie verfügen über die ersten Erkenntnisse in der Sache Trudaine, also fangen Sie an. Ich habe die Berichte eingesandt, aber beginnen wir mit der Beweisaufnahme ruhig nochmals von vorn, um sicher zu sein, daß nichts ausgelassen wurde. Und wenn etwas richtiggestellt werden muß, ist jetzt der Moment dazu. Lesen Sie, Picard, und zwar möglichst zügig.»

Daraufhin zog der Ermahnte lange Papierstreifen aus seiner Tasche und begann zu lesen:

«Beweismaterial gegen Louis Trudaine, verdächtigt aufgrund der Meldung von Bürger Inspektor Danville der Feindschaft gegen die heilige Sache der Freiheit und der Mißachtung der Volksherrschaft.

Erstens: Der Verdächtige wird unter heimliche Observation gestellt, die folgende Tatsachen ergibt: Der Mann wird zweimal bei nächtlichen Besuchen eines Hauses an der Rue de Cléry beobachtet. In der ersten Nacht hat er Geld, in der zweiten Papiere dabei und kehrt ohne diese zurück. Das wissen wir von einem Bürger, der im Haushalt Trudaine angestellt ist – die Tyrannen nannten solche Menschen ‹Dienstboten›. Dieser Mann ist ein guter Patriot, der als zuverlässiger Wächter über Trudaines Tun gelten kann.

Zweitens: Im Haus an der Rue de Cléry leben zahlreiche Bewohner, die der Regierung nicht alle so gut bekannt sind, wie es wünschenswert wäre. Es erweist sich als schwierig, ohne Festnahme Informationen über den oder die von Trudaine Besuchten zu beschaffen.

Drittens: Eine Festnahme wird in dieser ersten Ermittlungsphase als verfrüht erachtet, weil sie die Verschwörung unterbinden und die Schuldigen zur Flucht veranlassen könnte. Es ergeht daher der Befehl, die Beobachtung vorerst weiterzuführen und abzuwarten.

Viertens: Bürger Inspektor Danville verläßt Paris für kurze Zeit. Die Überwachung Trudaines wird vom Unterzeichneten auf seinen Kameraden Magloire übertragen. Unterzeichnet: Picard. Gegengezeichnet: Lomaque.»

Als er so weit gekommen war, legte der Spitzel seine Unterlagen auf den Schreibtisch, wartete kurz auf Befehle und ging, als er keine bekam, hinaus. Lomaques Gesicht war unverändert traurig und ratlos. Er trommelte immer noch nervös auf den Tisch und sah nicht einmal hoch, als er den zweiten Agenten seinen Bericht vortragen ließ.

Magloire kramte dieselben Zettel wie Picard hervor und las ebenso schnell, geschäftsmäßig und monoton vor:

«Affäre Trudaine. Fortsetzung des Protokolls. Der Bürger Agent Magloire, mit der Fortsetzung von Trudaines Überwachung beauftragt, berichtet die Entdeckung weiterer wichtiger Fakten.

Erstens: Es bestehen starke Indizien dafür, daß Trudaine einen dritten Besuch im Haus an der Rue de Cléry plant. Die erforderlichen Maßnahmen für eine lückenlose Überwachung wurden getroffen, diese ergab, daß eine weitere Person mit der vermuteten Verschwörung in Verbindung steht. Bei dieser Person handelt es sich um Trudaines Schwester, die Frau des Bürgers Inspektor Danville.»

«Sie ist verloren, die Arme! Ach, sie ist verloren!» murmelte Lomaque vor sich hin, seufzte wieder und rutschte unruhig auf seinem schäbigen alten Ledersessel hin und her. Offensichtlich war Magloire Seufzer, Unterbrechungen und Mitleidskundgebungen von seinem sonst so unerschütterlichen Vorgesetzten nicht gewohnt, und er sah verwundert von seinen Notizen auf. «Weiter, Magloire!» schrie Lomaque in einem plötzlichen Zornesausbruch. «Warum, zum Teufel, lesen Sie nicht weiter?»

«Ich bin schon dabei, Bürger», besänftigte ihn Magloire und fuhr fort:

«Zweitens: Die Verwicklung der Bürgerin Danville in die geheimen Pläne ihres Bruders wurde durch die Wachsamkeit des erwähnten Patrioten in Trudaines Haus aufgedeckt. Das Gespräch der beiden Verdächtigen ist privat und wird im Flüsterton geführt. Es kann nur wenig mitgehört werden, aber dieses Wenige reicht aus, um zu beweisen, daß Trudaines Schwester von dessen

Absicht unterrichtet ist, ein drittes Mal das Haus an der Rue de Cléry aufzusuchen. Es wird außerdem festgestellt, daß sie auf ihn wartet und dann unauffällig in ihr eigenes Haus zurückkehrt.

Drittens: Inzwischen wird das Haus an der Rue de Cléry strengstens überwacht. Es stellt sich heraus, daß Trudaine einen Mann und eine Frau besucht, die dem Hauswirt und den Mitbewohnern unter dem Namen Dubois bekannt sind. Sie wohnen im vierten Stock. Im Augenblick dieser Entdeckung ist es unmöglich, besagten Raum zu betreten oder Bürger und Bürgerin Dubois zu sprechen, ohne im Haus und in der Nachbarschaft unerwünschtes Aufsehen zu erregen. Ein Agent wird zur Bewachung zurückgelassen, während der Hausdurchsuchungs- und der Haftbefehl beantragt werden. Bei deren Erlangung kommt es zu Verzögerungen. Als sie schließlich vorliegen, stellt sich heraus, daß Mann und Frau verschwunden sind. Sie konnten bisher nicht aufgespürt werden.

Viertens: Der Hauswirt und der Polizeiagent, der die Örtlichkeiten überwachen sollte, werden unverzüglich festgenommen. Ersterer protestiert, er wisse nichts von seinen Mietern, doch wird vermutet, daß er bestochen wurde und daß es sich bei Trudaines Papieren für Bürger und Bürgerin Dubois um falsche Pässe handelte. Es ist nicht ausgeschlossen, daß ihnen damit und mit dem Geld die Flucht aus Frankreich bereits gelungen ist. Die geeigneten Maßnahmen zu ihrer Aufgreifung wurden getroffen, falls sie noch nicht außer Landes sind. Bisher ging uns keine weitere Nachricht über sie zu.

Fünftens: Trudaine und seine Schwester werden ständig observiert, und der Unterzeichnete hält sich für weitere Anordnungen bereit. Gezeichnet: Magloire. Gegengezeichnet: Lomaque.»

Als Magloire seinen Rapport vorgetragen hatte, legte er ihn auf den Schreibtisch. Er war offenbar ein Günstling seiner Vorgesetzten und nutzte seine Position dazu aus, einen Kommentar abzugeben, statt wie sein Vorgänger Picard den Raum schweigend zu verlassen.

«Wenn Bürger Danville nach Paris zurückkehrt», fing er an, «wird er sich ziemlich wundern, daß er mit seinem Schwager unwissentlich auch seine Frau denunziert hat.»

Lomaque sah rasch mit dieser alten Augenschwäche auf, die sich bei gewissen Gelegenheiten als seltsam unregelmäßiges Zucken äußerte. Magloire kannte dieses Anzeichen, und es hätte ihn aus der Fassung gebracht, wäre er kein Polizeispitzel gewesen. So trat er nur ruhig ein, zwei Schritte vom Tisch zurück und war still.

«Freund Magloire», sagte Lomaque mit nachsichtigem Blinzeln, «Ihre letzte Bemerkung wirkt auf mich wie eine versteckte Frage. Aber ich pflege anderen Fragen zu stellen und beantworte nie selbst welche. Sie wollen also wissen, Bürger, was unseren Inspektor heimlich dazu bewogen hat, seinen Schwager zu denunzieren? Ich schlage vor, daß Sie das selbst herausfinden. Es wird eine hervorragende Übung für Sie sein, Freund Magloire – eine prächtige Übung nach Arbeitsende.»

«Weitere Anweisungen?» fragte Magloire verdrießlich.

«Was die Berichte betrifft, keine», antwortete Lomaque. «Ich habe nach der zweiten Anhörung keine Änderungen oder Ergänzungen. Aber ich bin gleich mit einer kurzen Nachricht fertig. Setzen Sie sich an den anderen Tisch, Freund Magloire; ich mag Sie sehr, wenn Sie nicht neugierig sind – bitte nehmen Sie Platz.»

Während Lomaque in seinem freundlichsten Ton diese höfliche Einladung an den Agenten richtete, zog er sein Notizbuch hervor und entnahm ihm einen Zettel, den er auffaltete und aufmerksam durchlas. Er war überschrieben mit «Vertrauliche Erkenntnisse über Inspektor Danville», und der Inhalt lautete wie folgt: «Der Unterzeichnete kann aus langer persönlicher Beobachtung von Danvilles häuslichen Angelegenheiten versichern, daß dieser seinen Schwager aus rein persönlichen und nicht im entferntesten aus politischen Gründen denunzierte. Die Fakten sind, kurz zusammengefaßt, folgende: Louis Trudaine war von Anfang an gegen die Heirat seiner Schwester mit Danville, da er dessen Naturell und Charakter mißtraute. Die Hochzeit fand jedoch statt, und der Bruder schickte sich vorerst ins Abwarten, wobei er vorsorglich darauf achtete, in der Nähe seiner Schwester zu wohnen, um bei allfälligen Untaten des Gatten oder bei Ungemach der Ehefrau einzuschreiten. Die Ereignisse übertrafen seine schlimmsten Befürchtungen und verlangten nach der vorhergesehenen Einmischung. Er ist ein unbeugsamer, geduldiger und rechtschaffener Mann und sieht in Schutz und Trost seiner Schwester seine Lebensaufgabe. Seinem Schwager gibt er keinen Vorwand für einen offenen Streit. Er läßt sich weder täuschen, herausfordern noch ermüden und ist Danville an Haltung, Charakter und Fähigkeiten in jeder Beziehung überlegen. Es ist darum unnötig festzustellen, daß sein Schwager ihm mit erbitterter Feindschaft begegnet, und ebenso erübrigt sich eine Erklärung zum völlig durchsichtigen Motiv seiner Anzeige. Was die verdächtigen Umstände betrifft, in die nicht nur Trudaine, sondern auch seine Schwester verwickelt sind, so bedauert der Unterzeichnete sein bisheriges Unvermögen, dafür eine Erklärung zu geben oder eine Vermutung zu äußern. Die Affäre erscheint vorläufig völlig rätselhaft.»

Lomaque las diese Zeilen bis zu seiner Unterschrift am Schluß durch. Es war die Abschrift jener vertraulichen Erkenntnisse, die man im Brief, den er vor dem Eintreffen der beiden Spitzel studiert hatte, von ihm verlangte. Langsam und anscheinend widerwillig steckte er die Notiz in einen neuen Umschlag und wollte diesen versiegeln, als ein Klopfen an der Tür ihn unterbrach. «Herein», rief er gereizt, und ein Mann in staubigen Reisekleidern trat ein, flüsterte ihm ein paar Worte ins Ohr und ging wieder hinaus. Die geflüsterten Worte ließen Lomaque zusammenzucken, er öffnete den Zettel nochmals und kritzelte die Nachschrift: «Ich habe soeben vernommen, daß Danville seine Rückkehr nach Paris beschleunigt hat und heute nacht hier erwartet werden kann.» Danach verschloß, versiegelte und adressierte er den Brief und gab ihn Magloire. Der Spitzel sah beim Hinausgehen auf die Adresse, sie lautete: «Bürger Robespierre, Rue Saint-Honoré».

Wieder allein, wanderte Lomaque rastlos auf und ab und kaute auf seinen Nägeln. «Danville kommt heute nacht zurück», sagte er zu sich selbst, «und mit ihm kommt die Krise. Trudaine ein Verschwörer! Schwester Rose, wie er sie nannte, eine Verschwörerin! Pah, Verschwörung kann doch nicht die Antwort auf dieses Rätsel sein! Aber was sonst?»

Er schritt ein, zwei Runden schweigend ab, blieb dann vor dem offenen Fenster stehen und schaute, soweit es die Straße erlaubte, in den Abendhimmel hinaus.

«Vor fünf Jahren hat Trudaine zu dieser Stunde

auf jener Bank über dem Fluß mit mir gesprochen, und Schwester Rose hielt dem armen alten Lomaque mit dem kantigen Gesicht einen Kaffee warm! Jetzt bin ich offiziell dazu verpflichtet, beide zu verdächtigen, sie vielleicht festzunehmen und gar … Ich wünschte, ein anderer müßte diese Arbeit tun. Ich will sie nicht … ich will sie um keinen Preis!»

Er kehrte an seinen Schreibtisch zurück und setzte sich wieder vor seine Papiere mit der grimmigen Entschlossenheit eines Mannes, der quälende Gedanken mit reiner Arbeitswut verscheuchen will. Über eine Stunde lang plagte er sich entschlossen und kaute dabei von Zeit zu Zeit auf einem harten Stück Brot herum. Dann hielt er inne und begann wieder nachzudenken. Langsam erlosch die Sommerdämmerung, und im Raum wurde es dunkel.

«Vielleicht retten wir uns doch noch durch die Nacht – wer weiß?» sagte sich Lomaque und läutete nach Licht. Es wurde gebracht, und gleichzeitig kam auch der Agent Magloire mit einem versiegelten Päckchen zurück, was nichts Gutes verhieß. Es enthielt einen Haftbefehl und eine winzige, zu einem Dreieck gefaltete Nachricht, die eher an einen Liebesbrief oder die Einladung einer Dame zu einer Abendgesellschaft erinnerte. Lomaque öffnete die Notiz hastig und las in sauberer Handschrift mit Robespierres elegant chiffrierten Initialen M. R.: «Verhaften Sie Trudaine und seine Schwester heute nacht. Wenn ich es mir überlege, ist es vielleicht sogar besser, wenn Danville gerade dazukommt. Die Festnahme seiner Frau trifft ihn unvorbereitet. Observieren Sie ihn scharf dabei und melden Sie mir vertraulich Ihre Beobachtungen. Er scheint ein lasterhafter Mensch zu sein, und ich hasse nichts so sehr wie das Laster.»

«Noch Arbeit für mich heute nacht?» fragte Magloire gähnend.

«Bloß eine Verhaftung», antwortete Lomaque. «Sammeln Sie unsere Männer und nehmen Sie beim Portal eine Kutsche, wenn Sie soweit sind.»

«Wir wollten eben essen», brummte Magloire beim Hinausgehen vor sich hin. «Zum Teufel mit den Aristokraten! Die haben es alle so eilig, aufs Schafott zu kommen, daß man nicht mal in Ruhe sein Brot essen kann!»

«Ich habe keine Wahl mehr», knurrte Lomaque und stopfte den Haftbefehl und die dreieckige Nachricht wütend in seine Tasche. «Sein Vater hat mich gerettet; von ihm selbst erfuhr ich Respekt, und seine Schwester hat mich wie einen feinen Herrn behandelt, wie man damals sagte, und jetzt ...»

Er blieb stehen, um sich die Stirn zu wischen, dann schloß er seinen Schreibtisch auf, entnahm ihm eine Flasche Schnaps und goß sich ein Glas ein, das er in kleinen Schlucken langsam trank.

«Ich frage mich, ob auch andere Männer mit den Jahren ein weicheres Herz bekommen? Bei mir jedenfalls scheint es so. Mut, nur Mut! Was sein muß, muß sein. Ich könnte diese Festnahme nicht verhindern, auch wenn ich meinen Kopf dafür riskierte. Jeder hier im Amt würde den Befehl ausführen, wenn ich es nicht täte.»

Von draußen war jetzt das Rumpeln der Räder zu hören.

«Das ist die Kutsche!» rief Lomaque, schloß den Schnaps wieder ein und nahm seinen Hut. «Immerhin, wenn diese Verhaftung schon sein muß, ist es wohl am besten für sie, wenn ich sie vornehme.»

Mit dieser Betrachtung tröstete sich Hauptagent Lomaque, so gut es ging, blies die Kerzen aus und verließ den Raum.

II

Schwester Rose wußte nichts von der plötzlichen Entscheidung ihres Gatten, einen Tag vor der festgesetzten Zeit nach Paris zurückzukehren, und hatte ihr einsames Heim verlassen, um den Abend bei ihrem Bruder zu verbringen. Sie waren bis lange nach Sonnenuntergang plaudernd zusammengesessen und hatten nicht auf die zunehmende Dunkelheit geachtet, wie es oft bei vertraulichen Gesprächen geschieht. Und so wollte es ein seltsamer Zufall, daß Rose im selben Moment in der Wohnung ihres Bruders die

Leselampe anzündete, als Lomaque in seinem Büro die Kerzen ausblies.

Fünf Jahre Enttäuschung und Leid hatten ihr Äußeres traurig verändert. Ihr Gesicht wirkte schmaler und länger; das einst so zarte Rot und Weiß ihres Teints war verschwunden; ihre Figur hatte unter einer Schwäche gelitten, die ihren Gang schon leicht beugte. Ihre mädchenhafte Scheu war einer unnatürlichen Ruhe und Mattheit gewichen. Von sämtlichen Reizen, die ihren herzlosen Gatten so verhängnisvoll, wenn auch in aller Unschuld angezogen hatten, war nur einer geblieben: die einnehmend sanfte Stimme. Zwar klang ab und zu eine schwermütige Note mit, aber der gewinnend-gleichmäßige, natürliche Ton war noch da. Wurden auch alle anderen Harmonien zerstört, so blieb diese erhalten! Ihr Bruder sah weniger verändert aus, obwohl sein Gesicht Kummerfalten trug und er trauriger wirkte als früher. Am Kostbarsten sieht man den Makel zuerst. Schönheit, die Göttin der Welt, sitzt auf einem wackligen Thron in dem einen Tempel, wo wir sie am liebsten anbeten.

«Du glaubst also, Louis, daß unser gefahrvolles Unternehmen nun ein gutes Ende gefunden hat?» fragte Rose gespannt, als sie die Lampe anzündete und den Glasschirm darüberlegte. «Es tut so gut, dich nach all den Mühen nur schon von einem möglichen Gelingen reden zu hören!»

«Ich sagte, ich hoffe es, Rose», antwortete ihr Bruder.

«Hoffnung ist schon ein großes Wort von dir, Louis – wer es auch sagt, es ist ein großes Wort in dieser zitternden Stadt und in diesen Tagen des Schreckens.»

Sie hielt abrupt inne, als sie ihren Bruder warnend die Hand heben sah. Sie schauten einander stumm an und horchten. Durchs offene Fenster waren Schritte zu hören, die langsam am Haus vorübergingen, gleich dahinter kurz verstummten und wieder einsetzten. Sonst wurde weder außen noch innen die Stille der Nacht gestört – die tödliche Stille des Grauens, die seit Monaten über Paris lastete. Es war bezeichnend für diese Zeiten, daß ein vorbeieilender Schritt in der Nacht Bruder und Schwester verdächtig erschien und ausreichte, daß sie wie selbstverständlich und ohne ein Wort der Erklärung ihr Gespräch unterbrachen, bis die seltsamen Schritte verhallt waren.

«Louis», fuhr Rose fort, als nichts mehr zu hören war, und senkte ihre Stimme zu einem Flüstern: «Wann darf ich meinem Mann unser Geheimnis anvertrauen?»

«Noch nicht!» bat Trudaine eindringlich. «Kein Wort davon und auch keine Anspielung, bis ich es gestatte. Denk an dein Schweigeversprechen, Rose. Es hängt alles davon ab, daß dir dein Versprechen heilig ist, bis ich dich davon entbinde.»

«Es ist mir heilig, ganz gewiß, unter allen Umständen und gegen jede Versuchung», antwortete sie.

«Das beruhigt mich völlig – und jetzt wollen wir von etwas anderem reden, Liebes. Sogar diese Wände haben vielleicht Ohren, und auch die geschlossene Tür dort bietet allenfalls keinen Schutz.» Er blickte bei seinen Worten mißtrauisch zur Tür. «Übrigens denke ich von meinem neuen Diener jetzt wie du, Rose – es ist etwas Falsches in seinem Gesicht. Ich wünschte, ich hätte es ebenso schnell gemerkt wie du.»

Rose sah ihn erschrocken an. «Hat er etwas Verdächtiges unternommen? Hast du ihn beim Spionieren entdeckt? Schone mich nicht, Louis.»

«Pst! Pst! Liebes, nicht so laut. Beruhige dich, er hat nichts Verdächtiges getan.»

«Entlaß ihn, bitte, bitte entlaß ihn, bevor es zu spät ist!»

«Um von ihm am ersten Abend, an dem er zu seiner Versammlung geht, denunziert zu werden? Du vergißt, daß Herren und Knechte jetzt gleich sind. Ich darf eigentlich gar keinen Diener haben; bei mir lebt ein Bürger, ich stehe in seiner häuslichen Schuld und gelte sie ab. Nein, nein, ich kann höchstens versuchen, ob er sich verrät. Doch da sind wir schon wieder bei einem unangenehmen Thema ... soll ich es nochmal mit etwas anderem versuchen? Da drüben auf dem

Ecktisch siehst du ein Büchlein ... sag mir, was du davon hältst.»

Es war Corneilles «Le Cid»*, hübsch in blaues Saffianleder gebunden. Rose war des Lobes voll. «Ich habe es gestern in einer Buchhandlung aufgetrieben», sagte ihr Bruder, «und es für dich gekauft. Corneille ist selbst heutzutage kein Autor, der einen in Schwierigkeiten bringt. Und du hast doch kürzlich gesagt, du würdest dich dafür schämen, so wenig von unserem größten Dramatiker zu wissen?» Rose bestätigte es und lächelte fast so froh wie in alten Zeiten über ihr Geschenk. «Es hat zu Beginn jedes Akts schöne Kupferstiche», fuhr Trudaine fort, wies sie eindringlich auf die Illustrationen hin und entfernte sich unvermittelt von ihrer Seite, als er sah, daß sie interessiert daraufblickte.

Er begab sich zum Fenster, horchte, zog den Vorhang zurück und sah die Straße hinauf und hinab. Keine Menschenseele war zu sehen. «Ich muß mich getäuscht haben», dachte er und ging rasch zu seiner Schwester zurück, «aber es kam mir wirklich so vor, als sei mir heute ein Spitzel gefolgt.»

«Meinst du, Louis», fragte Rose, immer noch mit ihrem Buch beschäftigt, «meinst du, mein

* Tragikomödie von Pierre Corneille (1606–1684), uraufgeführt 1636

Mann läßt mich mit dir die nächste Aufführung von ‹Le Cid› besuchen?»

«Nein!» brüllte eine Stimme von der Tür, «selbst wenn du ihn auf Knien darum bittest.»

Rose drehte sich mit einem Aufschrei um. Da stand ihr Mann auf der Schwelle, den Hut auf dem Kopf und die Hände trotzig in den Hosentaschen, und funkelte sie an. In der Pause, die auf diesen Schreck folgte, meldete Trudaines Diener den Gast mit einem unverschämten Lächeln an: «Bürger Inspektor Danville macht der Bürgerin, seiner Ehefrau, seine Aufwartung», sagte der Bursche und verbeugte sich spöttisch vor seinem Herrn.

Rose schaute zu ihrem Bruder und trat ein paar Schritte in Richtung Tür. «Das ist eine Überraschung», hauchte sie, «was ist geschehen? Wir... wir haben dich nicht erwartet.» Ihre Stimme versagte, als sie ihren Mann, bis in die Lippen bleich vor unterdrückter Wut, näher treten sah.

«Wie kannst du es wagen, hierherzugehen, nach allem, was ich dir gesagt habe?» zischte er.

Seine Stimme ließ sie zusammenzucken, als ob er sie geschlagen hätte. Das Blut schoß ihrem Bruder ins Gesicht, als er dies sah, aber er beherrschte sich, nahm ihre Hand und führte sie stumm zu einem Stuhl.

«Ich verbiete es dir, dich in seinem Haus hinzusetzen», sagte Danville und kam immer noch näher. «Ich befehle dir, mit mir zu kommen! Hörst du? Ich befehle es dir.»

Er trat noch einen Schritt näher, als er Trudaines Blick auffing und stehenblieb. Rose fuhr hoch und stellte sich zwischen sie.

«Ach, Charles, Charles!» sagte sie zu ihrem Mann, «sei heute abend freundlich zu Louis und sei wieder gut mit mir – ich habe ein Recht, dich darum zu bitten, auch wenn du es nicht für möglich hältst!»

Er wandte sich von ihr ab und lachte verächtlich. Sie wollte wieder etwas sagen, aber Trudaine drückte ihren Arm und sah sie warnend an.

«Ihr gebt euch Zeichen!» schrie Danville, «ihr gebt euch heimliche Zeichen!»

Er sah seine Frau mißtrauisch an, und sein Blick fiel auf das Buch, das sie immer noch unbewußt in der Hand hielt.

«Was ist das für ein Buch?» fragte er.

«Nur ein Stück von Corneille», antwortete Rose; «Louis hat es mir eben geschenkt.»

Bei diesem Geständnis machte sich Danvilles unterdrückte Wut Luft. «Gib es ihm zurück!» schrie er zornig. «Du sollst keine Geschenke von ihm annehmen; das Gift dieses Schnüfflers zerfrißt alles, was er berührt. Gib es ihm zurück!» Sie zögerte. «Du willst nicht?» Er entriß ihr das Buch mit einem Fluch auf den Lippen, warf es zu Boden und stampfte darauf herum.

«Louis, Louis! Um Gottes willen, vergiß nicht!»

Trudaine war vorgesprungen, als das Buch zu Boden fiel. Im selben Moment warf seine Schwester ihre Arme um ihn. Er blieb stehen, und die Farbe seines Gesichts änderte sich von feuerrot zu leichenblaß.

«Nein, nein, Louis!» sagte sie und drückte ihn fester, «nicht nach fünf Jahren Geduld. Nein, nein!»

Er löste sanft ihre Arme. «Du hast recht, Liebes. Keine Angst, es ist schon vorbei.»

Er ließ sie los und hob das Buch schweigend auf.

«Beleidigt Sie nicht einmal *das?*» sagte Danville mit einem aufreizenden Lächeln. «Sie haben eine Lammsgeduld – jeder andere hätte mich gefordert!»

Trudaine erwiderte den Blick fest, nahm sein Taschentuch und wischte über den beschmutzten Einband.

«Könnte ich den Fleck von Ihrem Blut so leicht aus meinem Gewissen reiben wie Ihren Stiefelabdruck von diesem Buch, sollten Sie keine Stunde mehr leben», sagte er ruhig. «Weine nicht, Rose», fuhr er fort und wandte sich wieder an seine Schwester; «ich trage Sorge zu deinem Buch, bis du es selbst haben kannst.»

«Sie werden dies! Sie werden das!» brauste Danville immer heftiger auf und vergaß in seinem Ärger sogar seine Vorsicht. «Reden Sie weniger vertrauensvoll von der Zukunft – Sie wissen nicht, was sie Ihnen bringt. Hüten Sie in meiner Gegenwart Ihre Zunge; vielleicht kommt der Tag, an dem Sie meine Hilfe brauchen – meine Hilfe, verstehen Sie?»

Trudaine wandte das Gesicht von seiner Schwester ab, als fürchte er, sie könne seine Reaktion auf diese Worte sehen.

«Der Mann, der mir heute gefolgt ist, war ein Spitzel – Danvilles Spitzel!» Dieser Gedanke schoß ihm durch den Kopf, doch er äußerte ihn nicht. Es war einen Augenblick lang ruhig, und durch die Stille der Nacht war von weitem ein dumpfes Räderrattern zu hören. Es kam näher und näher – und verstummte unter dem Fenster.

Danville lief hinzu und blickte gespannt hinaus.

«Ich habe meine Rückkehr nicht ohne Grund beschleunigt. Diese Verhaftung hätte ich um nichts auf der Welt verpassen wollen!» dachte er und spähte in die Nacht.

Die Sterne leuchteten, aber der Mond schien nicht. Er konnte weder die Kutsche noch die Leute, die ihr entstiegen, erkennen und drehte sich wieder um. Seine Frau war in einen Sessel gesunken, ihr Bruder sperrte das Buch, das er für sie verwahren wollte, in einen Schrank. Die Totenstille machte die Schritte, die langsam die Treppe heraufkamen, mit schmerzlicher Deutlichkeit hörbar. Schließlich ging die Tür leise auf.

«Bürger Danville, *vivat* und Brudergruß!» sagte Lomaque, als er im Eingang mit seinen Agenten erschien. «Bürger Louis Trudaine?» So wahrte er die offizielle Form.

Rose fuhr aus ihrem Sessel hoch, aber die Hand ihres Bruders lag auf ihren Lippen, bevor sie sprechen konnte.

«Mein Name ist Louis Trudaine», antwortete er.

«Charles!» schrie seine Schwester auf, machte sich los und wandte sich an ihren Gatten: «Wer sind diese Männer? Wozu sind sie hier?»

Er gab ihr keine Antwort.

«Louis Trudaine», sagte Lomaque und zog langsam den Befehl aus seiner Tasche, «ich verhafte Sie im Namen der Republik.»

«Rose, komm zurück», rief Trudaine.

Es war zu spät, sie hatte sich von ihm losgerissen und in hellem Entsetzen ihren Mann am Arm gepackt.

«Rette ihn!» schrie sie. «Rette ihn, bei allem, was dir auf der Welt am liebsten ist! Du bist der Vorgesetzte dieses Mannes, Charles – weise ihn aus dem Zimmer!»

Danville schüttelte ihre Hand grob ab. «Lomaque tut seine Pflicht. Ja», fügte er mit einem bösartig triumphierenden Blick auf Trudaine hinzu, «er tut seine Pflicht. Du kannst mich ansehen, wie du willst, es rührt mich nicht. Ich habe Sie angezeigt! Ich gestehe es, und zwar mit Freude!

So bin ich einen Feind los und der Staat einen schlechten Bürger. Denken Sie an Ihre geheimen Besuche an der Rue de Cléry!»

Rose stieß einen Entsetzensschrei aus. Sie umklammerte seinen Arm wieder mit beiden Händen, schwachen, zittrigen Händen, die plötzlich so stark wie die eines Mannes zu werden schienen.

«Komm hierher ... komm! Ich muß und will mit dir reden!»

Sie zog ihn mit barer Gewalt ein paar Schritte zurück in eine stille Ecke des Raums. Mit totenblassen Wangen und flackerndem Blick stellte sie sich auf die Zehenspitzen und legte ihre Lippen ans Ohr ihres Mannes.

In diesem Augenblick rief Trudaine: «Rose, wenn du jetzt sprichst, bin ich verloren!»

Sie hielt beim Klang seiner Stimme inne, ließ den Arm ihres Gatten los und wandte sich zitternd ihrem Bruder zu.

«Rose», fuhr er fort, «du hast es versprochen, und dein Versprechen ist heilig. Wenn dir an deiner Ehre liegt, wenn du mich liebst, komm hierher ... komm und sei ruhig.»

Er streckte seine Hand aus. Sie lief zu ihm, legte ihren Kopf an seine Brust und begann haltlos zu schluchzen.

Danville wandte sich unbehaglich an die Agenten. «Führt euren Gefangenen ab», sagte er. «Ihr habt eure Pflicht hier getan.»

«Nur zur Hälfte», gab Lomaque zurück und sah ihn forschend an. «Rose Danville ...»

«Meine Frau!» rief sein Gegenüber. «Warum meine Frau?»

«Rose Danville», fuhr Lomaque unbeirrt fort, «Sie sind zusammen mit Louis Trudaine verhaftet.»

Rose hob schnell den Kopf von der Brust ihres Bruders. Seine Kraft war von ihm gewichen, er zitterte. Sie hörte ihn vor sich hin flüstern. «Auch Rose! O mein Gott! Darauf war ich nicht gefaßt.»

Sie hörte dies, rieb sich die Tränen aus den Augen und küßte ihn mit den Worten: «Ich bin froh darüber, Louis. Wir haben alles gemeinsam gewagt, und jetzt büßen wir gemeinsam dafür. Ich bin froh!»

Danville starrte Lomaque ungläubig an, als der erste Schock der Enthüllung vorüber war.

«Unmöglich!» rief er aus. «Ich habe meine Frau nie angezeigt. Es muß ein Irrtum vorliegen; Sie haben Ihre Befugnisse überschritten.»

«Still!» gebot Lomaque herrisch. «Schweigen Sie, Bürger, und achten Sie einen Beschluß der Republik!»

«Schurke! Zeigen Sie mir den Haftbefehl!» sagte Danville. «Wer hat es gewagt, meine Frau zu denunzieren?»

«Sie selbst!» sagte Lomaque und grinste ihn verächtlich an. «Sie selbst sind der Schurke! Sie taten es, als Sie ihren Bruder anzeigten! Ja, wir arbeiten hart in unserem Amt. Wir verschwenden keine Zeit mit Beleidigungen, sondern ermitteln Tatsachen. Wenn Trudaine schuldig ist, so ist Ihre Frau mitschuldig. Das wissen wir, und darum verhaften wir sie.»

«Ich widersetze mich der Festnahme», schrie Danville. «Ich bin der Vorgesetzte hier. Wer tritt mir entgegen?»

Der ungerührte Hauptagent antwortete nicht. Ein neues Geräusch von der Straße drang an sein empfindliches Ohr. Er eilte ans Fenster und blickte gespannt hinaus.

«Wer wagt es?» wiederholte Danville.

«Hört!» rief Lomaque mit erhobener Hand aus. «Schweigt still und hört!»

Dumpfe Stiefelschritte im Marschtempo waren zu vernehmen. Und im Takt zu den schweren, regelmäßigen Schritten sangen Stimmen leise die «Marseillaise». Bald leuchteten die Fackeln immer röter unter dem blassen Sternenhimmel.

«Hören Sie das? Sehen Sie die Fackeln näher kommen?» rief Lomaque und deutete frohlockend auf die Straße. «Respekt für die Nationalhymne und für den Mann, der das Geschick von ganz Frankreich lenkt! Hut ab, Bürger Danville! Robespierre ist auf der Straße. Seine Leibgarde leuchtet ihm den Weg zum Jakobinerklub! Wer Ihnen entgegentreten soll, fragten Sie? Ihr Herr und der meine: der Mann, der diesen Befehl unterzeichnet hat und mit einem Federstrich Ihren Kopf und auch meinen in den Sack der Guillotine befördern kann! Soll ich ihn rufen, wenn er hier vorbeikommt? Und ihm sagen, daß Inspektor Danville sich einer Festnahme widersetzt? Soll ich das? Soll ich?»

Lomaque schien in seiner maßlosen Verachtung an Statur zu gewinnen, als er Danville den Haftbefehl unter die Augen hielt und mit seinem Stock auf die Unterschrift wies.

Rose blickte sich bei Lomaques letzten Worten voll Entsetzen um und sah, daß ihr Mann vor der Unterschrift auf dem Haftbefehl wich, als ob er schon die Guillotine vor sich auftauchen sehe. Ihr Bruder spürte, wie sie sich wieder in seine Arme zurückzog, und fürchtete um ihre Selbstbeherrschung, wenn Schrecken und Anspannung der Festnahme noch länger anhielten.

«Sei tapfer, Rose, nur Mut!» sagte er. «Du hast dich tapfer gehalten, werde jetzt nicht schwach. Nein, nein, kein Wort mehr! Ich muß erst wieder klar denken können und dann entscheiden, was am besten ist. Sei stark, Liebes, unser Leben hängt davon ab. Bürger», fuhr er an Lomaque gewandt fort, «tun Sie Ihre Pflicht – wir sind bereit.»

Die schweren Schritte draußen stampften immer lauter auf das Pflaster, der Gesang schwoll immer stärker an, die dunkle Straße erglühte im aufflammenden Fackelschein, als Lomaque unter dem Vorwand, Trudaine den Hut zu geben, zu ihm trat und mit dem Rücken zu Danville flüsterte: «Ich habe den Abend vor der Hochzeit und die Bank am Fluß nicht vergessen.»

Bevor Trudaine antworten konnte, hatte Lomaque Roses Mantel und Umhang von einem der Agenten entgegengenommen und half ihr hinein. Als Danville, der noch immer blaß war und zitterte, diese Vorbereitungen zum Aufbruch sah, machte er einen Schritt auf seine Frau zu und sagte ein paar Worte, aber so leise, daß der Marschlärm und das dumpfe Gebrüll draußen seine Stimme erstickten. Ein Fluch entfuhr ihm, und er schlug die Faust in ohnmächtiger Wut auf den Tisch neben sich.

«In diesem Raum und im Schlafzimmer ist alles versiegelt», sagte Magloire und trat zu Lomaque, der ihm mit einem Nicken befahl, die Agenten bei der Tür zu sammeln.

«Bereit», rief Magloire, der sofort mit seinen Männern kam und die Stimme erhob, um sich Gehör zu verschaffen: «Wohin?»

Robespierre ging mit seiner Truppe am Haus vorbei. Fackelrauch qualmte durchs Fenster, Füße traten immer heftiger auf das Pflaster, und die «Marseillaise» dröhnte wie nie zuvor, als Lomaque einen Blick auf seinen Haftbefehl warf und verkündete: «Ins Gefängnis von Saint-Lazare!»

III

Zwei Tage nach der Festnahme in Trudaines Unterkunft stand der Kerkermeister von Saint-Lazare im Vorhof des Gefängnisses und rauchte seine Morgenpfeife. Als er zum Hoftor blickte, sah er, wie man die Pforte öffnete und einen Zutrittsberechtigten einließ, in dem er bald den Hauptagenten der zweiten Sektion der Geheimpolizei erkannte. «Na, Freund Lomaque», rief der Wärter und lief über den Hof, «wozu sind Sie heute morgen hier? Geschäftlich oder zum Vergnügen?»

«Diesmal zum Vergnügen, Bürger. Ich habe ein, zwei Stunden frei zum Spazierengehen, und als ich am Gefängnis vorbeikam, mußte ich doch bei meinem Freund, dem Kerkermeister, vorbeischauen und sehen, wie es ihm so geht.» Lomaques Ton war erstaunlich lebhaft und aufgeräumt. Zwar zuckten seine Augen heftig, aber er lächelte mit unverdrossenster Heiterkeit. Jene alten Feinde, die ihm immer am meisten mißtrauten, wenn seine Augen am stärksten litten, hätten gewiß kein Wort der freundlichen Rede geglaubt und ganz selbstverständlich angenommen, daß er mit seinem Besuch beim Kerkermeister einen besonders hinterhältigen Zweck verfolgte.

«Wie es mir so geht?» fragte der Kerkermeister und schüttelte den Kopf. «Überarbeitet, Freund, überarbeitet. In unserer Abteilung gibt es keine freien Stunden. Sogar die Guillotine wird zu langsam für uns!»

«Haben Sie Ihren heutigen Schub Gefangene schon dem Gericht abgeliefert?» fragte Lomaque und gab sich völlig ungerührt.

«Nein, sie gehen gerade», antwortete sein Gegenüber. «Werfen Sie doch einen Blick auf sie.» Er sagte dies, als wären die Gefangenen Gemälde in einer Ausstellung oder neue Kleidermodelle. Lomaque nickte und trug noch immer sein unbekümmertes Freizeitgesicht. Der Wärter ging zu einem Innenraum und deutete träge mit seinem Pfeifenstiel in eine Ecke: «Unsere Morgenladung, Bürger, bereit für den Ofen.»

Mehr als dreißig Männer und Frauen jeden Alters und Standes drängten sich dort zusammen. Manche starrten in heller Verzweiflung in die Runde, andere lachten und schwatzten fieberhaft. Daneben lümmelten sich ihre «patriotischen» Bewacher, rauchend, spuckend und fluchend. Zwischen den Patrioten und den Gefangenen saß auf einem wackligen Stuhl der zweite Aufseher – ein Buckliger mit einem gewaltigen roten Schnurrbart –, spießte die letzten Saubohnen seines Frühstücks mit seinem Messer aus einer Schüssel auf und spülte sie mit großzügigen Schlucken aus der Weinflasche hinunter. So scheinbar achtlos Lomaque seinen Blick über dieses Bild des Jammers schweifen ließ, erspähte sein scharfes Auge doch jedes Gesicht und hatte in wenigen Minuten Trudaine und seine Schwester ausgemacht, die im hinteren Teil der Menge beieinanderstanden.

«He, Apollo!» rief der Kerkermeister seinen Untergebenen bei dessen groteskem Spitznamen im Gefängnis, «verschwende nicht den ganzen Tag, bis du diese Schundware los bist! Und hör mal, Freund, ich bin heute nachmittag für die Versammlung freigestellt. Also mußt du die Liste für die Guillotine lesen und die Gefängnistüren ankreiden, bevor morgen früh der Karren kommt. Hüte dich heute vor der Flasche, Apollo, hüte dich, damit es morgen keine Pannen mit der Todesliste gibt.»

Lomaque entfernte sich vom Kerkermeister. «Durst macht dieses Juliwetter, was, Bürger?» sagte er und klopfte dem Buckligen sehr freundschaftlich auf die Schulter. «So, habt Ihr Eure Schäfchen heute morgen zusammengetrieben! Soll ich helfen, sie in Marschordnung zu bringen? Ich stehe zur Verfügung, ich habe den ganzen Morgen Zeit!»

«Ha, ha, ha! So ein netter Kerl ist er an seinem freien Morgen!» brüllte der Aufseher, als Lomaque – scheinbar im Übermut der geschenkten Stunde wie verwandelt – die Gefangenen mit spöttischen Entschuldigungen in Reih und Glied zu schubsen begann, worüber nicht nur die Wärter, sondern auch manche Häftlinge – hemmungslose Opfer einer hemmungslosen Tyrannei – herzhaft lachten.

Bis zum Schluß spielte Lomaque den Hanswurst, und es gelang ihm, sich Trudaine kurz zu nähern und ihm einen vielsagenden Blick zuzuwerfen, bevor er ihn wie die anderen an den Schultern packte. «Also los, Nachhut», rief Lomaque und gab Trudaine einen Stoß. «Anschließen und mit deiner jungen Frau da Schritt halten. Nur Mut, Bürgerin! Man gewöhnt sich an alles auf Erden, sogar an die Guillotine!»

Während er ihn so ansprach und stieß, spürte Trudaine, wie ihm rasch ein Zettel zwischen Nacken und Halstuch gesteckt wurde. «Kopf hoch!» flüsterte er seiner Schwester mit einem Händedruck zu, als er sie vor der gespielten Grausamkeit von Lomaques Witz erschauern sah.

Bewacht von den «Patrioten», stolperte die Gefangenenprozession langsam in den Vorhof und weiter zum Revolutionstribunal, während der Bucklige den Zug beschloß.

Lomaque wollte mit einigem Abstand folgen, als der gastfreundliche Aufseher protestierte: «He, nicht so eilig! Jetzt, wo dieser Säufer von Untergebenem mit seiner Ware gegangen ist, hab' ich nichts dagegen, Sie auf einen Schluck Wein zu bitten.»

«Danke», antwortete Lomaque, «aber ich habe heute morgen gerade Lust, die Verhandlung zu hören. Wie wär's danach? Wann gehen Sie zur Versammlung? Um zwei? Gut, dann versuch' ich, kurz nach eins hier zu sein.» Damit nickte er ihm zu und ging. Wegen der strahlenden Sonne im Hof zuckten seine Augen stärker denn je. Wären seine alten Feinde dabeigewesen, hätten sie einander zugeflüstert: «Wenn Sie überhaupt zurückkommen, Bürger Lomaque, dann keinesfalls kurz nach eins!»

Unterwegs zum Gericht wurde der Hauptagent von ein paar ihm bekannten Polizisten aufgehalten, so daß die Verhandlungen des Revolutionstribunals, als er eintraf, eben begannen.

Das wichtigste Möbelstück im Gerichtssaal war ein langer, schwerfälliger Verhandlungstisch mit grünem Flanellüberzug. Den Vorsitz führte der Präsident mit seinen Richtern, alle mit Hut, unterstützt von einem zusammengewürfelten Haufen Patrioten, die in den anstehenden Verhandlungen irgendeine offizielle Funktion hatten. Unten vor dem Tisch war ein abgetrennter Raum mit Galerie für das Publikum bestimmt, das diesmal auf der Galerie hauptsächlich aus Frauen bestand, die auf langen Bänken saßen und ungerührt wie zu Hause strickten, Hemden flickten und Kleinkinderwäsche nähten. Neben der Tischseite, die am weitesten von der großen Eingangstür entfernt war, warteten die bewachten Gefangenen auf einer niedrigen Tribüne hinter einer Abschrankung auf ihren Prozeß. Die

Sonne schien hell durch ein hohes Fenster, und der Raum war voll fröhlichen Stimmengewirrs, als Lomaque ihn betrat. Er besaß hier ebenso seine Vorrechte wie im Gefängnis und kam durch eine Nebentür beim Podest der Gefangenen herein, um das er herumging, bevor er hinter dem Sessel des Vorsitzenden auf einem Stuhl Platz nahm. Trudaine, der mit seiner Schwester ganz vorn in der Gruppe stand, nickte Lomaque bedeutungsvoll zu, als dieser einen Augenblick aufschaute. Es war ihm auf seinem Weg ins Gericht gelungen, die Nachricht zu lesen, die ihm der Hauptagent zugesteckt hatte.

Sie lautete wie folgt: «Ich weiß jetzt, wer Bürger und Bürgerin Dubois sind. Ihre einzige Chance besteht darin, alles zu gestehen. Dadurch belasten Sie einen gewissen einflußreichen Bürger und bringen ihn vielleicht dazu, Ihr Leben und das Ihrer Schwester zu retten, wenn ihm sein eigenes Leben lieb ist.»

Hinter dem Präsidentenstuhl angekommen, erkannte Lomaque seine beiden verläßlichen Untergebenen Magloire und Picard, die mit den anderen Patrioten auf ihre Zeugenaussage warteten. Etwas entfernt von ihnen lehnte Inspektor Danville an der Wand; niemand redete mit ihm, und er redete mit niemandem. Zweifel und Anspannung sprachen aus jedem seiner Gesichtszüge, und jede Geste verriet die Nervosität eines ruhelosen Gemüts – sogar Danvilles Art, sich von Zeit zu Zeit mit einem Tuch über das Gesicht zu wischen, auf dem schon der Schweiß perlte.

«Ruhe!» rief nun der Gerichtsdiener, ein heiserer Mann in hohen Stiefeln, mit seitlich angeschnalltem mächtigem Säbel und einem Knüppel in der Hand. «Ruhe für den Bürger Präsidenten!» wiederholte er und schlug mit dem Knüppel auf den Tisch.

Der Gerichtspräsident stand auf, erklärte die Sitzung für eröffnet und setzte sich wieder.

Die nachfolgende Stille wurde von einer plötzlichen Verwirrung unter den Gefangenen auf der Tribüne unterbrochen. Zwei Wachen sprangen hinzu. Ein schweres Aufschlagen war zu hören, der Entsetzensschrei einiger weiblicher Gefangener, dann herrschte wieder Totenstille, nur von einer der Wachen unterbrochen, die mit einem blutigen Messer durch den Saal ging und es auf den Tisch legte. «Bürger Präsident», sagte er, «ich habe zu melden, daß ein Gefangener sich soeben erstochen hat.» Aus den Reihen der Zuschauerinnen tönte es: «Ist das alles?», und sie nahmen ihre Arbeit wieder auf. Selbstmord vor den Gerichtsschranken war unter der Schreckensherrschaft nichts Ungewöhnliches.

«Name?» fragte der Präsident, griff ruhig zu seiner Feder und öffnete ein Buch.

«Martigné», meldete der bucklige Aufseher und trat zum Tisch vor.

«Angaben zur Person?»

«Königlicher Kutschenmacher für den Tyrannen Capet.»

«Anklage?»

«Verschwörung im Gefängnis.»

Der Präsident nickte und trug in das Buch ein: «Martigné, Kutschenmacher. Angeklagt der Verschwörung im Gefängnis. Kam dem Gang des Gesetzes durch Selbstmord zuvor, worin hinreichendes Schuldgeständnis zu sehen. Güter beschlagnahmt. Den ersten Thermidor*, im zweiten Jahr der Republik.»

«Ruhe!» befahl der Mann mit dem Knüppel, als der Präsident etwas Sand über den Eintrag streute, dem Aufseher bedeutete, die Leiche zu entfernen, und sein Buch schloß.

«Irgendwelche besonderen Fälle heute morgen?» setzte der Präsident wieder ein und wandte sich zu den hinter ihm Stehenden um.

«Einer», sagte Lomaque und stellte sich neben den Präsidentenstuhl. «Wäre es Ihnen möglich, Bürger, den Fall von Louis Trudaine und Rose Danville zuerst zu beurteilen? Zwei meiner Männer sind hier als Zeugen geladen, und ihre Zeit ist für die Republik kostbar.»

Der Präsident strich eine Liste vor sich an und reichte sie mit den Zahlen eins und zwei vor den

---

* der elfte Monat des französischen Revolutionskalenders (19. Juli bis 17. August)

Namen Louis Trudaines und Rose Danvilles dem Gerichtsdiener.

Als Lomaque sich zu seinem Platz hinter dem Stuhl zurückzog, trat Danville zu ihm und flüsterte: «Es geht das Gerücht, daß Sie geheime Informationen über Bürger und Bürgerin Dubois haben. Stimmt das? Wissen Sie, wer die beiden sind?»

«Ja», antwortete Lomaque, «aber ich muß diese Erkenntnis auf höheren Befehl noch für mich behalten.»

Der Eifer, mit dem Danville fragte, und die offensichtliche Enttäuschung über die unbefriedigende Antwort waren dem Hauptagenten Beweis genug, daß Danville von den Dubois tatsächlich nichts wußte. Wenigstens dieses Rätsel hatte er noch nicht gelöst.

«Louis Trudaine! Rose Danville!» rief der Büttel und ließ seinen Knüppel erneut niederfahren.

Das Paar trat auf diesen Befehl vor die Schranken. Der Anblick der Richter und die erste Begegnung mit der erbarmungslosen Neugier des Publikums schienen zuviel für Rose. Ihr totenblasses Gesicht wurde dunkelrot, dann wieder blaß, und sie barg ihr Gesicht an der Schulter ihres Bruders. Wie rasch sie sein Herz pochen hörte. Und wie füllten sich ihre Augen mit Tränen bei der Empfindung, daß seine ganze Sorge ihr galt!

«Gut!» sagte der Präsident und notierte sich ihre Namen. «Von wem wurden sie angezeigt?»

Magloire und Picard traten vor, und ersterer antwortete: «Von Bürger Inspektor Danville.»

Die Antwort erregte bei den Gefangenen und im Publikum viel Unruhe und großes Aufsehen.

«Wie lautet die Anklage?» fragte der Präsident weiter.

«Verschwörung gegen die Republik beim männlichen Angeklagten, kriminelle Mitwisserschaft bei der Frau.»

«Tragen Sie Ihre Beweise vor.»

Picard und Magloire entfalteten ihre Rapporte und berichteten dem Präsidenten dieselben Einzelheiten, die sie schon Lomaque im Büro der Geheimpolizei vorgelesen hatten.

«Das genügt», sagte der Präsident, als sie fertig waren, «es bleibt uns nur noch, die Identität von Bürger und Bürgerin Dubois festzustellen, was Sie natürlich bereits getan haben. Haben Sie die Beweisaufnahme vernommen?» Mit dieser Frage wandte sich der Gerichtspräsident an die Gefangenen, während Picard und Magloire miteinander tuschelten und den Hauptagenten, der stumm hinter ihnen stand, ratlos ansahen.

«Haben Sie die Beweise gehört, Angeklagte, und wollen Sie sich dazu äußern? Wenn ja, denken Sie daran, daß die Zeit dieses Gerichts kostbar ist und keine Trödelei geduldet wird.»

«Ich bitte um Erlaubnis, für mich und meine

Schwester sprechen zu dürfen», antwortete Trudaine. «Ich will dem Gericht Zeit ersparen, indem ich ein Geständnis ablege.»

Das Flüstern in den Reihen der Zuschauerinnen war wie abgeschnitten, als er das Wort «Geständnis» aussprach. In der atemlosen Stille drang seine leise, ruhige Stimme bis in den hintersten Winkel des Saals, als er ohne äußere Anzeichen der in ihm ersterbenden Hoffnung fortfuhr: «Ich gestehe meine heimlichen Besuche im Haus an der Rue de Cléry. Ich gestehe, daß ich die in den Protokollen genannten Personen besucht habe. Und ich gestehe schließlich, daß ich es in der Absicht tat, ihnen die Flucht aus Frankreich zu ermöglichen. Hätte ich aus politischen Motiven, aus politisch begründeter Ablehnung der gegenwärtigen Regierung gehandelt, müßte ich mich zur Anklage der Verschwörung gegen die Republik tatsächlich schuldig bekennen. Aber ich hatte keinen politischen Grund und verspürte keinen politischen Drang zu der Tat, die mich vor die Schranken dieses Gerichts gebracht hat. Die Personen, denen ich zur Flucht verhalf, hatten keinen politischen Einfluß oder politische Beziehungen. Ich handelte aus rein privatem Mitgefühl für sie und für andere – aus Beweggründen, wie sie ein guter Republikaner haben kann, ohne die Ideale seines Landes zu verraten.»

«Sind Sie bereit, dem Gericht nun zu sagen,

wer die Dubois in Wirklichkeit sind?» fragte der Präsident ungeduldig.

«Ich bin bereit», antwortete Trudaine. «Aber erst möchte ich noch ein Wort über meine Schwester sagen, die hier mit mir vor Gericht steht.» Seine Stimme klang weniger bestimmt, und erstmals änderte sich die Farbe seines Gesichts, als Rose ihren Kopf von seiner Schulter hob und ihn gespannt ansah. «Ich bitte das Gericht inständig, meine Schwester von jeder Beteiligung an den mir zur Last gelegten Vergehen freizusprechen. Ich habe offen über mich selbst gesprochen, darum wird man mir vielleicht auch glauben, wenn ich über sie rede und bezeuge, daß sie mir weder half noch helfen konnte. Wenn es eine Schuld gibt, dann trage ich sie allein, und kommt eine Strafe, sollte nur ich sie leiden.»

Er brach plötzlich verwirrt ab. Es war leicht, sich keinem Blick von Rose auszusetzen, doch hören mußte er sie – dieser harten Prüfung für seine Selbstbeherrschung konnte er nicht ausweichen.

Kaum hatte er den letzten Satz gesagt, hob sie den Kopf erneut von seiner Schulter und flüsterte ihm eindringlich zu: «Nein, nein, Louis! Nicht auch noch dieses Opfer nach all den andern – o nein, auch wenn du mich dadurch zwingst, selbst zu ihnen zu reden!»

Sie riß sich brüsk von ihm los und stellte sich unvermittelt dem ganzen Gericht. Die Schranke vor ihr bebte vom Zittern ihrer Arme und Hände, mit denen sie Halt suchte. Das Haar lag ihr wirr auf den Schultern, ihr Gesicht zeigte eine seltsame Festigkeit, und ihre sonst so sanften, zärtlichen Augen flackerten wild. Ein bewunderndes, neugieriges Murmeln war von den Frauen im Publikum zu hören. Einige erhoben sich gespannt von ihren Bänken, andere riefen: «Hört, hört! Sie wird reden!»

Und tatsächlich redete sie. Silberhell, nur um so wohlklingender in ihrer Traurigkeit, stahl sich ihre Stimme durch den groben Lärm, durch das unflätige Murren und das bösartige Zischeln.

«Herr Präsident, Euer Ehre ...», begann das arme Mädchen entschlossen, aber ihre nächsten Worte gingen im Zischen der Frauen unter.

«Vornehme Gans! Du vornehme Gans! Weg mit deinen verfluchten Titeln!» schrien sie schrill. Rose hielt den zornigen Gesten der Frauen mit demselben Glimmen in den Augen und unveränderter Festigkeit stand. Und sie hätte sich durch alles Brüllen und Fluchen wieder Gehör verschafft, wenn die Stimme ihres Bruders sie nicht bezwungen hätte.

«Bürger Präsident», rief er, «ich bin noch nicht fertig. Ich bitte um Erlaubnis, mein Geständnis zu Ende zu bringen. Ich beschwöre das Gericht, nicht auf die Worte meiner Schwester zu achten. Aufregung und Schrecken des heutigen Tages haben ihren Verstand erschüttert. Sie ist nicht verantwortlich für das, was sie sagt – dies erkläre ich feierlich vor dem ganzen Gericht!»

Das Blut schoß ihm bei dieser Beteuerung ins blasse Gesicht. Selbst in dieser Krise machte sich der noble Mann ein Gewissen aus seinem Betrug, auch wenn er damit nur das Leben seiner Schwester retten wollte.

«Laßt sie reden! Sie soll reden!» riefen die Frauen, als Rose, reglos und ohne einen Blick auf ihren Bruder, seine Worte anscheinend überhaupt nicht wahrnehmend, einen zweiten Versuch machte, sich gegen Trudaines Willen an ihre Richter zu wenden.

«Ruhe!» befahl der Mann mit dem Knüppel. «Schweigt still, Weiber! Der Bürger Präsident spricht.»

«Der Angeklagte Trudaine hat das Wort», sagte der Präsident, «und soll mit seinem Geständnis fortfahren. Wenn die Angeklagte ebenfalls das Wort wünscht, soll sie anschließend gehört werden. Ich fordere beide Angeklagte zur Kürze auf, wenn sie ihre Lage nicht noch verschlimmern wollen. Und ich befehle Ruhe im Saal, sonst wird er geräumt. Gut denn, Angeklagter Trudaine, fahren Sie fort. Aber kein Wort mehr von ihrer Schwester; sie soll für sich selbst sprechen. Wir befassen uns jetzt mit den Dubois. Sind Sie gewillt oder nicht, vor Gericht über sie auszusagen?»

«Ich wiederhole: Ich bin bereit», antwortete

Trudaine. «Bürger Dubois ist ein Bediensteter, Bürgerin Dubois ist die Mutter des Mannes, der mich denunziert hat: Inspektor Danville.»

Ein Summen und Brausen von Hunderten erstaunter Stimmen, die alle halblaut durcheinanderredeten, folgte auf die Antwort. Keine Amtsperson versuchte auf diese allgemeine, lautstarke Verblüffung einzuwirken, die nicht nur die Leute auf der Tribüne erfaßte, sondern auch den Büttel und die Richter selbst, die eben noch unbeteiligt und stumm auf ihren Stühlen gesessen hatten. Als der Lärm schließlich nachließ, setzte ihm jemand ein abruptes Ende, der aus der Menge hinter dem Präsidentenstuhl rief: «Platz da! Inspektor Danville hat eine Schwäche!»

Es folgte ein heftiges Flüstern und ein wirrer Stimmenstreit, daraufhin Unruhe unter den Amtspersonen, dann eine lange Stille und schließlich das plötzliche Erscheinen von Danville allein am Tisch.

Der gespenstische Anblick, den er dem Publikum bot, brachte es in einem Moment zur Ruhe, als der Lärm eben wieder ausbrechen wollte. Alle beugten sich eifrig vor, um zu hören, was er zu sagen hatte. Seine Lippen bewegten sich, aber die wenigen Worte, die sie hervorbrachten, waren außer für seine nächste Umgebung unhörbar. Als er gesprochen hatte, verließ er den Tisch, gestützt von einem Polizisten, der ihn zur Nebentür des Gerichtssaals und damit auch an der Gefangenentribüne vorbei bringen wollte. Aber Danville blieb auf halbem Weg stehen, wandte rasch sein Gesicht von den Gefangenen ab und zeigte auf den öffentlichen Eingang auf der anderen Seite des Saals, worauf er in diese Richtung ins Freie gebracht wurde.

Als er gegangen war, sagte der Präsident halb an Trudaine und halb an das Publikum gerichtet: «Bürger Inspektor Danville ist ein Opfer der Hitze im Gerichtssaal geworden. Ich habe ihn, betreut von einem Polizisten, zur Erholung an die frische Luft geschickt mit der Auflage, wiederzukommen und die außerordentliche und verdächtige Aussage, die der Gefangene eben gemacht hat, zu erhellen. Bis zur Rückkehr von Bürger Danville weise ich den Angeklagten Trudaine an, allfällige weitere Eingeständnisse zu unterlassen, da zuvor diese Angelegenheit geklärt sein muß. Inzwischen gebe ich der Angeklagten Gelegenheit zu einer persönlichen Stellungnahme, damit das Gericht keine Zeit verschwendet.»

«Stopft ihm das Maul!» – «Führt ihn aus dem Saal!» – «Knebelt ihn!» – «Köpft ihn!» So schrie das Publikum, als der Präsident geendet hatte. Diese Zwischenrufe galten Trudaine, der einen letzten verzweifelten Versuch unternommen hatte, seine Schwester zum Schweigen zu bewegen, und dabei von den Gaffern beobachtet worden war.

«Entfernt den Gefangenen, wenn er noch ein Wort zu seiner Schwester sagt», wies der Präsident die Wache bei der Tribüne an.

«Gut, dann hören wir sie endlich. Pst! Seid still!» riefen die Frauen, machten es sich auf ihren Bänken bequem und nahmen ihre Arbeiten wieder auf.

«Rose Danville, das Gericht hört Sie», sagte der Präsident, schlug die Beine übereinander und lehnte sich behaglich in seinem mächtigen Lehnsessel zurück.

Im ganzen Lärm und Chaos der letzten Minuten war Rose in derselben Haltung, mit demselben seltsam erstarrten Gesichtsausdruck verharrt, der sich nur einmal veränderte. Als ihr Mann neben den Tisch trat und dort alleine stehenblieb, hatten ihre Lippen leise gezuckt, und ein Hauch Farbe war über ihre Wangen gehuscht. Aber selbst diese geringfügige Regung war wieder vorbei, und sie war blasser, stiller und stärker verändert denn je, als sie sich mit ihrer Erklärung an den Präsidenten wandte: «Ich möchte dem Beispiel meines Bruders folgen und ein Geständnis ablegen wie er. Es wäre mir lieber gewesen, er hätte für mich gesprochen, aber er will in seinem Großmut nur sagen, was mich seiner Meinung nach davor rettet, dieselbe Strafe wie er zu erleiden. Doch ich will nicht gerettet werden, außer er wird es auch. Wohin er auch gehen mag, wenn er diesen Raum verläßt, dahin gehe ich mit, und was er leidet, will auch ich leiden. Wenn er sterben muß, glaube ich, Gott wird mir die Kraft geben, mich mit ihm in den Tod zu schicken!»

Sie hielt einen Moment inne und wandte sich in Trudaines Richtung, faßte sich aber sogleich wieder und fuhr fort: «Zu meinem Anteil an dem Vergehen, das meinem Bruder zur Last gelegt wird, möchte ich nun folgendes sagen: Vor einiger Zeit berichtete er mir, er habe die Mutter meines Gatten in Paris als arme Frau verkleidet gesehen, habe sie angesprochen und genötigt, sich zu erkennen zu geben. Bis dahin waren wir alle sicher gewesen, sie habe Frankreich verlassen, und zwar schon vor unserer Ankunft in Paris, weil sie altmodische Ansichten hatte, die einem heute gefährlich werden können. Sie erzählte meinem Bruder, sie sei tatsächlich mit einem alten, zuverlässigen Diener der Familie als Hilfe und Schutz bis nach Marseille geflohen, sei dort auf unerwartete Schwierigkeiten bei der Weiterreise gestoßen und habe dies als Zeichen der Vorsehung gedeutet, ihren innigst geliebten Sohn, von dem sie sich höchst widerwillig getrennt hatte, nicht zu verlassen. Statt im Exil auf ruhigere Zeiten zu warten, entschied sie sich daher für ein Versteck in Paris, weil sie wußte, daß ihr Sohn auch dorthin gehen würde. Sie nahm den Namen ihres treuen alten Dieners an, der sie bis zuletzt beschützen wollte, und sie war entschlossen, inkognito und zurückgezogen zu leben und aus der Ferne die Laufbahn ihres Sohnes zu verfolgen, bis das öffentliche Leben sich wieder beruhigt hätte, sie sich zu erkennen geben könnte und mit ihrem geliebten Kind wieder vereinigt wäre. Mein Bruder sah in diesem Plan große Gefahren, sowohl für sie selbst wie auch für ihren Sohn und den rechtschaffenen alten Mann, der für seine Herrin den Kopf riskierte. Ich dachte ebenso und sagte in einer unglückseligen Stunde zu Louis: ‹Kannst du versuchen, meine Schwiegermutter heimlich wegzubringen, und dafür sorgen, daß ihr treuer Diener sie diesmal wirklich zum Verlassen Frankreichs bewegt?› Es war eine unrechte Bitte aus einem selbstsüchtigen Grund, der mit meinem Eheleben zusammenhängt, welches nicht glücklich verlief. Es war mir nicht gelungen, die Zuneigung meines Gatten zu gewinnen, und ich wurde von ihm nicht freundlich behandelt. Als mein Bruder, der mich schon immer mehr liebte, als ich wohl leider verdiene, diesen frostigen Umgang meines Gatten sah, war er um so freundlicher mit mir, was Unfrieden zwischen ihnen stiftete. Darum hatte ich bei meiner Bitte an meinen Bruder den Gedanken, mein Gatte würde uns in einem neuen und besseren Licht sehen, wenn wir ihm eines Tages sagen könnten, wir hätten seine Mutter ohne Risiko für ihn davor bewahrt, sich selbst und ihren Sohn in Gefahr zu bringen. Wir hätten ihm damit bewiesen, wie sehr ich seine Liebe und Louis die Dankbarkeit seines Schwagers verdiente, und wir hätten endlich ein glückliches Zuhause gehabt und alle drei in Frieden zusammengelebt. So stellte ich es mir vor, und als ich dies meinem Bruder sagte und ihn nach dem Risiko fragte, wollte er aus zärtlicher Nachsicht mir gegenüber keines sehen. Ich hatte mich so sehr an seine Opfer für mein Glück gewöhnt, daß ich es zuließ, daß er sich für meine kleine Haushaltintrige in Gefahr brachte. Dies bereue ich nun zutiefst, und ich bitte ihn von ganzem Herzen um Verzeihung. Wenn er freigesprochen wird, will ich versuchen, mich seiner Liebe würdiger zu erweisen. Wird er schuldig gesprochen, will ich ihm aufs Schafott folgen und mit meinem Bruder sterben, der für mich sein Leben aufs Spiel gesetzt hat.»

Sie hörte so ruhig zu sprechen auf, wie sie begonnen hatte, und drehte sich einmal mehr ihrem Bruder zu.

Als sie den Blick vom Gericht ab- und ihrem Bruder zuwandte, stahlen sich ein paar Tränen in ihre Augen, und ihr Gesicht schien etwas von der einstigen Blüte und der alten Sanftheit im Ausdruck zurückzugewinnen. Er ließ sie seine Hand nehmen, schien aber absichtlich ihrem ängstlichen Blick auszuweichen. Der Kopf war ihm auf die Brust gefallen, er atmete schwer, und sein Gesicht verdunkelte und verzerrte sich wie vor stechendem körperlichem Schmerz. Er beugte sich etwas vor, stützte den Ellbogen auf das Geländer vor ihm und bedeckte sein Gesicht mit der Hand. So gelang es ihm, die aufsteigende Qual zu unterdrücken und die heißen Tränen zurückzuhalten. Das Publikum hatte Rose schweigend angehört, und als sie geendet hatte, schwieg es immer noch. Dies war ein seltener Tribut des Volkes an eine Gefangene in den Tagen des Schreckens.

Der Präsident blickte zu seinen Richtern und schüttelte mißtrauisch den Kopf. «Diese Aussage der Angeklagten erschwert die Sache außerordentlich», sagte er. «Kennt jemand im Saal den jetzigen Aufenthaltsort der Mutter von Inspektor Danville und ihres Dienstboten?» fragte er mit einem Blick auf die Leute hinter ihm.

Lomaque trat daraufhin vor und stellte sich neben den Tisch.

«Aber Bürger Agent!» Der Präsident starrte ihn an. «Sie werden doch nicht auch unter der Hitze leiden?»

«Es schien zu kommen, Bürger Präsident, als die Angeklagte ihre Aussage beendet hatte», erklärte Magloire und drängte sich eifrig vor.

Lomaque bedachte seinen Untergebenen mit einem Blick, der ihn sogleich wieder in den Schutz der Beamtentruppe zurücktrieb, und sagte in seinem unverkennbar gedämpften Ton: «Ich habe Auskünfte über Inspektor Danvilles Mutter und den Dienstboten erhalten und bin bereit, sämtliche Fragen zu beantworten.»

«Wo sind sie jetzt?» fragte der Präsident.

«Es steht fest, daß die beiden die Grenze überschritten haben, und man vermutet sie unterwegs nach Köln. Aber seit sie Deutschland betreten haben, ist ihr genauer Aufenthaltsort den Behörden der Republik naturgemäß nicht bekannt.»

«Haben Sie Informationen zum Verhalten des alten Dieners hier in Paris?»

«Genug, um zu beweisen, daß er politisch unverdächtig war. Er scheint der Frau aus reiner Ergebenheit geholfen zu haben, im Privaten hat er alle niederen Dienste eines Knechts geleistet und in der Öffentlichkeit die Nachbarn mit vorgespiegelter Gleichrangigkeit mit ihr getäuscht.»

«Haben Sie Grund zu der Annahme, daß Inspektor Danville vom ersten Fluchtversuch seiner Mutter wußte?»

«Ich entnehme es den Angaben der Angeklagten und anderen Umständen, die ich hier vor Gericht nicht ausbreiten kann. Aber die Beweise können sicher beschafft werden, wenn man mir Zeit gibt, mit den Behörden von Lyon und Marseille in Kontakt zu treten.»

In diesem Augenblick betrat Danville wieder den Gerichtssaal, kam zum Tisch und stellte sich dicht neben den Hauptagenten. Sie fixierten einander einen Augenblick lang.

«Er hat sich vom Schock der Antwort Trudaines erholt», dachte Lomaque, als er in die hinteren Reihen trat. «Seine Hand zittert, sein Gesicht ist blaß, aber ich erkenne die wiedererlangte Selbstbeherrschung in seinem Blick und fürchte schon die Konsequenzen.»

«Bürger Präsident», begann Danville, «ich begehre zu wissen, ob meine Ehre und Vaterlandsliebe in meiner Abwesenheit in Frage gestellt wurden.»

Er sprach anscheinend mit größter Ruhe, blickte jedoch niemandem ins Gesicht. Seine Augen starrten unverwandt auf den grünen Tischbezug unter ihm.

«Die Angeklagte hat eine Aussage gemacht, die hauptsächlich sie selbst und ihren Bruder betraf», antwortete der Präsident, «dabei hat sie aber beiläufig einen früheren Versuch Ihrer Mutter erwähnt, das Gesetz zu brechen und aus Frankreich zu emigrieren. In diesem Teil des Geständnisses sind gewichtige Verdachtsmomente gegen Sie enthalten ...»

«Es soll nicht länger ein Verdacht sein – ich will ihn auf eigene Gefahr zur Gewißheit machen!» rief Danville, breitete theatralisch die Arme aus und sah zum ersten Mal hoch. «Bürger Präsident, ich gestehe es mit der furchtlosen Redlichkeit eines guten Patrioten: Ich war in die ursprünglichen Fluchtpläne meiner Mutter eingeweiht.»

Pfiffe und Verwünschungen folgten auf dieses Geständnis. Danville zuckte zunächst zusammen, hatte sich aber, noch bevor die Ruhe wiederhergestellt war, gefaßt.

«Bürger, ihr habt das Eingeständnis meiner Schuld gehört», wandte er sich mit dem Mut der Verzweiflung an das Publikum, «hört nun auch, welches Opfer ich dafür auf dem Altar meines Vaterlandes dargebracht habe.»

Nach diesem Satz wartete er ab, bis der Gerichtsschreiber mit seinem Protokoll soweit war. «Schreibt alles haargenau auf!» rief Danville und wies feierlich auf das aufgeschlagene Blatt des Gerichtsbuchs. «Meine Worte entscheiden über Leben und Tod.»

Der Sekretär tauchte seine Feder erneut in die Tinte und nickte zum Zeichen, daß er bereit war.

Danville fuhr salbungsvoll fort: «Was ist die heilige Pflicht aller guten Bürger in diesen ebenso glorreichen wie schweren Zeiten für Frankreich? Ihre liebsten persönlichen Neigungen und Interessen den staatsbürgerlichen Pflichten zu opfern! Als meine Mutter erstmals versuchte, gegen die Gesetze zu verstoßen, versagte ich und konnte das heroische Opfer, das eine gestrenge Vaterlandsliebe mir abverlangte, nicht erbringen. Es erging mir schlimmer als Brutus*, der über

---

* Lucius Iunius Brutus soll seine Söhne wegen Verrats zum Tod verurteilt haben.

seine eigenen Söhne zu Gericht saß. Ich hatte nicht die römische Tapferkeit, mich in dieser Lage zu bewähren. Ich wurde schwach, Bürger – schwach wie Coriolanus*, als seine ehrwürdige Mutter ihn anflehte, Rom zu verschonen! Für diese Schwäche hätte ich die Verbannung aus der Gemeinschaft der Republik verdient, doch ich entging der gerechten Strafe und erlangte sogar die Ehre eines Regierungsamts. Die Zeit verging, und wieder wollte meine Mutter aus Frankreich fliehen. Abermals prüfte ein unausweichliches Schicksal meine Bürgertugend. Und wie bestand ich diese zweite und schwierigste Probe? Mit der Sühne für einstige Schwäche, die so entsetzlich ist wie die Prüfung selbst! Bürger, ihr werdet schaudern, aber ihr werdet mit Schaudern applaudieren. Bürger, macht die Augen auf und denkt dabei an die ursprüngliche Beweislage. Dort steht der intrigante Volksfeind, der meiner Mutter zur Flucht verhalf, und hier der vaterlandsliebende Sohn, dessen Stimme sich als erste und einzige erhob, um ihn für dieses Verbrechen zur Rechenschaft zu ziehen!» Zuerst zeigte er auf Trudaine, schlug sich dann selbst auf die Brust, verschränkte die Arme und blickte grimmig in die Zuschauerreihen.

---

* Der zur Verbannung verurteilte Gaius Marcius Coriolanus stand mit einer feindlichen Streitmacht vor den Toren seiner Heimatstadt und ließ dank den Bitten seiner Mutter von der Eroberung Roms ab.

«Behaupten Sie damit», rief der Präsident, «daß Sie von Trudaines Fluchthilfe für Ihre Mutter wußten, als Sie ihn denunzierten?»

«Ja, ich wußte davon», erwiderte Danville.

Dem Vorsitzenden entglitt bei dieser Antwort die Feder, und die Richter zuckten zusammen und sahen einander sprachlos an.

«Scheusal! Ungeheuer!» murrten erst die Gefangenen, und die Worte fanden ein lautes Echo im Publikum, so daß sich schließlich die glühendste Revolutionärin auf der Bank mit der stolzesten Aristokratin auf der Tribüne verbündete. Selbst an diesem Ort schlimmster Uneinigkeit, in dieser Zeit erbittertster Feindschaft behauptete ein Naturgesetz seine ewige Gültigkeit und weckte den Mutterinstinkt, der die ganze Welt verbindet!

Lomaque gehörte zu den wenigen Anwesenden, welche die Wirkung von Danvilles Antwort auf den Gang der Gerichtsverhandlung voraussahen. Sein fahles Gesicht wurde bleich, als er zu den Gefangenen hinübersah.

«Sie sind verloren», murmelte er vor sich hin und löste sich aus der Gruppe, in der er bisher gestanden hatte. «Verloren! Die Lüge, mit der dieser Schurke seinen Kopf gerettet hat, läßt ihnen keinen Schimmer Hoffnung. Ich brauche das Urteil nicht abzuwarten – Danvilles tückische Geistesgegenwart hat sie ans Messer geliefert!» Mit diesen Worten entfernte er sich rasch durch eine Tür bei der Tribüne, die zum Warteraum der Gefangenen führte.

Roses Kopf sank wieder auf die Schulter ihres Bruders. Sie schauderte und stützte sich matt auf seinen dargebotenen Arm. Eine Mitgefangene wollte Trudaine helfen und sie trösten, aber dieser letzte und schändlichste Verrat ihres Gatten schien sie ins Mark getroffen zu haben. «Louis! Ich bin zum Sterben bereit – nach der Schande, diesen Mann geliebt zu haben, bleibt mir nichts als der Tod.» Mit diesen Worten schloß sie müde die Augen und verstummte.

Der Präsident richtete das Wort wieder an Danville. «Eine Frage noch, und Sie können gehen. Wußten Sie von der Verwicklung Ihrer Frau in das Komplott Ihres Schwagers?»

Danville dachte einen Augenblick nach, erinnerte sich, daß es bei Gericht Zeugen für seine Worte und sein Verhalten am Abend der Festnahme seiner Frau gab, und entschloß sich, diesmal die Wahrheit zu sagen.

«Ich wußte nicht davon», antwortete er. «Es gibt Entlastungszeugen, die bestätigen können, daß ich nicht in Paris war, als die Mitschuld meiner Frau entdeckt wurde.»

Bei all seiner herzlosen Selbstbeherrschung hatte ihn die öffentliche Reaktion auf seine vorherige Antwort doch erschüttert. Jetzt sprach er wieder leise, von den Zuschauern abgewandt, und fixierte erneut den grünen Tischbezug vor sich.

«Gefangene! Haben Sie einen Einspruch oder einen Beweis vorzubringen gegen die Aussage, mit der sich Bürger Danville gerechtfertigt hat?» fragte der Vorsitzende.

«Er hat sich mit einer abscheulichen Lüge gerechtfertigt», antwortete Trudaine. «Wenn seine Mutter aufgespürt und hierhergebracht werden könnte, würde ihre Aussage dies beweisen.»

«Andere Beweise für Ihre Beschuldigung haben Sie nicht?» fragte der Präsident.

«Nein.»

«Bürger Inspektor Danville, Sie können gehen. Ihre Aussage wird von Ihren Vorgesetzten geprüft werden. Entweder verdienen Sie eine Bürgerkrone für mehr als römische Tugend, oder aber...» Der Vorsitzende unterbrach sich jäh, als wolle er sich nicht vorschnell festlegen, und wiederholte bloß: «Sie können gehen.»

Danville verließ den Saal unverzüglich, wiederum durch das Hauptportal. Ein Murren von den Bänken verfolgte ihn, das sich jedoch bald legte, als die Frauen den Vorsitzenden sein Buch schließen und sich an sein Kollegium wenden sahen. «Das Urteil!» flüsterte man nun überall. «Schweigt still – das Urteil!»

Nach kurzer Beratung mit den Personen hinter seinem Sessel erhob sich der Vorsitzende und sprach die gewichtigen Worte: «Louis Trudaine und Rose Danville, das Revolutionstribunal hat die Anklage gegen Sie vernommen und Ihre Einwände dagegen geprüft. Es spricht Sie beide schuldig und verurteilt Sie zum Tod.»

Als er das Urteil verkündet hatte, setzte er sich wieder und kennzeichnete die Namen der ersten beiden Todeskandidaten auf der Gefangenenliste. Sogleich wurde der nächste Fall aufgerufen, und ein weiterer Prozeß weckte die Neugier des Publikums.

IV

Der Wartesaal des Revolutionstribunals war ein grimmiger, kahler Raum mit schmutzigem Steinboden und Bänken an den Wänden. Die Fenster lagen hoch oben und waren vergittert, und an der äußeren Tür zur Straße hinaus standen zwei Wachen. Als Lomaque aus dem Gericht an diesen trostlosen Ort floh, fand er ihn leer. Die Einsamkeit war ihm willkommen. Er blieb im Wartesaal, schritt auf dem schmutzstarrenden Boden langsam den Raum ab und führte pausenlos eifrige Selbstgespräche.

Nach einer Weile ging die Verbindungstür zum Gericht auf, und der bucklige Aufseher führte Trudaine und Rose herein.

«Ihr müßt hier warten», sagte der Zwerg, «bis der Rest abgeurteilt ist, und dann geht die ganze Ladung ins Gefängnis zurück. Ha, Bürger!» fügte er hinzu, als er Lomaque auf der anderen Seite des Saals bemerkte, und hastete zu ihm. «Noch da? Wenn Ihr noch viel länger bleibt, würde ich Euch um einen Gefallen bitten.»

«Ich hab's nicht eilig», sagte Lomaque mit einem Blick auf die beiden Gefangenen.

«Gut!» rief der Bucklige und wischte sich mit der Hand über den Mund. «Meine Kehle ist ausgetrocknet, und ich brenne darauf, sie in der Schenke da drüben zu netzen. Werft doch ein Auge auf diesen Mann und die Frau, während ich weg bin, ja? Es ist reine Formsache – draußen steht eine Wache, die Fenster sind vergittert, und das Gericht ist in Rufweite. Würde es Euch etwas ausmachen?»

«Im Gegenteil, ich bin froh um diese Gelegenheit.»

«Das ist brav – und denkt daran, wenn man mich sucht, sagt Ihr, ich hätte das Gericht für ein paar Minuten verlassen müssen und Euch die Aufsicht übertragen.» Damit lief der Bucklige zur Weinschenke davon.

Er war kaum weg, als Trudaine herüberkam und Lomaque am Arm packte. «Sie müssen sie retten», flüsterte er. «Es gibt eine Chance – retten Sie sie!» Sein Gesicht war gerötet, sein Blick irre und sein Atem an der Wange des Hauptagenten sengend heiß. «Retten Sie sie!» wiederholte er, schüttelte Lomaque und zog ihn zur Tür. «Denken Sie an alles, was Sie meinem Vater schulden ... denken Sie an unser Gespräch auf der Bank am Fluß ... an Ihre eigenen Worte zu mir in der Nacht der Verhaftung. Zögern Sie nicht, sie zu retten, und kümmern Sie sich nicht um mich! Wenn ich alleine sterbe, kann ich wie ein Mann sterben ... aber wenn sie mit mir aufs Schafott steigt, werde ich versagen und als Feigling enden! Ich habe für sie gelebt, lassen Sie mich für sie sterben, und ich gehe glücklich in den Tod!»

Er wollte noch mehr sagen, aber seine Gefühle überwältigten ihn. Er konnte nur immer wieder am Arm, den er hielt, rütteln und auf die Bank deuten, wo Rose mit gesenktem Kopf und teilnahmslos auf dem Schoß gefalteten Händen saß.

«Draußen stehen zwei bewaffnete Wachen, die Fenster sind vergittert. Sie haben keine Waffen, und selbst wenn, ist auf der einen Seite ein Wachtposten in Rufweite und auf der anderen das Gericht. Es gibt kein Entkommen aus diesem Raum.»

«Kein Entkommen!» fauchte Trudaine. «Verräter! Feigling! Können Sie sie denn hilflos dasitzen, ihre Lebenskraft mit jeder Minute schwinden sehen und mir so kühl sagen, daß es kein Entkommen gibt?»

In der Raserei seines Kummers und seiner Verzweiflung hob er drohend die freie Hand, während er sprach. Lomaque packte ihn am Handgelenk und zog ihn an ein oben geöffnetes Fenster.

«Sie sind nicht bei Trost», erwiderte der Hauptagent streng, «Sorge und Angst um Ihre Schwester haben Ihnen den Verstand geraubt. Versuchen Sie sich zu fassen, und hören Sie mir zu. Ich habe etwas Wichtiges zu sagen.» Trudaine sah ihn ungläubig an. «Es geht um das Wohl Ihrer Schwester in dieser entsetzlichen Not», fügte Lomaque hinzu.

Dieser Appell zeigte augenblicklich Wirkung. Trudaines hochgereckte Hand fiel herab, und sein Gesichtsausdruck veränderte sich schlagartig.

«Geben Sie mir einen Moment», sagte er schwach, lehnte sich gegen die Wand und preßte seine fiebrige Stirn gegen den kalten, feuchten Stein. Er hob den Kopf erst wieder, als er sich beherrscht hatte und ruhig sagen konnte: «Sprechen Sie – ich bin jetzt in der Lage, Ihnen zuzuhören, und klar genug im Kopf, um Sie für das eben Gesagte um Verzeihung zu bitten.»

«Als ich das Gericht verließ und diesen Raum betrat», begann Lomaque im Flüsterton, «wußte ich nicht, wie ich Ihrer Schwester oder Ihnen helfen könnte. Ich konnte nur über den Mißerfolg des Geständnisses jammern, das ich Ihnen in Saint-Lazare als beste Verteidigung empfahl. Inzwischen hatte ich eine Idee – aber sie ist so verzweifelt und unsicher, und ihr Gelingen hängt so entscheidend vom Zufall ab, daß ich sie Ihnen nur unter einer Bedingung sage.»

«Nennen Sie die Bedingung! Ich bin im voraus damit einverstanden.»

«Dann geben Sie mir Ihr Ehrenwort, daß Sie Ihre Schwester erst einweihen, wenn ich es Ihnen erlaube. Versprechen Sie mir, daß Sie es über sich bringen, ihr nicht die geringsten Hoffnungen zu machen, wenn sie heute nacht Todesangst leidet. Ich verlange dies, weil die Chancen zehn … zwanzig … nein, fünfzig zu eins stehen, daß es *keine* Hoffnung gibt.»

«Ich muß es versprechen, mir bleibt keine andere Wahl», antwortete Trudaine.

Lomaque nahm Notizbuch und Bleistift hervor, bevor er weitersprach.

«Ich komme gleich zu den Einzelheiten, wenn ich Sie etwas Seltsames gefragt habe», sagte er. «Sie waren berühmt für Ihre chemischen Experimente, sind Sie in dieser Krise gefaßt genug, um eine Frage zu beantworten, die ein klein wenig mit Chemie zu tun hat? Sie staunen, also hören Sie: Gibt es eine Flüssigkeit oder ein Pulver oder auch eine Mischung aus mehreren Substanzen, welche Tinte spurlos von Papier tilgen kann?»

«Selbstverständlich! Ist das die ganze Frage? Gibt es keine anderen Schwierigkeiten?»

«Nein», sagte Lomaque und reichte ihm sein Buch. «Dann notieren Sie die Anleitung auf dieses Blatt. Und beschreiben Sie die Anwendung ganz klar.» Trudaine folgte Lomaques Anweisung. «Das ist der erste Schritt zur Verwirklichung meines Plans», fuhr der Agent fort und steckte das Buch ein, «meines unsicheren Plans, denken Sie daran! Und jetzt hören Sie zu: Ich will Ihnen und Ihrer Schwester den Kopf retten, indem ich meinen eigenen riskiere und die Todesliste frisiere. Unterbrechen Sie mich nicht! Wenn ich ein Leben rette, kann ich genausogut zwei retten. Und von Dankbarkeit mag ich nichts hören! Warten Sie ab, wieviel Grund Sie dazu haben. Ich sage Ihnen gleich, daß der innere Antrieb zu meinem Tun ebenso Verzweiflung wie Mitleid ist. Ruhe! Ich bestehe darauf. Wir haben nicht viel Zeit: Ich rede, und Sie hören zu. Der Gerichtspräsident hat Ihre Namen auf der heutigen Gefangenenliste mit dem Todeszeichen versehen. Die komplette Liste wird nach dem Ende der Verhandlungen in diesem Saal verlesen, bevor Sie nach Saint-Lazare gebracht werden. Dann wird sie Robespierre gesandt, der sie behält und für seine Mitstreiter – Saint-Just* und Konsorten – gleich nach Erhalt eine Abschrift anfertigen läßt. Von dieser Abschrift muß ich ein Duplikat machen, das mit dem Original, und vermutlich auch mit der Abschrift, verglichen wird – entweder von Robespierre persönlich oder von einem seiner Vertrauensleute – und dann nach Saint-Lazare geschickt wird, ohne daß es noch einmal durch meine Hände geht. Die Liste wird sogleich vor dem Gitter öffentlich vorgelesen

* Louis de Saint-Just, einer der eifrigsten Anhänger Robespierres, Mitglied des Wohlfahrtsausschusses

und dann vom Aufseher verwahrt, der sie braucht, um abends die Zellentüren der Gefangenen, die für das Schafott bestimmt sind, mit Kreide zu markieren. Diese Aufgabe fällt heute dem Buckligen zu, den Sie mit mir reden sahen. Er ist ein arger Säufer, und ich will ihm einen ganz besonderen Wein vorsetzen. Wenn ich ihn zwischen dem Verlesen der Liste und dem Markieren der Zellen an die Flasche bringe, kann ich ihn garantiert betrunken machen, die Liste aus seiner Tasche nehmen und mit Hilfe Ihrer Mixtur Ihre beiden Namen tilgen. Dann schreibe ich in meinem Duplikat alle Namen unregelmäßig genug untereinander, daß der Zwischenraum vom Löschen der Zeilen nicht gleich auffällt. Wenn mir das gelingt, wird Ihre Tür nicht mit Kreide markiert, und Sie werden morgen nicht aufgerufen, wenn die Karren für die Guillotine kommen. In den gegenwärtigen Wirren, wo die Gefangenen täglich in Scharen zum Prozeß und wieder in Scharen zum Schafott strömen, sind Sie vor unangenehmen Fragen bestimmt zwei Wochen oder mindestens zehn Tage lang sicher, wenn Sie richtig mitspielen. Und in dieser Zeit ...»

«Ja? Weiter!» rief Trudaine gespannt.

Lomaque blickte zur Tür zum Gericht und senkte seine Stimme noch mehr, bevor er fortfuhr: «In dieser Zeit fällt vielleicht Robespierres eigener Kopf in den Sack! Frankreich hat von der

Schreckensherrschaft allmählich genug. Die Gemäßigten, die sich monatelang in Kellern und auf Dachböden versteckten, wagen sich langsam hervor und konspirieren zu zweit oder zu dritt im Schutze der Nacht. Robespierre hat schon seit Wochen keinen Auftritt vor dem Konvent mehr gewagt. Er spricht jetzt nur noch vor seinen Jakobinerfreunden. Es geht das Gerücht von einer furchtbaren Entdeckung Carnots*, von einem verzweifelten Entschluß Talliens**. Hinter den Kulissen wird das baldige Ende der Schreckensherrschaft prophezeit. Und wenn Robespierre im bevorstehenden Kampf unterliegt, sind Sie gerettet – denn unter der neuen Herrschaft muß Milde regieren. Gewinnt er jedoch, habe ich nur Ihren Tod und den Ihrer Schwester hinausgezögert und meinen eigenen Kopf auf den Richtblock gelegt. So stehen die Chancen – mehr kann ich nicht tun.»

Er hielt inne, und Trudaine wollte erneut zum Ausdruck bringen, daß er sich der tödlichen Gefahr nicht für einen ganz Unwürdigen aussetzte. Aber wieder unterbrach ihn der Hauptagent gereizt und energisch: «Ich sage Ihnen zum dritten

* Eine Anekdote besagt, daß Lazare Carnot, der Schöpfer der *Levée en masse,* in Robespierres Rocktasche eine Liste von Geächteten mit vierzig Namen einschließlich seines eigenen gefunden haben soll.
** Jean Lambert Tallien eröffnete im Konvent den Angriff gegen Robespierre.

Mal, daß ich keinen Dank hören mag, bis ich weiß, daß er mir gebührt. Tatsache ist, daß ich mich an die hilfreiche Geste Ihres Vaters erinnere. Und es stimmt auch, daß ich nicht vergessen habe, was vor fünf Jahren in Ihrem Haus am Fluß geschah. Alles weiß ich noch, selbst die für Sie vielleicht belanglosen kleinsten Details – die Tasse Kaffee zum Beispiel, die Ihre Schwester mir warm hielt. Ich sagte Ihnen damals, daß Sie eines Tages besser von mir denken würden, und ich weiß, daß Sie es heute tun. Aber das ist nicht die ganze Wahrheit. Sie wollen mich zu einem Helden machen dafür, daß ich mein Leben für Sie riskiere. Das will ich nicht hören, weil es ein erbärmliches Risiko ist. Ich bin mein Leben satt. Ich kann nicht mit Freude darauf zurückblicken, und ich bin zu alt, um mir von dessen Rest etwas zu erhoffen. Etwas in jener Nacht vor der Hochzeit – etwas in dem, was Sie sagten, was Ihre Schwester tat – hat mich verändert. Seither habe ich immer wieder trübsinnige Tage der Selbstvorwürfe. Ich ekle mich vor meiner sklavischen Unterwürfigkeit, meiner kriecherischen Doppelzüngigkeit unter zwei Herren. Und ich möchte mich bei der Rückschau auf mein Leben mit einer guten Tat trösten, so, wie sich ein genügsamen Mann vom Anblick seines bißchen Ersparten in einer alten Schublade trösten läßt. Das kann ich nicht, aber ich möchte es gerne. Ganz unberechenbar packt mich dieses Verlangen –

plötzlich und unter rätselhaften Umständen. Ein Blick zum blauen Himmel oder nachts von meinem Mansardenfenster aus zu den Sternen ... eine Kinderstimme von irgendwoher ... das Zwitschern des Finken in seinem Käfig beim Nachbarn – solche Kleinigkeiten können genügen. Ich bin ein Lump, aber die paar einfachen Worte, die Ihre Schwester zu dem Richter sagte, gingen durch mich hindurch wie ein Messer. Seltsam bei einem wie mir, was? Ich staune selbst. *Mein* Leben? Bah, ich hab' es an Schurken verhökert, die es von Pfütze zu Pfütze treten durften wie einen Fußball! Doch zuletzt möchte ich noch selbst an den Ball kommen, zu einem sauberen Schuß, bevor es dann endgültig auf dem Misthaufen landet. Ihre Schwester hat mir eine schöne Tasse Kaffee warm gehalten, und ich habe es ihr mit einem unschönen Leben gelohnt. Dafür wollen Sie mir danken? Sie sind ein Narr! Danken Sie mir, wenn ich etwas Nützliches getan habe. Jetzt haben Sie noch keinen Grund dazu!» Dabei schnippte er verächtlich mit den Fingern und trat zur äußeren Tür, um den Aufseher einzulassen, der eben zurückkam.

«Na?» fragte der Bucklige, «hat sich jemand nach mir erkundigt?»

«Nein», antwortete Lomaque, «es war keine Menschenseele hier. Wie war der Wein?»

«Es geht! Es geht zur Not, Freund ... gerade zur Not.»

«Ha, da solltet Ihr ein bestimmtes Faß in meiner Schenke versuchen, da ist ein Tropfen drin!»

«Wo denn? Was für ein Tropfen?»

«Das kann ich Euch jetzt nicht gleich sagen, aber wir sehen uns wohl heute noch. Ich rechne damit, am Nachmittag im Gefängnis zu sein. Soll ich nach Euch fragen? Gut! Ich denke daran!» Damit verabschiedete er sich und warf keinen weiteren Blick auf die Gefangenen, bevor er die Tür hinter sich schloß.

Trudaine kehrte zu seiner Schwester zurück und fürchtete, sein Gesicht könnte verraten, was sich bei dem bemerkenswerten Gespräch zwischen Lomaque und ihm abgespielt hatte. Aber Rose schien keine allfällige Veränderung wahrzunehmen. Sie achtete seltsam wenig auf alles Äußere, und nur noch jene Schicksalsergebenheit, zu der Frauen in großer Not Zuflucht nehmen, schien ihre Lebensflamme zu nähren.

Als ihr Bruder sich neben sie setzte, nahm sie bloß sanft seine Hand und sagte: «So wollen wir zusammensein, Louis, bis unsere Zeit kommt. Ich habe keine Angst davor, denn ich hänge nur deinetwegen am Leben, und jetzt wirst du auch sterben. Weißt du noch, wie traurig ich war, daß ich kein Kind zu meinem Trost hatte? Und eben dachte ich, wie entsetzlich es wäre, hätte mein Wunsch sich erfüllt. In diesem großen Elend ist Kinderlosigkeit ein Segen für mich! Reden wir von alten Zeiten, Louis, solange wir können –

nicht von meinem Mann oder meiner Ehe –, nur von alten Zeiten, bevor ich eine Sorge und eine Last für dich wurde.»

V

Der Tag schleppte sich dahin. Zu zweit und zu dritt kamen die abgeurteilten Gefangenen aus dem Gericht und sammelten sich im Wartesaal. Um zwei war alles zur Verkündung der Todesliste bereit. Sie wurde verlesen und von einem Gerichtsbeamten überprüft, dann führte der Aufseher seine Gefangenen nach Saint-Lazare zurück.

Es wurde Abend. Das Essen war an die Gefangenen verteilt, das Doppel der Todesliste vor den Gittern öffentlich verlesen worden, und alle Zellentüren waren geschlossen. Rose und ihr Bruder wurden seit ihrer Verhaftung, teils dank Bestechung, teils auf Lomaques Betreiben, in derselben Zelle festgehalten und sahen nun dort zusammen dem Grauen des Morgens entgegen.

Rose erwartete den Tod, und mindestens der Gedanke daran schreckte sie nicht mehr. Für Trudaine überschattete die Ungewißheit, die schwerer zu ertragen ist als der Tod, das nahende Verhängnis von Stunde zu Stunde mehr, jene leise, grausame, einsame Plage, die den Geist foltert und das Herz langsam lähmt. Nur etwas linderte die lange, trostlose Qual dieser fürchterlichen

Nacht ein wenig: Die Anspannung jedes Nervs, der Würgegriff des Todes, der sich auf jeden Gedanken legte, löste sich unmerklich, als Roses körperliche Kraft der seelischen Erschöpfung nachzugeben begann, als ihre traurigen Sterbensworte von glücklichen alten Zeiten langsam verstummten, sie den Kopf an seine Schulter lehnte und sich von einem Engel für kurze Zeit ins Reich des Schlafes entführen ließ, während schon der Schatten des Todesengels über ihr lag.

Der Morgen kam, und die Sommersonne brannte schon heiß am Himmel. Was in der schreckensstarren Stadt noch am Leben war, regte sich schwach, und noch löste sich die Spannung der langen Nacht nicht. Es ging auf die Stunde zu, in der die Karren die Verurteilten zum Schafott bringen sollten. Trudaines Ohr konnte die leisesten Geräusche in den widerhallenden Gängen vor seiner Zellentür vernehmen. Bald hörte er einen aufgeregten Wortwechsel vor der Tür. Plötzlich wurden die Riegel zurückgestoßen, der Schlüssel drehte sich im Schloß, und er sah sich dem Buckligen und einem der Wärter gegenüber.

«Schaut!» murrte dieser verdrießlich, «da sind sie in ihrer Zelle, wie ich gesagt habe, aber ich schwöre Euch, sie stehen nicht auf der Liste. Warum plagt Ihr mich damit, daß ich das Kreidezeichen bei ihnen nicht gemacht hab' gestern nacht? Ihr könnt lange warten, bis ich wieder mal die Arbeit für Euch mache, wenn Ihr zu betrunken dafür seid!»

«Paßt auf, was Ihr sagt, und laßt mich noch mal die Liste sehen!» gab der Bucklige zurück, entfernte sich von der Zellentür und schnappte seinem Gegenüber den Zettel aus der Hand. «Der Teufel soll mich holen, aber ich kann mir auch keinen Reim darauf machen!» rief er und kratzte sich nach sorgfältiger Durchsicht der Liste am Kopf. «Ich hätte schwören können, daß ich gestern nachmittag vor den Gittern selbst ihre Namen vorlas, aber jetzt kann ich suchen, solange ich will, sie sind nicht dabei. Kneift mich, Freund. Bin ich wach oder träume ich? Hab' ich einen Rausch oder keinen?»

«Keinen mehr, hoffentlich», sagte eine ruhige Stimme neben ihm. «Ich komme gerade vorbei, um zu sehen, wie es Euch nach dem gestrigen Tag geht.»

«Wie es mir geht, Bürger Lomaque? Ich trau' meinen Augen nicht. Ihr habt doch selbst gestern morgen im Wartesaal für mich auf dieses Paar aufgepaßt, und ich hätte schwören können, daß ich am Nachmittag vor den Gittern ihre Namen las. Aber heute morgen sind diese Namen nicht auf der Liste! Was haltet Ihr denn davon?»

«Und was haltet Ihr davon», mischte sich der empörte Wärter ein, «daß er die Frechheit hat, mich wegen angeblicher Nachlässigkeit zu schikanieren, wenn er selbst zu betrunken war, um die Kreidezeichen zu machen ... er konnte ja nicht mal mehr seine rechte Hand von der linken unterscheiden! Ich würd' ihn ja dem Kerkermeister melden, wenn ich nicht so gutmütig wär'.»

«Ihr seid im Recht, ihn zu decken, und er ist im Unrecht, Euch zu plagen», sagte Lomaque mit Nachdruck. «Ich rate Euch», raunte er dem Buckligen zu, «traut Eurem verschwommenen Gedächtnis nach unserem kleinen Trinkgelage von gestern nicht zu sehr. Es kann einfach nicht sein, daß Ihr die Namen gelesen habt, sonst wären sie doch auf der Liste. Und zum Wartesaal bei Gericht sag' ich Euch im Vertrauen nur eins: Hauptagenten kennen seltsame Geheimnisse. Der Gerichtspräsident verurteilt und begnadigt öffentlich. Aber es gibt einen, der so mächtig wie zehntausend Präsidenten ist, und der verurteilt und begnadigt manchmal diskret. Ihr wißt schon, wen ich meine. Mehr sage ich nicht dazu, bloß daß ich Euch rate, nur nach dieser Liste da in Eurer Hand zu gehen, wenn Ihr wollt, daß Euch der Kopf fest auf den Schultern sitzt. Haltet Euch stur daran, und niemand kann Euch etwas vorwerfen. Aber wenn Ihr die Nase in Dinge steckt, die Euch nichts angehen, dann ...»

Lomaque hielt inne und ließ die flache Hand vielsagend in den Nacken des Buckligen sausen. Dies und die Anspielungen davor schienen den Zwerg ganz aus der Fassung zu bringen. Er starrte wie betäubt auf Lomaque, entschuldigte sich barsch bei seinem Untergebenen, schüttelte seinen mißgestalteten Kopf und zog mit der nervös in der Hand zerknüllten Todesliste ab.

«Ich schau' sie mir eben mal an, um zu sehen, ob es wirklich die beiden sind, die ich gestern morgen im Wartesaal bewacht habe», sagte Lomaque und legte seine Hand auf die Zellentür, als der Wärter sie gerade wieder schließen wollte.

«Tut das nur», sagte der Mann. «Sicher werdet Ihr feststellen, daß dieser betrunkene Esel damit so unrecht hatte wie mit allem anderen.»

Lomaque nutzte die ihm gebotene Gelegenheit sogleich. Er sah, daß Trudaine mit seiner Schwester in der von der Tür am weitesten entfernten Ecke saß, zweifellos damit sie das Gespräch davor nicht hören sollte. Das Flackern in ihren Augen und die immer röteren Wangen verrieten aber, daß sie von den ungewöhnlichen Vorgängen im Korridor mindestens etwas ahnte.

Lomaque winkte Trudaine näher und flüsterte ihm zu: «Das Rezept hat gewirkt. Für heute sind Sie sicher. Bringen Sie es Ihrer Schwester möglichst schonend bei. Danville ...», er brach ab und horchte, bis er den verhallenden Schritten des Wärters draußen entnehmen konnte, daß der Mann sich zum anderen Ende des Ganges entfernte, «Danville wurde gestern, nachdem er sich vor dem Gefängnis unter das Volk gemischt und Ihre Namen von der Todesliste vorlesen gehört hatte, auf Geheimbefehl Robespierres verhaftet und in den Temple* geschickt. Was man ihm vorwerfen wird und wann man ihm den Prozeß macht, kann ich unmöglich sagen. Ich weiß nur von seiner Verhaftung. Pst! Sagen Sie jetzt nichts; mein Freund draußen kommt zurück. Halten Sie sich still ... hoffen Sie auf die Turbulenzen und Umwälzungen im Staat. Und trösten Sie sich mit dem Gedanken, daß Sie für heute beide gerettet sind.»

«Und morgen?» flüsterte Trudaine.

«Denken Sie nicht an morgen», sagte Lomaque und zog sich eilig zur Tür zurück. «Jeder Tag hat seine eigene Plage.»

Dritter Teil

I

An einem Frühlingsmorgen des Jahres 1798 setzte die Postkutsche, die damals zwischen Châlons-sur-Marne und Paris verkehrte, einen der Passagiere, die auf dem Kutschbock gereist waren, an der ersten Station nach Meaux ab. Der Reisende, ein alter Mann, schaute sich einen Augenblick zögernd um und ging dann zu einem kleinen Gasthof gegenüber der Post. Inhaberin des «Schecken» war die Witwe Duval, eine Frau, die

* Der Temple diente während der Revolution als Staatsgefängnis.

im verdienten Ruf stand, die größte Plaudertasche und die beste Köchin eines Kaninchenragouts in der ganzen Gegend zu sein.

Obwohl der Fremde von den Müßiggängern im Dorf kaum beachtet und von der Witwe Duval ohne Umstände empfangen wurde, war er keineswegs so gewöhnlich und uninteressant, wie die einfachen Leute hier zu denken schienen. Es gab einmal eine Zeit, da dieser ruhige, zurückhaltende alte Mann, der sich im «Schecken» stärken wollte, die finstersten Geheimnisse der Schrekkensherrschaft kannte und jederzeit zu Maximilien Robespierre persönlich Zugang hatte. Wie hätten die Witwe Duval und die Faulenzer vor der Post gestaunt, wenn ein gut unterrichteter Städter ihnen gesagt hätte, daß der bescheidene alte Herr mit der schäbigen kleinen Reisetasche ein ehemaliger Hauptagent der Pariser Geheimpolizei war!

Inzwischen waren drei oder vier Jahre vergangen, seit Lomaque zum letzten Mal unter der Schreckensherrschaft seines Amtes gewaltet hatte. Seine Schultern waren noch gebeugter, und sein Haar war ihm überall bis auf Schläfen und Hinterkopf ausgefallen. In anderer Hinsicht schien das Alter sein Aussehen aber eher zum Guten verändert zu haben. Sein Teint wirkte gesünder, sein Gesichtsausdruck froher und sein Blick heiterer als je zuvor. Er hatte auch einen flotteren Schritt als in den alten Tagen bei der Geheimpolizei, und seine Kleidung sah zwar gewiß nicht aus wie die eines wohlhabenden Mannes, war aber viel gepflegter und adretter als je in seiner Pariser Agentenzeit.

Er setzte sich allein in die Gaststube, und während die Wirtin die bestellte halbe Flasche Wein holte, studierte er eine schmutzige alte Karte, die er einem Bündel Papieren aus seiner Brieftasche entnommen hatte, und las folgende Zeilen: «Wenn die Wirren vorbei sind, vergessen Sie jene nicht, die in ewiger Dankbarkeit an Sie denken. Machen Sie halt an der ersten Poststation nach Meaux, auf der Straße nach Paris, und fragen Sie im Gasthof nach Bürger Maurice, wenn Sie uns wiedersehen oder von uns hören wollen.»

«Bitte», fragte Lomaque und steckte die Karte ein, als die Witwe Duval den Wein brachte, «können Sie mir sagen, ob hier in der Gegend ein gewisser Maurice wohnt?»

«Ob ich Ihnen das sagen kann?» wiederholte die redselige Witwe. «Aber natürlich! Bürger Maurice und die Bürgerin, seine liebenswürdige Schwester – die dürfen wir nicht vergessen, nur weil Sie sie nicht erwähnen, guter Mann! –, wohnen keine zehn Minuten Fußmarsch von hier. Ein reizendes Häuschen, an reizender Lage, von zwei reizenden Menschen bewohnt ... so ruhig, zurückgezogen und äußerst großzügig. Ich versehe sie mit allem ... Geflügel, Eier, Brot, Butter, Gemüse, sie essen zwar herzlich wenig, und

Wein, auch wenn sie nicht halb soviel trinken, wie ihnen guttäte. Kurzum, ich versorge ihre nette kleine Klause und habe die zwei Einsiedler von Herzen gern. Ach, sie haben Schweres erlebt, die Armen, vor allem die Schwester, auch wenn sie nie davon reden. Als sie in unsere Gegend kamen ...»

«Verzeihung, Bürgerin, aber wenn Sie so freundlich sein wollen, mir den Weg zu zeigen ...»

«... vor drei ... oder vier ... nein, dreieinhalb Jahren, also gleich nachdem dieser Teufel von Robespierre geköpft wurde – geschah ihm recht! –, sagte ich zu meinem Mann, der damals in den letzten Zügen lag, der Arme: ‹Sie wird sterben› ... die Dame, meinte ich. Aber sie ist nicht gestorben. Geflügel, Eier, Brot, Butter, Gemüse und Wein von mir brachten sie durch ... das und die hingebungsvolle Pflege von Bürger Maurice. Ja, ja, geben wir pflichtschuldig Ehre, wem Ehre gebührt, und vergessen wir nie, daß auch Bürger Maurice zur Genesung der reizenden Kranken beitrug und nicht nur das Essen und Trinken vom ‹Schecken›. Und da lebt sie jetzt, die hübscheste kleine Frau, im hübschesten kleinen Haus ...»

«Wo ist das? Würden Sie mir bitte sagen, wo?»

«... und ist bei bester Gesundheit, nur manchmal schrecklich nervös, weil sie wohl, glaub' ich zumindest, einen entsetzlichen Schock erlitten hat – sicher während dieser verfluchten Schrekkensherrschaft, denn sie kamen aus Paris. Sie trinken nicht, guter Mann! Warum trinken Sie nicht? Sehr, sehr hübsch, der blasse Typ; vielleicht zu dünn ... Warten Sie, ich schenk' Ihnen ein ... aber ein sanfter Engel, und dem Bürger Maurice so rührend anhänglich ...»

«Bürgerin Wirtin! Sagen Sie mir jetzt, wo sie wohnen, oder nicht?»

«Sie seltsamer Kauz! Sie hätten ja fragen können! Also trinken Sie aus und kommen Sie zur Tür. Da ist das Geld zurück, und danke für die Kundschaft, es ist sogar fast der Rede wert. Kommen Sie zur Tür, sag' ich, und unterbrechen Sie mich nicht! Sie sind ein alter Mann, sehen Sie noch fünfzig Meter weit? Jawohl! Seien Sie nicht so mürrisch, davon hatte noch nie jemand was. Und jetzt schauen Sie auf der Straße, wohin ich zeige. Sehen Sie den großen Steinhaufen? Gut. Auf der anderen Seite des Haufens ist ein schmaler Pfad, den können Sie nicht sehen, aber Sie werden sich doch erinnern? Gut. Den nehmen Sie bis zu einem Bach, dann dem Bach entlang bis zu einer Brücke und dann am anderen Ufer ... erst noch über die Brücke, natürlich ... bis zu einer alten Wassermühle ... ein Juwel von einer Wassermühle! Sie ist weithin berühmt, und es kommen die ganze Zeit Künstler aus aller Herren Ländern, um sie abzuzeichnen! Schon wieder mürrisch? Keine Geduld? Ihre arme Frau, wenn

Sie eine haben! Vergessen Sie die Brücke nicht! Ach, Ihre arme Frau und die Kinder, die tun mir leid... vor allem die Töchter. Pst! Pst! Denken Sie an die Brücke, alter Griesgram, die Brücke nicht vergessen!»

Lomaque entfloh Witwe Duvals Zunge, so schnell er konnte, nahm die Abzweigung beim Steinhaufen, überquerte den Bach und kam zu der alten Mühle. Gleich daneben stand ein kleines Haus, ein schlichtes, einfaches Gebäude mit einem kleinen Garten davor. Die geschmackvolle Anlage der Blumenrabatten und das zarte Weiß der Vorhänge hinter den schlecht verglasten schmalen Fenstern entgingen Lomaques aufmerksamem Blick nicht. «Hier muß es sein», sagte er sich und klopfte mit seinem Stock an die Tür. «Ich sehe ihre Hand am Werk, noch bevor ich das Haus betrete.»

Die Tür ging auf. «Ist bitte Bürger Maurice...?» begann Lomaque, der im ersten Moment im dunklen, schmalen Flur nicht viel erkannte.

Bevor er mehr sagen konnte, drückte man seine Hand, nahm ihm die Reisetasche ab, und eine wohlbekannte Stimme rief: «Willkommen! Seien Sie endlich tausendmal willkommen! Bürger Maurice ist nicht da, dafür Louis Trudaine, und der freut sich so, seinen besten und liebsten Freund zu sehen!»

«Ich erkenne Sie kaum wieder. Sie sehen viel

besser aus!» rief Lomaque beim Betreten der Wohnstube.

«Sie müssen bedenken, daß ich mich schon lange nicht mehr sorgen muß. Seit ich hier lebe, bin ich nachts ohne Angst vor dem Morgen zu Bett gegangen», antwortete Trudaine. Er trat beim Reden auf den Flur hinaus und rief unten an der einzigen Treppe im Haus: «Rose! Rose! Komm herunter! Der Freund, den du am liebsten sehen wolltest, ist nun endlich da!»

Sie kam sogleich zu ihnen. Ihr offener, freundlicher Gruß, die Entschiedenheit, mit der sie ihm nach den ersten Fragen selbst aus dem Mantel half, verwirrten und erfreuten Lomaque so sehr, daß er sich kaum zu helfen wußte und nach Worten rang.

«Das ist auf eine angenehme Weise für einen einsamen Alten wie mich noch viel schlimmer...», und eigentlich wollte er «als die unerwartete Aufmerksamkeit mit der Tasse Kaffee vor Jahren» hinzufügen, doch wegen der Erinnerungen, die sogar diese Kleinigkeit wecken könnte, hielt er an sich.

«Schlimmer als was?» fragte Rose und führte ihn zu einem Stuhl.

«Ach, ich weiß nicht mehr. Ich bin schon ein vergeßlicher Greis!» stammelte er. «Die Freude, Ihr liebes Gesicht wiederzusehen, ist noch zu viel für mich.»

Es war, verglichen mit Lomaques letzter Erinnerung, tatsächlich eine Freude, dieses Gesicht anzuschauen. Die drei ruhigen Jahre hatten Rose zwar nicht den jugendlichen Reiz zurückgegeben, den sie in den Tagen des Schreckens für immer verloren hatte, doch waren sie sichtlich Balsam für den Heilungsvorgang gewesen. Zwar waren ihre Wangen nicht mehr mädchenhaft rund, ihr Teint nicht mehr mädchenhaft zart, doch in ihren Augen lag wieder viel von ihrer alten Sanftheit und in ihrem Gesicht die gewinnende Anmut von einst. Was an Melancholie in ihrem Antlitz und an stillem Wesen zurückblieb, konnte ihrer Erscheinung nichts anhaben und sprach mehr von Vergangenem als von Gegenwärtigem.

Als sie sich alle gesetzt hatten, zeigten ihre Gesichter aber einen Anflug von Spannung und Furcht, als Trudaine mit einem eindringlichen Blick auf Lomaque fragte: «Bringen Sie Neuigkeiten aus Paris?»

«Nein», antwortete er, «bloß ausgezeichnete Nachricht aus Rouen. Ich habe zufällig von meinem jetzigen Dienstherrn erfahren, daß Ihr altes Haus am Fluß wieder zu vermieten ist.»

Rose fuhr aus ihrem Stuhl hoch. «Oh, Louis, wenn wir doch nur wieder dort leben könnten! Und mein Blumengarten?» wandte sie sich an Lomaque.

«Wurde vom verstorbenen Besitzer gut gepflegt», antwortete er.

«Was ist mit meinem Laboratorium?» fügte ihr Bruder hinzu.

«Es steht noch», sagte Lomaque. «In diesem Brief finden Sie alle Einzelheiten. Sie können sich darauf verlassen, denn der Mann, der das Haus vermieten soll, hat ihn geschrieben.»

Trudaine überflog eifrig den Brief. «Der Preis ist nicht zu hoch für uns», sagte er. «Wir konnten hier drei Jahre sparen und können uns jetzt eine Freude leisten.»

«Oh, was für ein glücklicher Tag wird es sein, wenn wir wieder nach Hause gehen!» rief Rose. «Bitte schreiben Sie gleich Ihrem Freund», bat sie Lomaque, «und sagen Sie, daß wir das Haus nehmen, bevor uns noch jemand zuvorkommt!»

Er nickte, faltete den Brief automatisch auf die alte geschäftsmäßige Art und versah ihn nach der alten geschäftsmäßigen Gewohnheit mit einer Notiz.

Trudaine beobachtete dies, und die vergangenen Tage des Aufruhrs und des Schreckens kamen ihm in den Sinn. Mit erneut ernster Miene fragte er Lomaque: «Und außer dieser guten Nachricht haben Sie uns wirklich nichts Wichtiges zu sagen?»

Lomaque zögerte und rutschte auf seinem Stuhl herum. «Meine übrigen Neuigkeiten können warten», antwortete er. «Zuerst habe ich selbst viele Fragen an Ihre Schwester und Sie.

Macht es Ihnen etwas aus, wenn ich kurz an unsere letzte Begegnung erinnere?»

Er richtete die Frage an Rose, die sie verneinte, wobei sich jedoch ihre Stimme bei dem einzigen Wort «Nein» zu verändern schien. Sie gab die Antwort mit abgewandtem Gesicht, und Lomaque bemerkte, daß ihre Hände zitterten, als sie von einem Tisch in der Nähe eine Näharbeit aufnahm und sich hastig damit beschäftigte.

«Wir sprechen sowenig wie möglich von jener Zeit», sagte Trudaine mit einem beredten Blick auf seine Schwester, «aber wir möchten Sie selbst einiges fragen, darum muß die Anspielung diesmal sein. Ihr plötzliches Verschwinden auf dem Höhepunkt dieser entsetzlich gefahrvollen Zeit ist uns noch nicht ganz verständlich. Und Ihre eine kurze Notiz ließ uns die Vorgänge mehr erahnen als begreifen.»

«Ich kann jetzt alles rasch erklären», antwortete Lomaque. «Der plötzliche Sturz der Schreckensherrschaft, der Ihre Rettung war, bedeutete meinen Untergang. Die neue Republik zeigte zwar Gnade, aber nicht für Robespierres Klüngel, wie es damals hieß. Wer so gewissenlos oder so unglücklich gewesen war, im geringsten mit dem Schreckensregiment verbunden zu sein, dem drohte zu Recht dasselbe Schicksal wie Robespierre. Unter dieser Todesdrohung stand auch ich. Ich verdiente den Tod und hätte mich dem Schafott gebeugt, wenn Sie nicht gewesen wären.

Der Lauf der Ereignisse sagte mir, Sie würden gerettet, und wenn Sie Ihre Rettung auch äußeren Umständen verdanken, so war ich doch ursprünglich daran beteiligt, und mich überkam die Sehnsucht, Sie mit eigenen Augen wieder frei zu sehen – die egoistische Sehnsucht nach dem Beweis in Fleisch und Blut für die eine gute Herzensregung, auf die ich mit Genugtuung zurückblicken konnte. Diese Sehnsucht gab mir neuen Lebensmut, und ich beschloß, wenn möglich dem Tod zu entrinnen. Zehn Tage lang versteckte ich mich in Paris. Danach gelang mir dank nützlicher Informationen, die ich meiner Tätigkeit bei der Geheimpolizei verdankte, die Flucht aus Paris und in die Schweiz, wo ich in Sicherheit war. Der Rest meiner Geschichte ist kurz und so rasch erzählt, daß ich das gleich erledigen kann. Ich hatte einen einzigen Verwandten, an den ich mich wenden konnte: einen Cousin, den ich noch nie gesehen hatte und der ein Seidengeschäft in Bern führte. Ihm vertraute ich mich auf Gnade oder Ungnade an. Er stellte fest, daß ich ihm mit meinen Verwaltungsfähigkeiten wohl nützen könnte, und nahm mich bei sich auf. Ich arbeitete um den Lohn, den er mir geben mochte, bereiste für ihn die Schweiz, verdiente mir sein Vertrauen und gewann es auch. Ich blieb bis vor wenigen Monaten bei ihm und verließ die Stelle bloß, um in das Geschäft seines Bruders einzutreten, der in Châlons-sur-Marne ebenfalls eine Seidenhandlung betreibt. In seinem Kontor bin ich Korrespondent und kann mir nur deswegen diesen Besuch bei Ihnen erlauben, weil ich mich erbot, für meinen Arbeitgeber eine außerordentliche Geschäftsreise nach Paris zu machen. Es ist eine Plackerei in meinem Alter und nach allem, was ich erlebt habe – zwar eine harte, aber unschuldige Arbeit. Ich muß nicht für jede Münze kriechen, nicht andere anschwärzen, betrügen und zu Tode hetzen, um mir mein Brot zu verdienen und genug Geld für mein Begräbnis zusammenzukratzen. So beende ich ein schlechtes, unwürdiges Leben mindestens harmlos. Das ist eine armselige Leistung, aber immerhin etwas, und einem Mann in meinem Alter genügt selbst das. Kurzum, ich bin glücklicher als früher oder schäme mich zumindest nicht mehr so sehr, Menschen wie Ihnen ins Gesicht zu sehen.»

«Pst, still!» unterbrach ihn Rose und legte ihre Hand auf seinen Arm. «Ich kann nicht dulden, daß Sie selbst zum Spaß so von sich reden.»

«Es war mein Ernst», antwortete Lomaque ruhig, «aber ich mag Sie nicht länger mit mir langweilen. Ich habe meine Geschichte erzählt.»

«Die ganze?» fragte Trudaine und blickte Lomaque dabei forschend, fast mißtrauisch an. «Das ist die ganze Geschichte?» wiederholte er. «Sie ist wahrhaftig kurz, bester Freund! Vielleicht haben Sie Teile davon vergessen?»

Wieder wurde Lomaque unruhig und zögerte.

«Ist es nicht viel verlangt von einem alten Mann, daß er immer nur Fragen beantworten muß und keine Antworten auf seine eigenen Fragen bekommt?» Damit wandte er sich in sehr aufgeräumtem Ton, aber ziemlich unruhiger Miene an Rose.

«Er wird nicht reden, bevor wir beide alleine sind», dachte Trudaine. «Es ist am besten, nichts zu riskieren und ihm den Gefallen zu tun.»

«Schon gut», sagte er laut, «Sie müssen nicht grollen. Ich gebe zu, daß Sie jetzt mit Zuhören an der Reihe sind, und ich will Ihnen unsere Geschichte, so gut ich es kann, erzählen. Doch bevor ich beginne», fügte er hinzu und wandte sich an seine Schwester, «schlage ich vor, Rose, falls du oben etwas im Haushalt zu erledigen hast ...»

«Ich weiß, was du meinst», unterbrach sie und nahm rasch die Arbeit wieder auf, die ihr in den letzten paar Minuten entglitten war, «aber ich bin stärker, als du denkst, und kann mich unseren ärgsten Erinnerungen gefaßt stellen. Rede nur weiter, Louis, bitte rede weiter, ich bin sehr wohl in der Lage, dir zuzuhören.»

«Sie wissen, wie sehr wir in den ersten Tagen der Anspannung nach dem Erfolg Ihres Plans litten», sagte Trudaine zu Lomaque. «Es war wohl an dem Abend, nachdem wir Sie zum letzten Mal in Saint-Lazare gesehen hatten, daß die ersten wilden Gerüchte von einer bevorstehenden

Umwälzung in Paris durch die Gefängnismauern drangen. In den folgenden Tagen verrieten uns die Gesichter unserer Wärter deutlich genug, daß an diesen Gerüchten etwas dran war und der Schreckensherrschaft von seiten der Gemäßigten tatsächlich das Ende drohte. Wir hatten kaum Zeit, unsere ganze Hoffnung auf diesen segensreichen Wandel zu setzen, als die entscheidende Nachricht von Robespierres Selbstmordversuch, seiner Aburteilung und Hinrichtung uns erreichte. Die Verwirrung, die dadurch im Gefängnis entstand, war unbeschreiblich. Verurteilte und nicht verurteilte Angeklagte gerieten durcheinander. Nach Robespierres Verhaftung kamen keine Befehle mehr an die Behörden und keine Todeslisten ins Gefängnis. Die Wärter waren erschreckt von Gerüchten, daß man die niedrigsten Gehilfen des Tyrannen zur Rechenschaft ziehen und mit ihm verurteilen würde, und machten keinen Versuch, die Ordnung aufrechtzuerhalten. Manche von ihnen – so auch der Bucklige – liefen ihren Pflichten ganz davon. Das Chaos war so groß, daß die Abgesandten der neuen Regierung einige von uns aus Mangel am Lebensnotwendigsten halb verhungert vorfanden, als sie nach Saint-Lazare kamen. Es erwies sich als unmöglich, jedem Fall einzeln nachzugehen, sei es, daß die nötigen Unterlagen verloren waren, oder sei es, daß die neuen Beamten die übriggebliebenen Dokumente nicht verstanden. So waren sie schließlich gezwungen, kurzen Prozeß zu machen und uns im Dutzend vorzuladen. Ob verurteilt oder nicht, waren wir jedenfalls alle vom Tyrannen verhaftet und der Verschwörung gegen ihn angeklagt worden, und wir waren bereit, in der neuen Regierung die Rettung Frankreichs zu sehen. Das war in neun von zehn Fällen unsere beste Aussicht auf Freilassung, und Tallien und die Männer des Neunten Thermidor* trauten uns, weil Robespierre, Couthon** und Saint-Just uns mißtraut hatten. So willkürlich, wie wir verhaftet worden waren, kamen wir auch wieder frei. Meine Schwester und ich wurden keine fünf Minuten verhört, und es wurde keine auf uns eingehende Frage gestellt. Ich glaube, wir hätten sogar völlig gefahrlos unsere richtigen Namen nennen können. Aber ich hatte Rose zuvor angewiesen, wir sollten den Namen unserer Mutter angeben: Maurice. Also kamen wir als Bürger und Bürgerin Maurice aus dem Gefängnis und haben seitdem unter diesem Namen in unserem Versteck hier gelebt. Unser Friede hing davon ab, daß niemand außer uns dreien von unserer Rettung vor dem Tod wußte, und dies wird auch in Zukunft für unser Glück entscheidend sein. Aus einem einzigen Grund, den Sie leicht erraten

* Sturz Robespierres am 27. Juli 1794

** Georges Couthon, Saint-Just und Robespierre galten als das Triumvirat des Wohlfahrtsausschusses.

können, dürfen die Geschwister Maurice weiterhin nichts von Louis Trudaine und Rose Danville wissen, außer daß sie zwei der Hunderte von Opfern waren, die während der Schreckensherrschaft auf dem Schafott endeten.»

Er sprach den letzten Satz mit einem angedeuteten Lächeln und mit der Miene eines Menschen, der wenig überzeugend versucht, ein ernstes Thema heiter zu behandeln. Aber sein Gesicht verdüsterte sich sogleich wieder, als er seine Schwester ansah. Die Handarbeit lag erneut auf ihrem Schoß, ihr Gesicht war von ihm abgewandt, doch das Zittern der über den Knien gefalteten Hände und die leicht geschwollenen Halsadern, die sie nicht verbergen konnte, verrieten ihm, daß ihre angebliche Nervenstärke sie verlassen hatte. Drei Jahre Ruhe hatten noch nicht genügt, daß sie ihren ehelichen Namen hören oder sich Erinnerungen an alte Zeiten der Todesangst und des Schreckens ohne sichtbare Veränderung in Ausdruck und Wesen aussetzen konnte. Trudaine wirkte traurig, aber der Anblick schien ihn nicht zu überraschen. Er bedeutete Lomaque zu schweigen, stand auf und nahm den Umhang seiner Schwester, der auf einer Fensterbank neben ihm lag.

«Komm, Rose», sagte er, «die Sonne scheint, und die milde Frühlingsluft lockt uns hinaus. Spazieren wir doch ein wenig am Bach. Was wollen wir unseren lieben Freund in diesem kleinen

Raum einsperren, wenn wir ihm vor der Türschwelle meilenweit schöne Landschaft zeigen können. Komm! Es ist Hochverrat an Mutter Natur, an einem solchen Morgen drinnen zu bleiben.»

Ohne auf ihre Antwort zu warten, legte er das Tuch um sie, nahm ihren Arm und führte sie hinaus. Lomaques Gesicht wurde ernst, als er ihnen folgte.

«Ich bin froh, daß ich in ihrer Gegenwart nur die erfreulichen Neuigkeiten erwähnt habe», dachte er. «Sie hat sich noch nicht ganz erholt. Ich hätte die Arme verletzen können; ich hätte sie arg verletzen können, hätte ich nicht den Mund gehalten!»

Sie spazierten ein Weilchen am Bach und sprachen von belanglosen Dingen, dann kehrten sie zum Haus zurück. Rose hatte sich wieder gefaßt und hörte Lomaques trocken-humorvollen Schilderungen seines Kontorlebens in Châlons-sur-Marne interessiert und belustigt zu. Vor der Haustür trennten sie sich für kurze Zeit. Rose zog sich auf das Zimmer zurück, von welchem sie ihr Bruder heruntergerufen hatte, und Trudaine und Lomaque gingen wieder am Bach spazieren.

Wortlos und mit demselben Vorsatz entfernten sie sich rasch vom Haus, blieben daraufhin plötzlich stehen und blickten einander forschend ins Gesicht, zunächst schweigend.

Trudaine sprach als erster: «Danke, daß Sie sie geschont haben», begann er unvermittelt. «Sie ist noch nicht stark genug, um von einem neuen Unglück zu hören, wenn ich sie nicht darauf vorbereite.»

«Sie haben also den Verdacht, daß ich schlechte Nachricht bringe?» fragte Lomaque.

«Ich weiß es. Als ich Ihren ersten Blick auf Rose sah, nachdem wir in der Stube Platz genommen hatten, wußte ich es. Reden Sie! Ohne Furcht, ohne Rücksicht, ohne überflüssige Einleitung. Wenn uns Gott nach diesen drei Jahren Ruhe eine neue Prüfung auferlegt, kann ich sie gelassen annehmen und auch Rose notfalls die Kraft dazu geben. Also, Lomaque, reden Sie und sagen Sie alles! Ich bin sicher, Ihre Nachricht ist schlecht, denn ich ahne schon, daß sie Danville betrifft.»

«Sie haben recht, ich habe schlechte Nachrichten über ihn.»

«Hat er das Geheimnis unserer Flucht vor dem Schafott entdeckt ...?»

«Nein, davon hat er keine Ahnung. Er glaubt wie seine Mutter und alle andern, daß Sie beide am Tag nach dem Todesurteil des Revolutionstribunals hingerichtet wurden.»

«Lomaque! Sie beteuern, daß er das glaubt, aber sicher sein können Sie nicht.»

«Das kann ich wohl, und ich habe den unumstößlichsten, erstaunlichsten Beweis dafür, nämlich Danvilles eigenes Handeln. Sie wollten die Wahrheit hören?»

«Ich verlange sie nochmals, ich bestehe darauf! Ihre Nachricht, Lomaque, Ihre Nachricht, ohne weitere Umschweife!»

«Dann also ohne weitere Umschweife: Danville will demnächst wieder heiraten.»

Auf diese Antwort hin blieben sie beide am Bachufer stehen und sahen einander erneut ins Gesicht. Eine Minute lang herrschte zwischen ihnen Totenstille, und das muntere Plätschern des Wassers über die Kieselsteine schien seltsam laut, das Zwitschern der Vögel im Wäldchen am Bach seltsam nah, und es klang schrill in ihren Ohren. Die leichte Mittagsbrise war warm und berührte ihre Wangen doch mit einem kalten Hauch, und die Frühlingssonne auf ihren Gesichtern schien wie durch Winterwolken auf sie herabzuglimmen.

«Gehen wir weiter», sagte Trudaine leise. «Ich war auf schlechte Nachricht gefaßt, aber darauf nicht. Sind Sie sicher, daß es stimmt, was Sie mir gesagt haben?»

«So sicher, wie neben uns dieser Bach fließt. Hören Sie, wie ich es erfuhr, und Sie werden nicht mehr zweifeln. Bis letzte Woche wußte ich von Danville nur, daß ihm die Verhaftung auf Robespierres Geheiß das Leben retten sollte. Er wurde, wie Sie schon wissen, an dem Abend verhaftet, nachdem er vor dem Gefängnis Ihre

Namen auf der Todesliste gehört hatte. Man hielt ihn im Temple fest, und er blieb in der allgemeinen politischen Konfusion genau wie Sie in Saint-Lazare unbeachtet. Und wie Sie profitierte er von dem Aufstand zur rechten Zeit, der die Schreckensherrschaft beendete. So viel wußte ich und auch, daß er als Opfer Robespierres aus dem Gefängnis spazierte, aber mehr erfuhr ich über drei Jahre lang nicht. Doch jetzt hören Sie: Letzte Woche wartete ich zufällig im Geschäft meines Dienstherrn Bürger Clairfait auf Papiere für das Kontor, als ein alter Mann mit einem versiegelten Paket hereinkam und es einem Verkäufer mit folgenden Worten überreichte: ‹Geben Sie das dem Bürger Clairfait.› – ‹Auf welchen Namen?› fragte der Verkäufer. ‹Der Name tut nichts zur Sache›, antwortete der Alte, ‹aber wenn Sie wollen, können Sie meinen nennen. Sagen Sie, das Paket komme von Bürger Dubois.› Er ging, und sein Name in Verbindung mit seinem Alter fielen mir sogleich auf. ‹Wohnt dieser alte Mann in Châlons?› fragte ich. ‹Nein›, antwortete der Verkäufer. ‹Er dient bei einer Kundin von uns, einer alten Dame und einstigen Adligen namens Danville. Sie ist in unserer Stadt zu Besuch.› Sie können sich vorstellen, wie diese Antwort mich aufschreckte und in Staunen versetzte. Meine weiteren Fragen konnte der Verkäufer nicht beantworten, doch am nächsten Tag wurde ich von meinem Dienstherrn, der mich um seines Bruders willen äußerst zuvorkommend behandelt, zum Essen gebeten. Und als ich den Raum betrat, sah ich seine Tochter eben ein lavendelfarbenes Seidentuch beiseite legen, auf das sie anscheinend ein Adelswappen in Silber gestickt hatte. ‹Es macht mir nichts aus, daß Sie sehen, was ich da tue, Bürger Lomaque›, sagte sie, ‹denn ich weiß, daß Sie das Vertrauen meines Vaters besitzen. Dieses Tuch hat uns die Käuferin zurückgeschickt, eine ehemalige Emigrantin und Aristokratin alter Schule, um ihr Familienwappen aufsticken zu lassen.› – ‹Ein recht gefährlicher Auftrag, selbst in diesen gnädig demokratischen Zeiten, oder?› bemerkte ich. ‹Die alte Dame hat eben einen satanischen Stolz›, sagte sie, ‹und nachdem sie in diesem gemäßigt republikanischen Klima wohlbehalten nach Frankreich zurückkehrte, glaubt sie nun, ihre alten Gewohnheiten ungestraft wiederaufnehmen zu können. Sie war eine ausgezeichnete Kundin, und darum hielt es mein Vater für das beste, ihr den Gefallen zu tun. Bloß mochte er den Auftrag nicht einer der Näherinnen geben. Die Schreckensherrschaft ist zwar vorbei, aber sicher ist sicher.› – ‹Sicher ist sicher›, bestätigte ich. ‹Und wie heißt diese ehemalige Emigrantin?› – ‹Danville›, antwortete die Bürgerin Clairfait. ‹Und sie wird dieses schöne Tuch an der Hochzeit ihres Sohnes tragen.› – ‹Hochzeit?› rief ich, wie vom Donner gerührt. ‹Ja›, sagte sie, ‹und was soll daran so erstaunlich sein? Nach allem, was man so hört, hat ihr Sohn, der Ärmste, diesmal mehr Glück beim Heiraten verdient. Er verlor nämlich seine erste Frau in den Tagen des Schreckens an die Guillotine.› – ‹Und wer ist die Glückliche?› fragte ich immer noch atemlos. ‹General Berthelins Tochter, aus einstigem Adel wie die alte Dame, aber der Vater ist ein überzeugter Republikaner: ein trinkfester, polternder, schnauzbärtiger alter Haudegen, der keinen Deut auf seine Vorfahren gibt und sagt, wir stammen alle von Adam ab, dem ersten echten Sansculotten* auf der Welt.› So plauderte die Bürgerin Clairfait während der ganzen Essenszeit weiter, sagte jedoch nichts Wichtiges mehr. Am folgenden Tag machte ich mich mit meinen alten Polizeimethoden selbst ans Werk und versuchte meine eigenen Auskünfte einzuholen. Ich fand folgendes heraus: Danvilles Mutter ist mit General Berthelins Schwester und Tochter in Châlons, und Danville selbst wird jeden Tag erwartet, um alle drei nach Paris zu begleiten, wo im Haus des Generals der Ehevertrag unterzeichnet werden soll. Als ich dies entdeckte und sah, daß schnelles Handeln nun entscheidend war, ging ich auf die erwähnte Geschäftsreise nach Paris, brach in aller Hast auf und machte hier halt. Warten Sie, ich bin noch nicht fertig! Bei aller Eile konnte ich

* Bezeichnung für die Revolutionäre, weil sie im Gegensatz zur aristokratischen Mode *pantalons* statt *culottes* trugen.

nicht viel Vorsprung auf die Hochzeitsgesellschaft herausholen. Auf dem Weg hierher wurde unsere Diligence nämlich von einer Kutsche, die mit hoher Geschwindigkeit vorüberbrauste, überholt. Ich konnte nicht ins Innere sehen, jedoch auf den Kutschbock, und dort erkannte ich den alten Dubois. Er fegte zwar in einer Staubwolke vorbei, aber er war es bestimmt, und ich sagte mir, was ich nun zu Ihnen sage: Es ist keine Zeit zu verlieren!»

«Wir werden *bestimmt* keine Zeit verlieren», antwortete Trudaine entschieden. «Drei Jahre sind vergangen», fuhr er leiser fort und redete mehr zu sich selbst als mit Lomaque, «drei Jahre seit dem Tag, als ich meine Schwester aus den Gefängnistoren führte, und drei Jahre, seit ich mir sagte: ‹Ich will geduldig sein und keine Rache nehmen. Das Unrecht, das uns angetan wurde, schreit zum Himmel: vom Menschen, der es zufügt, zum strafenden Gott. Wenn der Tag der Abrechnung kommt, soll es Gottes Rache sein und nicht meine.› Diese Worte sagte ich in meinem Herzen, und ich stand dazu und wartete. Jetzt ist der Tag gekommen, und die mir abverlangte Pflicht soll erfüllt werden.»

Es blieb einen Augenblick still, bevor Lomaque wieder sprach. «Ihre Schwester…?» begann er zögernd.

«Nur das macht mich unschlüssig», sagte Trudaine ernst. «Wenn es möglich wäre, ihr diese letzte Prüfung zu ersparen und die schreckliche Aufgabe mir allein zu überlassen ...»

«Ich denke, es wird möglich sein», meinte Lomaque. «Ich schlage folgendes vor: Wir müssen morgen früh mit der Postkutsche nach Paris, so auch Ihre Schwester. Morgen früh reicht, denn man unterschreibt am Abend nach einer langen Fahrt keine Heiratsverträge. Aber gehen müssen wir, und zwar mit Ihrer Schwester. Wenn wir in Paris sind, geben Sie sie in meine Obhut und überlassen es mir, unser Vorhaben vor ihr geheimzuhalten. Sie selbst gehen zu General Berthelins Haus, wenn Sie wissen, daß auch Danville dort ist – das können wir über die Dienstboten erfahren –, treten ohne Vorwarnung vor ihn wie ein von den Toten Auferstandener, vor sämtlichen Anwesenden, und sollte der Raum voller Menschen sein ... den Rest überlassen Sie dem selbstverräterischen Betragen eines von Panik erfaßten Mannes. Sagen Sie nur das Nötigste, und *Ihre* Pflicht ist erfüllt, Sie können zu Ihrer Schwester zurück und mit ihr in Sicherheit an Ihren alten Zufluchtsort in Rouen oder sonstwohin reisen, sobald Sie es ihrem schändlichen Gatten verunmöglicht haben, eine weitere Untat zu begehen.»

«Und unser plötzlicher Aufbruch nach Paris?» mahnte Trudaine. «Wie sollen wir dies erklären, ohne meine Schwester mißtrauisch zu machen?»

«Überlassen Sie das mir», antwortete Lomaque, «und gehen wir jetzt gleich zum Haus zurück. Nein, Sie nicht!» Er besann sich plötzlich, als sie umkehren wollten. «Ihr Gesichtsausdruck würde uns verraten. Lassen Sie mich allein gehen, ich werde sagen, daß Sie im Gasthof eine Bestellung aufgeben. Trennen wir uns jetzt gleich. Sie werden sich wieder beherrschen und schneller aussehen wie sonst, wenn man Sie in Ruhe läßt – ich kenne Sie gut genug, um das zu wissen. Verschwenden wir keine weitere Minute mit Erklärungen, sogar Minuten sind an einem solchen Tag zu kostbar. Wenn Sie wieder in der Lage sind, Ihrer Schwester gegenüberzutreten, werde ich ihr alles Gewünschte gesagt haben und warte dann vor dem Haus auf Sie, um Ihnen den Ausgang mitzuteilen.»

Er sah Trudaine an, und in seinen Augen leuchtete etwas von der alten Energie und Entschlußkraft der Tage auf, als er Beamter unter der Schreckensherrschaft war. «Vertrauen Sie mir», sagte er und entfernte sich mit einem Winken rasch in Richtung Haus.

Es dauerte fast eine Stunde, bis Trudaine ihm zu folgen wagte. Als er schließlich den Weg zum Gartentor einschlug, sah er seine Schwester vor der Haustür auf ihn warten. Ihr Gesicht war ungewöhnlich lebhaft, und sie rannte ihm ein paar Schritte entgegen.

«Oh, Louis!» sagte sie, «ich muß dir etwas

beichten, bitte hör mir geduldig zu. Du mußt wissen, daß unser lieber Freund Lomaque, als er müde von seinem Spaziergang hereinkam, auf meine Bitte hin trotzdem gleich den Brief schrieb, der uns das geliebte alte Zuhause an den Ufern der Seine wiedergeben soll. Als er damit fertig war, sah er mich an und sagte: ‹Ich wäre gerne bei Ihrer glücklichen Rückkehr in das Haus, wo ich Ihnen erstmals begegnete, dabei.› – ‹Ach, kommen Sie doch mit uns›, sagte ich gleich. ‹Ich bin nicht ungebunden›, antwortete er, ‹ein wenig Zeit läßt man mir schon in Paris, aber nicht lange, wenn ich doch bloß mein eigener Herr und Meister wäre!› Mehr sagte er nicht, und ich, Louis, dachte an alles, was wir ihm verdanken, und daß uns kein Opfer für ihn zuviel sein sollte. Es war doch so freundlich von ihm, sich das zu wünschen, und vielleicht ließ ich mich auch etwas von meiner Ungeduld leiten, meinen Blumengarten wiederzusehen und die Räume, wo wir so glücklich waren. Also sagte ich zu ihm: ‹Ich bin sicher, Louis wird auch finden, daß Sie über unsere Zeit verfügen können und wir nur zu gerne früher aufbrechen, damit Sie noch Muße haben, mit uns nach Rouen zu kommen. Es wäre mehr als undankbar von uns …›, aber da unterbrach er mich. ‹Sie sind immer gut zu mir gewesen, ich darf Ihre Freundlichkeit jetzt nicht ausnutzen. Nein, bestimmt haben Sie Formalitäten zu erledigen, bevor Sie hier weg können.› – ‹Keine einzige›, sagte ich, und das stimmt doch, Louis. ‹Aber nehmen wir nur Ihre Möbel›, sagte er. ‹Ein paar vom Gasthof geliehene Stühle und Tische›, antwortete ich, ‹wir müssen bloß der Wirtin unseren Schlüssel abgeben, einen Brief für den Hausbesitzer hinterlassen und dann …› Er lachte. ‹Na, so, wie Sie reden, würde man glauben, Sie seien so reisefertig wie ich!› – ‹Das sind wir auch›, sagte ich, ‹so, wie wir hier leben.› Er schüttelte den Kopf, aber du wirst doch nicht den Kopf schütteln, Louis, jetzt, wo du meinen ganzen langen Bericht gehört hast? Nicht wahr, du gibst mir recht?»

Bevor Trudaine antworten konnte, blickte Lomaque aus dem Fenster.

«Ich habe eben meinem Bruder alles erzählt», wandte sich Rose an ihn.

«Und was sagt er?» fragte Lomaque.

«Dasselbe wie ich», antwortete Rose für ihren Bruder, «daß unsere Zeit Ihnen gehört – unserem liebsten und besten Freund.»

«Dann soll es geschehen?» fragte Lomaque mit einem bedeutsamen Blick auf Trudaine.

Rose sah ihren Bruder ängstlich an; sein Gesicht war viel ernster, als sie erwartet hatte, doch seine Antwort erlöste sie: «Du hattest ganz recht, so zu reden», sagte er sanft. Und an Lomaque gewandt, fügte er mit festerer Stimme hinzu: «Es soll geschehen!»

II

Zwei Tage nachdem die von Lomaque beschriebene Reisekutsche die Diligence auf der Straße nach Paris überholt hatte, saß Madame Danville in prächtigem Ausgangsstaat im Salon einer Wohnung an der Rue de Grenelle. Als sie beim Blick auf eine große goldene Uhr an einer Kette festgestellt hatte, daß es schon Viertel vor zwei war, läutete sie ihre Handglocke und sagte zum eintretenden Dienstmädchen: «Ich habe noch fünf Minuten. Lassen Sie Dubois meine Schokolade bringen.»

Der alte Mann kam dienstbeflissen herein. Nachdem er seiner Herrin die Tasse Schokolade gereicht hatte, machte er von dem durch lange und treue Dienste erworbenen Vorrecht zu sprechen Gebrauch und beglückwünschte die alte Dame zu ihrer Erscheinung. «Ich freue mich, Madame heute morgen so jugendlich und gut gelaunt anzutreffen», sagte er mit einer tiefen Verbeugung und einem milden, ehrerbietigen Lächeln.

«Ich habe wohl Grund für gute Laune an einem Tag, an dem der Ehevertrag meines Sohnes unterzeichnet werden soll», sagte Madame Danville mit einem huldvollen Nicken. «Ha, Dubois, ich werde es noch erleben, daß er ein Adelsprädikat bekommt. Der Mob hat sich ausgetobt, das Ende dieser infamen Revolution ist nicht mehr weit, unser Stand wird bald wieder zu seinem Recht kommen, und wer hat dann bei Hof so gute Chancen wie mein Sohn? Er ist schon adlig durch seine Mutter und wird es dann auch durch seine Frau sein. Ja, ja, da kann ihr Vater, dieser ungehobelte, wilde alte Soldat, sich noch so unnatürlich republikanisch gebärden, er hat einen Titel geerbt, der meinem Sohn zu einer höheren Adelswürde verhelfen wird. Vicomte D'Anville – D mit Apostroph, Dubois, wohlgemerkt! –, Vicomte D'Anville, wie hübsch das klingt!»

«Bezaubernd, Madame, ganz bezaubernd. Ach, diese zweite Ehe meines jungen Herrn steht unter einem viel besseren Stern als seine erste.»

Dies war eine unglückliche Bemerkung. Madame Danville runzelte unheilverkündend die Stirn und rauschte aus ihrem Sessel. «Bist du nicht ganz bei Trost, alter Dummkopf?» rief sie empört. «Was fällt dir ein, ausgerechnet heute ein solches Thema aufzubringen? Immer wieder fängst du mit diesen beiden unglücklichen Opfern der Guillotine an, als ob du glaubtest, ich hätte sie retten können. Warst du denn nicht dabei, als mein Sohn und ich uns nach der Schreckensherrschaft wiedersahen? Hast du nicht meine ersten Worte an ihn gehört, als er mir von der Katastrophe berichtete? Lauteten sie etwa nicht: ‹Charles, ich liebe dich, aber wenn ich annehmen müßte, daß du die beiden Unglücklichen, die ihr Leben für mich einsetzten, hast sterben lassen, ohne dein eigenes Leben für sie zu wagen, würde ich dir kein Wort und keinen Blick mehr schenken, und wenn es mir das Herz bräche!› Waren dies nicht meine Worte? Und hat er nicht geantwortet: ‹Mutter, ich habe mein Leben für sie riskiert. Meine Festnahme ist der Beweis für meine Ergebenheit, ich kam für meine Bemühungen ins Gefängnis, und dann vermochte ich nichts mehr zu tun!› Hast du nicht daneben gestanden, als er mir diese Antwort gab und ihn dabei edle Gefühle übermannten? Und weißt du nicht auch, daß er tatsächlich im Temple eingesperrt war? Wagst du anzudeuten, daß wir trotzdem noch Schuld tragen? Ich verdanke dir viel, Dubois, aber wenn du dir so etwas herausnimmst …»

«Oh, Madame! Ich bitte tausendmal um Verzeihung. Es war reine Gedankenlosigkeit, nichts weiter …»

«Genug! Ist meine Kutsche vor der Tür? Ausgezeichnet. Mach dich bereit, mich zu begleiten. Dein Herr wird keine Zeit haben, erst noch hierherzukommen. Er erwartet mich um Punkt zwei in General Berthelins Haus zur Vertragsunterzeichnung. Halt! Sind viele Leute auf der Straße? Ich mag nicht vom Pöbel angegafft werden, wenn ich in meine Kutsche steige.»

Dubois hinkte reumütig ans Fenster und schaute hinaus, während seine Herrin zur Tür ging.

«Die Straße ist fast leer, Madame», sagte er. «Bloß ein Mann steht mit einer Frau am Arm da und bewundert Ihre Kutsche. Sie sehen aus wie anständige Leute, soweit ich ohne Brille sagen kann. Kein Pöbel, Madame, gewiß kein Pöbel!»

«Sehr gut. Führ mich hinunter und nimm ein paar Silbermünzen mit, falls man den beiden anständigen Leuten eine milde Gabe machen sollte. Und dem Kutscher mußt du nur sagen, daß er auf direktem Weg zum Haus des Generals fahren soll.»

Die Gesellschaft, die in General Berthelins Haus versammelt war, um die Unterzeichnung des Ehevertrags zu bezeugen, bestand außer den an der Zeremonie unmittelbar Beteiligten aus ein paar jungen Damen, Freundinnen der Braut, und etlichen Offizieren, ehemaligen Dienstkameraden ihres Vaters. Die Gäste waren ziemlich ungleich auf zwei miteinander verbundene großzügige Räume verteilt, die man Salon und Bibliothek nannte. Im Salon hielten sich der Notar mit dem bereits aufgesetzten Vertrag, die Braut mit ihren Freundinnen und die meisten von General Berthelins Kameraden auf. In der Bibliothek vertrieben sich die übrigen Offiziere die Zeit am Billardtisch, bis das Unterschriftszeremoniell stattfinden sollte, während Danville und sein künftiger Schwiegervater nebeneinander auf und ab gingen und der jüngere Mann dem gewohnt energischen Redefluß des Generals, den dieser mit mehr Kasernenflüchen als sonst spickte, zerstreut zuhörte. Der General hatte es sich nämlich in den Kopf gesetzt, dem Bräutigam diverse Klauseln des Ehevertrags zu erläutern, und der mußte anstandshalber zuhören, obwohl er über deren wahre Tragweite und Bedeutung viel besser Bescheid wußte als sein Schwiegervater. Während der alte Soldat noch mitten in einer langen, umständlichen Tirade steckte, schlug auf dem Kaminsims eine Uhr.

«Zwei Uhr!» rief Danville, froh um jeden Vorwand, das Gespräch über den Vertrag abbrechen zu können. «Es ist zwei, und meine Mutter ist noch nicht da! Was sie wohl aufhalten mag?»

«Gar nichts», sagte der General. «Hast du schon mal erlebt, daß eine Frau pünktlich ist, Junge? Wenn wir auf deine Mutter warten – und sie ist eine so fanatische Aristokratin, daß sie uns nie verzeihen würde, wenn wir es nicht täten –, unterzeichnen wir den Vertrag in der nächsten halben Stunde noch nicht. Und wenn schon! Setzen wir unser Gespräch fort. Wo zum Teufel war ich, als diese verfluchte Uhr schlug und uns unterbrach? Na, Schwarzauge, was gibt's?»

Diese Frage war an Mademoiselle Berthelin gerichtet, die eben aus dem Salon in die Bibliothek kam. Sie war ein großes, recht männlich wirkendes Mädchen mit prachtvollen schwarzen Augen, dunklem, tief in die Stirn fallendem Haar und einem forschen, entschiedenen Ton, der an ihren Vater erinnerte.

«Nebenan ist ein Fremder, Papa, der dich sprechen will. Wahrscheinlich haben ihn die Dienstboten heraufgelassen, weil sie dachten, er sei ein Gast. Hätte ich ihn wieder wegschicken sollen?»

«Eine gute Frage! Wie kann ich das wissen? Warte, bis ich ihn gesehen habe, Fräulein, und ich sag's dir.» Damit machte der General auf dem Absatz kehrt und ging in den Salon.

Seine Tochter wäre ihm gefolgt, aber Danville erwischte ihre Hand. «Kannst du so hartherzig sein, mich hier alleine zu lassen?» fragte er.

«Und was soll aus all meinen besten Freundinnen nebenan werden, du Egoist, wenn ich hier bei dir bleibe?» erwiderte Mademoiselle und wollte sich seinem Griff entwinden.

«Ruf sie herüber», sagte Danville aufgeräumt und packte auch noch ihre andere Hand.

Sie lachte und zog ihn zum Salon. «Komm!» rief sie, «die Damen sollen sehen, was ich für einen Tyrannen heiraten will. Zeig ihnen nur, was du für ein eigensinniger, unvernünftiger, lästiger ...»

Die Stimme versagte ihr plötzlich; sie schauderte und fühlte sich schwach. Danvilles Hand in der ihren war urplötzlich eiskalt geworden, und die Berührung der Finger, die ihren Griff lösten, ließ sie auf rätselhafte Weise von Kopf bis Fuß erschauern. Sie sah ihn erschrocken von der Seite an und bemerkte, daß er zum Salon hinüberstarrte. Seine Augen hatten einen seltsamen, fürchterlich glasigen Blick, während aus seinem Gesicht jeder Ausdruck, jeder ihm eigene Zug und jede Regung verschwunden waren. Es war eine Maske ohne Atem und ohne Leben – eine weiße Leere. Mit einem Entsetzensschrei schaute sie dorthin, wohin er zu blicken schien, und sah bloß den Fremden mitten im Salon stehen. Bevor sie etwas fragen oder auch nur ein Wort sagen konnte, kam ihr Vater zu ihr, packte Danville am Arm und stieß sie unsanft in die Bibliothek zurück.

«Geh, und nimm die Frauen mit», flüsterte er in atemlosem Grimm. «In die Bibliothek!» wandte er sich mit erhobener Stimme an die Damen, «in die Bibliothek mit euch allen, zu meiner Tochter!»

Sein Auftreten schüchterte die Mädchen ein, und sie gehorchten ihm in größter Verwirrung. Als sie an ihm vorbei in die Bibliothek huschten, bedeutete er dem Notar, ihnen zu folgen, und schloß die Verbindungstür zwischen den beiden Räumen.

«Bleibt, wo ihr seid!» wandte er sich an die alten Offiziere, die sich von ihren Stühlen erhoben hatten. «Bleibt, ich bestehe darauf! Was auch geschieht, Jacques Berthelin hat nichts getan, dessen er sich vor seinen alten Freunden und Kameraden schämen müßte. Ihr habt den Anfang erlebt, jetzt sollt ihr auch das Ende mit ansehen.»

Er ging beim Reden in die Mitte des Raums. Danvilles Arm hatte er dabei nie losgelassen, und so näherten sie sich Trudaine Schritt um Schritt.

«Sie sind in mein Haus gekommen, haben mich um die Hand meiner Tochter gebeten, und ich gab sie Ihnen», sagte der General ruhig zu Danville. «Sie erzählten mir, daß Ihre erste Frau und deren Bruder vor drei Jahren während der Schreckensherrschaft auf dem Schafott endeten, und ich glaubte Ihnen. Nun sehen Sie diesen Mann an, schauen Sie ihm geradewegs ins Gesicht. Er hat sich mir als der Bruder Ihrer Frau zu erkennen gegeben und sagt, daß seine Schwester noch lebt. Einer von Ihnen beiden hat mich getäuscht. Aber wer?»

Danville versuchte zu sprechen, brachte aber kein Wort über die Lippen. Er wollte seinen Arm dem Griff des alten Soldaten entwinden, doch dessen feste Hand gab nicht nach.

«Haben Sie Angst? Sind Sie ein Feigling? Können Sie ihm nicht ins Gesicht sehen?» fragte der General und packte finster noch stärker zu.

«Aufhören!» mischte sich einer der alten Offiziere ein und trat vor. «Geben Sie ihm Zeit. Es könnte sich um einen Fall verblüffender Ähnlichkeit handeln, die unter den gegebenen Umständen jeden erschüttern würde. Verzeihen Sie,

Bürger», er wandte sich an Trudaine, «aber Sie sind ein Fremder und haben uns keinen Beweis Ihrer Identität gegeben.»

«Das ist der Beweis», sagte Trudaine und wies auf Danvilles Gesicht.

«Ja, ja», redete der Offizier weiter, «er sieht gewiß bleich und verstört aus. Trotzdem warne ich vor vorschnellen Schlüssen. Man kennt seltsame Fälle von zufälliger Ähnlichkeit, und dies ist vielleicht einer!»

Als der Mann seine Vermutung wiederholte, wich das blanke Entsetzen in Danvilles Gesicht langsam einem Anflug unterwürfiger Dankbarkeit, und er senkte den Kopf, murmelte etwas und fuchtelte mit der freien Hand.

«Sehen Sie, Berthelin!» rief der alte Offizier, «er streitet ab, daß der Mann sein Schwager ist.»

«Hören Sie das?» Der General wandte sich an Trudaine: «Haben Sie Gegenbeweise? Falls ja, legen Sie diese unverzüglich vor.»

Bevor eine Antwort möglich war, flog die Tür von der Treppe zum Salon auf, und auf der Schwelle erschien Madame Danville mit aufgelöstem Haar und blassem Gesicht, das wie die Entsprechung zu demjenigen ihres Sohnes wirkte, gefolgt vom alten Dubois und einem Trupp verblüffter und aufgeschreckter Dienstboten.

«Um Gottes willen, unterschreibe nicht! Um Gottes willen, komm mit!» rief sie. «Ich habe deine Frau gesehen, und ich weiß nicht, war es ein Geist oder ein Mensch aus Fleisch und Blut, aber gesehen habe ich sie. Charles! Charles! So wahr ein Himmel über uns ist, ich hab' deine Frau gesehen!»

«Sie haben einen Menschen aus Fleisch und Blut gesehen», ließ sich aus dem Kreis der Dienstboten auf dem Treppenabsatz eine feste, ruhige Stimme vernehmen, «so wie Sie dort ihren Bruder sehen.»

«Der Mann soll hereinkommen, wer immer er ist!» rief der General.

Lomaque ging neben Madame Danville über die Schwelle. Sie zitterte, als er sie streifte, stützte sich an der Wand ab und folgte ihm ein paar Schritte in den Raum. Erst blickte sie auf ihren Sohn, danach auf Trudaine, dann wieder auf ihren Sohn. Etwas an ihrer Gegenwart brachte alle zum Schweigen. Eine plötzliche Stille legte sich über den Raum – eine so tiefe Stille, daß das gespannte, ängstliche Flüstern und heftige Kleiderrascheln der Frauen in der Bibliothek auf der anderen Seite der Tür zu hören war.

«Charles!» sagte Madame Danville und trat langsam vor, «was schaust du so?» Sie hielt inne, prüfte ihren Sohn eindringlicher als zuvor und blickte dann plötzlich auf Trudaine. «Sie sehen meinen Sohn an, Monsieur», sagte sie, «und ich lese Verachtung in Ihrem Gesicht. Mit welchem Recht beleidigen Sie einen Mann, der dankbar anerkannte, daß seine Mutter in Ihrer Schuld stand und darum sein Leben für das Ihre und das Ihrer Schwester wagte? Mit welchem Recht verschwiegen Sie meinem Sohn die Rettung seiner Frau vor dem Schafott, die sie meines Wissens seinen selbstlosen Bemühungen verdankte? Und mit welchem Recht, verlange ich zu erfahren, stellen Sie uns durch Ihre hinterhältige Geheimniskrämerei derart vor dem Herrn dieses Hauses bloß?»

Trudaine hörte sie mit sorgenvollem, mitleidigem Gesicht an. Er wich ein paar Schritte zurück und gab ihr keine Antwort. Der General sah ihn mit gespannter Neugier an, ließ Danvilles Arm los und schien etwas sagen zu wollen, doch im selben Augenblick trat Lomaque vor und bat mit erhobener Hand um Aufmerksamkeit.

«Ich spreche wohl Bürger Trudaine aus dem Herzen», er wandte sich an Madame Danville, «wenn ich der Dame rate, nicht auf einer allzu öffentlichen Antwort auf ihre Fragen zu beharren.»

«Wer sind Sie denn, daß Sie mir einen Rat geben wollen, Monsieur?» entgegnete sie hochmütig. «Ich habe Ihnen nichts zu sagen, als daß ich meine Fragen wiederhole und auf einer Antwort bestehe.»

«Wer ist dieser Mann?» fragte der General Trudaine und wies auf Lomaque.

«Ein Mann, der kein Vertrauen verdient», ließ

sich Danville erstmals wieder deutlich vernehmen und sah Lomaque mit tödlichem Haß an, «ein Polizeispitzel unter Robespierre!»

«Und als solcher in der Lage, Fragen zu den Prozessen unter Robespierre zu beantworten», bemerkte der ehemalige Hauptagent mit der alten Geistesgegenwart, die er in seinem Amt gebraucht hatte.

«Das stimmt!» rief der General. «Der Mann hat recht – gebt ihm das Wort.»

«Es geht nicht anders», sagte Lomaque mit einem Blick auf Trudaine, «überlassen Sie das mir, es ist am besten, wenn ich rede. Ich war», fuhr er lauter fort, «bei der Verhandlung gegen Bürger Trudaine und seine Schwester dabei. Sie kamen vor Gericht, weil Bürger Danville sie denunzierte. Ich verbürge mich dafür, daß Danville nicht genau wußte, was Trudaine und seiner Schwester vorgeworfen wurde, bis es der Gefangene gestand. Als bekannt wurde, daß sie heimlich dieser Dame zur Flucht aus Frankreich verholfen hatten und damit Danvilles eigenes Leben in Gefahr war, zog er seinen Kopf, wie ich selbst bezeugen kann, mit der Lüge aus der Schlinge, er habe von Anfang an von Trudaines Verschwörung gewußt ...»

«Wollen Sie damit sagen», unterbrach ihn der General, «er habe vor Gericht offen bekannt, den Mann, den man der Rettung seiner Mutter anklagte, wissentlich denunziert zu haben?»

«So ist es», antwortete Lomaque, worauf sich unter den anwesenden Fremden ein Murren des Entsetzens und der Empörung erhob. «Das Gerichtsprotokoll ist noch vorhanden, und es beweist meine Behauptung. Was die Flucht von Bürger Trudaine und der Gattin Danvilles vor der Guillotine betrifft ... sie verdanken diese politischen Umständen, was notfalls bezeugt werden kann, und einer kleinen List von mir, die ich hier nicht zu erläutern brauche. Und was schließlich die Geheimhaltung nach der Flucht betrifft, gebe ich Ihnen zu bedenken, daß diese sogleich aufgegeben wurde, als wir von den Vorgängen hier erfuhren, und sie zuvor bloß eine verständliche Vorsichtsmaßnahme des Bürgers Trudaine war. Aus ähnlichen Gründen sehen wir auch davon ab, seine Schwester dem Schock und der Gefahr einer Anwesenheit hier auszusetzen. Wer wäre schon so herzlos, sie dazu zu zwingen, einen solchen Mann überhaupt noch eines Blickes zu würdigen?»

Er sah in die Runde und wies anklagend auf Danville. Bevor sonst jemand etwas sagen konnte, lenkte ein leise klagendes: «Meine Herrin! Ach, meine liebe Herrin!» alle Blicke auf den alten Dubois und auf Madame Danville.

Bevor Lomaque zu sprechen begonnen hatte, hatte sie an der Wand gelehnt, aber jetzt stand sie aufrecht, sagte nichts und rührte sich nicht. Nicht eines der luftigen, bunten Bänder auf ihrem zerzausten Kopfputz zitterte auch nur ein wenig. Der alte Diener Dubois lag neben ihr auf den Knien, küßte und rieb ihre kalte Rechte in seinen Händen und jammerte immer noch leise: «Ach, meine Herrin! Meine liebe, liebe Herrin!», doch sie schien nicht zu bemerken, daß er in ihrer Nähe war. Erst als ihr Sohn einen Schritt oder zwei auf sie zuging, schien sie plötzlich aus der Totenstarre des seelischen Schmerzes zu erwachen. Langsam hob sie ihre freie Hand und winkte ihn weg. Er blieb gehorsam stehen und wollte etwas sagen. Sie winkte wieder, und die tödliche Starre auf ihrem Gesicht löste sich ein wenig. Ihre Lippen bewegten sich leicht, und sie sprach.

«Tun Sie mir einen letzten Gefallen, Monsieur, und schweigen Sie. Wir haben uns künftig nichts mehr zu sagen. Ich bin eine Tochter aus adligem Haus und die Witwe eines ehrenwerten Mannes. Sie sind ein meineidiger Verräter, was alle rechtschaffenen Menschen mit Abscheu erfüllt. Ich verstoße Sie! Vor all diesen Herren erkläre ich öffentlich: Ich habe keinen Sohn!»

Sie kehrte ihm den Rücken zu, verabschiedete sich mit der Höflichkeit längst vergangener Zeiten von den übrigen Anwesenden mit einem Knicks und ging langsam und unbeirrt zur Tür. Dort blieb sie stehen, warf einen Blick zurück, und ihre erzwungene Tapferkeit verließ sie. Mit einem unterdrückten Schrei griff sie nach der

Hand des alten Dieners, der treu an ihrer Seite blieb; er fing sie in seinen Armen auf, und ihr Kopf sank auf seine Schulter.

«Helft ihm!» rief der General den Dienstboten neben der Tür zu. «Helft ihm, sie ins Nebenzimmer zu bringen!»

Der Alte hob den Blick mißtrauisch von seiner Herrin zu den Leuten, die ihm beistehen wollten. In einem seltsamen Anfall von Eifersucht wehrte er sie ab. «Nach Haus», rief er, «sie soll nach Hause, und ich werde mich um sie kümmern. Weg da mit euch, niemand hält ihren Kopf außer Dubois. Nach unten! Hinunter zur Kutsche! Jetzt hat sie niemanden mehr als mich, und ich sage, ich bring' sie nach Hause.»

Als sich die Tür schloß, ging General Berthelin auf Trudaine zu, der schweigend etwas abseits gestanden hatte, seit Lomaque im Salon erschienen war.

«Ich möchte Sie um Verzeihung bitten», sagte der alte Soldat, «daß ich Sie einen Augenblick lang ungerechtfertigt verdächtigte. Um meiner Tochter willen bereue ich bitter, daß wir uns nicht schon längst begegnet sind. Trotzdem danke ich Ihnen für Ihr Kommen, auch wenn es keine Minute zu früh war.»

Als er noch sprach, kam einer seiner Freunde zu ihm, legte ihm die Hand auf die Schulter und sagte: «Berthelin, soll dieser Schurke einfach abziehen dürfen?»

Der General machte auf dem Absatz kehrt und winkte Danville verächtlich zur Tür. Als sie außer Hörweite waren, sagte er zu ihm: «Ihr Schwager hat Sie als Schuft bloßgestellt, Ihre Mutter hat Sie als Lügner verstoßen. So haben sie ihre Pflicht getan, und jetzt liegt es nur noch an mir, die meine zu tun. Wenn ein Mann das Haus eines Fremden unter Vorspiegelung falscher Tatsachen betritt und den Ruf seiner Tochter schädigt, dann verlangen wir alten Soldaten umgehend Genugtuung. Es ist jetzt bald drei, um fünf finden Sie mich und meinen Sekundanten …» Er sah sich mißtrauisch um und flüsterte Danville den Rest ins Ohr, dann stieß er die Tür auf und wies zur Treppe.

«Unsere Arbeit ist nun getan», sagte Lomaque und legte die Hand auf Trudaines Arm. «Geben wir Danville Zeit, von hier zu verschwinden, dann gehen wir auch.»

«Und wo ist meine Schwester?» fragte Trudaine gespannt.

«Sorgen Sie sich nicht um sie. Ich sage es Ihnen draußen.»

«Sie werden mich jetzt gewiß entschuldigen», wandte sich General Berthelin mit der Hand auf der Türklinke zur Bibliothek an die Anwesenden. «Ich habe schlechte Nachrichten für meine Tochter und anschließend mit einem Freund eine Privatsache zu erledigen.»

Er grüßte die Gesellschaft mit seinem gewohnt

schroffen Kopfnicken und betrat die Bibliothek. Minuten später verließen Trudaine und Lomaque das Haus.

«Ihre Schwester wird in unserem Hotel auf Sie warten», sagte Lomaque. «Sie ist völlig ahnungslos.»

«Aber die Wiederbegegnung?» staunte Trudaine. «Seine Mutter hat sie doch erkannt, und dann wird sie …?»

«Ich richtete es so ein, daß man sie sah, ohne daß sie selbst etwas bemerkte. Meine Erfahrungen mit Danville legten mir das Experiment nahe, und meine Routine als ehemaliger Hauptagent kam mir dabei zu Hilfe. Ich sah die Kutsche vor der Tür stehen und wartete, bis die alte Dame herunterkam. Als sie einstieg, entfernte ich mich mit Ihrer Schwester, und als die Kutsche losfuhr, spazierte ich mit Rose am Fenster vorbei zurück. Ein Augenblick genügte und zeitigte die gewünschte Wirkung! Aber lassen wir das. Gehen Sie jetzt zu Ihrer Schwester. Und bleiben Sie drinnen, bis die Nachtkutsche nach Rouen fährt. Ich habe aufs Geratewohl zwei Plätze für Sie gebucht. Gehen Sie! Nehmen Sie von Ihrem alten Haus wieder Besitz und lassen Sie mich hier den Auftrag erledigen, den mein Dienstherr mir anvertraute, und abwarten, was mit Danville und seiner Mutter geschieht. Dann will ich es irgendwie einrichten, mich in Rouen von Ihnen zu verabschieden, und sei dieses Wiedersehen für einen einzigen Tag. Ach, danken Sie mir doch nicht. Geben Sie mir einfach die Hand. Vor acht Jahren schämte ich mich, sie zu nehmen, jetzt kann ich sie kräftig drücken! Sie müssen diesen Weg gehen, ich nehme jenen. Überlassen Sie mich meinen Seidengeschäften, und helfen Sie Ihrer Schwester beim Packen für die Nachtkutsche.»

III

Wiederum sind drei Tage vergangen. Es ist Abend. Rose, Trudaine und Lomaque sitzen zusammen auf der Bank über den Windungen der Seine. Vor ihnen breitet sich die vertraute Landschaft in alter Schönheit aus, unverändert, als ob sie sie gestern erst zuletzt betrachtet hätten.

Sie reden ernsthaft und gedämpft miteinander. Dieselben Erinnerungen erfüllen ihre Herzen – sie äußern sie nicht, aber sie spüren, daß auch die anderen unter deren Eindruck stehen. Sie geben abwechselnd den Ton an, aber immer dreht sich das Gespräch, als hätten sie es so vereinbart, um die Zukunft.

Es wird dunkel, und Rose erhebt sich als erste von der Bank. Sie tauscht mit ihrem Bruder heimlich einen Blick und sagt dann zu Lomaque: «Wollen Sie mir möglichst bald ins Haus folgen? Ich habe da etwas, das ich Ihnen sehr gerne zeigen würde.»

Ihr Bruder wartet, bis sie außer Hörweite ist,

und fragt daraufhin gespannt, was in Paris seit ihrer Abreise geschehen sei.

«Ihre Schwester ist frei», antwortet Lomaque.

«Dann hat das Duell also stattgefunden?»

«Noch am selben Tag. Sie sollten beide miteinander feuern. Der Sekundant des Gegners spricht von lähmender Angst, während sein eigener erklärt, Danville sei ungeachtet seiner Lebensweise entschlossen gewesen, sich dem Tod tapfer zu stellen, indem er sich der ersten Kugel des von ihm Geschädigten aussetzte. Ich weiß nicht, was stimmt. Sicher ist nur, daß er seine Pistole nicht abfeuerte, vom ersten Schuß seines Gegners getroffen wurde und für immer verstummte.»

«Und seine Mutter?»

«Es ist schwierig, etwas in Erfahrung zu bringen. Ihre Türen sind verschlossen, und sie wird von ihrem alten Diener eifersüchtig bewacht. Ein Arzt sieht ständig nach ihr, und es heißt im Haus, die Krankheit greife eher ihr Gemüt als ihren Körper an. Mehr konnte ich nicht herausfinden.»

Auf diesen Bescheid hin bleiben sie beide ein Weilchen stumm sitzen, erheben sich dann von der Bank und gehen zum Haus.

«Haben Sie sich schon Gedanken gemacht, wie Sie Ihre Schwester auf den Bericht des Geschehenen vorbereiten wollen?» fragt Lomaque beim Anblick des Lampenscheins im Stubenfenster.

«Ich werde warten, bis wir uns hier wieder

eingelebt haben, bis die erste Wiedersehensfreude sich gelegt hat und unser ruhiges Alltagsleben von einst wieder eingekehrt ist», antwortet Trudaine.

Sie betreten das Haus. Rose winkt Lomaque zu sich und legt Tinte und Feder und einen offenen Brief vor ihn hin.

Sie lächelt. «Ich habe eine letzte Bitte an Sie.»

«Hoffentlich kann ich sie rasch erfüllen», erwidert er, «denn mir bleibt nur noch dieser Abend bei Ihnen. Morgen früh muß ich auf dem Weg nach Châlons sein, bevor Sie auf sind.»

«Unterschreiben Sie diesen Brief», fährt sie immer noch lächelnd fort, «und geben Sie ihn mir dann zum Abschicken? Louis hat ihn mir diktiert, und wenn Sie Ihren Namen daruntersetzen, ist er komplett.»

«Ich darf ihn wohl lesen?»

Sie nickt, und Lomaque liest: «Bürger, ich möchte Sie respektvoll davon in Kenntnis setzen, daß der mir von Ihnen anvertraute Auftrag in Paris erfüllt ist. Ich möchte Sie zudem bitten, mir die Kündigung meiner Stelle in Ihrem Kontor zu gestatten. Die mir von Ihnen und zuvor von Ihrem Bruder erwiesene Freundlichkeit ermutigt mich zu der Hoffnung, daß Sie den Grund meiner Demission mit Genugtuung erfahren werden. Zwei mir befreundete Personen, die sich mir verpflichtet fühlen, legen Wert darauf, daß ich meinen Lebensabend im Frieden und Schutz ihres

Heims verbringen soll. Die Wirren vergangener Jahre haben uns so eng verbunden, als gehörten wir alle drei zur selben Familie. Ich brauche die häusliche Behaglichkeit nach dem Leben, das ich geführt habe, und meine Freunde versichern mich so ernsthaft von der Dringlichkeit ihres Wunsches, dem alten Mann einen Lehnstuhl an ihrem Kamin zu gönnen, daß ich mich nicht dazu durchringen kann, ihr Angebot auszuschlagen. Darum bitte ich Sie, mir die in diesem Brief ausgesprochene Kündigung zu gewähren und meiner aufrichtigen Dankbarkeit und Hochachtung versichert zu sein.

An Bürger Clairfait, Seidenhändler, Châlons-sur-Marne.»

Als Lomaque diese Zeilen gelesen hatte, drehte er sich zu Trudaine um und wollte etwas sagen, brachte aber kein Wort hervor. Er blickte zu Rose auf und wollte lächeln, doch sein Mund zuckte nur. Sie tauchte die Feder in die Tinte und legte sie ihm in die Hand. Er beugte rasch den Kopf über das Papier, damit sie sein Gesicht nicht sehen konnte, unterschrieb aber immer noch nicht.

Sie legte die Hand liebevoll auf seine Schulter und flüsterte ihm zu: «Na, na, tun Sie ‹Schwester Rose› den Gefallen. Sie muß ihren Willen durchsetzen, jetzt, wo sie wieder zu Hause ist.»

Er antwortete nicht, sein Kopf sank noch tiefer, er zögerte einen Augenblick und setzte dann seinen Namen in schwachen, zittrigen Buchstaben unter den Brief.

Sie nahm ihn sanft weg. Ein paar Tränen lagen auf dem Papier. Sie trocknete sie mit ihrem Taschentuch und sah ihren Bruder an: «Das sind die letzten, die er je vergießen soll, Louis; dafür wollen wir sorgen, du und ich!»

DER POLIZIST UND DIE KÖCHIN

Eines Abends fragte ich den Arzt, bevor er ging, wie lange ich wohl noch zu leben hätte. Er antwortete: «Das läßt sich nicht so leicht sagen; Sie könnten sterben, bevor ich am Morgen wiederkomme, vielleicht leben Sie aber auch bis zum Monatsende.»

Am nächsten Morgen war ich noch lebendig genug, um an mein Seelenheil zu denken, und weil ich Katholik bin, verlangte ich nach einem Priester.

Unter anderem hatte ich ein sträfliches Pflichtversäumnis gegenüber den Gesetzen meines Landes zu beichten. Dafür sollte ich nach Ansicht des Priesters, der ich zustimmte, als guter englischer Katholik mit einem öffentlichen Eingeständnis meiner Schuld büßen. Wir vereinbarten daraufhin, die Arbeit zu teilen. Ich sollte erzählen, während Hochwürden zur Feder griff und die Sache in die richtige Form brachte, mit folgendem Ergebnis: Als junger Mann im Alter von fünfundzwanzig trat ich der Polizeitruppe Londons bei. Nach fast zwei Jahren wenig aufregender Erfahrung mit den verantwortungsvollen und schlecht bezahlten Aufgaben in diesem Beruf arbeitete ich an meinem ersten ernsthaften Kriminalfall – eine schlimme Sache, bei der es um nichts weniger als Mord ging.

Das trug sich wie folgt zu:

Ich war damals Polizist auf einer Wache im Norden Londons – der Name tut nichts zur Sache. Eines Montags hatte ich Nachtdienst, und bis vier Uhr morgens ereignete sich nichts Außergewöhnliches auf der Wache. Es war Frühling, und der Raum war stickig heiß vom Gas und vom Kamin. Ich ging zur Tür, um frische Luft zu schnappen, sehr zur Verwunderung unseres diensthabenden Inspektors, der leicht fröstelte. Es nieselte, und die naßkalte Luft trieb mich an den Herd zurück. Ich hatte mich wohl noch keine Minute gesetzt, als die Schwingtür heftig aufgestoßen wurde. Eine verstörte Frau kam schreiend hereingelaufen und rief: «Ist hier die Polizeiwache?»

Eine Laune der Natur hatte unserem sonst vorzüglichen Inspektor zu seiner kälteempfindlichen Konstitution ein heißblütiges Temperament gegeben. «Verflixt noch mal, gute Frau, *sehen* Sie das nicht?» ärgerte er sich. «Was ist denn geschehen?»

«Ein Mord ist geschehen!» stieß sie hervor. «Kommen Sie um Gottes willen mit. Zu Mrs. Crosscapels Pension an der Lehigh Street Nummer 14. Eine junge Frau hat in der Nacht ihren

Mann umgebracht! Mit einem Messer, Sir. Sie glaubt, sie hat es im Schlaf getan.»

Ich muß sagen, ich war bestürzt, und der dritte Wachhabende, ein Sergeant, schien es auch zu sein. Sie war bei allem Entsetzen und trotz ihrer aufgelösten Erscheinung eine hübsche junge Frau. Ich hatte damals eine Schwäche für große Frauen, und sie war, wie man heute sagt, mein Typ. Ich stellte ihr einen Stuhl hin, und der Sergeant schürte das Feuer. Den Inspektor ließ das alles kalt, und er befragte sie so kühl, als ginge es um einfachen Diebstahl.

«Haben Sie den Ermordeten gesehen?»

«Nein, Sir.»

«Oder seine Frau?»

«Nein, Sir. Ich traute mich nicht in das Zimmer; ich hörte nur von der Sache!»

«So? Und wer sind Sie? Eine Pensionärin?»

«Nein, Sir. Ich bin die Köchin.»

«Gibt es keinen Hausherrn?»

«Doch Sir. Er ist völlig verstört. Und das Hausmädchen ist den Arzt holen gegangen. Natürlich bleibt alles an den armen Dienstboten hängen. Oh, warum hab' ich je einen Fuß in dieses Haus des Grauens gesetzt?»

Die Arme begann zu schluchzen und zitterte von Kopf bis Fuß. Der Inspektor nahm ein Protokoll auf und bat sie, es durchzulesen und zu unterschreiben. Dabei wollte er ihr nahe genug kommen, um ihren Atem zu riechen. «Bei ungewöhnlichen Aussagen lohnt es sich gelegentlich, die Nüchternheit der Zeugen zu überprüfen», sagte er nachher zu mir. «Verrückte hatte ich auch schon, aber selten. *Das* sieht man dann meistens in den Augen.»

Sie nahm sich zusammen und unterschrieb mit «Priscilla Thurlby».

Die Nüchternheitsprobe des Inspektors bestand sie, und ihre schönen zartblauen Augen, die bestimmt sanft und freundlich blickten, wenn sie nicht angsterfüllt und vom Weinen gerötet waren, mußten ihn wohl davon überzeugen, daß sie auch nicht verrückt war. Er überließ den Fall fürs erste mir, und ich sah, daß er nach wie vor seine Zweifel hatte.

«Geh mit ihr ins Haus zurück», sagte er. «Es könnte ein dummer Schwindel sein oder ein aufgebauschter Streit. Mach dir ein Bild und hör zu, was der Arzt meint. Wenn es tatsächlich ernst gilt, benachrichtige uns gleich, und laß niemanden ins Haus oder aus dem Haus. Halt! Du weißt, was du antworten mußt, wenn jemand aussagen will?»

«Ja, Sir. Ich muß die Betreffenden warnen, daß jede Aussage gegen sie verwendet werden kann.»

«Gut, du hast das Zeug zum Inspektor. Bitte, Miss!» Und damit entließ er sie in meine Obhut.

Lehigh Street war nicht sehr weit, vielleicht zwanzig Minuten zu Fuß von der Wache entfernt. Ich muß gestehen, daß ich den Inspektor ziemlich ungnädig fand, und Priscilla ärgerte sich natürlich auch über ihn. «Was soll das heißen, von einem Schwindel zu reden?» sagte sie. «Ich wünschte, er wäre so erschrocken wie ich. Dies ist meine erste Anstellung, Sir, und ich dachte, ich hätte einen anständigen Platz gefunden.»

Ich sagte sehr wenig zu ihr und war – ehrlich gesagt – ziemlich aufgeregt wegen der Aufgabe, die man mir anvertraut hatte. Als wir das Haus erreichten, ging die Tür von innen auf, bevor ich anklopfen konnte. Ein Herr trat heraus, der Arzt, wie sich herausstellte, und als er mich sah, blieb er stehen.

«Sie müssen vorsichtig sein, Polizist», sagte er. «Ich fand den Mann tot im Bett ... er lag auf dem Rücken, und das Messer, das ihn getötet hat, steckte noch in der Wunde.»

Als ich das hörte, sah ich sogleich die Notwendigkeit, zur Wache zu schicken. Aber wem konnte ich die Nachricht anvertrauen? Ich erlaubte mir, den Arzt zu bitten, seine Aussage auf der Wache zu wiederholen, die nicht allzu weitab von seinem Heimweg lag, und er willigte hilfsbereit ein.

Während unseres Gesprächs trat die Wirtin, Mrs. Crosscapel, hinzu. Sie war noch jung und selbst von einem Mord im Haus, soweit ich sehen konnte, nicht leicht zu erschüttern. Ihr Gatte stand im Flur hinter ihr. Nach dem Äußeren zu urteilen, hätte er ihr Vater sein können, und er zitterte derart vor Entsetzen, daß manche in ihm den Täter vermutet hätten. Ich schloß die Haustür, zog den Schlüssel ab und sagte zur Wirtin: «Niemand darf das Haus verlassen oder betreten, bis der Inspektor kommt. Ich muß die Örtlichkeiten untersuchen, um einen allfälligen Einbruch festzustellen.»

«Hier ist der Schlüssel zum Hof», antwortete sie. «Die Tür ist immer verschlossen. Kommen Sie nach unten und sehen Sie selbst.» Priscilla kam mit, und ihre Herrin hieß sie in der Küche Feuer machen. «Eine Tasse Tee wird manchen von uns gut tun», meinte Mrs. Crosscapel, worauf ich mir die Bemerkung erlaubte, sie nehme die Dinge unter den vorliegenden Umständen erstaunlich gelassen. Sie gab zurück, eine Londoner Pensionswirtin könne es sich nicht leisten, den Kopf zu verlieren, egal, was geschehe.

Ich fand die Tür versperrt, und die Läden des Küchenfensters waren eingehängt. Die Nebenküche und die Hintertür waren ebenso gesichert. Niemand versteckte sich irgendwo. Wieder einen Stock höher untersuchte ich das Wohnzimmerfenster. Auch hier bürgten verriegelte Läden für die Sicherheit des Raums. Durch die Tür zur hinteren Stube war eine brüchige Stimme zu vernehmen: «Der Polizist kann kommen, wenn er verspricht, mich nicht anzuschauen.» Ich wandte mich fragend an die Wirtin: «Das ist Miss Mybus», sagte sie. «Sie hat meine Stube gemietet; eine sehr ehrbare Dame.» Als ich den Raum betrat, sah ich ein in die Bettlaken gehülltes aufrechtes Etwas. Es war die züchtig verhüllte Miss Mybus. Als ich die Sicherheit der unteren Räume überprüft hatte und die Schlüssel sicher in meiner Tasche verwahrt waren, konnte ich nach oben gehen.

Auf dem Weg hinauf fragte ich, ob am Vortag Besucher dagewesen seien. Es waren bloß zwei Bekannte der Pensionäre zu Besuch gekommen, und Mrs. Crosscapel hatte beide selbst hinausbegleitet. Meine nächste Frage betraf die Pensionäre selbst. Im Erdgeschoß war Miss Mybus. Im ersten Stock bewohnte Mr. Barfield, ein alter Junggeselle, der in einem Handelskontor arbeitete, beide Räume. Im zweiten Stock waren vorne Mr. John Zebedee, der Ermordete, mit seiner Frau und hinten Mr. Deluc, ein Zigarrenvertreter vermutlich kreolischer Abstammung aus Martinique. Mr. und Mrs. Crosscapel wohnten im vorderen Mansardenzimmer, die Köchin und das Hausmädchen im hinteren. Damit war die Liste der Bewohner komplett. Ich fragte nach den Dienstboten. «Beide tadellos», sagte die Wirtin, «sonst wären sie nicht bei mir in Stellung.»

Wir gelangten zum zweiten Stock, wo das Hausmädchen vor der Tür zum Vorderzimmer Wache hielt. Sie war nicht so hübsch wie die Köchin und natürlich sehr verängstigt. Ihre Herrin hatte sie hier postiert, damit sie Alarm schlug, falls Mrs. Zebedee, die man im Zimmer eingesperrt hatte, einen Ausbruchsversuch unternehmen sollte. Meine Ankunft erlöste das Mädchen von seinen Pflichten, und es lief sogleich zur anderen Angestellten in die Küche hinunter.

Ich fragte Mrs. Crosscapel, wie und wann der Mord entdeckt worden sei.

«Kurz nach drei heute morgen», sagte sie. «Ich erwachte von Mrs. Zebedees Schreien und traf sie hier auf dem Treppenabsatz, wo Mr. Deluc sie in großer Sorge zu beruhigen versuchte. Er schlief ja im Zimmer nebenan und brauchte bloß die Tür zu öffnen, als ihre Schreie ihn weckten. ‹Mein lieber John ist ermordet worden. Und ich Elende hab' es getan – im Schlaf!› Dieses wirre Zeug wiederholte sie immer von neuem, bis sie ohnmächtig zu Boden fiel. Mr. Deluc und ich trugen sie in ihr Schlafzimmer zurück. Wir glaubten beide, die Arme sei von einem gräßlichen Alptraum geplagt worden. Aber als wir zum Bett kamen ... fragen Sie mich nicht, was wir da sahen ... der Arzt hat es Ihnen ja schon geschildert. Ich war einmal Krankenschwester und habe viel Unschönes gesehen. Aber dieser Anblick ließ mich trotzdem schaudern und machte mich schwindlig. Und was Mr. Deluc betrifft, fürchtete ich schon, er würde demnächst auch ohnmächtig.»

Daraufhin fragte ich, ob Mrs. Zebedee irgend

etwas Seltsames gesagt oder getan habe, seit sie bei Mrs. Crosscapel zu Gast war.

«Sie halten sie für verrückt?» fragte die Wirtin. «Da würde Ihnen ja jeder recht geben, wenn eine Frau sich beschuldigt, ihren Mann im Schlaf umgebracht zu haben. Aber ich kann nur sagen, daß es in meinen Augen bis heute morgen keine ruhigere, vernünftigere und anständigere junge Frau als Mrs. Zebedee gab. Sie war doch frisch verheiratet und hatte ihren armen Mann so gern, wie es eine Frau nur kann. Ich hätte sie ein mustergültiges Paar genannt, auf ihre Art.»

Mehr ließ sich auf der Treppe nicht sagen. Wir schlossen die Tür auf und gingen hinein.

Er lag auf dem Rücken im Bett, wie der Arzt gesagt hatte. Und links, gleich über dem Herz, verriet das Blut auf dem Nachthemd die schreckliche Wahrheit. Soweit sich nach einem widerwilligen Blick auf ein totes Gesicht sagen ließ, mußte er zu Lebzeiten ein stattlicher junger Mann gewesen sein. Es war ein trauriger Anblick, aber am meisten traf es mich wohl, als ich gleich darauf die Jammergestalt seiner Frau sah.

Sie kauerte in einer Ecke am Boden – eine dunkelhaarige, kleine Frau, schick und farbenfroh gekleidet. Wegen ihres schwarzen Haars und der großen braunen Augen wirkte ihr totenblasses Gesicht vielleicht noch weißer, als es war. Sie starrte uns an, schien uns jedoch nicht wahrzunehmen. Wir sprachen sie an, aber sie sagte kein

Wort. Sie wirkte so leblos wie ihr Mann, wäre sie nicht ab und zu wie vor Kälte erschauert und hätte sie nicht dauernd an ihren Fingern gezupft. Ich ging zu ihr hin und versuchte sie hochzuheben. Sie wich mit einem Schrei zurück, der mir fast Angst einjagte – nicht weil er so laut war, sondern weil er mehr nach einem Tier als nach einem menschlichen Wesen klang. Die Wirtin mochte sie als ruhige Frau erlebt haben, aber jetzt war sie außer sich. Vielleicht empfand ich ein natürliches Mitleid mit ihr, vielleicht war ich auch bloß ganz durcheinander – jedenfalls konnte ich nicht an ihre Schuld glauben. Ich sagte sogar zu Mrs. Crosscapel: «Ich glaube nicht, daß sie es war.»

Während ich sprach, klopfte es an die Tür. Ich ging sogleich hinunter und ließ – zu meiner großen Erleichterung – den Inspektor mit einem unserer Leute ein.

Er wartete unten meinen Bericht ab und billigte meine Vorkehrungen. «Es sieht so aus, als sei der Mord von jemandem aus dem Haus verübt worden.» Damit postierte er den Mann im Erdgeschoß und stieg mit mir zum zweiten Stock hinauf.

Er war noch keine Minute im Raum, als er einen Gegenstand entdeckte, der mir entgangen war.

Es war die Tatwaffe, das Messer.

Der Arzt hatte es im Körper gefunden und

herausgezogen, um die Wunde zu untersuchen, und es auf den Nachttisch gelegt. Es war eines jener nützlichen Messer mit Säge, Korkenzieher und ähnlichem Werkzeug. Die geöffnete große Klinge schnappte auf Federdruck zu. Wo das Messer nicht blutbefleckt war, glänzte es wie neu gekauft. Auf einem Metallplättchen am Horngriff stand die nur halb ausgeführte Widmung «Für John Zebedee von ...», hier brach sie seltsamerweise ab.

Wer oder was hatte den Graveur bei seiner Arbeit unterbrochen? Man konnte es unmöglich erraten. Aber der Inspektor war zuversichtlich.

«Das sollte uns helfen», sagte er, hörte Mrs. Crosscapel aufmerksam an und wandte unterdessen keinen Blick von dem armen Geschöpf in der Ecke.

Als die Wirtin fertig war, verlangte er den Pensionär zu sehen, der im Zimmer nebenan geschlafen hatte.

Mr. Deluc erschien, wandte den Kopf schaudernd vom Anblick im Zimmer ab und blieb auf der Schwelle stehen. Er war in einen prächtig verzierten blauen Morgenrock mit goldenem Gürtel gehüllt. Sein spärliches bräunliches Haar wellte sich – ob künstlich oder nicht, kann ich nicht sagen – in kleinen Locken. Er hatte einen gelben Teint und grünbraune Froschaugen, die aussahen, als würden sie ihm aus dem Gesicht fallen, wenn man einen Löffel darunterhielte. Sein Schnurrbart und das Ziegenbärtchen waren sorgfältig geölt, und die lange schwarze Zigarre im Mund vervollständigte seine Erscheinung.

«Nicht daß diese schreckliche Tragödie mich kaltlassen würde», erklärte er. «Aber meine Nerven sind ruiniert, Herr Polizist, und nur so kann ich diesen Schaden beheben. Ich bitte um Verzeihung und um Ihr Verständnis.»

Der Inspektor befragte diesen Zeugen streng und genau. Er war nicht jemand, der sich von Äußerlichkeiten täuschen ließ, aber ich sah, daß er Mr. Deluc keineswegs mochte oder ihm auch nur traute. Doch das Verhör ergab nichts, was Mrs. Crosscapel mir nicht schon im wesentlichen gesagt hätte. Mr. Deluc ging wieder auf sein Zimmer.

«Wie lange wohnt er schon bei Ihnen?» fragte der Inspektor, kaum hatte uns Mr. Deluc den Rücken gekehrt.

«Fast ein Jahr», antwortete die Wirtin.

«Hatte er Referenzen?»

«Die beste, die ich mir wünschen konnte.» Sie nannte den Namen eines bekannten Zigarrengeschäfts in der City. Der Inspektor notierte diese Auskunft in sein Buch.

Auf das Folgende gehe ich am liebsten nicht ausführlich ein, dafür ist es zu aufwühlend. Die Feststellung soll genügen, daß die arme Irre in einer Droschke zur Wache gefahren wurde. Der Inspektor nahm das Messer an sich und ein Buch mit dem Titel «Die Welt des Schlafes», das auf dem Boden gelegen hatte. Der Reisekoffer mit dem Gepäck wurde verschlossen, die Zimmertür abgesperrt, und beide Schlüssel wurden mir übergeben. Ich sollte im Haus bleiben und niemanden hinauslassen, bis ich in Kürze wieder eine Nachricht vom Inspektor erhielt.

Die amtliche Leichenschau und die richterliche Untersuchung wurden vertagt, weil Mrs. Zebedee nicht zurechnungsfähig war. Der Arzt erklärte, ein gewaltiger Schock habe sie aus der Bahn geworfen. Und als man ihn fragte, ob sie vor dem Mord seiner Ansicht nach geistig gesund gewesen sei, wollte er sich vorerst nicht festlegen.

So ging eine Woche vorbei. Der Ermordete wurde bestattet, und sein alter Vater war an der Beerdigung. Ich suchte gelegentlich Mrs. Crosscapel und die beiden Dienstmädchen auf, um an weitere nützliche Informationen zu gelangen. Sowohl die Köchin wie auch das Hausmädchen hatten mit der üblichen monatlichen Frist gekündigt, weil sie um ihren guten Ruf besorgt waren und nicht in einem Haus bleiben wollten, wo ein Mord geschehen war. Die Nerven bewogen auch Mr. Deluc zum Gehen, denn fürchterliche Alpträume schreckten ihn aus dem Schlaf. Er bezahlte die verlangte Abfindung und ging ohne Vorankündigung. Der Pensionär im ersten Stock, Mr. Barfield, behielt seine Wohnung, bekam aber

Urlaub von seinem Arbeitgeber und floh zu Freunden auf dem Land. Nur Miss Mybus blieb. «Wenn es mir an einem Ort wohl ist, lasse ich mich in meinem Alter nicht mehr vertreiben», meinte die betagte Dame. «Ein Mord zwei Treppen höher ist fast dasselbe wie einer im Nachbarhaus. Es kommt doch nur auf die Distanz an.»

Die Polizei kümmerte sich wenig darum, was die Pensionäre taten. Beamte in Zivil beobachteten das Haus Tag und Nacht. Wer wegging, wurde heimlich observiert, und die Polizei an ihrem Zufluchtsort wurde beauftragt, ein wachsames Auge auf diese Personen zu haben. Solange wir Mrs. Zebedees erstaunliche Aussage nicht überprüfen und nicht in Erfahrung bringen konnten, wer das Messer gekauft hatte, durften wir auf keinen Fall irgend jemanden entwischen lassen, der in der Mordnacht bei Mrs. Crosscapel gewohnt hatte.

Nach weiteren zwei Wochen war Mrs. Zebedee so weit wiederhergestellt, daß sie die notwendige Aussage machen konnte – in Kenntnis der Folgen, wie in solchen Fällen üblich. Der Arzt zweifelte inzwischen nicht mehr an ihrer geistigen Verfassung.

Sie war Hausmädchen gewesen und hatte die vergangenen vier Jahre als Zofe bei einer Familie in Dorsetshire verbracht. Man bemängelte an ihr nur die gelegentlichen Anfälle von Schlafwandeln, die erforderten, daß ein anderes Hausmädchen bei verschlossener Tür und mit dem Schlüssel unter dem Kopfkissen im selben Zimmer schlief. Sonst nannte die Herrin ihre Zofe in jeder Beziehung «eine Perle».

Im letzten halben Jahr ihrer Anstellung trat ein junger Mann namens John Zebedee mit schriftlicher Empfehlung als Lakai in die Dienste des Hauses. Er verliebte sich bald in die nette kleine Zofe, und sie erwiderte seine Gefühle von Herzen. Sie hätten vielleicht noch Jahre warten müssen, um sich genug Geld zum Heiraten zu verdienen, wäre nicht Zebedees Onkel gestorben, der ihm ein kleines Vermögen von zweitausend Pfund vermachte. Somit waren sie für Leute ihres Standes reich genug, um auf ihr Herz zu hören, und schritten aus dem Haus, wo sie zusammen gedient hatten, zum Traualtar. Die kleinen Töchter der Familie waren Mrs. Zebedees Brautjungfern und bewiesen ihr so ihre Zuneigung.

Der junge Gatte war ein vorsichtiger Mann und beschloß, sein kleines Kapital möglichst gut anzulegen und in Australien Schafe zu züchten. Seine Frau erhob keinen Einwand; sie war bereit, John zu folgen, wohin er auch ging.

Also verbrachten sie ihre kurzen Flitterwochen in London, um das Schiff zu sehen, auf dem sie hinüberfahren sollten. Sie logierten in Mrs. Crosscapels Pension, weil Zebedees Onkel immer dort gewohnt hatte, wenn er in London war. In zehn Tagen sollten sie sich einschiffen. Die freie Zeit war dem jungen Paar willkommen, und sie wollten sich von den Sehenswürdigkeiten und Attraktionen der großen Stadt nach Herzenslust unterhalten lassen.

An ihrem ersten Abend in London gingen sie ins Theater. Sie waren beide die frische Landluft gewohnt und erstickten beinahe am Gas und an der Hitze. Trotzdem gefiel ihnen die neuartige Unterhaltung so gut, daß sie am nächsten Abend wieder ein Theater besuchten. Diesmal hielt John Zebedee die Hitze nicht mehr aus. Sie verließen das Theater und waren gegen zehn zurück in ihrer Pension.

Das übrige soll mit Mrs. Zebedees eigenen Worten erzählt werden: «Wir plauderten ein Weilchen in unserem Zimmer, und Johns Kopfschmerzen wurden immer heftiger. Ich überredete ihn, zu Bett zu gehen, und löschte die Kerze, damit er eher einschlafen konnte; zum Ausziehen gab das Feuer noch genug Licht. Aber er war zu unruhig zum Einschlafen und bat mich, ihm vorzulesen. Bücher machten ihn auch sonst immer schläfrig.

Ich hatte meine Kleider noch nicht abgelegt. Also zündete ich die Kerze wieder an und schlug das einzige Buch auf, das ich hatte. John war der Titel ‹Die Welt des Schlafes› in einem Bücherstand am Bahnhof aufgefallen. Er neckte mich nämlich manchmal, weil ich schlafwandelte. Darum sagte er: ‹Das hier interessiert dich sicher› und schenkte mir das Buch.

Bevor ich länger als eine halbe Stunde gelesen hatte, schlief er fest. Ich war nicht müde und las für mich weiter.

Das Buch fesselte mich tatsächlich. Eine schlimme Geschichte beschäftigte mich; sie handelte von einem Mann, der in einem schlafwandlerischen Traum seine eigene Frau erstach. Ich wollte das Buch danach schon weglegen, doch ich besann mich und las weiter. Die nächsten Kapitel waren nicht so spannend; es waren lauter gelehrte Gedankengänge darüber, weshalb wir einschlafen, was unser Gehirn in dieser Zeit tut und so weiter. Darüber nickte auch ich in meinem Sessel neben dem Feuer ein.

Ich weiß nicht, wie spät es war, als ich einschlief. Und ich weiß auch nicht, wie lange ich schlief und ob ich träumte. Kerze und Feuer waren niedergebrannt, und es war pechschwarze Nacht, als ich erwachte. Ich kann nicht einmal sagen, warum ich aufwachte, vielleicht wegen der Kälte im Raum.

Auf dem Kaminsims lag noch eine Kerze. Ich fand die Streichhölzer und machte Licht. Da drehte ich mich erstmals zum Bett um und sah …»

Die Leiche ihres Gatten hatte sie gesehen; er war ermordet worden, während sie in seiner

Nähe schlummerte, und die arme Frau wurde bei der bloßen Erinnerung ohnmächtig.

Die Einvernahme wurde unterbrochen, und man ließ ihr jede mögliche Pflege und Aufmerksamkeit zuteil werden. Sowohl der Kaplan wie der Arzt kümmerten sich um sie.

Von den Zeugenaussagen der Wirtin und des Personals habe ich noch nicht gesprochen. Sie galten als reine Formsache. Das wenige, was sie wußten, belastete Mrs. Zebedee nicht. Und die Polizei entdeckte nichts, was ihre erste verzweifelte Selbstbezichtigung bestätigt hätte. Ihre frühere Herrschaft fand nur lobende Worte über sie. Wir steckten in einer Sackgasse.

Mr. Deluc sollte vorerst nur als Zeuge vernommen werden, um ihn nicht zu warnen. Doch eine vertrauliche Mitteilung des Kaplans beschleunigte den Gang des Gesetzes.

Hochwürden hatte Mrs. Zebedee zweimal aufgesucht und mit ihr gesprochen, und er war überzeugt, daß sie sowenig mit dem Mord an ihrem Gatten zu tun hatte wie er selbst. Er sah sich zwar außerstande, ein Beichtgeheimnis weiterzugeben, doch er riet, Mr. Deluc vorzuladen, und dieser Rat wurde befolgt.

Die Polizei hatte keine Beweise gegen Mrs. Zebedee, als die Verhandlung wiederaufgenommen wurde. Um der Gerechtigkeit zu dienen, wurde sie in den Zeugenstand versetzt. Dabei ging man so rasch wie möglich über ihre Entdeckung des ermordeten Gatten in den frühen Morgenstunden hinweg. Nur drei wichtige Fragen wurden ihr gestellt:

Zuerst zeigte man ihr das Messer. Ob sie es je im Besitz ihres Gatten gesehen habe? – Niemals. – Und ob sie etwas davon wisse? – Überhaupt nichts.

Zweitens: Hatte sie oder ihr Gatte nach der Rückkehr vom Theater die Türe verriegelt? – Nein. – Verriegelte sie später selbst noch die Tür? – Nein.

Drittens: Welchen Grund hatte sie zu der Annahme, sie habe ihren Mann in einem schlafwandlerischen Traum umgebracht? – Nur daß sie zu der Zeit unzurechnungsfähig war und das Buch ihr den Gedanken eingegeben haben mußte.

Danach wurden die übrigen Zeugen aus dem Saal geschickt, und der Grund für die Mitteilung des Kaplans wurde deutlich. Man fragte Mrs. Zebedee nämlich, ob es zwischen ihr und Mr. Deluc zu einem unliebsamen Zwischenfall gekommen sei.

Ja. Er hatte sie alleine auf der Treppe der Pension erwischt, war zudringlich geworden und so weit gegangen, sie küssen zu wollen. Daraufhin hatte sie ihn geohrfeigt und gedroht, es ihrem Gatten zu sagen, wenn er sich noch einmal so aufführe. Er war rasend über die Ohrfeige und sagte zu ihr: «Madame, das wird Ihnen noch leid tun.»

Wir berieten uns mit dem Inspektor, und auf seinen Wunsch sollte Mr. Deluc noch nichts von Mrs. Zebedees Aussage wissen. Als die Zeugen wieder aufgerufen wurden, machte Deluc dieselbe Aussage wie schon gegenüber dem Inspektor und wurde dann nach dem Messer gefragt. Er begutachtete es ohne ersichtliche schuldhafte Gemütsregung und schwor, es noch nie zuvor gesehen zu haben. Damit ging das wiederaufgenommene Verfahren immer noch ohne greifbares Ergebnis zu Ende.

Aber wir behielten Mr. Deluc im Auge und wollten ihm, wenn möglich, den Kauf des Messers nachweisen.

Doch auch dieser Versuch führte zu nichts; wir schienen in diesem Fall wirklich vom Pech verfolgt. Die Fabrik in Sheffield, die das Messer hergestellt hatte, ließ sich aufgrund des Stempels auf der Klinge zwar leicht ausfindig machen, doch sie produzierte Zehntausende solcher Messer und setzte sie an Händler in ganz Großbritannien ab – vom Ausland gar nicht zu reden. Und ohne zu wissen, wo oder von wem das Messer gekauft worden war, ließ sich der Mann, der die unvollständige Widmung eingraviert hatte, so schwer finden wie die sprichwörtliche Nadel im Heuhaufen. Es blieb uns nur noch die Möglichkeit, das Messer mit gut sichtbarer Gravur photographieren zu lassen und an jede Polizeiwache im Königreich Abzüge zu schicken.

Gleichzeitig fühlten wir Mr. Deluc auf den Zahn, das heißt, wir wühlten in seiner Vergangenheit, um herauszufinden, ob er und der Ermordete einander vielleicht gekannt und Streit gehabt hatten, möglicherweise um eine Frau. Aber wir wurden nicht fündig.

Es stellte sich zwar heraus, daß Deluc ein Wüstling war und mit sehr üblen Leuten verkehrt hatte. Doch er hatte kein Gesetz gebrochen. Es mag einer ja ein Windhund sein und eine Dame beleidigen, ihr in der ersten Wut über eine Ohrfeige gar drohen, trotzdem folgt aus diesen Charaktermängeln nicht ohne weiteres, daß er im Dunkel der Nacht auch ihren Gatten ermordet hat.

Darum hatten wir, als erneut ein Rapport fällig wurde, einmal mehr nichts in der Hand. Die Photographien führten nicht auf die Spur des Besitzers und brachten keine Erklärung für die unvollständige Widmung. Die arme Mrs. Zebedee verpflichtete sich schriftlich, auf Ersuchen des Gerichts wieder zu erscheinen, und wurde darauf in die Obhut ihrer Freunde entlassen. In den Zeitungen begann man zu fragen, wie viele Mörder die Polizei noch zum Narren halten durften. Das Schatzamt setzte eine Belohnung von einhundert Pfund für nützliche Hinweise aus. Aber die Wochen vergingen, ohne daß jemand Anspruch auf das Geld erhob.

Unser Inspektor gab sich nicht so leicht geschlagen und stellte weitere Untersuchungen und Verhöre an. Ich brauche darüber keine Worte zu verlieren: Wir hatten verspielt, und damit fand die Sache, was Polizei und Öffentlichkeit betraf, ein Ende.

Der Mord an dem bedauernswerten jungen Ehemann wurde vergessen wie andere ungeklärte Mordfälle. Nur ein kleiner Fisch war so dumm, in seiner Freizeit das Rätsel «Wer hat Zebedee umgebracht?» lösen zu wollen. Er glaubte, bei der Polizei Karriere machen zu können, wenn er Erfolg hatte, wo seine erfahreneren Vorgesetzten gescheitert waren, und klammerte sich an diesen privaten Ehrgeiz, auch wenn alle ihn auslachten. Ich muß gestehen, daß ich dieser Mann war.

Nein, ich will nicht undankbar sein: Zwei Menschen sahen nichts Lächerliches an meiner Entschlossenheit, die Nachforschungen auf eigene Faust weiterzuführen, nämlich Miss Mybus und die Köchin Priscilla Thurlby.

Was Miss Mybus betrifft, so war sie empört über den Fatalismus, mit dem die Polizei ihre Niederlage hinnahm. Sie war eine zähe kleine Person mit wachen Augen und scheute sich nicht, ihre Meinung zu sagen.

«Mir soll es recht sein», sagte sie. «Wissen Sie noch ... vor ein oder zwei Jahren? Da gab es doch zwei Mordfälle in London, und die Täter wurden nie gefaßt. Ich bin auch nur ein Mensch, und wer weiß, wann ich an die Reihe komme?

MANESSE BIBLIOTHEK
DER WELTLITERATUR
MANESSE BIBLIOTHEK
DER WELTGESCHICHTE
MANESSE BÜCHEREI

Bitte
ausreichend
frankieren

Manesse Verlag
Badergasse 9
CH-8001 Zürich

Sie sind ein stattlicher Kerl, Ihr Schneid und Ihre Ausdauer gefallen mir. Kommen Sie nur, sooft Sie mögen, und sagen Sie, daß Sie mein Gast sind, falls man Sie nicht hereinlassen will. Und noch etwas! Ich habe nichts Besonderes zu tun, und ich bin keine Närrin. Aus den Stuben hier sehe ich jeden, der das Haus betritt oder verläßt. Geben Sie mir Ihre Adresse, vielleicht habe ich einmal etwas für Sie.»

Aber Miss Mybus konnte mir bei allen guten Absichten nicht weiterhelfen. Da sah ich bei Priscilla Thurlby bessere Chancen.

Erstens war sie gescheit und regsam und konnte, da sie noch keine neue Stelle gefunden hatte, tun und lassen, was sie wollte.

Zweitens durfte ich ihr trauen. Der Pfarrer ihrer Heimatgemeinde hatte ihr nämlich eine Empfehlung mitgegeben, als sie nach London in Stellung ging.

Der Inhalt des Schreibens lautete wie folgt: «Ich empfehle Priscilla Thurlby gerne für jede rechtschaffene Arbeit, zu der sie befähigt ist. Ihre Eltern sind kränkliche alte Leute, die kürzlich eine Einkommenseinbuße hinnehmen mußten und noch eine jüngere Tochter zu ernähren haben. Priscilla will ihren Eltern nicht länger zur Last fallen und sucht eine Anstellung in London, um ihre Angehörigen mit ihrem Lohn zu unterstützen. Diese Tatsache spricht für sich selbst. Ich kenne die Familie seit vielen Jahren und bedauere nur, daß es in meinem eigenen Haushalt keine Vakanz gibt, die ich diesem tüchtigen Mädchen anbieten könnte. Gezeichnet Henry Derrington, Pfarrer von Roth.»

Nachdem ich dies gelesen hatte, konnte ich Priscilla bedenkenlos bitten, mir dabei zu helfen, den rätselhaften Mordfall wiederaufzunehmen und einer Aufklärung zuzuführen.

Mein Ansatz war, daß man die Bewohner von Mrs. Crosscapels Pension noch nicht genügend unter die Lupe genommen hatte. Um diese Nachforschungen fortzusetzen, fragte ich Priscilla, ob sie etwas von einer Beziehung zwischen dem Hausmädchen und Mr. Deluc wisse. Sie mochte nicht antworten. «Ich könnte eine Unschuldige in Verdacht bringen», sagte sie. «Außerdem arbeiteten wir nur so kurz im selben Haus ...»

«Du hast im selben Zimmer wie sie geschlafen», wandte ich ein, «du hattest ausreichend Gelegenheiten, ihr Verhalten gegenüber den Pensionären zu beobachten, und wärest du bei der Einvernahme dasselbe gefragt worden, hättest du auch eine ehrliche Antwort gegeben.»

Dieses Argument überzeugte sie, und ich hörte Einzelheiten von ihr, die ein neues Licht auf Mr. Deluc und auf den ganzen Fall warfen. Darauf stützte ich meine Arbeit ab. Ich kam wegen meiner offiziellen Pflichten nur langsam voran, doch mit Priscillas Hilfe näherte ich mich allmählich meinem Ziel.

Aber ich hatte Mrs. Crosscapels hübscher Köchin noch mehr zu verdanken. Einmal muß ich es gestehen, warum also nicht gleich? Priscilla lehrte mich, was Liebe heißt. Priscilla verdanke ich köstliche Küsse. Und als ich sie bat, meine Frau zu werden, sagte sie nicht nein. Sie fragte zwar mit etwas traurigem Gesicht: «Wie können zwei arme Menschen wie wir je hoffen zu heiraten?» Aber ich antwortete: «Bald habe ich die entscheidende Spur, die der Inspektor nicht fand. Und dann werde ich mir das Heiraten leisten können, Liebes.»

Bei unserer nächsten Begegnung sprachen wir von ihren Eltern. Ich war jetzt ihr Verlobter. Und nach allem, was ich von den Verpflichtungen dieses Standes wußte, schien es nur recht, daß ihre Eltern mich kennenlernten. Sie war ganz meiner Meinung und schrieb noch am selben Tag nach Hause, um unseren Besuch auf das nächste Wochenende anzukündigen.

Ich meldete mich für die Nachtwache und war darum am nächsten Tag fast ganz frei. Ich zog Zivilkleidung an, und wir lösten Fahrkarten nach Yateland, dem Bahnhof, der am nächsten bei dem Dorf lag, wo Priscillas Eltern wohnten.

Der Zug hielt wie üblich in der großen Stadt Waterbank. Priscilla hatte bis spät in die Nacht hinein genäht, womit sie sich ihren Lebensunterhalt verdiente, bis sie eine neue Stelle fand, und war müde und durstig. Ich stieg aus, um Sodawasser zu holen. Aber das dumme Mädchen im Erfrischungsraum brachte den Korken nicht aus der Flasche und wollte mich nicht helfen lassen. Sie nahm einen Korkenzieher und setzte ihn schräg an. Ich verlor die Geduld und riß ihr die Flasche aus der Hand. Eben als ich den Korken zog, läutete die Glocke auf dem Bahnsteig. Ich goß nur noch das Sodawasser in ein Glas, aber als ich den Erfrischungsraum verließ, war der Zug schon angefahren, und die Schaffner wollten mich nicht aufspringen lassen. Ich blieb zurück.

Sobald ich mich wieder gefaßt hatte, schaute ich auf den Fahrplan. Wir hatten Waterbank um fünf nach eins erreicht. Der nächste Zug sollte um ein Uhr vierundvierzig folgen und zehn Minuten später in Yateland, dem nächsten Halt, eintreffen. Ich konnte nur hoffen, daß auch Priscilla den Fahrplan zu Rate ziehen und auf mich warten würde. Hätte ich versucht, den Weg zwischen den beiden Ortschaften zu Fuß zurückzulegen, hätte ich nur Zeit verloren. Ich mußte nicht sehr lange warten und beschloß, einen Blick auf die Stadt zu werfen.

Die Einwohner von Waterbank mögen es mir verzeihen, aber für Fremde ist diese Stadt langweilig. Ich ging eine Straße hinauf und eine andere hinab und blieb vor einem Geschäft stehen, das mir aufgefallen war, nicht wegen irgendeiner Besonderheit, sondern weil es als einziges an dieser Straße geschlossen hatte.

Ein Anschlag an den Läden verkündete, die Räumlichkeiten seien zu mieten. Das Geschäft, das aufgegeben werden sollte, hieß «James Wycomb, Messerwaren, etc.», wie in den üblichen gemalten Buchstaben zu lesen war.

Mir ging zum ersten Mal auf, welche Schwierigkeit wir übersehen hatten, als wir unsere Photographien des Messers verteilten. Keiner von uns hatte daran gedacht, daß wir gewisse Messerschmiede umständehalber vielleicht gar nicht erreichten, so zum Beispiel bei Geschäftsübergabe oder wegen Bankrotts. Ich hatte immer einen Abzug dabei und dachte mir: «Hier besteht der Hauch einer Chance, das Messer zu Mr. Deluc zurückzuverfolgen!»

Nachdem ich zweimal geläutet hatte, öffnete ein sehr schmutziger und schwerhöriger Alter die Ladentür und sagte: «Wenden Sie sich an Mr. Scorrier im obersten Stock.»

Ich legte meine Lippen an die Ohrmuschel des Alten und fragte, wer Mr. Scorrier sei.

«Mr. Wycombs Schwager. Mr. Wycomb ist tot. Wenn Sie das Geschäft kaufen wollen, müssen Sie sich an Mr. Scorrier wenden.»

Auf diese Antwort hin ging ich hinauf und fand Mr. Scorrier damit beschäftigt, ein Türschild aus Messing zu gravieren. Er war ein Mann mittleren Alters mit einem leichenblassen Gesicht und trüben Augen. Nach den angebrachten Entschuldigungen zeigte ich ihm die Photographie.

«Darf ich fragen, Sir, ob Sie etwas von der Inschrift auf diesem Messer wissen?» fragte ich.

Er betrachtete sie mit der Lupe. «Das ist merkwürdig», bemerkte er ruhig. «Ich erinnere mich noch an den seltsamen Namen ... Zebedee. Ja, Sir. Diese Gravur habe ich, soweit vorhanden, gemacht. Ich frage mich, warum ich sie nicht ganz ausführte.»

Der Name Zebedee und die unvollendete Widmung auf dem Messer waren in jeder englischen Zeitung erwähnt worden. Aber Mr. Scorrier wirkte so unbeteiligt, daß ich nicht recht wußte, was ich mit seiner Antwort anfangen sollte. War es möglich, daß er nichts über den Mord gelesen hatte? Oder war er ein Komplize mit einem ungewöhnlichen Maß an Selbstbeherrschung?

«Verzeihen Sie, Sir», sagte ich, «lesen Sie Zeitung?»

«Nein, nie, meiner schwachen Augen wegen. Ich lese nicht, um sie für meinen Beruf zu schonen.»

«Haben Sie nie den Namen Zebedee erwähnen hören, vor allem von Zeitungslesern?»

«Wohl möglich, aber ich habe nicht darauf geachtet. Wenn mein Arbeitstag vorbei ist, mache ich meinen Spaziergang. Dann esse ich Abendbrot, nehme einen Schluck Grog und rauche meine Pfeife. Und dann geh' ich zu Bett. Sie halten das sicher für ein langweiliges Leben! Aber ich hatte es sehr schwer in meiner Jugend, Sir, und darum bin ich mit einer ausreichenden Existenz und ein wenig Ruhe vor der ungestörten letzten Ruhe im Grab ganz zufrieden. Die Welt ist längst an mir vorbeigerauscht, doch das tut mir nicht leid.»

Was der arme Mann sagte, klang echt; ich schämte mich meiner Zweifel und kam wieder auf das Messer zu sprechen. «Wissen Sie, wo und von wem es gekauft wurde?» fragte ich.

«Mein Gedächtnis ist nicht mehr, was es einmal war», sagte er, «aber ich habe etwas, das mir auf die Sprünge helfen kann.»

Er nahm ein schmutziges altes Buch von einem Schrank, auf dessen Seiten, soweit ich sehen konnte, beschriebene Zettel geklebt waren. Er schaute in einem Inhaltsverzeichnis nach und schlug eine Seite auf. Daraufhin kam etwas wie Leben in sein trostloses Gesicht. «Ha, jetzt erinnere ich mich!» sagte er. «Das Messer wurde bei meinem verstorbenen Schwager im Laden unten gekauft. Ich weiß es jetzt wieder genau, Sir. Und eine wahnsinnige Person kam in dieses Zimmer gestürzt und riß mir das Messer weg, als ich die Widmung erst halb fertig hatte!»

Ich spürte, daß ich kurz vor der Auflösung des Falls stand. «Darf ich sehen, was Ihrem Gedächtnis nachgeholfen hat?» fragte ich.

«Natürlich. Sie müssen wissen, Sir, daß ich vom Eingravieren von Inschriften und Adressen lebe und die handschriftlichen Anweisungen, die man mir gibt, in dieses Buch klebe und sie am Rand mit meinen eigenen Notizen versehe. Sie dienen mir als Muster für neue Kunden und sind gewiß auch eine Gedächtnisstütze.» Er schob das Buch zu mir herüber und wies auf einen Zettel auf der unteren Seitenhälfte.

Ich las die vollständige Widmung für das Messer, das Zebedee getötet hatte; sie lautete: «Für John Zebedee. Von Priscilla Thurlby.»

Ich kann unmöglich meine Gefühle beschreiben, als mir Priscillas Name wie ein schriftliches Eingeständnis ihrer Schuld entgegentrat. Und ich weiß nicht, wie lange es dauerte, bis ich mich einigermaßen gefaßt hatte. Ich weiß nur noch sicher, daß ich den armen Graveur erschreckte.

Danach wollte ich als erstes die handschriftliche Notiz haben. Ich sagte ihm, ich sei Polizist und er solle mir bei der Aufdeckung eines Verbrechens helfen. Ich bot ihm sogar Geld, aber er wich vor meiner Hand zurück. «Sie sollen sie umsonst haben», sagte er, «wenn Sie nur gehen und nie wiederkommen.» Er wollte die Notiz ausschneiden, aber seine zitternden Hände versagten ihm den Dienst. Ich schnitt sie selbst aus und versuchte ihm zu danken. Er mochte nichts hören: «Gehen Sie!» sagte er. «Ihr Gesicht gefällt mir nicht.»

Man könnte hier einwenden, ich hätte mir der Schuld dieser Frau nicht so sicher sein sollen, bis ich mehr Beweise gegen sie hatte. Auch wenn sie es gewesen war, die dem Graveur das Messer entrissen hatte, konnte ihr das Messer ebensogut gestohlen und später vom Dieb als Mordwaffe benutzt worden sein. Aber ich hegte nie den geringsten Zweifel, seit ich die verfluchte Zeile im Buch des Graveurs gelesen hatte.

Ich ging zum Bahnhof zurück und wußte noch nicht, was ich tun sollte. Der Zug, in dem ich ihr hatte folgen wollen, war abgefahren. Als nächstes kam einer nach London. Ich stieg ein – immer noch ohne konkreten Plan.

In Charing Cross traf ich einen Freund. Er sagte: «Du siehst elend aus. Gehen wir etwas trinken.»

Ich ging mit ihm. Der Schnaps half: Er stärkte mich und klärte meine Gedanken. Wir trennten uns, und kurz darauf wußte ich, was ich tun würde.

Zunächst beschloß ich, meine Stelle bei der Polizei aufzugeben; man wird gleich sehen, weshalb. Dann nahm ich ein Zimmer in einem Wirtshaus. Sie würde ja gewiß nach London zurückkehren und meine Wohnung aufsuchen, um herauszufinden, warum ich meine Verabredung nicht eingehalten hatte. Es war eine zu grausame Pflicht für einen armen Kerl wie mich, die eine Frau, die ich aufrichtig geliebt hatte, der Gerechtigkeit zuzuführen. Lieber quittierte ich den Polizeidienst. Außerdem hatte ich panische Angst davor, selbst zum Mörder zu werden und sie auf der Stelle umzubringen, sollten wir uns begegnen, bevor ich Zeit gehabt hatte, mich zu beruhigen. Denn die elende Person hatte mich nicht nur so getäuscht, daß ich sie beinahe geheiratet hätte, sondern sie hätte mich auch fast dazu gebracht, das unschuldige Hausmädchen mit dem Mord in Verbindung zu bringen.

Noch in derselben Nacht fand ich ein Mittel, die Fragen, die mich noch quälten, zu klären. Ich schrieb an den Pfarrer von Roth als ihr Verlobter und bat ihn in Anbetracht meiner Position, mich über die Art ihrer früheren Beziehungen zu einem gewissen John Zebedee aufzuklären.

Ich bekam postwendend folgende Antwort: «Sir! Die Umstände erfordern es wohl, daß ich Ihnen im Vertrauen erzähle, was Priscillas Freunde und all jene, die ihr Gutes wünschen, um ihretwillen verschwiegen haben. Zebedee war in unserer Gegend in Stellung. Ich rede ungern schlecht von einem Menschen, der ein so betrübliches Ende fand, aber sein Verhalten gegenüber Priscilla beweist, daß er ein lasterhafter, herzloser Kerl war. Sie waren verlobt, und ich muß mit Empörung sagen, daß er ihr erst nur die Ehe versprechen wollte, um sie zu verführen. Doch sie war so tugendhaft, ihm zu widerstehen, und er heuchelte Reue. Das Aufgebot wurde in meiner Kirche verkündet. Am Tag danach verschwand Zebedee und ließ sie grausam im Stich. Er war ein tüchtiger Dienstbote und hat wohl wieder eine Stellung gefunden. Sie können sich selbst ausmalen, wie das arme Mädchen unter dem Unrecht, das er ihr angetan hatte, litt. Sie ging mit meiner Empfehlung nach London, meldete sich auf das erste Stellenangebot, das sie sah, und hatte das Pech, in genau jener Pension ihre Dienstbotenlaufbahn zu beginnen, in der – soweit ich dem Zeitungsbericht über den Mord entnehme – Zebedee mit der Frau logierte, die er heiratete, nachdem er Priscilla verlassen hatte. Seien Sie versichert, daß Sie sich mit einem Mädchen von tadellosem Charakter verbinden, und empfangen Sie meine besten Wünsche für Ihr Eheglück.»

Aus diesem Brief ging klar hervor, daß weder der Pfarrer noch die Eltern und Freunde etwas von dem Erwerb des Messers wußten. Als einziger wußte der bedauernswerte Mann Bescheid, der sie um ihre Hand gebeten hatte.

Ich war es mir schuldig, so fand ich wenigstens, daß sie nicht denken sollte, auch ich hätte sie niederträchtig verlassen. So schlimm mir die Aussicht schien, ich mußte sie noch ein letztes Mal sehen.

Sie war an der Arbeit, als ich ihr Zimmer betrat. Als ich die Tür öffnete, sprang sie auf. Ihre Wangen röteten sich, und ihre Augen funkelten zornig. Ich trat näher, und sie sah mein Gesicht. Mein Gesicht ließ sie verstummen.

Ich faßte mich so kurz wie möglich. «Ich bin in dem Messergeschäft in Waterbank gewesen», sagte ich. «Hier ist die Widmung vom Messer… vollständig in deiner Handschrift. Ein Wort von mir, und du würdest hängen. Gott sei mir gnädig… ich kann dieses Wort nicht sagen.»

Ihr gerötetes Gesicht wurde aschfahl, und sie hatte den starren Blick einer Irren. Reglos und stumm stand sie vor mir. Ohne ein weiteres Wort warf ich den Zettel ins Feuer. Und ohne ein weiteres Wort verließ ich sie.

Ich sah sie nie wieder.

Aber ein paar Tage später erhielt ich eine Nachricht von ihr.

Der Brief ist längst verbrannt. Ich wünschte, ich hätte ihn auch vergessen können, doch er bleibt in meinem Gedächtnis haften. Wenn ich bei Bewußtsein sterbe, wird Priscillas Brief mein letzter Gedanke sein.

Er bestätigte im wesentlichen, was der Pfarrer mir schon berichtet hatte. Außerdem schrieb sie mir, sie habe das Messer Zebedee schenken wollen, als Ersatz für ein ähnliches, das er verloren hatte. An einem Samstag kaufte sie es und ließ es zum Gravieren im Geschäft. Am Sonntag wurde das Aufgebot verkündet. Am Montag wurde sie sitzengelassen und schnappte sich das Messer auf dem Tisch, noch während der Graveur an der Arbeit war.

Daß Zebedee ihr noch einen neuen Schmerz zugefügt hatte, erfuhr sie erst, als er mit seiner Frau in der Pension erschien. Ihr Platz als Köchin war in der Küche, und Zebedee entdeckte ihre Anwesenheit im Haus nicht. Ich habe noch die letzten Zeilen ihrer Beichte im Kopf: «Der Teufel ritt mich, als ich, unterwegs zu meiner Kammer, die Hand auf die Klinke drückte und die Tür zu ihrem Zimmer geöffnet vorfand. Ich horchte eine Weile und spähte hinein. Da sah ich sie im ersterbenden Kerzenlicht, er schlief im Bett, sie am Kamin. Ich hatte das Messer in der Hand und kam auf die Idee, es zu tun, und *sie* sollte für den Mord hängen. Als es getan war, brachte ich das Messer nicht mehr heraus. Vergiß nicht! Ich hatte Dich aufrichtig gern. Ich habe nicht einfach ja gesagt, weil Du kaum Deine Frau an den Strang bringen würdest, wenn Du einmal herausfinden solltest, wer Zebedee tötete.»

Seitdem habe ich nie wieder von Priscilla Thurlby gehört, und ich weiß nicht, ob sie noch lebt oder schon tot ist. Viele mögen denken, ich verdiene selbst den Strang dafür, daß ich sie nicht an den Galgen brachte. Und sie sind vielleicht enttäuscht, wenn sie diese Beichte sehen und hören, ich sei ganz harmlos im Bett gestorben. Ich verdenke es ihnen nicht. Ich bin ein reuiger Sünder und sage allen barmherzigen Christen für immer Lebewohl.

EIN GRAUSIGES BETT

Kurz nachdem ich die Universität abgeschlossen hatte, befand ich mich mit einem Freund aus England in Paris. Wir waren damals beide jung und trieben es in dieser herrlichen Stadt zugegeben recht bunt. Eines Abends bummelten wir durch die Gegend des Palais-Royal und wußten nicht, welches Vergnügungslokal wir nun aufsuchen sollten. Mein Freund schlug das «Frascati» vor, aber dieser Vorschlag gefiel mir nicht. Ich kannte das Lokal in- und auswendig und hatte dort nur zum Spaß so viele Fünffrancstücke gewonnen und verloren, bis ich keinen Spaß mehr daran fand und die gräßliche Ehrbarkeit eines ehrbaren Spielsalons, dieses gesellschaftlichen Undings, von Herzen satt war.

«Zum Teufel, gehen wir doch in eine verruchte, armselige kleine Spielhölle, wo alles echt ist ohne diesen ganzen Flitterkram», sagte ich zu meinem Freund. «Statt ins elegante ‹Frascati› in ein Haus, wo sich niemand darum kümmert, ob ein Mann einen zerlumpten Rock oder gar keinen trägt.»

«Na gut», meinte mein Freund, «für diese Art

von Gesellschaft müssen wir Palais-Royal nicht einmal verlassen. Wir stehen gleich davor: ein Ort, der so verrufen ist, wie du ihn dir nur wünschen kannst.»

Kurz darauf kamen wir zur Tür und betraten das Haus.

Im oberen Stock gaben wir unsere Hüte und Stöcke beim Türsteher ab und wurden in das große Spiellokal eingelassen. Es waren nicht viele Leute da, doch die wenigen Anwesenden, die bei unserer Ankunft aufblickten, waren alle betrüblich typische Vertreter ihres Standes.

Wir waren gekommen, um Schurken zu sehen, aber diese Kerle waren noch schlimmer. Das Schurkenhafte hat immer auch mehr oder weniger deutliche komische Züge, doch hier war nur Tragik, stumme, unheimliche Tragik. Die Stille im Raum war entsetzlich. Der dünne, abgehärmte, langhaarige Jüngling, der hohläugig auf das Aufdecken der Karten lauerte, sagte kein Wort. Der schlaffe, feiste, picklige Spieler, der andauernd seine Karten ritzte, um sich zu merken, wie oft Schwarz gewann und wie oft Rot, sagte kein Wort. Der schmutzige, runzlige Alte mit den Geieraugen und dem geflickten Mantel, der seinen letzten Sou verspielt hatte und trotzdem verzweifelt weiter zuschaute, sagte kein Wort. Selbst die Stimme des Croupiers klang in der Atmosphäre des Raums seltsam matt und belegt. Ich war zum Lachen hierhergekommen, aber das

Schauspiel, das sich mir bot, war zum Weinen. Ich sah mich bald genötigt, der trübseligen Stimmung zu entrinnen, die mich zu überwältigen drohte. Leider nutzte ich die nächstbeste Ablenkung, ging zum Tisch und begann zu spielen. Und noch bedauerlicher war es im Licht der nachfolgenden Ereignisse, daß ich gewann, auf wunderbare Weise gewann, unglaublich viel und so schnell, daß sich die Stammgäste am Tisch um mich drängten, meine Einsätze mit hungrigen, abergläubischen Augen anstarrten und einander zuflüsterten, der Fremde aus England werde die Bank sprengen.

Gespielt wurde Rouge et Noir. Ich hatte es schon in jeder europäischen Stadt gespielt, ohne mich jedoch um Wahrscheinlichkeitstheorie, den Stein der Weisen aller Spieler, kümmern zu wollen oder zu müssen. Ich war auch nie ein Spieler im eigentlichen Sinn gewesen. Gegen die zerstörerische Spielsucht war ich gefeit. Ich spielte zum reinen Zeitvertreib und nie aus einer Notlage heraus, denn Geldmangel kannte ich nicht. Ich spielte nie so leidenschaftlich, daß ich mehr verlor, als ich mir leisten konnte, oder mehr gewann, als ich kaltblütig genug einstecken konnte, ohne daß mir das Glück den Kopf verdrehte. Kurzum, Spieltische hatte ich bisher aufgesucht wie Ballsäle oder Opernhäuser, weil ich sie unterhaltend fand und ich in meinen freien Stunden nichts Besseres zu tun hatte.

Aber diesmal war alles ganz anders: Ich spürte die Spielleidenschaft zum ersten Mal im Leben am eigenen Leib. Mein Erfolg verwirrte mich erst und berauschte mich dann im wahrsten Sinne des Wortes. So unglaublich es klingt, stimmt es doch, daß ich nur dann verlor, wenn ich die Chancen abschätzen und ein kalkuliertes Spiel machen wollte. Überließ ich alles dem Zufall und setzte sorglos und ohne Rücksichten, gewann ich ganz sicher, mochte jede Wahrscheinlichkeit noch so sehr für die Bank sprechen. Anfänglich setzten manche der Anwesenden ihr Geld ziemlich gefahrlos auf meine Farbe, aber ich erhöhte meine Einsätze rasch auf Beträge, die sie nicht zu riskieren wagten. So hörten sie einer nach dem anderen auf und verfolgten atemlos mein Spiel.

Ich setzte jedesmal höher und gewann immer noch. Die Aufregung im Raum wurde fieberhaft, und ein grollender Chor gemurrter Flüche und Ausrufe in verschiedenen Sprachen unterbrach jeweils die Stille, wenn das Gold auf meine Tischseite geschoben wurde, sogar der unerschütterliche Croupier schleuderte seinen Rechen in einem typisch französischen, temperamentvollen Ärger über meinen Erfolg auf den Boden. Nur einer im Saal verlor die Beherrschung nicht: mein Freund. Er kam zu mir und flüsterte mir auf englisch zu, mich mit dem bisherigen Gewinn zufriedenzugeben und diesem Ort den Rücken zu kehren. Ich muß es ihm lassen, daß er seine Warnungen und Bitten mehrfach wiederholte und erst aufgab und ging, nachdem ich seinen Rat in einer Form abgelehnt hatte, die es ihm verunmöglichte, mich an dem Abend noch einmal anzusprechen. Ich befand mich offensichtlich in einem Spielrausch.

Kurz nachdem er gegangen war, rief hinter mir eine heisere Stimme: «Gestatten, geehrter Herr, erlaubt mir, die beiden hinuntergefallenen Napoleons* dorthin zurückzulegen, wo sie hingehören. Ein sagenhaftes Glück, Sir! Ich geb' Euch mein Ehrenwort als alter Soldat, daß ich in meiner langjährigen Erfahrung auf diesem Gebiet nie ein derartiges Glück gesehen habe – niemals! Macht weiter, bester Herr. *Sacré mille bombes!* Nur kühn drauflos, und Ihr sprengt die Bank!»

Ich drehte mich um und sah, wie mir ein großer Mann in einem mit Tressen und Kordeln besetzten Überrock unbeirrt höflich zunickte und zulächelte.

Wäre ich bei Sinnen gewesen, hätte ich diesen Menschen als ziemlich dubioses Exemplar eines alten Soldaten betrachtet. Er hatte blutunterlaufene Glotzaugen, einen schäbigen Schnurrbart und eine gebrochene Nase. Seine Stimme klang nach übelstem Kasernenton, und er hatte die schmutzigsten Hände, die ich – selbst in Frankreich – je

---

* Napoleondor, unter Napoleon I. und Napoleon III. geprägtes Zwanzigfrancstück in Gold

gesehen hatte. Diese kleinen persönlichen Eigenheiten schreckten mich jedoch nicht ab. In dieser wahnwitzigen Aufregung, im sorglosen Triumph des Augenblicks war ich bereit, mit allen zu fraternisieren, die mich zum Weiterspielen ermunterten. Ich nahm die angebotene Prise Schnupftabak, klatschte dem alten Haudegen auf den Rücken und schwor, er sei der ehrlichste Kerl auf der Welt – der glorreichste Überrest der Grande Armée, dem ich je begegnet sei.

«Nur zu!» schrie mein militärischer Freund und schnippte verzückt mit den Fingern. «Nur zu und gewinnt! Sprengt die Bank. *Mille tonnerres!* Mein nobler englischer Kamerad, sprengt die Bank!»

Und ich machte tatsächlich weiter, und zwar so schnell, daß der Croupier nach einer weiteren Viertelstunde ausrief: «Meine Herren, die Bank ist für heute nacht geschlossen!» Alle Scheine und alles Gold dieser «Bank» lagen jetzt auf einem Haufen unter meinen Händen; das ganze flüssige Kapital der Spielhölle wartete darauf, sich in meine Taschen zu ergießen!

«Knotet das Geld in Euer Taschentuch, werter Herr», sagte der alte Soldat, als ich wie wild in meinem Goldhaufen wühlte. «Knotet das Tuch so zu, wie wir in der Grande Armée einen guten Happen einwickelten. Euer Gewinn ist zu schwer für alle Hosentaschen, die je genäht wurden. So ist es recht, rafft alles zusammen, die Scheine und alles andere! *Credié!* Was für ein Glück! Halt! Da liegt wieder ein Napoleon auf dem Boden! *Ah! sacré petit polisson de Napoléon!* Hab' ich dich endlich erwischt? So jetzt, mein Herr, zwei feste Doppelknoten in jede Richtung, wenn Ihr erlaubt, und das Geld ist in Sicherheit. Fühlt es! Fühlt es, Ihr Glückspilz! Hart und rund wie eine Kanonenkugel! *Ah, bah!* Wenn sie bloß bei Austerlitz mit solchen Kanonenkugeln auf uns geschossen hätten! *Nom d'une pipe!* Ja, wenn doch nur! Und was bleibt mir als altem Grenadier und Veteranen der Grande Armée jetzt noch zu tun? Was, frage ich Euch. Nur, meinen geschätzten englischen Freund auf eine Flasche Champagner einzuladen, um mit schäumenden Kelchen auf die Göttin Fortuna anzustoßen, bevor wir auseinandergehen!»

«Prächtiger Veteran! Lustiger alter Grenadier! Ja, Champagner soll es sein! Ein englisches *hurrah* auf einen alten Soldaten! Er lebe hoch! Und noch ein englisches *hurrah* auf die Göttin Fortuna! Sie lebe hoch, hoch, hoch!»

«Bravo, Engländer! Wohlwollender englischer Freund, in dessen Adern heißes Franzosenblut fließt! Noch ein Glas? *Ah, bah!* Die Flasche ist leer! Macht nichts! *Vive le vin!* Der alte Soldat bestellt noch eine Flasche und ein halbes Pfund Bonbons dazu!»

«O nein, Veteran, niemals, alter Grenadier! Das war Eure Flasche, und jetzt kommt meine. Da ist sie schon! Stoßen wir erneut an: Auf das Franzosenheer! Und den großen Napoleon! Auf alle Anwesenden! Den Croupier! Auf Frau und Töchter des werten Croupiers, wenn er welche hat! Auf alle Frauen! Und auf die ganze Welt!»

Als wir die zweite Flasche Champagner geleert hatten, war mir, wie wenn ich flüssiges Feuer geschluckt hätte, mein Hirn schien zu lodern. Noch nie hatte übermäßig viel Wein so auf mich gewirkt. War es das Stimulans, das mein Nervensystem zusätzlich aufpeitschte, als ich schon sehr erregt war? War mein Magen in übermäßigem Aufruhr? Oder war der Champagner verblüffend stark?

«Veteran der Franzosenarmee!» rief ich völlig außer Rand und Band, «ich stehe in Flammen ... und du? Du hast mich angezündet. Hörst du, Held von Austerlitz? Wir wollen den Brand mit einer dritten Flasche Champagner löschen!»

Der alte Haudegen wiegte den Kopf, rollte seine Glotzaugen, bis ich sie schon aus ihren Höhlen treten sah, legte seinen schmutzigen Zeigefinger an die gebrochene Nase und rief feierlich «Kaffee!», worauf er sogleich in ein Hinterzimmer eilte.

Dieses Wort des exzentrischen Veteranen schien auf die übrigen Gäste eine magische Wirkung auszuüben. Einmütig erhoben sich alle zum Gehen. Vermutlich hatte jeder von ihnen erwartet, von meinem Rausch profitieren zu können, nun aber die Hoffnung auf ein schönes Leben von meinem Gewinn aufgegeben, als sie sahen, daß mein neuer Freund mich großmütig vor der Volltrunkenheit bewahren wollte. Was immer ihre Beweggründe auch sein mochten, sie gingen alle miteinander weg. Als der alte Soldat zurückkam und sich wieder mir gegenüber an den Tisch setzte, hatten wir das Lokal für uns. Ich sah den Croupier in einer Art Vorraum sein einsames Abendbrot einnehmen. Es war nun stiller denn je.

Auch mit dem Veteranen war eine plötzliche Wandlung vor sich gegangen. Er machte ein bedeutsam feierliches Gesicht, und als er mich wieder ansprach, war seine Rede weder mit Flüchen gewürzt noch mit Fingerschnipsen untermalt oder durch Betitelungen und Ausrufe aufgelokkert.

«Hört, lieber Herr», raunte er mir vielsagend zu, «hört auf den Rat eines alten Soldaten. Ich bin bei der Hausherrin gewesen – einer überaus charmanten Frau und ausgezeichneten Köchin! –, um sie davon zu überzeugen, uns einen besonders starken und guten Kaffee zu machen. Ihr müßt diesen Kaffee trinken, um Euren kleinen Schwips loszuwerden, bevor Ihr an den Heimweg denkt, das *müßt* Ihr einfach, mein lieber, bester Freund! Bei all dem Geld, das Ihr heute nacht noch heimtragt, seid Ihr es Euch absolut schuldig, auf der Hut zu sein. Einige Herren, die heute abend hier waren, wissen um Euren Riesengewinn, und sie mögen zwar tadellose Burschen sein, aber sie sind auch nur Menschen, mein lieber Herr, und haben ihre liebenswürdigen Schwächen. Muß ich noch mehr sagen? O nein, nein, Ihr versteht mich! Also, ich rate Euch: Bestellt einen Einspänner, wenn Ihr Euch wieder ganz wohl fühlt, zieht beim Einsteigen alle Fenster hoch und sagt dem Kutscher, er soll Euch nur durch breite, gut beleuchtete Straßen nach Hause fahren. Tut es, und Ihr habt nichts zu befürchten. Tut es, und Ihr werdet morgen einem alten Soldaten für seinen aufrichtigen Rat danken.»

Kaum hatte der Haudegen seine Ansprache in höchst weinerlichem Ton beendet, kam der Kaffee, schon eingeschenkt in zwei Tassen. Mein aufmerksamer Freund reichte mir eine der Tassen mit einer Verbeugung. Ich lechzte danach und leerte sie in einem Zug. Fast unmittelbar darauf wurde mir schwindlig, und ich fühlte mich berauschter denn je. Der Raum wirbelte rasend schnell um mich herum, und der alte Soldat schien gleichmäßig wie der Kolben einer Dampfmaschine vor mir auf und ab zu hüpfen. Ein heftiges Ohrensausen betäubte mich halb, und ich fühlte mich völlig ratlos, hilflos und blöde. Ich stand auf, suchte am Tisch Halt und stammelte, mir sei fürchterlich unwohl, so unwohl, daß ich nicht wisse, wie ich heimkommen solle.

«Mein lieber Freund», antwortete der Soldat, und selbst seine Stimme schien auf und ab zu hüpfen, «bester Freund, es wäre Wahnsinn, in Eurem Zustand nach Hause zu gehen. Ihr würdet bestimmt um Euer Geld kommen, und man könnte Euch mit Leichtigkeit ausrauben und ermorden. Ich meinerseits werde hier schlafen; schlaft doch auch hier, sie haben kapitale Betten in diesem Haus, nehmt eins, schlaft Euren Rausch aus und geht morgen mit Eurem Gewinn sicher heim, morgen, am hellichten Tag.»

Ich hatte nur noch zwei Gedanken: erstens, daß ich mein Taschentuch voll Geld nie loslassen durfte, und zweitens, daß ich mich sofort irgendwo hinlegen mußte, um auszuschlafen. Also willigte ich ein, ergriff den dargebotenen Arm des alten Soldaten und trug mit der freien Hand mein Geld. Hinter dem Croupier gingen wir durch ein paar Gänge und dann eine Treppe hinauf zum Schlafzimmer, das für mich bestimmt war. Der Veteran schüttelte mir herzlich die Hand, schlug ein gemeinsames Frühstück vor und verließ mich dann, gefolgt vom Croupier.

Ich lief zum Waschtisch, trank von dem Wasser aus meinem Krug, goß den Rest in die Schüssel und tauchte mein Gesicht hinein. Dann setzte ich mich auf einen Stuhl und versuchte mich zu fassen. Ich fühlte mich rasch besser. Meine Lungen durften jetzt statt des verbrauchten Dunsts der Spielhölle die frische Luft des Schlafzimmers atmen, meine Augen statt der gleißenden Gaslichter im «Salon» das ruhige Glimmen einer Schlafzimmerkerze sehen, was fast so wohltuend war, und beides verstärkte die heilsame Wirkung des kalten Wassers ungemein. Der Schwindel wich, und ich begann mich wieder halbwegs wie ein vernunftbegabtes Wesen zu fühlen. Mein erster Gedanke galt der Gefahr, die ganze Nacht in einer Spielhölle zu verbringen; der zweite dem noch größeren Risiko, aus dem verschlossenen Haus zu fliehen und mich mit einer großen Summe Geld allein durch die nächtlichen Straßen von Paris heimzuwagen. Ich hatte auf meinen Reisen an weitaus schlimmeren Orten geschlafen, darum beschloß ich, meine Tür abzuschließen, zu verriegeln und zu verrammeln und mich für die Nacht zu wappnen.

So schützte ich mich vor ungebetenen Gästen, schaute auch unter dem Bett und im Schrank nach und prüfte den Fensterriegel. Als ich dann überzeugt war, jegliche Vorsichtsmaßnahme getroffen zu haben, zog ich meine Oberbekleidung aus, stellte das schwache Licht auf den Herd in einen flockigen Haufen Holzasche und legte mich ins Bett, das Taschentuch mit dem Geld unter dem Kopfkissen.

Ich spürte bald, daß ich nicht nur nicht schlafen, sondern nicht einmal die Augen schließen konnte. Ich war hellwach und fiebrig angespannt. Jeder Nerv in meinem Körper zitterte, jeder meiner Sinne schien übernatürlich geschärft. Ich drehte und wälzte mich, suchte hartnäckig nach der besten Lage und den kühlen Stellen im Bett, aber es nützte alles nichts. Einmal warf ich meine Arme über die Laken, einmal steckte ich sie darunter. Einmal stieß ich meine Beine heftig bis ans Bettende, dann wieder zog ich sie krampfhaft so dicht wie möglich zum Kinn herauf. Ich schüttelte mein zerwühltes Kissen aus, drehte es auf die kühle Seite, strich es flach und legte mich ruhig auf den Rücken. Und ich schlug es wütend um, stellte es auf, drückte es gegen das Bettgestell und versuchte es mit Sitzen. Jede Anstrengung war umsonst, und ich sah ärgerlich seufzend ein, daß mir eine schlaflose Nacht bevorstand.

Was konnte ich tun? Ich hatte kein Buch dabei. Und doch mußte ich mich irgendwie ablenken, denn ich wußte, ich würde mir sonst in meinem Zustand alle möglichen Greuel einbilden und mir mit Vorahnungen aller wahrscheinlichen und unwahrscheinlichen Gefahren das Hirn zermartern, kurzum, in dieser Nacht alle erdenklichen Spielarten des Horrors durchleiden.

Ich stützte mich auf den Ellbogen und sah mich im lieblichen Mondlicht, das durchs Fenster hereinströmte, nach Bildern oder anderen Gegenständen im Zimmer um, die ich allenfalls deutlich erkennen konnte. Während mein Blick von Wand zu Wand schweifte, fiel mir de Maistres köstliches Büchlein «Voyage autour de ma chambre»* ein. Ich beschloß, den französischen Autor nachzuahmen und die lästigen schlaflosen Stunden mit einem geistigen Inventar jedes sichtbaren Möbelstücks auszufüllen und erträglich zu machen, indem ich alle Assoziationen, die von einem einfachen Stuhl, einem Tisch oder einer Schüssel ausgelöst werden können, bis an ihren Ursprung zurückverfolgte.

Doch in meiner fahrigen Nervosität fiel es mir viel leichter, das Inventar zu erstellen, als mich in Betrachtungen darüber zu ergehen, und so gab ich bald jede Hoffnung auf, de Maistres versponnenen Gedankengängen zu folgen, ja, überhaupt zu denken. Ich sah mir die Möbelstücke im Raum an, und das war alles.

Zuerst kam das Bett, in dem ich lag: ein Himmelbett, ein massives, unförmiges britisches Himmelbett ausgerechnet mitten in Paris, mit dem üblichen chintzbezogenen Baldachin, den üblichen Volants mit Fransen rundum und wie üblich stickig ungesunden Bettvorhängen, die ich mechanisch zu den Pfosten zurückgezogen hatte, das wußte ich noch, auch wenn mir das Bett beim Betreten des Zimmers nicht sonderlich aufgefallen war. Dann war da der mit Marmor ver-

* «Voyage autour de ma chambre» (1795) von Xavier de Maistre (1765–1852)

kleidete Waschtisch, von dem das Wasser, das ich beim hastigen Eingießen verschüttet hatte, immer langsamer auf den Steinfußboden tropfte. Dann zwei Schemel, über die ich Rock, Weste und Hose geworfen hatte. Daneben ein großer Armsessel mit schmutzigweißem Baumwollbezug, von dessen Rücken meine Halsbinde und mein Hemdkragen hingen. Außerdem eine Kommode, an der zwei Messinggriffe fehlten, und darauf ein schäbiges Tintenfaß aus schadhaftem Porzellan, das als Zierde gedacht war. Anschließend der Toilettentisch, den ein sehr kleiner Spiegel und ein sehr großes Nadelkissen zierten. Jetzt das Fenster – ungewöhnlich groß. Und schließlich ein schwärzliches altes Bild, das ich im schwachen Kerzenschein nur undeutlich sah. Es zeigte einen Burschen mit hohem Spanierhut, den ein mächtiger Federbusch zierte. Er war ein dunkler, finsterer Kerl, der die Augen mit der Hand abschirmte und unverwandt nach oben starrte, vielleicht zu einem hohen Galgen, von dem er hängen sollte. Er sah jedenfalls so aus, als hätte er ihn gründlich verdient.

Dieses Bild zwang mich irgendwie, auch hinaufzublicken zum Betthimmel. Dieser war düster und uninteressant, und ich schaute auf das Bild zurück. Ich zählte die gut erkennbaren Federn am Hut des Mannes: drei weiße, zwei grüne. Ich betrachtete die Spitze seines Hutes, sie war kegelförmig und entsprach der Mode, die Guy

Fawkes* bevorzugt haben soll. Ich rätselte, wozu er wohl aufsah. Die Sterne konnten es nicht sein, denn ein solcher Desperado war weder Astrologe noch Astronom. Es mußte ein Galgen sein, von dem er gleich baumeln sollte. Ob der Henker seinen Spanierhut mit dem Federbusch erben würde? Ich zählte die Federn erneut, drei weiße, zwei grüne.

Während ich mich noch dieser äußerst sinnigen und anspruchsvollen Beschäftigung hingab, begannen meine Gedanken unmerklich zu wandern. Der Mond, der ins Zimmer schien, erinnerte mich an eine Mondscheinnacht in England, nach einer Picknickgesellschaft in einem walisischen Tal. Jeder Augenblick der Heimfahrt durch eine liebliche Landschaft, die im Mondlicht noch lieblicher war, fiel mir wieder ein, obwohl ich seit Jahren nicht mehr an das Picknick gedacht hatte, und selbst wenn ich es versucht hätte, wäre mir nur wenig oder gar nichts von dieser längst entschwundenen Szene geblieben. Welche der wundersamen Fähigkeiten, die von unserer Unsterblichkeit künden, bezeugt diese erhabene Wahrheit einleuchtender als das Gedächtnis? Da war ich in einem fremden, höchst verdächtigen Haus, in einer unsicheren, ja gefährlichen Lage,

---

* Guy Fawkes war einer der Verschwörer, die Jakob I. und das Parlament bei dessen Eröffnung (5.11.1605) in die Luft sprengen wollten.

in der eine unbeschwerte Gedächtnisübung fast undenkbar schien, und doch erinnerte ich mich unwillkürlich an Orte, Menschen, Gespräche und alle möglichen Kleinigkeiten, die ich für immer vergessen geglaubt hätte und willentlich selbst unter den günstigsten Umständen nicht hätte wachrufen können. Und welche Ursache brachte im Augenblick diese ganze seltsame, vielschichtige und rätselhafte Wirkung hervor? Ein paar Mondstrahlen, die durch mein Schlafzimmerfenster fielen.

Ich dachte immer noch an das Picknick, an unseren Spaß auf dem Heimweg, an die gefühlvolle junge Dame, die unbedingt aus «Childe Harold»* zitieren mußte, nur weil der Mond schien. Ich war noch von diesen Szenen und Freuden der Vergangenheit gefangengenommen, als der Faden, an dem meine Erinnerung hing, plötzlich entzweiriß, meine Aufmerksamkeit sogleich und gespannter denn je zur Gegenwart zurückkehrte und mein Blick wieder wie gebannt an dem Bild hing, ich wußte nicht, warum oder wozu.

Wonach suchte ich denn?

Großer Gott! Der Mann hatte seinen Hut in die Stirn gedrückt! Nein, der Hut selbst war ver-

* «Childe Harold's Pilgrimage» (1812) von Lord Byron (1788–1824), romantisches Epos mit ekstatischen Naturschilderungen

schwunden! Wo war die kegelförmige Spitze? Wo blieben die Federn ... drei weiße, zwei grüne? Nirgendwo! Was war das für ein düsteres Ding, das da anstelle des Federhuts seine Stirn, die Augen und die abschattende Hand bedeckte?

Bewegte sich etwa das Bett?

Ich drehte mich auf den Rücken und schaute nach oben. War ich verrückt? Betrunken? Träumte ich? War mir wieder schwindlig? Oder bewegte sich der Baldachin wirklich herab, sank langsam, gleichmäßig, stumm und grauenvoll in seiner ganzen Länge und Breite herab, genau auf mich zu?

Das Blut schien mir in den Adern zu stocken. Eine tödlich lähmende Kälte kroch durch mich hindurch, als ich meinen Kopf auf dem Kissen drehte und den Mann auf dem Bild fixierte, um herauszufinden, ob sich der Betthimmel tatsächlich bewegte.

Dazu genügte der nächste Blick. Der düsterschwarze, muffige Volantrand über mir war fast gleichauf mit seiner Taille. Ich schaute immer noch atemlos zu. Und allmählich und langsam, sehr langsam, sah ich die Gestalt und den unteren Rahmen verschwinden, und die Volants schoben sich davor.

Ich bin keineswegs eine ängstliche Natur. Mehr als einmal befand ich mich in Lebensgefahr und verlor keinen Moment lang die Selbstbeherrschung. Doch als mir bewußt wurde, daß der

Baldachin sich wirklich bewegte und langsam und unaufhörlich auf mich niedersank, sah ich nur schaudernd, hilflos und in panischer Angst hoch und lag unter der gräßlichen Mordmaschine, die näher und näher kam und mich gleich ersticken würde.

Ich blickte hinauf, reglos, sprachlos und atemlos. Die Kerze war niedergebrannt und erlosch, aber der Mond erhellte das Zimmer. Näher und näher kam der Baldachin, lautlos und unaufhaltsam, und mein Entsetzen schien mich nur um so fester auf die Matratze zu drücken, immer noch näher, bis mir der Staubgeruch der Stoffbespannung in die Nase drang.

Im letzten Moment riß mich der Selbsterhaltungstrieb aus meiner Trance, und ich rührte mich endlich. Es blieb eben noch Platz genug, um mich seitlich aus dem Bett zu rollen. Der Rand des mörderischen Baldachins streifte meine Schulter, als ich geräuschlos zu Boden fiel.

Ohne Luft zu holen, ohne mir den kalten Schweiß vom Gesicht zu wischen, kniete ich mich sogleich hin, um ihn zu beobachten. Er hatte mich regelrecht verhext. Hätte ich Schritte hinter mir gehört, hätte ich mich nicht umdrehen können. Hätte sich mir ein wundersamer Fluchtweg aufgetan, ich hätte ihn nicht genutzt. Was an Leben in mir war, sammelte sich in diesem Moment in meinen Augen.

Er senkte sich, der ganze Baldachin mit dem

Behang ringsum kam herab, tiefer und tiefer, so tief, daß ich jetzt keinen Finger mehr zwischen Baldachin und Bett zwängen konnte. Ich befühlte die Seiten und entdeckte, daß das, was mir von unten wie der übliche leichte Baldachin eines Himmelbetts schien, in Tat und Wahrheit eine dicke, breite Matratze war, deren Massigkeit von den Volants und Fransen verdeckt wurde. Ich schaute hinauf und sah die vier Pfosten scheußlich nackt dastehen. Mitten im Baldachin war eine große Holzspindel, die ihn offenbar durch ein Loch in der Decke hinuntergetrieben hatte wie eine gewöhnliche Presse auf das Preßgut. Die gräßliche Einrichtung bewegte sich völlig lautlos. Sie hatte sich ohne Knarren gesenkt, und nun drang nicht das geringste Geräusch aus dem oberen Raum. In einer schrecklichen Totenstille sah ich – im 19. Jahrhundert und in der zivilisierten französischen Hauptstadt! – eine Erstickungsmaschine zum heimlichen Morden vor mir, die es in den schlimmsten Tagen der Inquisition, in den einsamen Schenken des Harzes oder den geheimnisumwitterten westfälischen Femgerichten hätte geben können. Immer noch konnte ich mich beim Betrachten nicht regen, kaum atmen, aber mein Verstand kehrte langsam zurück, und sogleich hatte ich das Mordkomplott gegen mich in seinem ganzen Grauen erfaßt.

In meinem Kaffee war ein Betäubungsmittel gewesen, zu viel davon. Die Überdosis hatte mich vor dem Erstickungstod bewahrt. Wie hatte ich gegen das Fieber gewettert, das mir das Leben gerettet hatte, indem es mich wach hielt! Wie leichtsinnig hatte ich mich den beiden Schurken anvertraut, die mich in diesen Raum geführt hatten mit dem Entschluß, mich meiner Gewinne wegen auf die sicherste und schrecklichste Art im Schlaf zu töten! Wie viele glückliche Gewinner wie ich hatten, wie ich es wollte, in diesem Bett geschlafen und waren darauf spurlos verschwunden! Die bloße Vorstellung machte mich schaudern.

Doch es dauerte nicht lange, bis der Anblick des sich erneut bewegenden Mörderbaldachins alle Gedanken einmal mehr wegwischte. Nachdem er – soweit ich abschätzen konnte – etwa zehn Minuten auf dem Bett gelegen hatte, begann er wieder hinaufzuschweben. Offensichtlich glaubten die Schurken, die ihn von oben betätigten, ihr Plan sei nun ausgeführt. So langsam und stumm, wie er herabgeglitten war, stieg der gräßliche Betthimmel an seinen Platz zurück und erreichte mit den oberen Enden der vier Pfosten auch die Decke. Kein Loch und keine Spindel waren zu sehen; das Bett wirkte wieder wie ein gewöhnliches Bett, der Baldachin wie ein normaler Baldachin, selbst für sehr mißtrauische Augen.

Jetzt erst war ich wieder imstande, mich zu bewegen und meine kniende Haltung zu verlassen, die Kleider überzustreifen und an Flucht zu denken. Wenn ich durch das leiseste Geräusch verriet, daß der Versuch, mich zu ersticken, mißlungen war, würde man mich bestimmt ermorden. Hatte ich etwa schon ein Geräusch gemacht? Ich lauschte angestrengt und blickte zur Tür.

Nein, da waren keine Schritte im Flur, auch kein leichter oder schwerer Tritt im oberen Raum, überall herrschte Totenstille. Ich hatte nicht nur meine Tür abgeschlossen und zugesperrt, sondern auch eine alte Holztruhe davorgeschoben, die ich unter dem Bett entdeckt hatte. Diese Truhe konnte ich nicht lautlos entfernen – das Blut fror mir in den Adern beim Gedanken an ihren möglichen Inhalt! –, und es wäre so oder so heller Wahnsinn, durch das für die Nacht verriegelte Haus fliehen zu wollen. Ich hatte nur eine Chance: das Fenster. Und ich schlich auf Zehenspitzen dorthin.

Mein Schlafzimmer lag im ersten Stock über einem Zwischengeschoß und ging auf eine dunkle Gasse hinaus. Ich streckte meine Hand aus, um das Fenster zu öffnen, und wußte, daß dieser Griff über Tod oder Leben entscheiden würde. In einem Mörderhaus hält man aufmerksam Wache. Wenn der Rahmen knarrte oder das Scharnier quietschte, war ich verloren! Ich brauchte gewiß fünf Minuten, die mir wegen meiner Anspannung wie fünf *Stunden* vorkamen, um dieses Fenster zu öffnen. Es gelang mir, dies geräuschlos und so geschickt wie ein Einbrecher zu tun, dann schaute ich auf die Straße hinunter. Springen wäre fast der sichere Tod! Ich prüfte die Hauswände. Links war ein dickes Abflußrohr, das dicht neben dem äußeren Rand des Fensters hinunterführte. Als mein Blick auf das Rohr fiel, wußte ich, daß ich gerettet war. Und zum ersten Mal, seit ich den Betthimmel auf mich hatte herabsinken sehen, konnte ich wieder frei atmen!

Manche hätten wohl meinen Fluchtweg als schwierig und ziemlich riskant beurteilt, aber ich dachte bei der Aussicht, am Rohr zur Straße hinunterzurutschen, keinen Augenblick an Gefahr. Ich hatte immer geturnt, um mein Schuljungentalent als mutiger und geschickter Kletterer zu bewahren, und wußte, daß mich Kopf, Hände und Füße bei keinem noch so gewagten Auf- oder Abstieg im Stich ließen. Schon hatte ich ein Bein über den Fenstersims geschwungen, als mir das Taschentuch mit dem Geld unter meinem Kopfkissen einfiel. Ich hätte den Verlust zwar gut verkraften können, aber ich war rachsüchtig entschlossen, daß die Bösewichte der Spielhölle Opfer samt Beute vermissen sollten. Also ging ich zum Bett zurück und befestigte das schwere Tuch mit meiner Halsbinde am Rücken.

Als ich es eben festgemacht und zurechtgerückt hatte, war mir, wie wenn jemand vor der Tür atmete. Das kalte Grauen durchlief mich wieder beim Horchen. Nein! Im Flur war es immer noch totenstill, es war nur die Nachtluft, die sanft ins Zimmer strich. Im nächsten Augenblick saß ich auf dem Fenstersims, und im übernächsten umklammerte ich das Abflußrohr fest mit Händen und Knien.

Ich rutschte so einfach und ruhig wie vorhergesehen zur Straße hinunter und lief, so schnell ich konnte, zu einer Polizeiwache, die ich hier gleich in der Nähe wußte. Ein stellvertretender Vorgesetzter und einige ausgewählte Beamte waren zufällig da und brüteten, glaube ich, über einem Plan, wie der Täter in einem rätselhaften Mordfall, von dem ganz Paris damals sprach, aufgespürt werden könnte. Als ich atemlos und in sehr schlechtem Französisch mit meiner Geschichte begann, sah ich wohl, daß der Kommissar mich zunächst für einen betrunkenen Engländer hielt, der jemanden ausgeraubt hatte. Aber er änderte beim Zuhören bald seine Meinung, und lange bevor ich fertig war, schob er alle Papiere vor sich in eine Schublade, setzte seinen Hut auf und gab mir auch einen, denn ich war barhäuptig. Dann rief er einen Trupp Gendarmen zusammen, befahl seinen Leuten, Werkzeuge zum Türaufbrechen und Steinbödenaufreißen bereitzuhalten, und führte mich ganz freundlich und geradezu vertraulich am Arm aus dem Haus. Ich wage zu sagen, der Kommissar freute sich als kleiner Junge nicht halb so sehr über seinen ersten Theaterbesuch wie jetzt über die Aufgabe, die ihn in der Spielhölle erwartete!

So gingen wir durch die Straßen, und während wir an der Spitze unseres eindrücklichen Aufgebots marschierten, befragte und beglückwünschte mich der Kommissar in einem. Als wir zum Haus kamen, wurden unverzüglich an Vorder- und Rückseite Wachen postiert, man trommelte heftig gegen die Tür, ein Licht erschien am Fenster, und ich mußte mich hinter den Gendarmen verstecken. Dann folgten weitere Schläge, und man rief: «Aufmachen, im Namen des Gesetzes!» Nach dieser gebieterischen Aufforderung gaben Schloß und Riegel unter einer unsichtbaren Hand nach, und gleich darauf stand der Kommissar im Flur vor einem halbbekleideten und totenbleichen Kellner.

Sie wechselten folgende Worte:

«Wir wollen den Engländer sprechen, der in diesem Haus schläft.»

«Er ist schon vor Stunden gegangen.»

«Das tat er nicht. Sein Freund ging weg; er aber blieb. Führen Sie uns auf sein Zimmer!»

«Ich schwöre Ihnen, *Monsieur le Sous-préfet,* er ist nicht da! Er...»

«Ich schwöre Ihnen, *Monsieur le Garçon,* das ist er doch. Er hat hier geschlafen und fand Ihr Bett nicht bequem. Er kam zu uns, um sich darüber zu beklagen ... hier steht er zwischen meinen Leuten, und ich bin auch hier und will ein paar Flöhe in seinem Bett jagen. Renaudin!» rief er einem seiner Untergebenen zu und zeigte auf den Kellner, «nehmen Sie diesen Mann fest und fesseln Sie ihm die Hände auf den Rücken. Und jetzt, meine Herren, gehen wir nach oben!»

Jeder Mann und jede Frau im Haus wurde verhaftet, der «alte Soldat» zuerst. Dann zeigte ich das Bett, in dem ich geschlafen hatte, und wir gingen in den darüberliegenden Raum.

Nirgendwo war etwas auch nur im geringsten Ungewöhnliches zu entdecken. Der Kommissar sah sich um, befahl Ruhe, stampfte zweimal auf den Boden, verlangte nach einer Kerze und untersuchte die Stelle, auf die er gestampft hatte, eingehend. Dann ließ er die Bretter dort vorsichtig anheben. Das ging sehr schnell. Lichter wurden beschafft, und wir sahen zwischen dem Fußboden dieses und der Decke des unteren Zimmers ein tiefes Loch mit Sparrenwerk. Durch diese Grube lief senkrecht eine Art gutgeschmiertes Eisengehäuse, und darin kam die Spindel zum Vorschein, die zum Baldachin hinunterreichte. Zusätzliche Schrauben, frisch geschmiert, Hebel mit Filzbezug: das ganze Kopfstück einer schweren Presse, die mit teuflischer Findigkeit so konstruiert war, daß sie genau in die unteren Teile paßte, wurde als nächstes entdeckt und auf dem Boden ausgelegt. Mit einiger Mühe gelang es dem Kommissar, die Maschine zusammenzusetzen, er hieß seine Männer, sie zu betätigen, und ging mit mir in das Schlafzimmer hinunter. Der zum Ersticken gebaute Baldachin wurde gesenkt, aber nicht so geräuschlos, wie ich es beobachtet hatte. Als ich dies erwähnte, klang in der einfachen Antwort des Kommissars Grausiges an: «Meine Leute», sagte er, «lassen den Betthimmel zum ersten Mal hinunter, doch die Männer, deren Geld Sie gewonnen haben, hatten mehr Übung.»

Wir ließen das Haus in der Obhut von nur zwei Polizisten zurück, da sämtliche Bewohner auf der Stelle ins Gefängnis verbracht worden waren. Nachdem der Kommissar in seinem Büro meine Aussagen zu Protokoll genommen hatte, begleitete er mich ins Hotel zurück, um meinen Paß abzuholen.

«Meinen Sie», fragte ich, als ich ihn aushändigte, «daß tatsächlich Menschen in diesem Bett erstickt wurden, so wie *ich* hätte erstickt werden sollen?»

«Ich habe Dutzende von Ertrunkenen auf der Bahre im Leichenschauhaus gesehen», antwortete der Kommissar, «in deren Brieftaschen wir die Nachricht fanden, sie seien in die Seine gegangen, weil sie am Spieltisch alles verloren hätten. Wie kann ich wissen, wie viele dieser Männer dieselbe Spielhölle betraten wie *Sie?* Soviel gewannen wie *Sie?* Wie *Sie* dieses Bett nahmen? Darin schliefen und erstickten? Und dann mit einem von den Mördern verfaßten Abschiedsbrief in der Tasche heimlich in den Fluß geworfen wurden? Niemand kann sagen, wie viele oder wie wenige das Schicksal erlitten, dem Sie entfliehen konnten. Die Betreiber der Spielhölle konnten das Geheimnis ihrer Betteinrichtung selbst vor uns, der Polizei, bewahren! Und die Toten verschweigen den Rest. Gute Nacht oder besser guten Morgen, Monsieur Faulkner! Seien Sie um neun wieder in meinem Büro, inzwischen *au revoir!*»

Das Ende meiner Geschichte ist bald erzählt. Ich wurde befragt und wieder befragt. Die Spielhölle wurde von oben bis unten durchkämmt. Die Gefangenen wurden einzeln verhört, und zwei der Nebentäter legten ein Geständnis ab. Ich fand heraus, daß der Veteran der Besitzer der Spielhölle war, und die Justiz stellte fest, daß er vor Jahren als Abenteurer unehrenhaft aus der Armee entlassen worden war und seither alle möglichen Untaten begangen hatte, daß er Diebesgut besaß, welches von den Eigentümern identifiziert wurde, und daß er, der Croupier, ein weiterer Komplize und die Frau, die meinen Kaffee gemacht hatte, das Geheimnis des Bettes kannten. Es bestand einige Ungewißheit, ob das Hilfspersonal etwas von der Erstickungsmaschine wußte, daher entschied man im Zweifel zu deren Gunsten und behandelte die Leute wie gewöhnliche Diebe und Strolche. Der Veteran und seine zwei Helfershelfer kamen auf eine Galeere. Die Frau, die meinen Kaffee vergiftet hatte, ging für lange Zeit ins Gefängnis, wie viele Jahre es waren, weiß ich nicht mehr genau. Die Stammgäste der Spielhölle galten als verdächtig und wurden observiert; und ich war eine ganze Woche – was sehr lange ist – die Hauptattraktion der Pariser Gesellschaft. Mein Abenteuer wurde von drei berühmten Stückeschreibern dramatisiert, aber nie aufgeführt, denn die Zensur verbot die genaue Nachbildung des Bettes aus der Spielhölle auf einer Bühne.

Etwas Gutes, womit jede Zensur einverstanden gewesen wäre, bewirkte mein Abenteuer doch: Es heilte mich für immer davon, zum Spaß Rouge et Noir zu spielen. Der Anblick eines grünen Tuchs mit Spielkarten und Geldhaufen darauf ist in meiner Vorstellung von nun an immer verbunden mit der Vision eines Betthimmels, der niederfährt, um mich im Schweigen der dunklen Nacht zu ersticken.

NACHWORT

Die Zeitgenossen sind Wilkie Collins (1824–1889) nichts schuldig geblieben. Was die Mitwelt für seinesgleichen an Glanz, Ruhm und nicht zuletzt Einkünften bereithielt, hat sie ihm reichlich verschafft. Bis zum Ende seines Lebens, da ihm die Rezensenten ihre Gunst längst entzogen hatten, durfte er mit einer beneidenswert treuen Leserschaft rechnen. Freilich war ihm die steile Kometenbahn von Charles Dickens versagt, und die ersten zwölf Jahre seiner literarischen Tätigkeit trugen ihm bloß Achtungserfolge ein. Doch als er 1860 mit der – rund hundert Jahre später von Arno Schmidt glorios ins Deutsche übertragenen – «Woman in White» arrivierte, herrschte eine Aufregung, wie sie selbst Dickens seit den «Pickwick Papers» (1837) nicht mehr erlebt hatte. Binnen eines Monats stieg die Auflage der Zeitschrift «All the Year Round», die den Roman serialisierte, um einige zehntausend Exemplare. Vor dem Verlag balgte sich eine ungeduldige Menschenmenge um die Fortsetzungen. Auch die fliegenden Händler widmeten sich fast inbrünstiger der Lektüre als dem Verkauf ihrer Ware. Die geheimnisumwitterten Figuren, die Finten und Rätsel der Handlung bildeten in London das Stadtgespräch. Freund Dickens gratulierte mit einem winzigen Vorbehalt, Kollege Thackeray las das Buch auf einen Sitz, Premierminister Gladstone versäumte ob dem keinen Aufschub duldenden Divertissement einen Theaterbesuch, und Edward FitzGerald, der Übersetzer des Omar Khayyām, nannte sein Fischerboot nach der Heroine des Romans «Marian Halcombe». Kein Wunder, daß die literarische Mode auf den Kommerz übergriff, der unter dem Label «Frau in Weiß» ein Parfüm, mehrere Kleidungsartikel und sogar Walzer und Quadrillen in Umlauf brachte. Naturgemäß entdeckten die Kritiker das eine oder andere Haar in der ebenso wohlschmeckenden wie gierig verschlungenen Suppe. Zuletzt dämmerte allen Mäklern die Einsicht, daß hier ein ungewöhnlich gelungenes, ja hinreißendes Gebilde seiner Art vorlag.

Welcher Art, welcher Gattung? Zur Charakterisierung von Collins' Texten hat man öfter die Vokabeln *mystery* und *suspense* verwendet, aber im Zusammenhang der «Woman in White» hat insbesondere die Bezeichnung *sensation novel* Schule gemacht. Das Lob, das man ihm für seine Zuständigkeit in diesen Bereichen spendete, war zweischneidig. Pries man Collins als herausragenden Vertreter des Sensationsromans, tadelte man zugleich, daß ihm solche Eminenz lediglich in einem minderwertigen Genre zukam. Nicht viel anders erging es dem Autor mit seinen übrigen Qualitäten. Zu Recht wird Collins bis heute für die präzis ausgetüftelte Anlage seiner Plots, die geschickte Manipulation der bisweilen verwickelten Erzählfäden, die atemberaubende Dramaturgie der Ereignisse gerühmt, doch selten ohne heimliche oder ausdrückliche Rüge. Man bekrittelt etwa die Unglaubwürdigkeit der Handlung, deren knirschende Scharniere oder dann allzu mechanistische Abläufe, die Abundanz der Zufälle. Oder man behauptet, der einfallsreiche *weaver of the plot* würde sich nicht auf Charakterdarstellung verstehen. Seine Gestalten seien leblose Puppen, die wie Marionetten am Gängelband des Autors gezogen würden.

Diese Einwände sind nicht völlig unbegründet. Zwar fällt es leicht, einige prächtig konzipierte Figuren ins Feld zu führen, aber Collins' Ingenium entsprangen leider auch jene dem viktorianischen Biedersinn so genehmen Tugendbolde und bläßlichen Jungfrauen, die uns das Fürchten lehren. Gewiß sind nicht sämtliche Einfälle vor dem Verdacht der Trivialität gefeit. Tatsächlich strapazieren manche Ereignisse und Wendungen die Duldsamkeit des Lesers, und Collins scheut auch nicht vor grellen melodramatischen Wirkungen zurück, aber mit vergleichbaren Mängeln sind auch die Romane von Dickens behaftet. Ist man dort geneigt, solche Defizienz als Schlacken eines Genies nachzusehen, dienen sie bei Collins zum Beweis seines minderen Ranges. Für die Bewertung von Collins' literarischer Leistung hatte diese einseitige Optik weitreichende Folgen. Er ist in die Geschichte der englischen Literatur als *minor writer* eingegangen, der eine Handvoll *major novels* schrieb. Einige der originellsten Züge seines Werks werden erst heute angemessen gewürdigt. Es überrascht nicht, daß sein Interesse für zwielichtige Figuren und anrüchige Realien manchmal das moralische Empfinden der Zeitgenossen verletzte. Dagegen berührt eher seltsam, daß Collins die Vielfalt der narrativen Mittel und Perspektiven – das Gütesiegel seiner Texte – einst als Unvermögen ausgelegt wurde, seine Bücher linear aufzubauen. Collins selbst hat sich kaum um die Kennzeichnung seines Tuns gekümmert. Anläßlich einer Lesetournee durch Amerika nannte er sich einen Schriftsteller «jener Art von Büchern, für die gewichtige Leute den Namen leichte Literatur erfunden haben». Die Komplimente einer jungen Freundin, der Schauspielerin Mary Anderson, verbat er sich mit den Worten: «Ach, ich bin nur ein alter Bursche, der gern Geschichten erzählt, sonst nichts.» Seit Anbeginn hat Collins das *story-telling* zu seiner Disziplin erkoren, und er hat zeit seines Schaffens redlich an dieser Kunst gefeilt. Daß er es darin zur Meisterschaft brachte, haben sogar mißgünstige Kritiker eingeräumt. Der ihm gewogene T. S. Eliot brachte es auf den Punkt, Collins gebühre «das unschätzbare Verdienst, niemals zu langweilen».

*

Das Leben des Romanciers entbehrte wohl der Dramatik, nicht aber der Heimlichkeiten und Rätsel seiner «sensationellen» Geschichten. Zur Langeweile bestand jedenfalls selten Anlaß. William Wilkie Collins wurde am 8. Januar 1824 an der New Cavendish Street in London geboren. Der erste Vorname geht auf seinen Vater zurück, den leidlich erfolgreichen Maler William Collins, der als Mitglied der Royal Academy auch den Hof mit seinen geschätzten Landschaften und Porträts belieferte. Den mittleren Namen stiftete der Pate Sir David Wilkie, ein Freund des Vaters. Mit unbescholtenen Junggesellenaugen soll dieser den Säugling einer Musterung unterzogen und dabei ausgerufen haben: «Er sieht!» Der nicht nur visuell aufgeweckte Junge wuchs in behüteten Verhältnissen auf. So wenig von Wilkies Mutter überliefert ist, es muß sich um eine liebenswürdige, gesellige Frau gehandelt haben. Vielleicht war der religiöse, leicht grüblerisch veranlagte Vater etwas gar auf Manierlichkeit bedacht, indessen hat er die musische Begabung Wilkies und seines um vier Jahre später geborenen Bruders Charles gefördert. 1836 nahm er die beiden Jungen auf eine zweijährige Studienreise nach Italien mit, wo die Familie zunächst schlechtes

Wetter und eine gefährlich sich ausbreitende Cholera-Epidemie antraf. Dennoch fiel die Ausbeute der Reise erfreulich aus. Die kulturellen Pflichtgänge wurden absolviert. Während William emsig Skizzen anfertigte, frönte Wilkie einer hemmungslosen Lektüre und sog begierig auf, was sich den Sinnen darbot. Ein feines Gespür für seine Berufung scheint ihn geleitet zu haben, denn das autodidaktisch Erworbene ging Jahrzehnte später in seiner Schriftstellerei auf. Der anschließende zweijährige Besuch einer Internatsschule in London, die Wilkies dissoluter Bildung den letzten Schliff verpassen sollte, hat ihn offenbar weniger geprägt, es sei denn, man würde die Gepflogenheit eines älteren Schülers, der ihn jeweils vor dem Schlafengehen zwang, eine amüsante Geschichte zu produzieren, als Einübung in sein erzählerisches Hauptgeschäft begreifen. Vorerst aber wurde der siebzehnjährige Jüngling zu einer Lehre in der Teefirma Antrobus & Co. verknurrt. Das merkantile Klima behagte ihm nicht, aber die unbewachten Minuten nutzte er optimal für literarische Fingerübungen. Ein inzwischen glücklich verschollener Roman über die Ureinwohner Tahitis wurde in Angriff genommen. Es gelang ihm, einige Artikel in Zeitschriften zu publizieren und damit erst noch das väterliche Wohlgefallen zu erringen. Das ergab zwar keinen beruflichen Prospekt, aber der zwanzigjährige Collins wußte sehr wohl, was ihm frommte. Folglich verbrachte er im Herbst 1844 fünf zusammengebettelte Ferienwochen in Paris und berauschte sich so unheilbar an dessen Attraktionen, daß er die prickelnde Erfahrung im nächsten Jahr wiederholte. 1846 hatte das Teegeschäft des Mr. Antrobus als bürgerliche Tarnung ausgedient, indem Wilkie nunmehr seinen Eltern eine juristische Laufbahn vorspiegelte. Fünf Jahre später wurde er auch ordentlich zum Rechtsanwalt bestallt, aber zu diesem Zeitpunkt waren die Würfel längst gefallen. William Collins war 1847 gestorben, und die Pietät und Schreibtüchtigkeit seines Sohns beeilten sich, 1848 die Lebenserinnerungen des Malers vorzulegen. Die zweibändige Publikation ehrte den feinfühligen, kompetenten Biographen nicht weniger als sein Objekt, indessen ruhte Wilkie auf den Lorbeeren nicht aus. Ein großangelegter historischer Roman, «Antonina, or the Fall of Rome», harrte der Vollendung: eine wüste Angelegenheit, in welcher eine von Lektüre und eigenen Impressionen erhitzte Phantasie Römer und Westgoten zu blutigen Gefechten antreten läßt. Wiederum fand die 1850 erschienene Talentprobe den ermutigenden Zuspruch der Presse. Erholte sich Collins von den Schreibstrapazen auf Wanderungen durch Cornwall, dann nicht ohne Absicht, auch diese Explorationen unverzüglich in den «Rambles Beyond Railways» zu Papier zu bringen. Wenn man bedenkt, daß Collins im selben Jahr auf einer Liebhaberbühne in einem von ihm eigens aus dem Französischen eingerichteten Stück als Schauspieler auftrat, fragt man sich verdutzt, was diese unbändige Strebsamkeit mit dem schmächtigen Brillenträger weiter anstellen mochte.

Just zur förderlichen Zeit lernte Collins einen anderen Theaternarren kennen, mithin einen der berühmtesten Männer der Epoche: Charles Dickens. Dieser inszenierte gerade zu Wohltätigkeitszwecken ein Stück von Bulwer-Lytton und bot Collins darin die Rolle des seiner persönlichen schauspielerischen Exzellenz unterstellten Dieners an. Daraus entwickelte sich rasch eine Freundschaft, bei welcher der zwölf Jahre jüngere Collins – zum Leidwesen des bisherigen Dickens-Intimus John Forster – keineswegs einen untergeordneten Part spielte. Hier fanden Kollegen zusammen, die sich nicht nur auf der beruflichen Ebene ergänzten, sondern auch als Spießgesellen für diverse Lustbarkeiten eigneten. 1860 kam es sogar zu einer familiären Verbindung, da Collins' Bruder Charles, der als Maler in die Fußstapfen seines Vaters getreten war, Dickens' Tochter Kate heiratete.

Neben der Theaterleidenschaft verband die beiden eine höchst disziplinierte Ausübung der Schriftstellerei, die durch Geselligkeit, Tafelfreuden und verwegene Spritztouren auf der britischen Insel oder dem Kontinent aufgelockert wurde. Wenn sich in den folgenden Jahren der

Dickenssche Familientroß nach Boulogne oder Dover bewegte, pflegte auch Collins aufzukreuzen, wobei der Spätaufsteher die rigide vor neun Uhr anbefohlenen Frühstücke klaglos in Kauf nahm. Im Herbst 1853 brachen die beiden zusammen mit dem Maler Augustus Egg und einem Diener zu einer längeren Reise auf, die sie in die Schweiz und nach Italien führte. Senior Dickens gebärdete sich als weltläufiger Organisator, der mit Vorliebe seine Begleiter zu Greenhörnern degradierte. Der Zustand der Straßen, Fortbewegungsmittel und Herbergen war nicht immer *comme il faut.* Collins kam eine geliebte Schnupftabaksdose abhanden, und Mücken und Flöhe taten ein übriges, die Laune der Reisenden auf die Probe zu stellen. Indessen blieb das allgemeine Vergnügen der Gesellschaft unerschüttert. Auch in Sachen Theater spannte man weiterhin zusammen. Collins verfaßte die Melodramen «The Lighthouse» und «The Frozen Deep», die Dickens 1855 und 1857 die Gelegenheit boten, ein sorgfältig ausgewähltes Publikum mit seiner exaltierten Schauspielkunst zu begeistern. Letzterem Werk, einem in arktischen Gefilden angesiedelten Rührstück, wohnte sogar die Königin bei, und auf der Tournee in Manchester mobilisierte es an einem Abend dreitausend Zuschauer.

Vor allem war Dickens darauf erpicht, den schreibtüchtigen Kollegen in seine editorischen Unternehmen einzuspannen. Dickens, der die *public promotion* seines Schaffens gleich selbst betrieb, hatte 1850 die Wochenschrift «Household Words» gegründet: ein pfiffig komponiertes Mixtum, das seine Leser mit unterhaltenden, informierenden und belehrenden Häppchen aus allen Sparten fütterte. Außerdem benutzte er dieses Forum als Testlauf für seine Romane, die er über mehrere Monate in Fortsetzungen abdruckte. Zunächst wurde Collins als freier Mitarbeiter engagiert, und im April 1853 gab dieser mit der Schauergeschichte «Ein grausiges Bett» seinen würdigen Einstand. Drei Jahre später trat er mit einem festen Salär der Redaktion bei, und als Dickens sich 1859 mit seinem Verleger überwarf und die Nachfolgezeitschrift «All the Year Round» gründete, blieb er dem bewährten Team für weitere zwei Jahre treu. Die Zusammenarbeit war für alle Beteiligten profitabel. Collins hatte sich vorab ausbedungen, auch seine Romane in der Zeitschrift abdrucken zu dürfen, und lieferte mit «The Woman in White» (1859/60), «No Name» (1862) und «The Moonstone» (1868) die neben Dickens' Werken zugkräftigsten Produkte. Die Freunde scheuten sich nicht, einander auf ihren eigenen Terrains ins Gehege zu kommen. So steuerte Collins bereits 1856 zur traditionellen Weihnachtsgeschichte Dickens' in den «Household Words» zwei Kapitel bei, und im September 1857 machten sie einen Ausflug nach Cumberland, in der Absicht, den täglichen Ertrag ihrer

Streifzüge ad hoc literarisch auszuwerten. Leider stand das Projekt unter keinem günstigen Stern. Dickens hatte sich in den Kopf gesetzt, bei strömendem Regen einen Berg (Carrick Fell) zu erklimmen. Mit Mühe erreichte man den Gipfel, doch beim Abstieg in dichtem Nebel verstauchte sich Collins einen Knöchel, und Dickens mußte ihn hinuntertragen: eine Szene, die Collins kurz zuvor seinem Freund und sich selbst im letzten Akt des «Frozen Deep» auf den Leib geschrieben hatte. So wurde die Beweglichkeit der abenteuerlustigen Skribenten gleich zu Beginn eingeschränkt, und entsprechend kam auch ihre Erzählung «The Lazy Tour of Two Idle Apprentices» nicht recht vom Fleck. Andere Kollaborationen verliefen glücklicher. Eine letzte – die in angeregtem brieflichem Hin und Her vorangetriebene Erzählung «No Thoroughfare» (1867) – erfüllte Dickens' Wunsch, «geisterhaftes Interesse, pittoreskes Interesse, atemloses Interesse für Zeit und Umstände zu erzeugen und den Plan zu jedem starken Höhepunkt zu zwingen, wie es uns gefällt». Die enge Fühlung hinterließ auch in den eigenen Werken der beiden Romanciers ihre Spuren. Hat sich Collins' Sinn für suggestive Stimmungen und die Gestaltung absonderlicher Figuren seit je an Dickens' Vorbild geschult, wäre dessen «A Tale of Two Cities» wiederum ohne den Helden Richard Wardour aus «The Frozen Deep», der Revolutionsgeschichte «Schwester Rose» und Collins' konkreter Beratung nicht denkbar. Auch im Entwerfen verwickelter Handlungen scheint Dickens seinem jüngeren Kollegen einige Kniffe abgeluchst zu haben. Mit dem unvollendeten Roman «The Mystery of Edwin Drood» trat er mit ihm sogar in offenkundige Konkurrenz.

Seit dem historischen Ausrutscher der «Antonina» hatte sich Collins schrittweise seiner eigentlichen Domäne, der neuzeitlichen *sensation novel,* angenähert; allerdings gelang ihm erst mit «The Woman in White» ein rundweg überzeugender längerer Roman. Dickens hatte schon die früheren Versuche beifällig begleitet, wobei die «friendly truth» seiner Wertschätzung auch Kritik zuließ. Daß er den singulären Rang von «The Woman in White», von «No Name» und «Armadale» (1866) erkannte, erstaunt nicht, aber merkwürdigerweise bemängelte er am «Moonstone» (1868), dem untadeligsten Plot, den Collins je ersann, «eine unerträglich mühselige Konstruktion» und einen leserfeindlichen Hang zu «verbissenem Eigendünkel». Das Verdikt belegt zumindest, daß Dickens vor launischen Anfechtungen nicht gefeit war.

Mitte der fünfziger Jahre hielt es der als solider Junggeselle abgebuchte Sensationsexperte für schicklich, sich mit einer geheimnisvollen weiblichen Präsenz zu umgeben. Die junge Witwe Caroline Elizabeth Graves trat als flehentliche weiße Erscheinung einer Mondnacht in sein Leben – und genau so in das dritte Kapitel der «Woman in White». Collins nahm sich der schutzbedürftigen Frau und ihrer Tochter an und trieb mit seinem Konkubinat ein viktorianisch-umständliches Versteckspiel. Allerdings heiratete Caroline 1868 einen mysteriösen Joseph Clow, der nach diesem verbürgten Faktum ins Unergründliche verschwand, während Collins um dieselbe Zeit mit einer gewissen Martha Rudd das erste von insgesamt drei Kindern zeugte. Aus solchen Komplikationen entstand offenbar eine *ménage à trois,* deren nähere Abwicklung nie geklärt werden konnte. Fest steht lediglich, daß im Kreis der wenigen Eingeweihten Caroline als Lebensgefährtin galt und nach ihrem Tod in Collins' Grab beigesetzt wurde.

Weit mehr als diese häuslichen Verstrickungen machten Collins seine physischen Gebrechen zu schaffen. Seit 1856 litt er unter einem wiederkehrenden, von Mal zu Mal sich verschlimmernden Leiden, das von den Ärzten behelfsmäßig als «rheumatische Gicht» diagnostiziert wurde. Gut die Hälfte seines Lebens wurde von dieser Krankheit überschattet, deren Attacken allmählich Collins' gesamten Körper erfaßten. Diäten und Kuren konnten nicht verhindern, daß die schmerzfreien Intervalle immer kürzer wurden, zuletzt auf wenige Tage schrumpften. Zur Linderung seiner entsetzlichen Qualen trank Collins

Laudanum und wurde schließlich von diesem Opiat, das er in immer höheren Dosen einnahm, abhängig. Auch mit Arbeit suchte er sich abzulenken. Eine hinlängliche Ahnung von Collins' unbeugsamer Disziplin gewinnt man erst, wenn man bedenkt, daß die souveräne Beherrschung der erzählerischen Mittel, das feine Kalkül der Handlungen, erst der Krankheit abgetrotzt werden mußten.

Mit dem Tod von Dickens 1870 ging eine Epoche viktorianischer Erzählkunst zu Ende, an der auch Collins partizipiert hatte. Zwar schrieb Collins unverdrossen ein Dutzend weiterer Romane, denen es weder an hohen Auflagen noch begeisterten Lesern mangelte, aber die Qualität seiner besten Bücher hat er nie mehr erreicht. Bestimmt haben Gicht und Drogenabhängigkeit, in welchem Ausmaß immer, zur Minderung seiner schöpferischen Fähigkeiten beigetragen. Außerdem macht sich in einigen Spätwerken ein früher heilsam gezähmter missionarischer Eifer geltend, ein Makel, der vom englischen Dichter Swinburne in einem Zweizeiler festgehalten wurde:

«What brought good Wilkie's genius nigh perdition?
Some demon whispered – ‹Wilkie! have a mission.›»

«Was brachte Wilkies Kunst beinahe die fatale Wendung?
Ein Dämon flüsterte: ‹O Wilkie! Denk an eine Sendung.›»

Ob er in «Man and Wife» (1870) gegen ein schottisches Ehegesetz und die Geistlosigkeit des Sports wettert, in «The Fallen Leaves» (1879) für die Bekehrung einer Prostituierten eintritt, in «The Black Robe» (1881) die Jesuiten und in «Heart and Science» (1883) die Vivisektion bekämpft, man staunt höchstens darüber, daß die ehrbaren Feldzüge die Collinssche Spannungsdramaturgie nicht ganz zum Erliegen bringen. Collins-Liebhaber möchten freilich einzelne Werke nicht missen, etwa T. S. Eliot, der die hintersinnige Fatalität des Venedig-Romans «The Haunted Hotel» (1879) schätzt, oder Arno Schmidt, der «Poor Miss Finch» (1872; dt. unter dem Titel «Lucilla») «ein psychologisch-feines Stück» nennt, «das diverse Freudsche Theoreme aufs eleganteste illustriert».

In den siebziger Jahren bearbeitete er mehrere seiner Romane, darunter «The Woman in White» und «The Moonstone», für die Bühne und feierte damit beachtliche Erfolge. Mittlerweile sind diese Adaptionen gründlich verschollen. Eine Lesetournee durch den Osten der Vereinigten Staaten verlief nicht ganz so triumphal wie diejenige von Dickens, aber Collins war mit dem Ergebnis um so mehr zufrieden, als er während dieser Zeit von der Gicht kaum geplagt wurde. Der englische Hundefreund, der beim Gehen auf einen Stock angewiesen war und gern eine Melodie summte oder pfiff, wunderte sich über die entsprechende Abstinenz seiner Gastgeber, doch der Gast befremdete auch die Amerikaner. So stieß seine Rezitation der «Traumfrau» in Philadelphia auf moralische Entrüstung, und eine Zeitung befand – bei stupender Ahnungslosigkeit des Erlauschten –, es sei «nicht angenehm, einem berühmten Engländer zuzuhören, der vor Hunderten von unschuldigen Mädchen beschreibe, wie eine elende gefallene Frau, die auf mysteriöse Weise ihren Mann umgebracht hatte, zwei weitere in ihren Bann zog und in trunkener Raserei einen dritten ersteche».

Die letzten zehn Jahre seines Lebens verbrachte Collins zurückgezogen in seinem Londoner Heim. Durch die Krankheit war er vorzeitig gealtert und müde geworden; dennoch oblag er unablässig seinem Metier. Einst unverzichtbare Genüsse wie Jachtausflüge auf dem Kanal, Essen und Trinken oder Zigarren mußte er nun empfindlich einschränken. Er sehnte sich nach einer Zeit, da «Feder und Hirn zur Ruhe kommen würden». Am 23. September 1889 war es endlich soweit. Zu Hause, im Lehnstuhl vor dem Kaminfeuer sitzend, war ihm ein milder Tod beschieden.

*

Die vorliegenden Geschichten wurden mit Ausnahme von «Der Polizist und die Köchin» (1881) in den fünfziger Jahren für die von Dickens edierten Zeitschriften «Household Words» und

«All the Year Round» geschrieben. In ihrer beschränkten Ausdehnung präludieren sie auf reizvolle, erzähltechnisch oft bestechende Art die Meisterwerke des Romanciers. Während Collins in den gleichzeitigen Romanen mit seinen jeweiligen Anliegen oft in Widerstreit gerät, indem etwa der realistisch-aufklärerische Impuls dem «sensationellen» Plot-Künstler in die Parade fährt, zeigen ihn diese kürzeren Texte als überlegenen Gestalter der gewählten Form. Hier ist ein Autor am Werk, der genau weiß, was ihm vorschwebt, und nach dessen Maßgabe seine Mittel gezielt einsetzt. Da wird etwa zu Beginn ein schauerliches Rätsel angedeutet, mithin eine Spannung aufgebaut, und der Text liefert sukzessive die nähere Bewandtnis dieses Spuks («Geh hoch mit der Brigg!»). Oder der Titel bezeichnet einen Gegenstand, der Haarsträubendes verheißt, doch mit tückischer Gemächlichkeit wird ein Geschehen ausgebreitet, das jäh in eine teuflische Intrige mündet und ausgerechnet die moralisch einwandfreie, nur aus lauteren Motiven handelnde Figur des Pater Rocco als Übeltäter präsentiert («Die Gelbe Maske»). Gerade dieses Beispiel zeigt mustergültig, wie es Collins gelingt, aus den Konstituentien einer scheinbar unwirklichen Begebenheit die passenden Steinchen zu einem komplexen erzählerischen Mosaik zu gewinnen. Solche Verfahren wiesen nicht nur dem englischen Detektivroman den Weg, sondern fast noch mehr einem Genre, in dem siebzig Jahre später der pragerdeutsche Schriftsteller Leo Perutz brillierte.

Collins hat das Grauen aus der Sphäre des Übersinnlichen befreit und in die Prosa des bürgerlichen Alltags eingebettet. Schon die frühe Geschichte «Ein grausiges Bett» bezieht ihre unwiderstehliche Wirkung aus der Kollision eines nächtlichen Alptraums mit dessen banaler Auflösung bei Tageslicht. Freilich sind die abgefeimte Inszenierung eines Verbrechens und die Faktoren, die zu seiner Aufdeckung führen, nicht immer gleich plausibel dargestellt. In «Der Polizist und die Köchin» etwa muß Mrs. Zebedee auch noch das geeignete Buch in die Hände fallen, damit der schlafwandlerische Trug gelingt, und der Spürsinn des Polizisten ist auf einen verpaßten Zug und einen zufälligen Spaziergang angewiesen. Der Autor war sich der Gefahr bewußt, durch eine Häufung ungewöhnlicher Vorkommnisse in seinen Büchern die Gläubigkeit des Lesers aufs Spiel zu setzen. Daher scheute er keine Mühe, um das sensationelle Geschehen hieb- und stichfest zu begründen und sämtliche Bestandteile seiner Fiktionen realitätsgerecht wiederzugeben. Seinem Kollegen W. H. Wills, der ihm beim Recherchieren unzähliger Einzelheiten behilflich war, schrieb er einmal: «Es gibt nichts, was den britischen Leser mehr freut, als den Autor bei einem Fehler zu ertappen.»

Indessen gilt der Respekt, der Collins seinem Leser zollt, keineswegs einer feindlichen Instanz. Im Gegenteil! Zwar hat er nie mit plumpen Konzessionen um die Gunst des Publikums gebuhlt, aber dessen Aufmerksamkeit, ja Geistesgegenwart war ihm willkommen. So wird bewußt dem Leser anheimgestellt, wie er den geburtstäglichen Auftritt der «Traumfrau» in der gleichnamigen Erzählung beurteilen mag: als prophetische Vision, Koinzidenz oder gespenstische Erscheinung. Aber auch die von Dickens besonders geschätzte Novelle «Schwester Rose» rechnet mit einem wachen Rezipienten, der sich nicht nur von der Spannung packen läßt, sondern angeregt wahrnimmt, wie gerissen der Schurke Danville und sein ehemaliger Gutsverwalter Lomaque ihre unterschiedlichen Zwecke verfolgen oder wie Collins aus den Chemiekenntnissen seines unglücklichen Helden Louis Trudaine das Mittel herleitet, um ihn vor dem Schafott zu bewahren. Collins «verschenkt kein Ereignis, er duldet kein loses Ende», rühmt Dorothy Sayers an ihrem bewunderten Vorbild. Es ist nicht der geringste Vorzug dieser Erzählungen, daß sie uns neben dem erwünschten Gruseln ein intellektuelles Vergnügen bescheren.

Werner Morlang

INHALT

Diese Buchausgabe der *Manesse Bibliothek der Weltliteratur* wurde mit der Berthold Bembo BQ gesetzt, im Bogenoffset gedruckt und in Fadenheftung gebunden. Alle verwendeten Materialien entsprechen alterungsbeständiger Qualität, und die Papiere sind chlor- und säurefrei.

Die Deutsche Bibliothek – CIP-Einheitsaufnahme

Collins, Wilkie:
Die Gelbe Maske und andere Erzählungen / Wilkie Collins.
Aus dem Engl. übertr. von Irma Wehrli.
Nachw. von Werner Morlang. –
Zürich : Manesse Verlag, 1998
(Manesse Bibliothek der Weltliteratur)
ISBN 3-7175-1912-3 Gewebe
ISBN 3-7175-1913-1 Ldr.

[illegible]